PROLOGO

Easington, Durham, Inghilterra
Quattordici anni fa

«Molly, stellina, vieni qua. Ti devo dire una cosa.»

Nonna era nel salotto della nostra casetta, seduta sulla sua vecchia poltrona marrone con la testa fra le mani.

Mi feci avanti e mi guardai intorno. Papà non era ancora tornato dal pub. Ci andava sempre da quando la signora spaventosa, quella che si vedeva ogni tanto alla televisione, aveva chiuso le miniere lo stesso anno in cui ero nata io e papà era diventato molto triste. Me l'aveva spiegato nonna.

Nonna alzò la testa e mi rivolse un sorriso triste. Aveva il sorriso più gentile che avessi mai visto; le bastava sorridere per illuminare tutta la stanza. Le volevo un bene dell'anima.

Avvicinandomi, vidi che aveva in mano una vecchia foto di mamma. Mamma morì quando nacqui io e, dato che nonna e papà ci rimanevano male tutte le volte che chiedevo di lei, avevo smesso di porre domande. Però, ogni sera, mi ricordavo di dare un bacio alla sua foto che tenevo sul comodino. Nonna aveva detto che mamma mi avrebbe visto anche da lassù.

«Accomodati, mia piccola Molly-dolly. Siediti sulle mie gambe» disse. Mi invitò a raggiungerla con un gesto della mano e posò la foto incorniciata sulla moquette rossa.

Lasciai il mio zainetto rosa sul pavimento, le andai incontro e le saltai a sedere sulle ginocchia. Profumava di menta. Nonna profumava sempre di menta. Sapevo che era per nascondere la puzza delle sigarette che fumava di nascosto nel vicolo. Mi faceva sempre ridere quando la vedevo sgattaiolare fuori di casa tutte le mattine, con i bigodini rosa ancora nei capelli grigi e il grembiule da cucina viola.

Le posai una mano sul viso. Sembrava triste. «Nonna, che cosa è successo?»

Lei prese la mia manina nella sua e io trasalii per quanto era fredda. La sfregai fra le mie e le diedi un bacio sulla guancia per consolarla.

Nonna diceva sempre che non c'era problema al mondo che i miei bacini dolci non potessero aggiustare.

Il salotto era silenziosissimo; si sentivano soltanto lo scoppiettio del fuoco nel caminetto e il ticchettio assordante dell'orologio a pendolo.

La nonna aveva sempre la musica accesa, canzoni che risalivano a tanti anni prima e che ballavamo insieme davanti al fuoco. Oggi, però, la musica non c'era e la casa sembrava spenta e triste.

Guardai la lancetta grande dell'orologio e notai che era sul dodici; quella piccola, invece, era sul quattro. Mi sforzai di ricordare quello che ci aveva spiegato in classe la maestra, la signora Clarke. Serrai gli occhi e provai a riflettere. Li riaprii e rimasi senza fiato. Erano le quattro. Sì! Erano le quattro in punto e fra poco sarebbe tornato papà.

Cercai di scendere dalle gambe di nonna per correre alla porta e aspettare che papà varcasse il cancello di casa. Mi abbracciava e mi faceva fare sempre una giravolta, poi mi diceva che ero la bambina più bella del mondo, proprio come mamma. Era il momento della giornata che preferivo.

Scivolai giù dalle ginocchia di nonna, ma lei mi prese per un braccio.

«Nonna, che c'è? Fra poco arriva papà. Ha bisogno del suo abbraccio quotidiano!»

Nonna trasse un respiro profondo e le lacrime cominciarono a scenderle dagli occhi.

«Nonna, perché piangi? Dai, per favore, non essere triste. Vuoi un bacino dolce? Così ti senti meglio?»

Nonna mi schiacciò contro il suo petto; gli occhiali minacciarono di scivolarmi giù dal naso e la stoffa del suo grembiule mi raschiò la guancia. Corrucciai il viso per frenare il prurito. Lei mi sospinse all'indietro e cadde in ginocchio. Adesso i suoi occhi tristi erano alla stessa altezza dei miei.

«Molly, ti devo dire una cosa, una cosa che ti renderà molto, molto triste. Capisci che intendo?»

«Sì, nonna. Ormai ho sei anni, sono grande. Capisco un mucchio di cose. La signora Clarke dice che sono la bambina più intelligente di *tutta* la classe, forse persino di tutta la scuola.»

Nonna mi rivolse un sorriso, solo che non le raggiunse gli occhi. Non era uno di quelli veri. Papà diceva sempre che i sorrisi veri erano gli unici capaci di dimostrare che eri veramente felice. E che non si doveva sprecare un sorriso vero per qualcosa che non ti faceva sprizzare gioia da tutti i pori.

«Tu *sei* intelligente, stellina, e non so proprio da chi tu abbia preso. Farai strada. Sei destinata a lasciarti alle spalle questa vita di miserie e a diventare qualcuno. È quello che tua mamma e tuo p-papà… avrebbero voluto.» Tirò su col naso e si infilò la mano in tasca per prendere il fazzoletto rosa. Era tutto ricoperto da un ricamo a rose rosse. Avevo scelto io la stoffa al mercato due settimane prima. Ne avevamo confezionato uno per me e uno per lei, un set coordinato, come lo eravamo noi due secondo nonna.

Si tamponò il naso arrossato con il fazzoletto e guardò fuori dalla finestra prima che i suoi occhi assumessero un'espressione diversa e tornassero su di me. «Ora, Molly, ho bisogno che tu prenda un bel respiro coraggioso, okay? Proprio come ti ho insegnato io.»

Annuii e inspirai per cinque secondi dal naso tenendomi la pancia, per poi espirare lentamente dalla bocca per altri cinque.

«Brava bambina» mi elogiò, sfregandomi la guancia pollice.

«Nonna? Dov'è papà? È in ritardo, e lui non è mai in ritardo.» Tornava sempre a casa quando rientravo da scuola io. Puzzava di birra, questo era vero, però d'altronde aveva sempre avuto quell'odore lì. Altrimenti non sarebbe stato papà.

«Molly, oggi è successa una cosa a papà» spiegò lei con voce tremante.

«Si sente poco bene? Secondo te dovremmo preparargli il tè per quando torna? Il tè fa bene a tutti, non è vero, nonna? Me lo dici sempre» dissi, cominciando a sentire uno strano rimescolio alla pancia al modo in cui la nonna continuava a guardarmi.

Lei scosse il capo e le tremò il labbro. «No, stellina. Oggi niente tè. Vedi, stamattina Dio ha deciso di richiamare papà in cielo insieme agli angeli del paradiso.»

Piegai la testa all'indietro per guardare il soffitto. Sapevo che Dio viveva in cielo, molto più in alto di noi. Solo che, per quanto mi sforzassi, non ero mai riuscita a vederlo.

«Ma perché Dio ci ha portato via papà? Siamo brutte persone? Sono stata troppo cattiva? È per questo che Dio non vuole che io abbia una mamma o un papà?»

Nonna mi attirò a sé, il naso sepolto fra i miei lunghi capelli castani. «No, Molly-dolly, non ci pensare neanche. Dio era soltanto triste perché papà sentiva tantissimo la mancanza di mamma. Così, ha deciso che era arrivato il momento di lasciarli tornare insieme. Sapeva che saresti stata abbastanza forte e coraggiosa da vivere anche senza di loro.»

Ci riflettei mentre mi succhiavo il pollice. Lo succhiavo sempre quando ero spaventata o agitata.

Nonna mi scostò i capelli dal viso. «Voglio che tu sappia che al mondo non c'era nessuno che si amasse più dei tuoi genitori. Quando mamma è morta, papà non sapeva da che parte voltarsi. Ti voleva un bene dell'anima, ma soffriva anche per la sua mancanza. E quando la signora alla televisione...»

«Margaret Thatcher?» la interruppi. A scuola ci avevano spiegato chi era. Nel paesino in cui abitavo io, non piaceva quasi a nessuno. Le avevano affibbiato dei brutti nomignoli perché aveva reso molto tristi parecchie persone.

Nonna sorrise. «Sì, proprio lei, Margaret Thatcher. Quando la Signora Thatcher ha chiuso le miniere, papà ha perso il lavoro e questo l'ha reso molto infelice. Per tanto tempo ha cercato di guadagnare qualche soldo per comprarci una casa più bella, però è sempre stato un minatore e non sapeva fare nient'altro.» Chiuse gli occhi. «Oggi tuo papà è morto, stellina. È salito in cielo e non tornerà mai più.»

Sentii il labbro tremare e le lacrime pungermi gli occhi. «Io non voglio che se ne vada! Non possiamo chiedere a Dio di ridarcelo? Che cosa faremo senza di lui?» Una sensazione opprimente mi riempì il petto e mi sembrava di non riuscire a respirare. Presi la mano di nonna e parlai con voce tremolante. «Non c'è più nessuno oltre a noi due, non è così, nonna? Sei tutto ciò che mi resta. E se Dio prendesse anche te? Io non voglio rimanere da sola. Nonna, ho tanta paura.» Uno strillo acuto mi scappò di bocca. «Non voglio rimanere da sola!»

«Molly…» bisbigliò nonna. Mi coccolò tenendomi stretta e crollammo sul pavimento a piangere davanti al camino.

Papà ci aveva lasciate.

Papà era salito in cielo.

Non sarebbe più tornato, mai più.

CAPITOLO 1

Università dell'Alabama, Tuscaloosa, Stati Uniti d'America
Presente

Porcaccia la miseria, ero in ritardissimo!

Buttai fuori rapidi respiri affannosi e mi scapicollai per l'immenso campus dell'Università dell'Alabama, concentrata al massimo per non battere una musata per terra.

Avevo le mani piene zeppe di programmi del corso di filosofia che ero stata incaricata di stampare un'ora prima, il primissimo compito dei miei doveri di assistente.

La lezione sarebbe cominciata fra pochissimo, e la mia sfiga – che sembrava non finire mai – aveva deciso che la stampante in uso al corpo docente decidesse di guastarsi a metà dell'opera con un melodioso canto del cigno, costituito da un rantolo acuto e sbuffi di fumo intermittenti.

La stanza delle fotocopiatrici si trovava dalla parte opposta del college, motivo per cui ero finita in quel guaio: a correre per l'imponente cortile interno dell'università con ai piedi un paio di Crocs arancioni indegne di un qualsivoglia sforzo atletico, nella rovente sauna infernale di Tuscaloosa. O, com'era più comunemente nota, una normale giornata d'afa estiva.

Intravidi il mio riflesso su una porta a vetri.

Non ero messa bene. Non ero *affatto* messa bene.

I miei capelli castani ricordavano il pelo arricciato di un barboncino nano, il sudore sul naso stava istigando i miei occhiali da vista – quelli classici con la montatura nera che passava il sistema sanitario nazionale britannico – a lanciarsi giù dal naso come dei kamikaze, e con la corta salopette di jeans e la maglietta bianca che indossavo mi sembrava di avere addosso una tuta da lavoro.

I cieli perennemente coperti dell'Inghilterra non mi erano mai sembrati tanto invitanti.

Oggi *niente* sembrava andare per il verso giusto; la stampante difettosa era solo la seconda delle disavventure che stavo collezionando, mentre alla prima avevano pensato quelle pazze delle mie amiche con le torture a cui mi avevano sottoposta quella mattina.

«Toga, toga, toga...!» ripeteva Lexi a squarciagola. Lei e Cass se ne stavano sedute sul mio letto a ridere di me che mi disperavo in quella toga improvvisata; alzavano le braccia per aria a ogni ripetizione e schiamazzavano subito dopo.

«Sto malissimo» mi lamentai mentre tentavo di sistemare il lenzuolo in mille modi diversi pur di coprire le parti del corpo che di solito non mettevo in mostra.

«E invece sei una favola! Hai delle tette da sogno, belle tonde e perfette...» provò a complimentarsi Cass, che allungò le mani e finse di strizzarmi i seni. «Io te lo dico, Molls, di solito non sono una degustatrice di passere, ma potrei fare un'eccezione per te conciata in quel modo! Porca merda, ragazza mia, hai delle curve da leccarsi i baffi!»

«Cass!» la rimproverai aspramente, alzando gli occhi al cielo. «Devi proprio uscirtene con commenti del genere?»

«Ah, dacci un taglio, eh, tesoro? Stai benissimo. Stasera verrai con noi, non puoi tirarti indietro. Non costringermi a portartici di peso... perché lo farò... se devo.»

«Ma...»

«Ma, un corno! Ti abbiamo promesso un'esperienza universitaria da sballo, e non una replica di quella da sfigati che hai vissuto in Inghilterra. L'esperienza completa comincia stasera.»

«Oxford non era mica così tremenda! E in che cosa consisterebbe questa cosiddetta "esperienza"? Porcaccia la miseria, prima mi tocca

entrare in una confraternita femminile, e poi? Mi do ai cocktail di droghe e collasso fuori dalle discoteche ubriaca marcia?»

«Ci possiamo organizzare anche per quello, comunque di solito l'esperienza prevede solo un sacco di maschi, sesso, orge, orgasmi... oh, ed esperimenti sul punto G. Hai presente, no, i motivi per cui uno frequenta veramente *il college» rispose Cass con un candore disarmante.*

«Io sono venuta al college per studiare, Cass, non per regalarla agli ubriaconi delle confraternite!»

Lei sghignazzò. «Mettila come ti pare, tesoro, ti garantisco che, quando avrai le caviglie agganciate intorno al collo di un bel maschione che ti indossa come una collana e ti solletica l'ombelico dall'interno, lo studio sarà l'ultimo dei tuoi pensieri!»

Consapevole che Cass avrebbe liquidato qualsiasi replica, anche se fossi riuscita a inventarne una, andai alla mia poltrona marrone, mi lasciai ricadere sul cuscino morbido e mi presi la testa fra le mani. «In che razza di guai mi sono cacciata, con voi due?»

«Ti sei cacciata nel periodo più bello della tua vita» affermò Lexi con aria solenne.

Rialzai la testa e, tra le dita, sbirciai quelle gradasse delle mie amiche che mi guardavano con aria divertita. «Stasera mi costringerete ad accompagnarvi a questa stramaledetta festa, dico bene?»

Lexi scese dal letto e si lanciò sulle mie gambe, poi mi gettò le braccia magre intorno al collo. «Certo che sì, dolcezza. Adesso sei una di noi!»

Le scoccai un sorrisetto riluttante. «Così pare.»

Cass ci raggiunse sulla poltrona e mi schiacciò finché non cominciai a strillare sotto il peso di tutte e due messe insieme. «Togliti la toga così posso cucirtela, poi vai a lezione e, quando torni, daremo inizio ai festeggiamenti...»

Si diceva che le disgrazie non venivano mai sole.

Io ero già a quota due.

E non c'era due senza tre.

Mantenendo la stessa andatura da capogiro quasi fino a perdere i sensi, superai le doppie porte del dipartimento di studi umanistici, filai subito in direzione delle aule in cui si tenevano le lezioni e puntai dritto su quella della professoressa Ross, con la mente che non cessava di schernirmi facendomi sfilare davanti agli occhi strane visioni di losche toghe danzanti.

Presa com'ero dal mio stato d'agitazione, non mi accorsi del gruppetto di studentesse che stava girando l'angolo proprio in quell'istante. Ma, ahimè, le cose cambiarono quando la rossa tirata a lucido che guidava le altre mi venne addosso – apparentemente di proposito – e i fogli mi caddero di mano per sparpagliarsi sulle piastrelle del pavimento.

«*Ops*! Guarda dove vai, dolcezza!» cantilenò lei con una vocetta odiosa. «Non è che ti servono degli occhiali più spessi o roba del genere?»

Ed ecco che si palesava la terza disgrazia.

Mi piegai sulle ginocchia senza rialzare lo sguardo e sentii un coro di sghignazzanti risate di scherno chiaramente indirizzate alla sottoscritta. Mi sembrava di essere tornata alle superiori, con gli studenti popolari che si divertivano a bullizzare la secchiona.

Non rispondevo mai per le rime. Ero abituata a ignorare le battutine della gente a proposito dei miei vestiti da due soldi e delle mie ristrettezze economiche, o qualsiasi altra frecciatina mi lanciassero contro. Così mi limitai a ringhiare sottovoce e presi a raccogliere i fogli in un mucchio disordinato.

La porta dell'aula si richiuse e, convinta di essere finalmente al sicuro in compagnia di me stessa, buttai fuori un «Teste di cazzo!» a voce un po' più alta di quanto volessi, e mi produssi in una smorfia imbarazzata quando l'eco si propagò nell'ampio corridoio cavernoso.

Non mi capitava spesso di dire parolacce, però in quel momento mi sentivo giustificata, e mi sembrò anche alquanto catartico. Persino in un mondo lessicalmente ricco come quello accademico, a volte non c'era niente di meglio della parola "cazzo".

Finii di raccogliere i fogli, scossi il capo e mi rimisi in piedi. A quel punto, porcaccia la miseria, gli occhiali mi scivolarono giù dal naso e piombarono sul pavimento.

Avvilita, sospirai e decisi che quella mattina sarebbe stato meglio se non mi fossi nemmeno alzata dal letto.

Una risata risuonò brevemente alle mie spalle e mi indusse a trasalire, poi una mano calda mi prese per il braccio e mi fece girare su me stessa per rimettermi gli occhiali sul naso.

Strizzai ripetutamente gli occhi e, quando la mia vista tornò alla normalità, mi ritrovai davanti un ampio petto coperto da una maglietta bordeaux senza maniche con la scritta *Crimson Tide Football.*

«Ora ci vedi?»

Seguii il suono di quella voce profonda dalla pronuncia strascicata tipica del Sud degli Stati Uniti, e mi accorsi che ero finita davanti a uno di quei classici ragazzoni abbronzati dell'Alabama: lunghi capelli biondo scuro che gli sfioravano la mascella, occhi di un marrone intenso e profondo incorniciati da lunghe ciglia nere come l'inchiostro. Svettava su di me, col suo uno e novanta, o forse più, contro il mio metro e sessantacinque.

Trattenni il respiro, fu più forte di me.

Era splendido.

Porcaccia la miseria, era *veramente* splendido.

Mi riscossi dallo stordimento e gli levai i fogli di mano nel tentativo di girargli alla larga. Sentivo il bisogno di allontanarmi e riacquistare una qualche parvenza di contegno, o magari di dignità, visto che in quelle ultime due ore me l'avevano praticamente portata via.

Nel passargli di fianco, il signor Crimson Tide Football mi prese per il polso e mi chiese: «Stai bene?».

Mi sforzai di darmi una calmata e di non essere scortese – dopotutto mi aveva aiutato – tuttavia avevo i nervi a fior di pelle, e la sensazione delle sue dita ruvide sul polso peggiorava soltanto le cose.

Decisi di affibbiare la colpa di quello strano comportamento alla disidratazione, o a una forma particolarmente acuta di toga-fobia.

Afflosciai le spalle e risposi: «Sì, sto bene».

«Sicura?»

Buttai fuori un lungo respiro e incrociai i suoi magnifici occhi color cioccolato, notando le screziature nero-bluastre che ne circondavano l'iride. «Hai mai avuto una di quelle giornate in cui diventa tutto un vero e proprio incubo?» Sottolineai lentamente le ultime quattro parole.

Lui sbuffò rumorosamente e se ne uscì con un'espressione divertita. Le labbra piene gli si imbronciarono in un sorrisetto sghembo e il naso leggermente asimmetrico si arricciò di pari passo. «A dir la verità, ne sto avendo una proprio adesso.»

«Siamo in due allora.» Non riuscii a impedirmi di restituirgli un sorrisetto riluttante. Serrai la presa sul fascio di fotocopie e gli dissi: «Grazie per esserti fermato a darmi una mano. Sei stato molto gentile».

Lui incrociò le braccia massicce e abbronzate sul petto enorme e assunse un'aria visibilmente divertita dal mio disagio. «*Gentile*? Di solito la gente non mi definisce così.»

Detto questo, mi precedette lungo l'ampio corridoio.

Quando fui pronta a entrare in aula, il ragazzo si girò un momento a scoccarmi un'occhiata da sopra la spalla e annunciò con voce brusca: «Io mi chiamo Rome».

«Io sono Molly» mi affrettai a rispondere. Rome lasciò scorrere i denti sul labbro inferiore e annuì piano, squadrandomi da capo a piedi con uno sguardo stranamente intenso. Poi, senza aggiungere altro, entrò nell'aula di filosofia.

Dopo essermi concessa un momento per riordinare i pensieri, aprii la porta con una spallata e diverse paia di occhi si fissarono subito su di me. Avanzai nella stanza con l'impressione di aver fatto un'entrata in scena degna di Bridget Jones.

La professoressa Ross mi scoccò un'occhiata severa. Mi sfuggì una smorfia mentre raggiungevo la cattedra e misi giù le copie del programma del corso, agitando le dita nell'imbarazzo più totale. La professoressa mi accennò di affiancarla al leggio. Io obbedii e alzai lo sguardo sugli studenti, tutti presi a studiare la nuova arrivata dall'Inghilterra che si stava rendendo assolutamente ridicola.

La professoressa mi indicò e iniziò a parlare con un raffinato accento inglese. Sembrava la preside di un collegio vecchio stile, con il tailleur di tweed marrone, i capelli grigi raccolti in uno chignon a conchiglia e occhiali da vista con le lenti a mezzaluna. «Sono lieta di presentarvi Molly. Anche lei, come me, viene dall'Inghilterra, e ha accettato di prendere il master presso questa prestigiosa università e di continuare ad assistermi *sia* nel lavoro di ricerca per una pubblicazione che sto scrivendo per una rivista accademica, *sia* in questo corso. Io e Molly ci conosciamo ormai da qualche tempo, e non avrei potuto imbarcarmi in quest'anno sabbatico negli Stati Uniti in miglior compagnia. Come scoprirete presto anche voi, Molly è una ragazza alquanto eccezionale.»

La professoressa si scostò e mi invitò a rivolgermi alla classe con un gesto della mano. «Molly, perché non dici due parole ai tuoi nuovi compagni?»

Trassi un respiro profondo e mi avvicinai al leggio, poi alzai lo sguardo con aria circospetta. «Ciao a tutti. Come ha già detto la professoressa Ross, mi sono trasferita qui dall'Inghilterra per prendere il master in filosofia, nella speranza di dedicarmi al dottorato già dall'anno prossimo e realizzare così il mio sogno di diventare professoressa.» I miei occhi ispezionarono le file di sedie. L'aula di modeste dimensioni conteneva all'incirca una trentina di persone.

«Sono sempre stata un'appassionata di filosofia della religione e sono contenta di essere qui per aiutare la professoressa Ross con le lezioni e i seminari, e per provare a rendere il magnifico mondo della filosofia ancora più interessante! Sarò lieta di rispondere a qualsiasi domanda su…»

«Io ne ho una.»

Seguii la voce che mi aveva interrotta e mi ritrovai a guardare la rossa del corridoio… che era seduta proprio accanto a Rome.

«Perché mai vorresti diventare professoressa di filosofia? Non ti sembra un po' uno spreco della tua vita?»

Ero abituata a sentirmelo chiedere.

«Perché? Nella vita sulla Terra, tutto può essere messo in discussione: perché, in che modo, com'è possibile? Per quanto mi riguarda, il mistero della vita e dell'universo è di grande ispirazione, la vastità delle domande rimaste ancora senza risposta mi lascia senza parole, e adoro immergermi nei percorsi accademici degli studiosi dell'età antica e moderna.»

La rossa scoppiò a ridere. «Quanti anni hai, dolcezza?»

«Ehm... venti.» Mi guardai nervosamente intorno e vidi un sacco di occhi spalancati puntati su di me.

«Vent'anni! E stai già studiando per il master?»

«Beh, sì. Ho iniziato l'università con un anno d'anticipo. Ho finito presto le superiori.»

«Caspita, ragazza mia, fossi in te la smetterei di essere sempre così seria e imparerei a godermi un po' la vita. Mica si vive di solo studio; bisogna anche divertirsi. E che cavolo, rilassati un po'!» Scosse la testa con aria sbigottita, i lunghi capelli che fluttuavano in maniera impeccabile a ogni movimento. «Giuro che quelle come te non le capirò mai.»

Davanti ai suoi commenti senza peli sulla lingua, diversi studenti si agitarono nervosamente ai loro posti. La rossa sembrava soddisfatta di sé stessa, senz'altro convinta che anche il suo secondo tentativo di conciarmi per le feste fosse andato a buon fine.

«Quelle come me?» domandai con voce solo leggermente tagliente.

La rossa mi rivolse un sorriso velenoso e una dentatura di capsule bianchissime dall'aria super-costosa minacciò di accecarmi. «Topi di biblioteca, secchione... *professoresse* in erba!»

Assottigliai lo sguardo di rimando e cercai di mantenere un atteggiamento professionale, anche se nell'udire quel tono di merda mi aggrappai al leggio di legno con gli artigli in fuori. Decisi rapidamente di mandare al diavolo la professionalità. Stavolta le avrei risposto per le rime. Stavo già avendo una giornataccia – e la serata sarebbe stata pure peggio – perciò scelsi di dare il tutto per tutto e di avere la giornata più infernale della storia.

«Sono lo studio e la conoscenza, credo, a conferire potere a una persona, e non i soldi o lo status o i capi firmati che indossi» dissi freddamente.

«Ah sì? Lo pensi davvero?»

«Certo. Aprire la mente a possibilità ignote, studiare come funzionano le altre culture e le loro credenze, ci garantisce una comprensione più ricca e complessa della condizione umana. La filosofia risponde a tutta una serie di domande. Per esempio, perché alcune persone vivono la vita come se fosse una passeggiata, senza provare alcun tipo di compassione per gli altri? E invece altre – gli esseri umani buoni, premurosi e onesti – ricevono una batosta dietro l'altra, ma trovano comunque la forza per tirare avanti? Se la gente dedicasse un po' di tempo a risolvere i problemi che affliggono l'umanità, non credi che il mondo sarebbe un posto migliore?»

La ragazza si toccò nervosamente i capelli senza rispondere alla domanda, si limitò a stringere le labbra rosso rubino e a continuare a fissarmi con aria scocciata.

«*Ecco* perché preferisco studiare anziché ubriacarmi ogni sera. Il mondo merita persone disposte a pensare al prossimo prima che a sé stesse, persone che si impegnano a essere meno egoiste e disinteressate.» La fulminai con lo sguardo e annunciai in un tono di voce pseudo-amichevole: «Spero che questo ti aiuti ad avere un'idea più precisa dei motivi per cui voglio diventare professoressa. Io sono così e ne vado molto fiera».

«Oh, *cazzo*! Te le ha proprio suonate, Shelly!» borbottò una voce burbera, che spinse il resto della classe a spezzare il silenzio opprimente con una risata. Rialzai di scatto la testa quando compresi che era stato Rome a parlare. Se ne stava stravaccato sulla sedia, con i piedi tirati su, e ridacchiava fra sé e sé mentre gli altri studenti si univano a lui. Una soddisfazione immensa mi si depositò nello stomaco.

Shelly restò a bocca aperta e si affrettò a chiudere la conversazione liquidandomi con un: «*Chissene*! Tanti auguri ad ambientarti da queste parti con quell'atteggiamento!».

La professoressa Ross mi diede un colpetto sulla spalla e mi bisbigliò all'orecchio di distribuire subito il programma del corso prima che finisse la lezione. Capii che il mio comportamento l'aveva mandata su tutte le furie.

Mi affrettai a prendere le fotocopie sulla cattedra di rovere e cominciai a consegnarle una alla volta a ciascuna fila di studenti, mentre la professoressa illustrava i criteri con cui avrebbe valutato le tesine, nonché le regole e gli standard previsti per le sue lezioni.

Arrivata all'ultima fila, vidi subito Rome che mi fissava con uno scintillio inspiegabile negli occhi. Chinò la testa a mo' di saluto, le labbra atteggiate in una linea severa. Gli rivolsi un rapido sorriso.

Shelly gli si avvicinò senza mai togliermi gli occhi di dosso. A giudicare dalla sua posizione – con le gambe piegate per toccare quelle di lui, il petto prosperoso che gli sfiorava il braccio – lei e Rome erano in rapporti chiaramente molto amichevoli.

Stavo per consegnarle l'ultima fotocopia quando lei disse cinguettando: «Belle scarpe, *Molly*. Le aspiranti professoresse di filosofia hanno tutte il tuo gusto impeccabile in fatto di moda?». Gli studenti risero di me.

Abbassai lo sguardo sulle Crocs a poco prezzo che indossavo, poi adocchiai i suoi eleganti sandali dorati alla schiava – che costavano senz'altro un occhio della testa – e mi lasciai sfuggire un sospiro avvilito.

Rome allontanò subito la gamba di Shelly dalla propria e sbottò: «Dacci un taglio, Shel. Perché devi essere sempre così stronza?». La sua constatazione riuscì ad ammutolire anche il resto della stanza e il suo rifiuto di partecipare alle frecciatine malevole convinse gli altri studenti a distogliere l'attenzione dal mio imbarazzo e a rattrappirsi sulla sedia pur di sfuggire all'eventualità che lui se la prendesse anche con loro.

Shelly si immusonì, incrociò le braccia sul petto e si afflosciò sulla sedia.

Rome ignorò la sua meschinità e rialzò lo sguardo su di me, il mento sollevato. «Ci credi davvero, a quello che hai detto?»

«Quale parte?»

Lui si agitò un poco e si passò bruscamente le dita fra i capelli biondi e spettinati. «Sulle ingiustizie della vita. Sul fatto che la filosofia può rispondere al perché certa gente si becca solo la merda e altri invece no.»

«Eccome se ci credo» risposi con assoluta certezza.

Lui annuì lentamente e increspò le labbra con aria quasi impressionata.

Mi allontanai a passo svelto e sedetti alla scrivania riservata agli assistenti su un lato dell'aula. Tenni la testa bassa mentre gli studenti venivano congedati.

«*Molly*.»

Rialzai il capo e mi ritrovai davanti la professoressa, un'espressione carica di biasimo sul viso ricoperto di rughe. «Ti spiacerebbe spiegarmi quello che ho appena visto? Non è da te.»

«Suzy...»

«Ehm, quando siamo in aula sei pregata di chiamarmi *professoressa Ross*, Molly. Mi dici che ti è preso?»

Con una smorfia, borbottai: «Mi scusi. Non so dove ho la testa».

«Non hai risposto alla mia domanda.»

Quando incrociai il suo sguardo severo, in quegli occhi segnati dal tempo non scorsi soltanto la delusione per la mia mancanza di professionalità, ma anche un lampo di preoccupazione.

Sospirai. «Niente, solo una brutta giornata. Non ricapiterà.»

Suzy lasciò ricadere le braccia, il rimprovero già dimenticato. «Non lasciarti influenzare da quello che dicono le persone come la signorina di prima. Non giustificarti mai per ciò che sei.»

Un sorriso mi spuntò sulle labbra. «Grazie, professoressa. Adesso lo capisco. È solo che... non lo so... ha toccato un nervo scoperto.»

«Me ne sono accorta. La prossima volta, però, fingi di non averla sentita. Ignorala e basta.»

Le rivolsi un cenno d'assenso.

«Bene, che ne dici di tornare a casa?»

«Grazie, professoressa.» Presi la cartella di cuoio marrone dallo schienale della sedia e uscii dall'aula.

Rome era nel corridoio con le braccia di una ragazza bionda e magra strette intorno al collo, il petto di lei premuto sulla maglietta bordeaux, e tentava di togliersela di dosso con un'espressione esasperata sul viso.

Mi fermai di botto, incredibilmente a disagio.

«Ma... insomma... perché? Non mi dici mai di no!» piagnucolò la bionda, che finalmente gli lasciò andare il collo con riluttanza. La vidi incrociare le braccia al petto e pestare per terra una zeppa color crema in segno di protesta.

«Le cose cambiano» replicò bruscamente Rome, costringendola ad allontanarsi da lui.

«*Cambiare*? *Tu*? E da quando?»

«Da ora, cazzo! Non mi servi più.»

Con un grido indignato, la bionda uscì di scena e Rome si passò una mano sul volto; sembrava a dir poco turbato, la fronte ora premuta sul muro con aria abbacchiata.

Approfittando delle sue spalle voltate e tenendo la testa bassa, mi affrettai a superarlo silenziosa e ricominciai a respirare solo quando riuscii a svignarmela inosservata.

Inforcai la porta e uscii sotto il sole estivo, dove non potei impedirmi di sentirmi un tantino delusa all'idea che Rome fosse chiaramente uno di *quelli*: uno sciupafemmine... un rubacuori... il classico cattivo ragazzo in tutto e per tutto.

Bello com'era, non c'era da stupirsi.

CAPITOLO 2

«Vi spiacerebbe *ripetermi* per quale assurda ragione me ne sto andando in giro precariamente avvolta in un lenzuolo che mi copre a stento le tette e il culo?» domandai a voce un po' più alta del necessario. Io e le mie amiche ci stavamo dirigendo verso la tanto temuta serata di iniziazione della confraternita femminile da *noi* scelta.

Lexi si fermò all'improvviso e mi tirò per un braccio per voltarmi verso di lei. «Perché voglio *finalmente diventare* una cheerleader, porca puttana, e questo è il modo più semplice per riuscirci! Quella stronza della capo-cheerleader gestisce tutta la confraternita, e io intendo farmela amica e sfruttare la cosa a mio vantaggio. Sono tre anni che ci provo senza alle spalle una confraternita e *nisba*. Questo è il mio ultimo tentativo; quindi, chiudi la bocca e diamoci una mossa!»

«L'ho già detto e ve lo ripeto: siamo troppo vecchie per queste sciocchezze! Siamo tutte e tre all'ultimo anno, mi spiegate come mai ci vogliono nella loro confraternita?»

«*Perché*,» iniziò a dire lei in tono esasperato, «sono a corto di ragazze dell'ultimo anno e studentesse trasferite dall'estero – tipe come noi!» Un cipiglio le si incise sul viso notevolmente pallido.

Lexi era una dark alta un metro e un tappo, con tanto di fisico eccessivamente snello, capelli neri tagliati cortissimi, fondotinta d'un bianco immacolato e matita nera intorno agli occhi e alle labbra. Era l'esatto opposto della classica cheerleader, eppure il suo folle sogno nel cassetto era di salire in cima a una piramide umana durante una partita di football.

E io, la sua compagna di stanza, ero stata reclutata per darle man forte. Beh, io *e* Cass, l'esuberante bionda texana di quasi centoquaranta chili che ci stava alle calcagna e passava in rassegna i ragazzi che le sarebbe piaciuto divorare. Come al solito, Cass indossava i classici stivali da cowboy di pelle nera e lo Stetson bianco, insieme alla toga obbligatoria – che sembrava la federa di un cuscino – in cui era stata catapultata.

Nell'osservare il nostro terzetto, non potei esimermi dal pensare che non ci saremmo mai mimetizzate con le prestanti reginette di bellezza che ci aspettavano oltre la grande porta bianca.

Durante la mia prima settimana in Alabama (quella in cui le confraternite reclutavano i nuovi membri), eravamo state puntate – nel senso che eravamo state scelte – da una morettina eccessivamente zelante; poi, dopo lunghe settimane di selezioni, eravamo state invitate a questa serata per l'iniziazione ufficiale.

Lexi l'aveva preso come un segno dal suo Dio onnipotente appassionato di cheerleading.

Io l'avevo preso come un castigo insolito e crudele.

Cass ci si parò davanti. «Che si dice, stronzette? Andiamo a sballarci, sì o no?» domandò. «Voglio vedere il manzo di prima qualità che offre la casa. Il taco di mamma ha bisogno di essere farcito alla vecchia maniera.» E si sferrò una manata sull'inguine per enfatizzare il concetto.

Un mese prima, quando ero arrivata, mi avevano immediatamente assegnato a un dormitorio nel campus, e l'unica stanza disponibile era con Cass e Lexi. Me n'ero innamorata all'istante: niente arie, nessun garbo e totalmente orgogliose di ciò che erano. Mi avevano esteso l'ospitalità tipica del Sud ed eravamo diventate subito amiche. Eppure, quando avevo conosciuto queste magnifiche signorine, non avevo capito che il motto "una per tutte e tutte per una" che avevamo adottato mi avrebbe condotta in un lenzuolo di cotone da due soldi, e tutto per aiutare la reginetta di bellezza emo di cui ero diventata amica a realizzare le sue fantasie a base di pompon.

Ero passata da una vita di solitudine, sessioni di studio in biblioteca lunghe diciotto ore e cene da snob con l'argenteria da tavola di Oxford, a indossare della biancheria da letto aggiustata per assomigliare a un vestito dell'antica Roma.

Non ci assomigliava.

Per niente.

Cass tirò fuori una fiaschetta di liquore fatto in casa da una piega nascosta della sua toga attillata e ne bevve un lungo sorso. «Ooh, belle mie! Sentite come brucia!» cantò, chinata a sferrarsi una manata sulla coscia massiccia. Si passò la lingua sui denti per leccare via fino all'ultima goccia di liquore, poi consegnò la fiaschetta a Lexi che, dopo aver bevuto, si mise a ballare sul posto strillando e dimenando le braccia, e infine la passò a me. Presi un minuscolo sorsetto di prova e gli occhi minacciarono di schizzarmi fuori dalle orbite.

«Oddiosanto, Cass! Come riesci a bere questa roba?» sbottai mentre mi passavo le mani sulla gola nel tentativo di alleviare il bruciore. Cass aveva trasformato una parte del bagno in una distilleria. Andava matta per quella robaccia.

«Mi prendi in giro? È come bere il latte di mamma, e poi mi dà un bel *bzzzzz...*» Allungò il suono e si agitò come fosse stata folgorata da una scarica elettrica, poi estrasse il tabacco da masticare dal suo borsellino nascosto e se lo infilò dietro al labbro inferiore.

Alzai gli occhi al cielo alle sue sceneggiate e le restituii la fiaschetta. Dopodiché, tenendoci a braccetto, entrammo nella bolgia infernale.

L'atrio della Delta Epsilon Nu Omega... Beta... Pi... Kappa – *chi se ne fregava?* – era immenso. L'ingresso dell'imponente palazzo di mattoni rossi era dominato da una grande scalinata di rovere, e i lampadari che pendevano dal soffitto sembravano usciti direttamente dalla reggia di Versailles.

Le ragazze della confraternita ci radunarono come bestiame in un grande salone sul retro. Alla notizia che avremmo presto conosciuto la misteriosa presidente, le iniziate furono scosse da un fremito di trepidazione. Mi sorprendeva che una persona sola potesse creare un tale scompiglio.

Le consorelle ci ordinarono di rimanere in silenzio e, con un rullo di tamburi a effetto, gentilmente offerto da una ragazza che batteva le mani su un tavolo, la presidente uscì da una doppia porta con aria a dir poco teatrale per dare inizio alla serata.

Mi irrigidii all'istante. Era Shelly, che si era abbondantemente messa in ghingheri e sfoggiava un vestitino giallo parecchio attillato.

«Benvenute, iniziate. Siete qui stasera per partecipare all'iniziazione finale di questa prestigiosa confraternita femminile di prim'ordine. Chi si trova in questa stanza potrà contare su un forte spirito di sorellanza e su una vera famiglia, non solo durante gli anni del college, ma per *tutta* la vita.» Cominciò a camminare su e giù davanti alla folla. «Lo scopo di questa serata è divertirsi. Tuttavia, prima che la festa abbia inizio, abbiamo deciso di sottoporvi a una piccola prova… per dimostrarci quanta voglia avete di essere qui.»

Sentii un pessimo presentimento riempirmi lo stomaco nel vedere il sorriso compiaciuto che le si era stampato in faccia.

«La prova sarà rapida e indolore» disse, e si fermò accanto a un tavolo coperto da un telo nero. Lo tirò via con una risatina per rivelare la sorpresa che nascondeva: file su file di bende.

Shelly si pavoneggiò davanti a ognuna di noi; soppesò ciascuna delle sue vittime con occhietti maligni, che si assottigliarono quando si posarono su di me. «Molly, che sorpresa. Come mai qui? Credevo che queste cose non ti *divertissero*! Mmm… Non penserai mica che unirti a una confraternita ti aiuterà a capire meglio la *condizione umana*, eh?»

Chiusi gli occhi e trassi un lento respiro dal naso, ignorando le occhiate interrogative di Cass e Lexi.

Shelly mi stava proprio antipatica.

Con un sorrisetto compiaciuto e una risatina cantilenante, proseguì: «Per la prova di iniziazione, ci serviremo dei membri della confraternita maschile gemellata con la nostra. Una volta bendate, dovrete dare un bacio – *con la lingua* – a uno dei nostri confratelli e indovinare quello che ha appena mangiato. È una cosetta da niente per dimostrarci la vostra dedizione, e ci faremo tutti una bella risata». Gettò i capelli, degni della pubblicità di uno shampoo, verso le sue consorelle, che ridacchiarono in risposta.

Che palle.

Le cose non promettevano bene.

Presi Lexi per un braccio e mi chinai su di lei. «Non avevi detto che le prepotenze sugli iniziati erano state bandite per via di un recente scandalo o roba del genere? Guarda quelle bende. Sarà un'umiliazione bella e buona, che può senz'altro essere considerata una prepotenza! Non ci riesco, Lexi. Questo non è proprio il mio campo.»

Lexi mi inchiodò con i suoi occhioni da cucciolo bistrati di nero. «Dai, Molls, *ti prego*. Fallo per me. Non è esattamente una prepotenza *brutta*; devi soltanto dare un bacio a un ragazzo, per carità del cielo!»

Abbassai la testa e mi lasciai sfuggire un gemito. Discutere con Lexi non sarebbe servito a niente. Lei si sarebbe semplicemente messa a piangere e io mi sarei sentita in colpa. «Sei totalmente in debito con me!»

«Andate a prendere una benda dal tavolo e indossatela. Vi metteremo in fila e lasceremo entrare i ragazzi» ci istruì Shelly con voce cantilenante, spassandosela allegramente a nostre spese.

Obbedimmo e, qualche minuto dopo, sentii la porta aprirsi e diverse paia di piedi entrare nel salone. Percepii la presenza di qualcuno davanti a me e la puzza rischiò quasi di darmi il voltastomaco. Il tipo puzzava d'alcol ed emanava un forte tanfo di sudore rancido da tutti i pori.

Che schifo.

«Quando vi tocco una spalla, baciatevi, indovinate il cibo corretto e sarete dei nostri – facilissimo» proseguì Shelly in quel suo tono allegro e cantilenante.

Sapevo di essere in fondo alla fila perché quando agitai una mano accanto a me, non toccai altro che aria.

Sarei stata l'ultima iniziata a cimentarsi nella prova.

Il suono inconfondibile delle slinguazzate e delle ragazze che tiravano a indovinare riempì il salone, e da ogni direzione arrivò il coro di risatine velenose in cui esplodevano le consorelle a metà dell'opera.

Sentii le pulsazioni accelerare per l'agitazione e non riuscii a tenere ferme le dita, a riprova del mio panico dilagante.

Quando arrivò il mio turno, il tempo sembrò fermarsi. Il tizio della confraternita aveva un... *odoraccio*. Eppure, ero disposta a baciarlo per Lexi.

Un leggero tocco sulla schiena mi avvertì che toccava a me. Presi coraggio e mi sporsi in avanti, solo per sentire una raffica d'aria davanti al viso e un gran fracasso da un punto accanto a me, poi delle risate maschili che riecheggiavano tutt'attorno.

«Levati di mezzo, Macmillan, mi sa che sei al mio posto» disse una voce strascicata.

«Ah, n-*no*... B-b-bullet! Shelly ha detto... ha detto...» biascicò *Macmillan* dal pavimento, in modo a malapena comprensibile.

«Non me ne frega un cazzo di quello che ha detto. Alzati e vai a prenderti da bere, oppure collassa, o come ti pare. Ci siamo capiti?» Il tono minaccioso di questo "Bullet" era inequivocabile.

«C-ci siamo capiti. Ci siamo capiti, bello.»

Non avevo la minima idea di cosa stesse succedendo o di chi sarebbe stato disposto a litigare per baciarmi. La giornata diventava sempre più assurda con ogni secondo che passava.

«Aspetta! Mac deve...» urlò Shelly.

«Chiudi quella cazzo di bocca, Shel.» Il suo tono di voce non ammetteva repliche e Shelly ammutolì.

Io mi stavo mordicchiando l'unghia del pollice – un tic nervoso che adottavo se mi sentivo a disagio – quando il nuovo arrivato mi si parò davanti. Aveva un odore deliziosamente più invitante del ragazzo di prima: d'estate, di sapone e di menta. Era familiare. Rassicurante. Seducente.

Una grande mano ruvida mi sfilò il pollice di bocca e posò la mia su un fianco sodo. Le mie dita percorsero il tessuto simile a cotone che gli copriva il busto, e tracciarono i rilievi dei muscoli di marmo e degli addominali scolpiti sottostanti. Bendarsi gli occhi era senz'altro un modo per risvegliare i sensi: l'olfatto, il tatto e l'udito erano diventati di gran lunga più acuti.

Un paio di mani mi afferrarono il viso e percepii il momento in cui il ragazzo si chinò su di me, per poi accarezzarmi improvvisamente le labbra con le sue in modo malizioso e delicato.

Senza alcun preavviso, il mio carnefice buttò fuori un gemito frustrato e rinunciò a qualsiasi delicatezza. La sua lingua, umida e impaziente, mi invase la bocca e si scontrò con la mia per assumere il controllo. Io glielo lasciai volentieri. Non avevo altra scelta.

Non mi ero mai sentita così in vita mia.

Con ogni secondo che passava, il bacio diventava più frenetico, più intenso, e sentii distintamente il profumo fresco della menta – il sapore o il cibo che avrei dovuto indovinare. La sentivo dappertutto, in ogni angolo della sua bocca e sulla superficie di quelle labbra piene.

Tutto a un tratto, mi riscossi dalla lussuria e ricordai dove mi trovavo – in una stanza piena di gente – così, prima di potermi perdere completamente nel suo tocco, riordinai i pensieri e mi preparai a interrompere il contatto a malincuore.

Come prima cosa, tirai indietro la lingua tenendolo per i polsi, e le sue mani rimasero ferme ai lati del mio viso. Lasciai scivolare via le labbra dalle sue, ma gliele leccai per assaporarle un'ultima volta, guadagnandomi così un grugnito soddisfatto.

Cercai di riprendere fiato e realizzai che, per la prima volta, nella stanza regnava un silenzio assoluto.

Le mani del mio carnefice mi si strinsero sulle guance in una morsa implacabile e prepotente, mentre il suo fiato caldo e dolce mi sfiorava il viso in brevi e rapidi respiri.

Mi schiarii la gola e annunciai a bassa voce: «Menta. Il sapore che ha in bocca è quello della…».

La mia risposta venne soffocata da un gemito profondo e dalle labbra del ragazzo che tornavano a schiantarsi sulle mie con molto più entusiasmo di prima, la lingua di lui che mi saettava di nuovo in bocca.

Capelli morbidi, che profumavano di legno e bosco, mi solleticarono il naso quando il ragazzo premette il viso sul mio quasi fino a farmi male. Gemette a ogni leccata e scavò sempre più a fondo, quasi stesse divorando il dessert migliore del mondo – e io riuscii soltanto a ricambiarlo.

Alzai le mani per infilargliele fra i capelli – capelli lunghi e soffici – e me li intrecciai intorno ai pugni, guadagnandomi un ringhio brusco e dissoluto mentre ci avvinghiavamo l'uno all'altra per tenerci ancora più stretti.

Non seppi mai quanto durò quel bacio, ma più andava avanti, più ero convinta che il cuore mi sarebbe schizzato fuori dal petto. Lui mi controllava, io obbedivo, e ci beavamo l'uno nell'abbraccio dell'altra.

Nell'istante in cui sentii una delle sue mani scivolarmi lungo il collo, qualcuno mi strattonò per la spalla e la mano che mi stringeva delicatamente il viso mollò la presa.

«Ora basta! Rome, che diavolo combini? Levale subito le mani di dosso!» squittì Shelly, la voce incredibilmente simile allo stridio delle unghie sulla lavagna.

Mi tolsero la benda dagli occhi e, quando il riparo dell'oscurità venne a mancare, mi ritrovai davanti Rome – nel senso che ce l'avevo proprio di fronte, le punte dei nostri nasi che quasi si toccavano. Indossava gli stessi vestiti di stamattina e ignorava la sfuriata di Shelly, fissandomi con un'espressione di puro desiderio.

«Ehi, Mol» disse con voce roca, continuando a spostare lo sguardo dai miei occhi alle mie labbra gonfie e viceversa.

«Ehi, tu…» bisbigliai di rimando, incapace di ripescare altre parole dal mio cervello fuso.

Rome tornò a chinarsi su di me, come per effetto della forza di gravità, e io alzai istintivamente il mento. Shelly l'afferrò per un braccio e lo strattonò all'indietro per diverse decine di centimetri, eppure Rome non interruppe mai la nostra bizzarra gara di sguardi.

«*Ehi*!» strillò Shelly prima di tirargli uno schiaffo con notevole forza. Questo riuscì ad attirare l'attenzione di Rome e scatenò una serie di reazioni scioccate da parte dei presenti nel salone.

Dopo aver riabbassato le mani che mi aveva posato sul viso, Rome prese Shelly per un polso in modo delicato eppure fermo, e parlò a denti stretti, con un ghigno terrificante sul viso. «Porca troia, non mi toccare. Mai. Più.»

Shelly strabuzzò gli occhi davanti a quell'avvertimento così aspro e minaccioso, mentre gli altri mi fissavano alla stregua di un esperimento scientifico finito male.

«Era menta» dissi di getto e Shelly si girò di scatto ad affrontarmi. «Rome sapeva di menta. Era quello che volevi sapere per questa ridicola prova d'iniziazione, no?» Le mie parole risuonarono fredde come il ghiaccio persino alle mie orecchie. Guardai Shelly dall'alto in basso, nel tentativo di dissipare l'atmosfera scoppiettante che era calata sul salone.

Lo sguardo duro e furibondo di Rome si focalizzò sul mio e, per un istante, mi mancò il fiato. Nessuno era mai riuscito a farmi sentire in questo modo, così cominciai ad andare nel panico, in balia dell'insolita attrazione che provavo nei suoi confronti.

Rome appiattì le labbra in una linea severa e le sue narici si dilatarono, quasi potesse sentire l'odore della mia irresistibile attrazione per lui. «Ha ragione. Prima ho masticato una gomma.»

Strattonando via il braccio dalla ferrea presa di Shelly, Rome la sospinse all'indietro, si girò di scatto e uscì dal salone sbattendo violentemente la porta.

Dopo diversi secondi carichi di tensione, gli altri ragazzi lo seguirono a ruota, finché non rimasero soltanto le iniziate ancora a bocca aperta e le consorelle che mi fissavano con un assortimento di sorrisetti impressionati ed espressioni sgomente.

Lexi e Cass si precipitarono su di me, i sorrisi smaglianti che sprizzavano entusiasmo da tutti i pori. Lexi mi prese per mano e strillò: «Molly, lo sai chi era quello?».

«Sì, era Rome. L'ho conosciuto stamattina, frequenta il mio corso di etica e filosofia.»

Cass sbuffò. «Sì, ovvio che era *Rome*, ma è *più di un semplice studente*, Molls.»

«*Ovvero*?» replicai confusa.

Lexi mi si avvicinò ulteriormente. «Molly, Rome è all'ultimo anno e, giusto perché tu lo sappia, è *completamente* inaccessibile. È schivo, sempre tenebroso e di cattivo umore, ma anche e *soprattutto* il quarterback titolare dei Tide, che cavolo!»

«Statistiche ufficiali: centosei chili e mezzo per un metro e novantadue di muscoli d'acciaio!» aggiunse Cass in brodo di giuggiole.

«È il *chi*? Dei che?»

Cass indietreggiò e si piazzò le mani sul seno prorompente, neanche avessi appena bestemmiato contro il papa in persona. «È l'uomo di punta dei Crimson Tide.»

«Oh, ho visto che ce l'aveva scritto sulla maglietta. È una squadra di football americano, giusto?»

«Giusto? *GIUSTO*? Non ce l'avete il football in Inghilterra?»

«Sì, però è quello che si gioca con un pallone *rotondo* e si chiama calcio. Abbiamo quello, oltre al rugby, il cricket e il tennis. Da noi non si gioca a football americano, perlomeno non a livello agonistico.»

«Santo Gesù bambino... non potrei mai vivere senza il football. Niente feste sul retro di un furgone, barbecue o chioschi che preparano gli hot dog. La vita sarebbe intollerabile.»

«Sono stata cresciuta da mia nonna in un paesino di minatori nel Nord dell'Inghilterra. La sua idea di divertimento era lavorare sciarpe a maglia e giocare a scacchi. Poi sono andata a Oxford, dove studiavo ventiquattro ore su ventiquattro, sette giorni su sette, per laurearmi. Scusami tanto se il football non ha mai avuto alcuna rilevanza nella mia vita!» tentai di sdrammatizzare, eppure sentii un'angoscia familiare che iniziava a montarmi dentro anche solo a nominare la mia vecchia vita. La soffocai prima che potesse sopraffarmi.

Lexi mi liquidò con un gesto della mano. «E va bene, allora te lo diciamo noi. Romeo Prince è il quarterback titolare dei Tide – la squadra di football dell'Università dell'Alabama – e alla fine dell'anno andrà senz'altro a giocare nella NFL. Tutti pensavano che avrebbe partecipato agli ultimi due draft, e invece, per qualche motivo, ha deciso di finire il college prima di sfondare una volta per tutte nel mondo dello sport. E tu, Molly Shakespeare, ti sei appena pomiciata il ragazzo più desiderato del campus sotto gli occhi di tutti. Un ragazzo che non si è mai impegnato con nessuna. Un ragazzo di cui gli altri ragazzi hanno una fifa pazzesca e per cui le ragazze sarebbero disposte a rinunciare a un polmone.»

«Esatto, stronza fortunata che non sei altro!» aggiunse Cass, sferrandomi un pugno leggero sul braccio.

Il mio viso inespressivo lasciò intendere a tutte e due che non avevo ancora afferrato la vera portata di quanto era appena successo.

Cass alzò gli occhi al cielo con aria teatrale. «Okay, te lo traduco in termini a te comprensibili. Tu, Kate Middleton, hai appena baciato il principe William dell'Università dell'Alabama, e probabilmente di tutto il football universitario degli Stati Uniti.»

Afferrai finalmente il concetto.

«Quindi Rome è una specie di pezzo grosso?» I loro sorrisi smaglianti mi dissero che avevo drasticamente sottovalutato la situazione.

«Romeo Prince. È un tantino prepotente, dico bene?» domandai a bassa voce, nel ricordare il suo sapore unico e irresistibile, la possessività delle sue mani sul mio viso, i suoi profondi brontolii di soddisfazione.

«Prepotentemente scopabile! Devi vederlo in azione sul campo... *Cristo santo, è proprio una bomba*! Perde le staffe in continuazione, prende a calci chi gli taglia la strada, comunque le ragazze vanno matte per la sua aria scontrosa *e poi* è una cazzo di macchina del sesso – muscoloso, magnifico, abbronzato. Porca merda, credo di essere venuta solo al pensiero!» La volgarità di Cass mi strappò una smorfia. Lei si limitò a liquidarmi con un cenno del capo. «Sembrava non ne avesse mai abbastanza di te, ragazza mia! Credevo che ti avrebbe strappato i vestiti di dosso proprio lì, su due piedi! Ha quasi decapitato Mac quando si è avvicinato per baciarti. L'ha buttato per terra con un'aria omicida da indurti la cacarella. Mi sono venuti i brividi!» Allungò un braccio e se lo sfregò a mo' di conferma.

Mi accigliai e metabolizzai quelle parole. «Romeo Prince» mormorai con aria sognante. Mi aveva baciato in modo così disperato, e con un bisogno talmente viscerale, da riuscire a risvegliarmi dentro una sensazione sconosciuta.

«Esatto, e Molly Shakespeare – *ehi*! Romeo e Shakespeare! Non è esilarante?» disse Cass su di giri, tanto che la sua toga rischiò di aprirsi e rivelare più di quanto avessi voglia di vedere.

«Dio santissimo! È scritto nelle stelle!» esclamò Lexi, poi si coprì la bocca con la manina.

Shelly scelse proprio quel momento per venirmi addosso a brutto muso e conficcare gli occhi azzurri nei miei. «Esci subito da qui, razza di... di... *troia*!» sbottò, spruzzandomi la saliva in faccia.

Mi tolsi gli occhiali e cancellai le tracce del liquido incriminato con un lembo della toga. «Con grande piacere. Qui non c'è niente che mi piaccia. Essere qua stasera si è rivelato un errore *madornale*. Cass, Lexi, mi dispiace, ma questo *festival dell'amore sorelle-per-la-pelle* non è *proprio* per me. Ci vediamo a casa.»

Avevo bisogno di prendere le distanze da questa vipera e piantarla di sforzarmi di essere qualcuno che non ero. Ci avevo provato come favore a un'amica ed era tutto ciò che contava. Dovevo solo mettermi l'intera giornata alle spalle. Entro domani, tutto sarebbe tornato alla normalità.

Cass fischiò con le dita per richiamare l'attenzione dei presenti. «Molly è dei nostri, Shelly. Ha baciato un ragazzo e ha indovinato cos'aveva mangiato. Non provare a negarlo, l'hanno visto tutti. Cristo santo, Molls era bendata, porca di quella puttana! Non ha mica provato a sedurlo.» Detto questo, incrociò le braccia sul petto con un'espressione minacciosa in viso.

La facciata da dura di Shelly si sgretolò per un istante. Non potevo biasimarla; se fossi stata l'obiettivo dell'ira di Cass, anch'io avrei cominciato a tremare.

«Non avrebbe dovuto baciarlo! Lui deve essere mio!» urlò Shelly davanti alle consorelle, che le restituirono un assortimento di sguardi indifferenti.

«Credo lo sappia anche tu che è stato *lui* a baciare *lei*... due volte» decretò una splendida ragazza mora che mi strizzò l'occhio e mi venne incontro dal fondo della sala. Mi mise una mano sulla spalla. «È dei nostri. Non provare a dire il contrario, Shelly, o perderai» aggiunse con un sorrisetto soddisfatto sullo splendido viso. «La colpa è soltanto tua che costringi le iniziate a sottoporsi a queste stronzate ogni anno solo per farti quattro risate insieme alle tue leccapiedi. Però stavolta il giochetto ti si è ritorto *contro*. Peggio per te, dico io.»

Shelly mi superò come una furia, non prima di avermi puntato un dito sul petto. «Stagli lontano o finirai nei guai, intesi? Non hai la minima idea di chi ti stai mettendo contro, *la benché minima idea*!» Uscì sbattendo la porta.

Calò un silenzio di morte.

La ragazza mora si rivolse alle iniziate. «Congratulazioni! Adesso, siete tutte parte di questa *fantastica* confraternita femminile – che fortunelle! La birra è in giardino. Servitevi pure.»

Le iniziate uscirono dalla sala con il sorriso sulla faccia e lasciarono me, Lexi e Cass con la bellezza tutta gambe. Indossava un vestitino rosso e aveva la pelle olivastra e abbronzata, lunghi capelli scuri che le arrivavano a metà schiena e occhi d'un marrone intenso. Era magnifica. Magnifica come poteva esserlo una top model.

Mi venne di nuovo incontro e si presentò con un sorriso abbagliante. «Scusa per Shelly. Quando ci sono questi eventi, si lascia sempre prendere dalle manie di onnipotenza e le tue focose effusioni pubbliche con mio cugino l'hanno chiaramente scioccata.»

«Cugino?» squittii.

Lei rise. «Già, Rome è mio cugino, anche se in realtà è più come un fratello. Mi chiamo Ally Prince. Shelly sogna di diventare la sua ragazza da quando aveva, tipo, dieci anni. Lasciatela perdere. Io lo faccio sempre.»

«In effetti mi è sembrata un tantino troppo possessiva.»

Ally sghignazzò. «Chissà come mai. Non sono mai stati ufficialmente una coppia. È capitato che siano andati a letto insieme, ma Shelly si rifiuta di accettare che è ormai acqua passata. Diciamo che Rome non è tipo da monogamia – le dà retta soltanto perché il padre di lei e quello di lui sono soci in affari. Shelly è esattamente il tipo di donna che i suoi genitori vorrebbero lui sposasse. Da queste parti, i ricconi di vecchia data si danno man forte. I loro genitori si comportano come se quei due fossero già fidanzati.»

Sentii un piccolo tuffo al cuore a quell'informazione. Rome era destinato a fidanzarsi con *lei*?

Ally allungò una mano per toccarmi la spalla, il divertimento che le accentuava i lineamenti. «Ragazza mia, non l'ho mai visto comportarsi in quel modo. E nemmeno Shelly. Ecco perché è uscita dai gangheri. Persino a me, che sono sua cugina, è sembrato un bacio assurdamente sexy – tanto per la cronaca, non ho alcuna propensione per l'incesto!» esclamò divertita, prima di prendermi a braccetto. «Andiamo a berci una birra. Sento già che io e te diventeremo ottime amiche, cara la mia signorina Molly, fosse anche solo per guardarti mentre dai il tormento a Shelly. In più, intendo candidarti per una stanza qui, alla sede della confraternita, e lo stesso vale per le tue amiche. Sono rimaste solo poche camere disponibili, però se ti trasferisci qui, Shelly sarà costantemente incazzata e il mio anno diventerà molto più spassoso.»

CAPITOLO 3

Due ore più tardi, mi ritrovai seduta a un tavolo da picnic nel giardino sontuosamente curato, in compagnia di Cass, Lexi e Ally. Sapendo benissimo che la cugina di Rome era una presenza fissa nella squadra di cheerleading, Lexi era impegnata a lusingarla in tutto e per tutto, torchiandola a proposito delle selezioni e di quello che cercavano nelle nuove leve. Cass, invece, sorseggiava il suo liquore di contrabbando e faceva gli occhi dolci a un enorme giocatore dei Tide (così mi aveva detto lei) che se ne stava impalato alla nostra destra, vestito da cowboy dalla testa ai piedi.

La conversazione non richiedeva il mio intervento, così lasciai divagare i pensieri attorno a un unico argomento: Rome. Dopo il bacio, non era più tornato indietro. O, perlomeno, dato che alla festa non si era mostrato, avevo dato per scontato che fosse andato a casa. Purtroppo, dovevo riconoscere che la sua assenza era tutto sommato una delusione. Con quello strano atteggiamento nei miei confronti, Rome mi era entrato sottopelle, e non riuscivo a togliermi dalla testa il ricordo di quel bacio. Mi spingeva a ricamare pensieri su faccende che di solito non rientravano nel mio modus operandi – che includevano pelle nuda, letti e tanto, tanto sudore.

Tornata a sintonizzarmi sulla conversazione, mi accorsi con sgomento che le ragazze avevano archiviato l'argomento cheerleading e si erano messe a parlare delle loro famiglie. Decisi che era il momento perfetto per prendermi una piccola pausa.

«Ehi, Ally, mi potresti dire dov'è il bagno?» domandai di punto in bianco.

«Puoi usare quello in camera mia, tesoro. È all'ultimo piano, terza porta sulla destra.» Ripescò una chiave dalla borsetta e me la porse. «La tengo chiusa, così nessuno può andare a scoparci quando diamo feste come questa.»

«Ottima idea, grazie. Tornerò in un lampo.»

Superai le porte del patio diretta alla scalinata principale, salii rapidamente i tre piani di scale e cercai di ignorare i gemiti e i grugniti che si sentivano dietro le soglie chiuse. Ally ci aveva visto giusto a chiudere a chiave la sua stanza. Sembrava ci fosse un branco di lupi in calore su ogni piano.

Trovata la porta giusta, l'aprii e la richiusi a doppia mandata, giusto per non correre rischi. Non avevo *alcuna* voglia di uscire dal bagno e imbattermi in uno spettacolo di sesso dal vivo, gentilmente offerto da un paio di matricole arrapate sul letto di Ally.

La stanza era magnifica. Le pareti erano di un bianco immacolato, le lenzuola del letto king-size rosse, e nell'angolo c'era una grande scrivania d'antiquariato. Il pezzo forte, però, era il balcone privato. La delicata brezza estiva faceva ondeggiare le tende di tulle rosso che coprivano le portefinestre spalancate e la luce delle stelle scintillava sui fili d'argento sobriamente intessuti nella stoffa.

Scossi il capo all'idea che Ally avesse tutto questo mentre era ancora al college. Certa gente viveva l'intera esistenza senza potersi mai permettere questo genere di lusso; nonna e papà avevano passato la loro in quattro stanzette in croce. Immaginai, tra l'altro, che abitare qui costasse *un occhio della testa*. Il pensiero mi strappò dal mio stordimento, così mi adoperai per cercare il bagno, il motivo per cui ero lì.

Arrivai in fondo alla stanza quando una voce incorporea, proveniente dal balcone, disse: «Al, sei tu?».

Sobbalzai e mi portai una mano al petto, il cuore che ruggiva per lo spavento. Mi aggrappai alla colonna del letto proprio quando il proprietario della voce rientrò nella camera buia.

Rome.

Rialzai lo sguardo e lo trovai a fissarmi, chiaramente colto alla sprovvista dalla mia presenza.

«Questa stanza è off-limits, Mol» dichiarò in modo alquanto conciso, prima di bere un sorso di birra.

Mol. Adoravo il modo in cui arrotolava la lingua intorno al mio nome. Nessuno mi aveva mai chiamata Mol, ma era bastato che le sue labbra lo dicessero una volta sola per farmi venire la voglia di cambiare nome.

Raddrizzai nervosamente la schiena, la sua voce burbera che mi impediva di respirare, e lasciai dondolare la chiave nel bagliore del chiaro di luna. «Sì, lo so. Ally mi ha dato questa perché devo usare il bagno.»

Si leccò le labbra e senza aggiungere altro Rome uscì di nuovo sul balcone appartato a piedi nudi. Lo seguii con lo sguardo, poi mi precipitai in bagno. Finii rapidamente e mi fissai allo specchio, sforzandomi di darmi un contegno.

Presi in prestito la spazzola di Ally dalla toeletta e me la passai fra i capelli crespi; poi me li acconciai in una crocchia in cima alla testa per domare i riccioli castani. Mi cadde l'occhio sul dentifricio, così ne strizzai un po' sul dito e me lo sfregai sui denti. Infine, mi aggiustai la toga sgualcita, che strinsi sul seno coppa C e sul fondoschiena tutto curve. Con mia grande soddisfazione, il tatuaggio che avevo sul fianco non si vedeva. Dopo un'ultima lisciata alle sopracciglia e un pizzicotto alle guance, abbandonai il rifugio del bagno.

Riaprii delicatamente la porta e mi avviai all'uscita in punta di piedi. Ero quasi arrivata quando Rome chiamò con voce piatta: «Mol?».

Mi paralizzai sul posto. «Sì?»

«Ti andrebbe di restare un po' qui... con me?» La sua voce mi sembrò artefatta, quasi avesse dovuto lottare contro il buonsenso solo per chiedermelo. Allora eravamo in due. Non ero sicura di potermi fidare di me stessa quando ero con lui... *diciamo per niente.*

«Mol?»

«Sì... va bene.»

Quando uscii in terrazza, lo trovai su una sedia bianca davanti a un tavolo da giardino. Teneva lo sguardo fisso oltre le ringhiere e osservava il prato sul retro della confraternita con un'espressione annoiata sul viso.

Scostai una sedia sul lato opposto e ci scivolai sopra, cercando di capire cosa l'affascinasse a tal punto. Rome non diede segno di essersi accorto della mia presenza finché non spinse una bottiglia di Bud verso di me. Nel frattempo, continuò a sorseggiare la sua birra, stravaccato contro lo schienale e assorto nei propri pensieri.

Perlustrai il balcone alle mie spalle e ammirai le magnifiche piante in vaso che lo decoravano. Poi, quando tornai a voltarmi verso Rome, fui accolta dall'assoluta attenzione dei suoi occhi marroni. Per la prima volta da quando avevo accettato di tenergli compagnia, un sorriso gli increspò le labbra piene.

Presi un sorso di birra pur di tenere occupate le mani. Lui rimase in silenzio e appoggiò la testa sul palmo aperto: teneva un gomito appollaiato sul bracciolo della sedia.

«Da quant'è che porti gli occhiali?» domandò, giusto per iniziare una conversazione.

«Su per giù da quando avevo tre anni, mi pare. Più o meno da allora, comunque. La mia vista ha sempre fatto schifo» risposi. Rome si voltò e tornò a fissare la folla sottostante con un'espressione vacua.

Una bottiglia si ruppe al piano di sotto e Rome sbirciò oltre le ringhiere per dare un'occhiata. «Cominciano con i casini» borbottò banalmente.

«Eh, già. Beh, dovresti provare una passeggiata nei corridoi. Sembra di stare in un bordello. Non mi ero resa conto che la vita universitaria potesse essere così... *attiva*.»

Lui soffocò una risatina e sollevò la bottiglia a mo' di brindisi. «Benvenuta nel mondo delle confraternite.»

Sorrisi e imitai il suo gesto, poi mi scolai mezza birra in un unico sorso solo per sopravvivere alla battaglia di nervi che era in corso nel mio corpo.

Posai la bottiglia sul tavolo e Rome inarcò un sopracciglio.

«Adoro la birra» mi giustificai in maniera non molto convincente.

«Me ne sono accorto» ribatté lui, con il solito sorrisetto divertito.

Arrossii e posai il mento sulla mano. «Insomma, come mai te ne stai rintanato qua sopra?»

Rome ingobbì le ampie spalle. «Stasera non sono in vena.»

Mi finsi scioccata. «Il Signor Fenomeno del Football non vuole mischiarsi con i tifosi adoranti?»

Il suo atteggiamento passò da divertito a imbestialito nel giro di un secondo, e lui si mise a strappare l'etichetta della bottiglia di Bud in preda alla frustrazione. «Beh, non ci è voluto molto. Chi te l'ha detto?»

«Lexi e Cass.»

«Chi?»

«Le mie compagne di stanza. Mi hanno spiegato chi sei dopo che ci... ehm, dopo che... insomma, lo sai...»

«Che ci siamo baciati?» concluse per me senza mezzi termini o traccia d'imbarazzo.

Tenni gli occhi fissi sul pavimento di cotto. «Ehm... sì.»

«Cosa ti hanno raccontato?»

«Che sei proprio *quel* Romeo Prince, l'imbattibile quarterback dei Crimson Wave, e che eri il Principe William del football universitario, eccetera, eccetera...»

Lui smise di distruggere l'etichetta della birra e si portò una mano alla bocca per soffocare una risata.

Serrai le labbra, seccata. «Che c'è?»

«I Tide.»

«Eh?»

«Sono i Crimson Tide, non i Crimson Wave.»

Scrollai le spalle e liquidai la sua precisazione con aria disinteressata. «Insomma, quel che è. Se non è zuppa è pan bagnato.»

«Beh, sarà meglio che resti fra di noi. Da queste parti non è zuppa o pan bagnato. È... tutto. Una questione di vita o di morte.» Sospirò e tornò a strappare l'etichetta.

Presi un altro paio di sorsi, poi sbottai: «Quindi ti chiami Romeo, eh?».

I suoi occhi color cacao divennero freddi come il ghiaccio. «Mi chiamo Rome.»

Scossi la testa e feci ballare le sopracciglia. «Ah-ah! Ti chiami *Romeo*. Lo so da fonte certa.»

Lui mi lanciò un'occhiataccia, il viso severo. «Nessuno mi chiama così, Mol.»

«E nessuno mi chiama "Mol"» replicai, sgranando gli occhi per la mia insolita audacia.

Che mi procurò un'occhiataccia sorpresa. «*Touché*, Molly...?» Lasciò la frase in sospeso con un sorrisetto trepidante, in attesa che gli rivelassi il mio cognome.

«Molly Shakespeare.»

Rome si avvicinò, le labbra tese. «Come, scusa?»

«Shakespeare. Molly Shakespeare.»

L'espressione minacciosa che mi indirizzò tradì tutta la sua irritazione. «Stai cercando di fare una battuta?»

«No, no, Romeo. Sono proprio una Shakespeare... fino al midollo.» Lui si immobilizzò per un istante poi scoppiò a ridere, la testa rovesciata all'indietro e le mani sullo stomaco. La maglietta bordeaux gli si alzò leggermente, rivelando una striscia di pelle della sua pancia muscolosa e abbronzata.

«Non è l'unica cosa assurda sui nostri nomi» dissi su di giri.

«Ah no? Perché è da quando ci siamo conosciuti stamattina che succedono solo cose assurde. Non ho ancora capito che cosa significhi.» Corrugò la fronte e scosse il capo.

«Beh, procurati un biglietto di sola andata per il festival dell'assurdo, caro mio, perché il mio secondo nome, *Romeo*, è Juliet» declamai tutto d'un fiato, con le dita che tamburellavano sul piano di vetro del tavolo.

La birra di Rome si paralizzò a mezz'aria e la lingua gli rimase bloccata fra i denti. «Mi prendi in giro?»

«No, papà ha ben pensato di rendere un doveroso omaggio al nostro cognome.»

Rome piegò la testa di lato e mi studiò con un'espressione incuriosita. «Molto doveroso.»

«Già, e anche un tantino imbarazzante.»

«Beh, Shakespeare, adesso anche tu comincerai a trattarmi in modo diverso? Ora che sai che sono Romeo "Bullet" Prince?»

«*Bullet*? Nel senso di *proiettile*?» Arricciai il naso confusa.

Lui si sfregò una mano sulla fronte, e disse: «Sì, è un nomignolo dovuto al football. Perché il mio braccio è come un fucile».

Gli restituii un'occhiata inespressiva.

«Il braccio con cui tiro la palla...»

La mia espressione restò immutata.

Rome si indicò. «Sono un quarterback... nel football, i quarterback passano la palla... agli altri giocatori... Praticamente impostano il gioco.»

«Se lo dici tu» mormorai con un sorriso e un'alzata di spalle.

«Oh merda, quindi è vero che non sai niente di football, dico bene?» Era sinceramente sconvolto, glielo si leggeva in faccia.

«Già. E, senza offesa, mi va benissimo così. Il football non mi interessa. Io e gli sport non andiamo d'accordo.»

Con uno stridio sul pavimento di cotto, Rome girò la sedia intorno al tavolo per avvicinarsi alla mia e posò la testa sulla mano per guardarmi. «Mi piace che tu non sappia niente di football. Sarà un bel cambiamento, poter parlare con qualcuno di cose che non siano la nuova difesa blitz o l'attacco allargato.»

«*Eh...*?»

«Sono contento che tu non abbia la minima idea di quello che ho detto» commentò divertito.

«Mi fa piacere di esserti stata utile.»

Apparentemente più rilassato, Rome si chinò sulla cassa di birra, schiantò il tappo di quella che sarebbe stata la mia nuova bottiglia contro il bordo del tavolo e me la passò; poi riservò lo stesso trattamento alla sua e allungò le gambe verso di me. I suoi piedi scalzi sfiorarono i miei.

Bastò quel contatto a fior di pelle a togliermi il fiato.

«Insomma, Shakespeare, che mi racconti? Immagino tu sia una cervellona, se stai già studiando per il master e in più sei l'assistente di ricerca per la professoressa Ross da un po' di anni. Anzi, devi essere un cazzo di genio per averla convinta a portarti con sé fino in Alabama, no?»

Mi agitai in preda al disagio e fissai la superficie del tavolo. «Ehm, già. Qualcosa del genere.»

«Non ti va di parlare di quanto sei brava a scuola, eh?» domandò con aria intrigata.

«Non molto. È imbarazzante, blaterare di quanto sei in gamba in qualcosa. Credo che chiunque si crogioli in quel genere di attenzioni sia un tantino strano.»

«Allora abbiamo qualcosa in comune.» Sembrava piacevolmente... sorpreso.

Posai una mano sulla sua e bisbigliai: «Beh, quello e l'epica tragedia elisabettiana da cui derivano i nostri nomi».

Una vampa di calore mi risalì lungo il braccio e Rome, che aveva notato la mia reazione, mi scoccò un sorrisetto sagace. «Sì, anche quella.»

«*Rome? Rome? Qualcuno l'ha visto? Dov'è finito?*»

Shelly.

Rome brontolò e si prese la testa fra le mani. Io finii quel che restava della birra e spinsi la sedia all'indietro, con l'ansia che tornava a sommergermi all'improvviso.

Dovevo andarmene.

Rome rialzò rapidamente il capo, l'espressione angosciata. «Te ne vai?»

Mi affacciai dal balcone e vidi Lexi, Cass e Ally che chiacchieravano e ridevano sul prato. *Dovrei essere giù con loro, non qui con Rome.*

Shelly barcollava per il giardino, presumibilmente alla ricerca di Rome.

Era ridotta piuttosto male.

Indicai dabbasso. «Non vai a vedere come sta? Sembra ubriaca fradicia.»

«Col cazzo! Può tenersi la voglia e sfogarla portandosi a letto qualcun altro.»

Con un calcio, spedì la sedia proprio dietro di me e ordinò: «Rimettiti seduta, Shakespeare, e scolati un'altra birra col più tragico dei tuoi personaggi. Non te ne vai da nessuna parte».

Gli occhi di Rome reclamarono la mia obbedienza, e io alzai i miei al cielo divertita, prima di prendere un'altra Bud e rimettermi seduta. «Se non smetto di bere a breve, sarò io a ciondolare in giro per il giardino. Vuoi che cominci a urlare il tuo nome come lei?»

Rome si leccò il labbro inferiore e io lo imitai per un riflesso involontario. «La prospettiva diviene più allettante con ogni secondo che passa.» Io non sapevo cosa rispondere. Accortosi del mio disagio, Rome saltò di palo in frasca, chiaramente stuzzicato. «Quindi sei appena entrata in una confraternita femminile, eh?»

«Già, e ora Ally vuole che mi trasferisca qui. Con Lexi e Cass, ovviamente. Non è esattamente il mio genere di cosa, comunque sto cercando di godermi l'università.»

Lui sorrise. «Hai parlato con Ally?»

«Sì, quando te ne sei andato... prima... dopo il... ehm...»

«Bacio» suggerì di nuovo. Stavolta, però, aveva gli occhi leggermente socchiusi e la voce roca, e tornò a spostare l'attenzione sulla mia bocca.

«Ehm, esatto. Beh, Shelly mi ha strapazzata. Ally è intervenuta per difendermi e ha praticamente detto a Shelly di andare a farsi un giro.»

Rome si passò una mano fra i capelli biondi e ridacchiò sommessamente. «Diciamo che non è l'ammiratrice numero uno di Shel. Al è a posto. Ti sarà utile averla come amica da queste parti.

È mia cugina e la mia migliore amica. Per questo le ho chiesto la chiave della sua stanza, per quando la situazione là fuori diventa insostenibile.» Puntò il pollice alle proprie spalle, a indicare le orde di studenti.

«Sembra simpatica.»

«È la migliore.» Rome tornò a mettersi comodo, le mani intrecciate dietro la testa. «Allora, Shakespeare, da che parte dell'Inghilterra vieni? Non ti azzardare a rispondere Stratford-upon-Avon o vado subito a internarmi in un manicomio.»

«No, sono di tutta un'altra zona. Vengo da Durham» risposi con una risatina.

Lui si imbronciò con aria concentrata. «Mai sentito.»

«Hai mai visto *Billy Elliot*?» domandai, in cerca di un punto di riferimento da offrirgli.

«Il film sul ragazzino che danza?»

Sorrisi. «Esatto. Beh, provengo dallo stesso quartiere in cui vive lui nel film.»

«Davvero?» Capii che stava ricordando quel quartiere. File su file di casette a schiera affacciate direttamente sulla strada, il grigiore e la povertà che l'accompagnavano, in netto contrasto con il suo stile di vita da riccastro.

Rome abbassò gli occhi sul tavolo. Io adagiai una mano sulla sua e il contatto inaspettato lo indusse a trasalire. «Non importa. Lo so che sono povera. Non c'è bisogno di sentirsi in colpa per averlo pensato.»

«Non stavo...» balbettò prima di girare timidamente la mano per posare il palmo contro il mio, osservando il proprio gesto con aria incuriosita.

Io lottai per tenere a bada l'agitazione. «*Sì* che lo pensavi. Non fa niente. So bene di non essere nata in un posto lussuoso, ma ne vado comunque fiera. È il paesino in cui sono cresciuta e ci sono affezionata a prescindere dalla sua reputazione, anche se ormai sono anni che non ci rimetto piede.»

«La tua famiglia è ancora lì?»

Famiglia. Nell'udire quella parola, sentii la solita fitta di dolore bruciarmi il cuore, così mi schiarii la gola per dissimulare il panico. Levai una muta supplica a un'entità superiore perché mi permettesse di tornare a seppellirlo prima che potessi perdere il controllo davanti a Rome. Quando la sua mano mi sfiorò la schiena, l'ansia iniziò ad attenuarsi e la minaccia rientrò grazie al conforto offerto dal suo tocco.

«Ti senti bene? Sei sbiancata» affermò Rome, che si allungò su di me per sfregarmi più vigorosamente la schiena.

Strinsi le mani l'una nell'altra per frenare gli ultimi tremiti e rialzai lo sguardo sul suo bellissimo viso. «Sì, grazie» risposi, senza avere idea del perché il suo gesto fosse riuscito a sedare il panico.

Con un'occhiata preoccupata e un cenno del mento, mi esortò a rispondere alla domanda.

Io mi feci forza prendendo un bel respiro. «No, non ho più una famiglia.»

L'espressione che gli si dipinse in volto era impagabile. Se la faccenda non fosse stata così dannatamente tragica, l'avrei trovato quasi divertente.

«Oh merda, quindi sei orfana?»

«No, non ho parenti in vita, ma non credo che un adulto possa essere ancora considerato orfano.»

«Tua mamma?»

«Morta di parto.»

«Papà?»

«Morto quando avevo sei anni.»

«Niente nonni, zie o zii?»

«Una nonna.»

«E?»

«È morta quando avevo quattordici anni.»

«Allora dove...?»

«Sono stata in affidamento.»

«Tutto qui? Sei da sola da... Hai vent'anni, giusto?»

«Esatto.»

«Quindi sei sola da sei anni?»

«Beh, sono andata al college e lì ho stretto un po' di amicizie. Poi la professoressa Ross mi ha offerto il posto da assistente durante il mio primo anno di università e si è presa cura di me quando ha capito che non avevo nessun altro. Comunque, sì, ormai sono per conto mio da un bel pezzo. È stato... complicato.»

Senza rendersene conto, Rome si era avvicinato ancora, come fossi la forza di gravità che lo attirava a sé. Mi parve molto dolce. Mi faceva piacere che Rome fosse preoccupato per me, e confidarmi con qualcuno, dopo tanti anni di silenzio, mi procurò uno strano sollievo. E non con una persona qualunque, ma confidarmi con... *lui* nello specifico. Il teppistello dell'università. Mi complimentai con me stessa. Solo io potevo essere tanto stupida da aprirmi con il ragazzo che spezzava cuori per passare il tempo.

Gli accarezzai l'avambraccio. «Non per essere scortese, Rome, però questa conversazione mi sta deprimendo. Birra e morte non dovrebbero mai andare a braccetto.»

Lui annuì e un silenzio carico di tensione tornò a pervadere l'aria. Rome, però, continuò a tenermi la mano sulla schiena, e io mi ci appoggiai per aumentarne la pressione.

«Insomma, tu e Shelly, eh?»

«Caspita, sei brava a cambiare argomento.»

«Beh, doveva pur esserci un motivo se il bacio l'ha mandata in bestia così tanto. Anche se è stato solo per la prova d'iniziazione.»

«La nostra situazione è... complicata» rispose lui con un pizzico di esitazione.

«Se questo non è un modo per liquidare l'argomento, io sono la Regina Elisabetta.»

«No, non è così. Shelly mi perseguita da quando avevo undici anni. I nostri genitori spingono perché ci fidanziamo. Per tutelare i loro investimenti e assicurarsi che i soldi dell'azienda rimangano in famiglia, sai com'è. Mio padre e il suo sono soci in affari. Lei nemmeno mi piace, porca troia; è come un'enorme palla al piede.»

«Ma? Hai intenzione di rassegnarti? Al fidanzamento, intendo. Mi sorprende che tu sia disposto a mettere su famiglia con qualcuno che non ti piace. O a mettere su famiglia in generale, se c'è da credere a quello che si dice in giro.»

Rome buttò fuori un lungo sospiro. «Voci del cazzo. Senti, le ragazze mi si gettano ai piedi. Quando me la offrono, io la prendo. Perché non dovrei? Non ho una ragazza fissa e non l'ho mai avuta. Sono costantemente incazzato, e il sesso mi aiuta a rilassarmi e a dimostrare alla gente che io e Shelly *non* stiamo insieme. Non ho intenzione di chiedere scusa per questo. È che mi piace scopare e mai due volte con la stessa ragazza.»

La volgarità delle sue parole mi aveva senz'altro lasciata a bocca *spalancata*. Eppure, Rome sembrava totalmente ignaro del mio sgomento.

«I miei genitori hanno già programmato tutto. Devo laurearmi, sposare Shelly, dirigere l'azienda di famiglia e vivere il sogno americano del cazzo.»

«Quindi non vuoi giocare a football a livello professionistico? Mi sembrava di aver capito che fossi destinato a grandi cose.»

Gli si illuminò il viso. «Sì, certo che voglio giocare. Adoro il football. Per me è naturale come respirare – l'adrenalina, lo spirito di squadra, il boato del pubblico durante la partita, completare il passaggio perfetto per un touchdown. I miei non approvano. È che sono... Che cavolo, non importa. Porca troia, è che odio sentirmi dire come devo vivere la mia vita, tutto qua.»

«Allora dedicati a quello che ami. Gli altri possono andarsene a quel paese.»

Rome rialzò di scatto la testa, un sorriso avvilito sulle labbra. «Più facile a dirsi che a farsi.»

«Non puoi vivere la tua vita per gli altri, Rome. Devi fare le cose che vuoi fare *tu*, inseguire i *tuoi* sogni in qualsiasi modo *tu* lo voglia. Se sei felice, allora lo saranno senz'altro anche i tuoi genitori; altrimenti, col tempo, impareranno a scendere a patti con la realtà. Non metterti con qualcuno che detesti come Shelly. Scegli una ragazza a cui non sai resistere, quella che desideri sopra ogni altra. Qualcuno con cui sei in sintonia.»

«Come te, Mol...? Una come te?»

«Oh, se nemmeno mi conosci» bisbigliai con tanto d'occhi, e lui inconsciamente si spostò ancora più vicino.

Alzò una mano e mi sfiorò la guancia con l'indice, procurandomi un brivido. «A Romeo è bastato guardare Giulietta una volta sola perché il suo destino fosse segnato. Forse sono come il personaggio a cui si ispira il mio nome, e forse vale lo stesso per te.»

Mi mise una mano sul ginocchio e risalì sulla pelle nuda della coscia, mentre si passava quella bella lingua rosa sulle labbra. Se ci fossimo avvicinati ancora un po'... solo... un... altro... po'... avremmo... quasi... potuto...

Qualcuno iniziò a scuotere la maniglia della camera di Ally e uno strillo acutissimo spezzò il nostro incantesimo. «Rome? Rome? Apri la porta! Lo so che sei là dentro!»

Shelly. Di nuovo.

«*Cazzo*!» urlò Rome, e scattò in piedi per schiantare la bottiglia di birra ormai vuota nel cestino della spazzatura.

Saltai subito su anch'io, con la rabbia che mi scorreva nelle vene per l'interruzione. «Ancora lei!» sbottai con voce stridula, e mi costrinsi ad aggrapparmi alla ringhiera del terrazzo per sbollire.

Con uno sguardo rapito, Rome studiò me e la mia reazione dall'altra estremità del balcone. Serrò i pugni, entrambi che ci fissavamo l'un l'altra in preda a un desiderio più che evidente.

«Meglio che vada, Rome» dissi piano, poi chiusi gli occhi per ridarmi un contegno.

Lui restò impalato davanti a me e si limitò a osservarmi in silenzio. Non riuscivo a capire cosa gli passasse per la testa e il fatto che non stesse dicendo niente mi mandò su tutte le furie.

«Ti lascio con lei. Forse è meglio così» dissi, stavolta in modo più assertivo.

Lui sospirò e si portò le mani dietro al collo. «Mol...»

Interruppe qualsiasi cosa fosse sul punto di dirmi e io lo presi come il segno che aspettavo per levare le tende.

E meno male che Romeo voleva la sua stramaledetta Giulietta!

Quando gli passai accanto, mi afferrò una mano e mi strattonò contro il proprio petto.

Andai a sbattere violentemente addosso ai suoi muscoli e il contraccolpo mi tolse il fiato.

Romeo mi scostò una ciocca di capelli dietro l'orecchio. «Mi è piaciuto parlare con te, Shakespeare. È stato diverso...» Sembrava scombussolato quanto me. Vidi lo spazio fra le sue sopracciglia incresparsi mentre mi afferrava un lembo della toga per incollare il mio corpo al suo.

Sospirai. «È piaciuto anche a me, Romeo. Temo però che la nostra conversazione sia giunta al termine. Mi sa che comunque è meglio così.»

Liberai le braccia dalla sua presa e andai ad aprire la porta con riluttanza.

Shelly entrò barcollante con andatura da ubriaca, mi ignorò di sana pianta e saltò goffamente fra le braccia di Rome, agganciandogli le gambe intorno ai fianchi.

«Ti voglio, Rome. Ti prego, scopami. Qui, subito.»

Indietreggiai. Shelly schiantò le labbra su quelle di lui e cominciò a strusciarglisi sull'inguine. Romeo grugnì per la sorpresa e le bloccò le braccia.

Mi paralizzai per quella che mi sembrò un'eternità. Poi, in preda a una rabbia incontenibile, li lasciai alle loro cose.

Ero su tutte le furie.

Prima si comportava da cascamorto con me, e poi praticamente si scopava un'altra proprio sotto ai miei occhi. In fin dei conti, la sua reputazione da sciupafemmine era più che giustificata. Avrei dovuto capirlo fin dall'inizio, anziché pensare come una stupida di aver instaurato un legame strano e immediato con una persona del genere.

Cass e Lexi mi avevano avvertita, e io ero stata tanto sciocca da abbassare la guardia... anche se al momento mi era sembrata la cosa giusta.

Tornai dalle mie amiche e mi stravaccai sulla panca di legno, da cui notai Cass tra le braccia del ragazzone gigantesco di prima.

«E chi è questa bella signorina? Non è che da queste parti c'è un albero su cui crescono donne super sexy, vero?» domandò questi prima di guardarsi teatralmente intorno, riuscendo a farmi ridere e a strapparmi dal mio malumore.

«Mi chiamo Molly, e tu?» Mi piacque all'istante: grosso, coccolone e con le guance rosa.

«Mi chiamo Jimmy-Don Smith, tesoro. Molto onorato di conoscerti.» Inclinò il cappello da cowboy e si voltò per baciare Cass sul collo mentre lei se la rideva.

Ally mi attirò al proprio fianco. «Dove eri finita?»

«Ero in camera tua con Rome. Aveva una copia della chiave.»

Lei schiaffò una mano sulla mia e sgranò gli occhi, un sorriso bianco e scintillante che le illuminava il viso. «*E*?»

«Calmati! Non è successo niente. Abbiamo solo parlato e bevuto un paio di birre» mi affrettai a rispondere per zittirla.

«Ti ha baciato un'altra volta?» Stava praticamente saltellando sulla panca.

Scossi la testa con aria incredula. «No, Ally. Mi ha baciata soltanto per la prova d'iniziazione.»

«Non penso proprio...»

Alzai una mano per interromperla. «Shelly è venuta a cercarlo in camera tua. Sono ancora lì. E, a giudicare da come li ho lasciati, credo ti convenga cambiare le lenzuola.»

Ally posò la testa sul tavolo. «Cosa?! Perché mai dovrebbe ricascarci dopo tutti questi anni? Pensavo che...» Mi guardò di sottecchi.

«Cosa? Cos'hai pensato?»

Lei mi scrutò, si morse le labbra con aria assorta, poi scosse la testa. «Niente, devo aver preso un abbaglio.»

Distolsi lo sguardo e vidi Lexi che mostrava a una ragazza come eseguire un salto mortale all'indietro.

«Ti va un'altra birra?» domandò Ally, buttando fuori un sospiro deluso.

«Certo.» Tanto valeva godersi la serata e sforzarsi di non pensare al Principe dell'Alabama che si scopava la Signorina Cheerleader Suprema nella sontuosa camera da letto rossa della mia nuova amica.

CAPITOLO 4

«Sii chiara e concisa, parla con il diaframma e non dalla gola, oh, e ricordati di riprendere fiato. Conosci l'argomento a memoria, andrai alla grande.»

Annuii alle istruzioni della professoressa Ross per il seminario che avrei dovuto moderare. Presa com'era dalla ricerca sulla dimostrazione dell'esistenza di Dio utilizzando l'argomento del disegno divino, o Argomento Teologico, per l'articolo accademico che stava scrivendo, mi aveva chiesto di sostituirla alla guida del gruppo di discussione di oggi.

«Se non sbaglio, la squadra di football è ancora in trasferta, quindi dovresti avere solo tredici o quattordici studenti.»

Mi stiracchiai la schiena fino a scrocchiarla. «Okay, penso di essere pronta.» Rimisi insieme le pagine degli appunti e occhieggiai di nascosto gli studenti che iniziavano a entrare nell'aula davanti all'ufficio della professoressa.

Suzy mi si fermò accanto, divertita dalle mie stravaganze. «Ho sentito dire che ti sei trasferita.»

«Già. Io, Cass e Lexi siamo entrate in una confraternita femminile, e ci hanno concesso una stanza nella loro sede.»

Mi passò un braccio sulle spalle. «Buon per te, Molly. Com'è? Bella?»

Buttai fuori una risata. «Diciamo pure meravigliosa. È immensa – un letto gigantesco, pareti di un bianco brillante, e c'è pure un balcone… un vero e proprio *balcone*!»

«Ah, davvero? Un bel cambiamento rispetto ai dormitori di Oxford, allora!»

«Ehm… giusto un po'.» Mi voltai a guardarla. «Ti ricordi quando ci hai portati in gita in Italia, un paio di anni fa?»

Suzy annuì con entusiasmo. «Mmm-mmm.»

«Ecco, il mio balcone è praticamente identico a quello che abbiamo visto a Verona, stranamente tale e quale a quello della casa di Giulietta. Mi sembra impossibile che la gente navighi nel lusso già al college! È una follia bella e buona. Anche se ora le mie finanze sono ufficialmente molto più limitate.»

Suzy scoppiò a ridere e mi posò le mani delicate sulle spalle. «Goditelo, mia cara ragazza. Te lo meriti.»

Mi avvicinai al condizionatore e abbassai un poco la temperatura prima di sciogliermi. L'ufficio era piccolo e sembrava di stare in un forno. Dato che c'era ancora un caldo bestiale, avevo indossato un paio di pantaloncini di jeans e una maglietta di lino bianca a maniche corte. Avevo persino sostituito le amate Crocs arancioni con quelle bianche per abbinarle al resto del look, e forse anche per mandare in bestia Shelly con i miei gusti apparentemente stravaganti in fatto di moda. I capelli erano come sempre raccolti in una crocchia spettinata in cima alla testa e gli occhiali saldamente al loro posto.

Lanciai un'altra occhiata all'aula e non ci volle molto perché si riempisse del tutto. Shelly entrò insieme al suo entourage di ragazze belle e svampite e, con mia grande sorpresa, poco dopo arrivò anche Rome, che chiacchierava con Ally. Imprecai mentalmente – quindi la squadra era tornata. Come se moderare un seminario non fosse già abbastanza spaventoso di suo, dover gestire le questioni irrisolte con Romeo avrebbe senz'altro messo a dura prova i miei nervi.

Lo studiai dallo spiraglio della porta dell'ufficio e notai che entrava in aula con lo sguardo puntato sulla scrivania riservata all'assistente. Una volta che l'ebbe vista libera, afflosciò le spalle e chinò la testa. Il che servì soltanto a mandarmi su tutte le furie. Come mai appariva triste per la mia assenza quando la ragazza per cui mi aveva snobbata era seduta nell'ultima fila, in trepidante attesa del suo arrivo e delle sue attenzioni? Mi raccomandai di concentrarmi sulla lezione e di ignorare la sua presenza.

Serrando la presa sugli appunti, uscii dall'ufficio della professoressa ed entrai in aula. Rome si girò subito verso di me. Aveva i consueti jeans d'ordinanza, una maglietta nera senza maniche e i capelli arruffati nel solito modo sexy. Quando capì che ero io, gli spuntò un sorriso.

Mi passò di fianco, mi rivolse un cenno con il mento e mi salutò con un breve «Shakespeare», prima di salire i gradini fino al posto che occupava di solito. Shelly tentò di prenderlo per mano, lui però si divincolò dalla sua presa con un'occhiata severa; lei incrociò le braccia sul petto e si imbronciò. La cosa mi strappò un sorrisetto, ma mi affrettai a ridarmi un contegno non appena la professoressa Ross entrò in aula sventolando una mano per invitarmi a iniziare.

Mi avvicinai al leggio e trassi un respiro profondo. «Salve a tutti. La professoressa Ross mi ha chiesto di moderare il seminario di oggi per introdurvi alla dottrina filosofica dell'utilitarismo. Nelle prossime lezioni, vi distribuirò delle brevi dispense sui concetti principali prima di approfondire alcuni esempi di cui discuteremo.» Mi avvicinai alla scrivania laterale e vi depositai gli appunti. Conoscevo l'argomento come le mie tasche.

«In parole povere, l'utilitarismo è una dottrina filosofica secondo cui le azioni di ogni individuo sono basate sul principio che tutti noi, in quanto esseri umani, scegliamo coscientemente di perseguire il piacere tutte le volte che prendiamo una decisione. Per tale motivo, questa concezione è spesso considerata un approccio edonistico all'etica: facciamo quel che facciamo per sentirci bene, perché siamo motivati dalla ricerca del piacere e della felicità. Jeremy Bentham ha ipotizzato che gli esseri umani operino secondo un principio di piacere-dolore, e cioè noi cerchiamo il piacere e tentiamo di evitare il dolore a ogni costo.»

Scrutai gli studenti per assicurarmi che fossero attenti. Fin qui pareva procedere tutto bene. «Bentham era convinto che il principio potesse essere applicato anche alla società in senso ampio e che questa sarebbe diventata più funzionale se si fosse basata su un sistema che tenesse in considerazione *la massima felicità per il massimo numero di persone*. Ciò è evidente in diversi ambiti della società, tuttavia credo che le elezioni democratiche siano un ottimo esempio. Il voto della maggioranza va a beneficio della maggior parte delle persone. Pertanto, la maggior parte delle persone di quella società è felice, ossia trae piacere dai risultati, creando così una società più funzionale.»

Sentii qualcuno tossire e qualcun altro muoversi rumorosamente sulla sedia. I miei occhi si focalizzarono su chi mi aveva interrotta, e vidi Rome sporto in avanti, l'attenzione puntata su di me e il mento posato sulle mani impilate una sopra l'altra.

Il contatore della mia stizza aveva ricominciato a ticchettare, ma riordinai le idee e ripresi a parlare sforzandomi di ignorarlo. «Dove ero rimasta? Ah, giusto. Oggi discuteremo del principio di piacere-dolore e cercheremo di capire se gli esseri umani si comportino veramente così. Io, per esempio, tendo a trovarmi d'accordo con gran parte di questa teoria…»

«Davvero?»

Rialzai di scatto la testa e vidi la classe fissare Rome a bocca aperta. A giudicare da quella reazione, Rome non era il tipo che interveniva spesso durante le lezioni.

«Prego?»

Lui si rigirò la matita fra le dita e mi fissò con aria da sbruffone. «Esprimevo solo la mia sorpresa all'idea che fossi d'accordo *con gran parte* della teoria di Bentham.»

Sentii le guance bruciare in preda all'agitazione. «In tal caso, la risposta è sì, hai capito bene.»

«Ah!» commentò prima di stringere la matita fra i denti e spostare l'attenzione su Ally, che gli aveva tirato una gomitata nelle costole e gli segnalava di darci un taglio.

Mi arrabbiai ancora di più. La maleducazione aveva sempre questo effetto su di me. Mi sforzai di rimanere professionale, mi sforzavo *sempre* di rimanere professionale, eppure qualcosa dentro di me cominciava a cedere. Romeo Prince mi stava seriamente pungendo sul vivo.

«Ah cosa, *Romeo*?» domandai, ben consapevole di aver usato il suo nome per provocarlo.

Lui ridusse gli occhi a fessure e si sfilò la matita di bocca. «Penso solo che sia un ragionamento alquanto stupido e idealistico, *Shakespeare*, e mi sorprende che sia stata proprio tu a partorirlo, vista la tua presunta levatura intellettuale.»

Digrignai involontariamente i denti e accennai a spiegare meglio le mie ragioni, ma Rome riprese a parlare. «Insomma, prendiamo l'esempio delle elezioni: *la massima felicità per il massimo numero di persone*. Hai detto che vengono considerate un bene per la società perché i risultati renderebbero appagate la maggior parte delle persone, eppure io vedo solo difetti. E se la "maggioranza" di votanti fosse malvagia o avesse cattive intenzioni, e la minoranza fosse perbene? E se alla fine le persone oneste finissero in pericolo solo perché in inferiorità numerica? E se la persona per cui hai votato avesse dei secondi fini e non realizzasse quello che aveva promesso? Prendi Hitler, per esempio. Hitler è stato democraticamente eletto e, per un certo periodo, la maggior parte della gente che viveva in povertà e aveva perso la speranza pensava fosse la persona giusta. E guarda com'è andata a finire... dico solo che, benché possa sembrare una cosa sensata in teoria, nella pratica non funziona, o sbaglio?»

In aula c'era un silenzio tale che ero sinceramente convinta che una balla di fieno mi sarebbe passata davanti da un momento all'altro. Rome sembrava più che soddisfatto del proprio discorsetto e io persi le staffe. Mi spostai istintivamente verso le scale, per essere sicura che potesse vedermi durante la mia tirata. L'intenzione di comportarmi da superiore e ignorare i suoi commenti da stronzo andò a quel paese.

Alzai un dito. «Prima di tutto, fammi il piacere di lasciarmi finire di parlare prima di interrompermi tanto maleducatamente.

Ciò con cui mi trovo d'accordo è l'idea che gli individui, in molte situazioni, vivano per il piacere piuttosto che per il dolore, perlomeno *in gran parte* dei casi. Sarà senz'altro d'accordo con me, Signor Quarterback Dei-miei-stivali. Tu non prendi la maggior parte delle decisioni basandoti sulla tua illustrissima carriera sportiva, ovvero una cosa che ti rende felice?»

Le teste degli studenti scattavano avanti e indietro, quasi stessero assistendo a una partita di tennis particolarmente problematica.

«È vero, hai ragione, ma agisco così anche per i tifosi e per i miei compagni di squadra. Pure loro traggono piacere dal football, al contrario di qualcun altro.»

«E questo che vorrebbe dire?»

«Vorrebbe dire, Shakespeare, che in Alabama il football è il più grande piacere che ci sia: per i giocatori, i tifosi e i coach. La mia preparazione atletica, e di conseguenza il mio successo, beneficia sia me che gli altri. L'unica a cui non piace sembri essere tu.»

«Quindi hai appena dimostrato che ho ragione io. In Alabama, il massimo della felicità per il massimo numero di persone viene dal football, perché è fonte di piacere per la maggior parte della gente» affermai in tono compiaciuto.

Lui si passò una mano sul mento ispido di barba. «In questo caso potresti anche avere ragione, però non è sempre così semplice.»

Incrociai le braccia sul petto, impaziente di sentire la sua replica. «Vai avanti.»

«Non hai detto che le persone fanno cose per provare piacere ed evitare il dolore? Insomma evitano ciò che non gli piace?»

Annuii. «Esatto.»

«Eppure ci sono tante persone che fanno cose che gli provocano dolore o dispiacere solo per accontentare i desideri e le volontà degli altri.» Diedi per scontato che si riferisse alla sua strana relazione con Shelly, la quale seguiva il nostro dibattito con aria torva.

«Oh, dubito sia sempre così doloroso – fare certe cose o certi *atti* voluti dagli altri, intendo.»

Con la matita ancora stretta fra le dita, Rome sibilò a denti stretti: «Parla *chiaro*, Shakespeare. Dove vuoi andare a parare?».

Ora che ero partita in quarta, sembrava fossi incapace di fermarmi. La rabbia che avevo covato per giorni nei suoi confronti stava per esplodermi in petto.

«Beh, prendiamo il sesso, per esempio. Fra le due persone che partecipano all'atto, potrebbe essercene una che lo desidera più dell'altra, mentre questa potrebbe non provare alcun sentimento per la prima. E la seconda persona finirebbe per cedere e andare fino in fondo solo per accontentare la prima. Tuttavia – e qui sta il paradosso – la persona scontenta raggiunge comunque l'appagamento sessuale, e quindi non prova alcun dispiacere. Dico bene?» domandai, rivolgendomi inequivocabilmente a lui.

La matita gli si spezzò fra le mani. «Allora che mi dici di una persona che pensa che baciarne un'altra sia una buona idea per via di un'attrazione insolita e inspiegabile, ma che, col senno di poi, si rende conto di aver commesso un grandissimo errore del cazzo? Una persona che, per la prima volta, si è confidata con una persona diversa, una persona nuova, pensando: *forse posso fidarmi e mostrarmi per come sono veramente?* Solo per poi rendersi conto di aver commesso una sciocchezza e che non sarebbe mai dovuto succedere niente del genere. Dandoti l'ennesima riprova che la gente sarà sempre e solo fonte di delusione!» Lanciò i mozziconi di matita sul pavimento e si ravvivò rabbiosamente i capelli. L'aula fu percorsa da un brusio sommesso.

I nostri sguardi si incatenarono l'uno all'altro. Avevamo entrambi il respiro affannoso a causa dello sforzo emotivo richiesto dal dibattito, e nessuno dei due sapeva quale sarebbe stata la prossima mossa. L'estraneità di un'emozione così viscerale era una sensazione nuova per entrambi.

La professoressa Ross ci interruppe con un colpo di tosse. Mi voltai verso l'orologio a parete e notai che la lezione era praticamente finita. «La prossima volta, daremo un'occhiata agli appunti personali di Bentham. Troverete la bibliografia obbligatoria nel programma del corso. Potete andare.»

Mi rifugiai alla mia scrivania, in lotta contro un conato di vomito improvviso. Mi sentivo più confusa di quando avevo letto la versione tedesca originale degli scritti di Nietzsche.

La professoressa Ross mi raggiunse facendosi aria con una mano. «Beh, Molly, questa sì che è nuova. Non aveva niente a che vedere con l'argomento che dovevamo affrontare, ed è stato *altamente* fuori luogo, tuttavia assistere alla vostra discussione è stato senz'altro interessante. Hai bisogno di parlarne con qualcuno? Vi siete riscaldati talmente tanto da rendere l'atmosfera più elettrica di un temporale estivo.»

«No, non mi va di parlarne.» Raccolsi i libri di testo. «Mi dispiace. Credo che prenderò le mie cose e mi rintanerò in biblioteca. Ho bisogno di studiare, ho una tesina da consegnare a breve.»

Lei strinse le labbra. «Okay, in ogni caso, se dovessi avere bisogno di me, sai dove trovarmi.»

Evitai il suo sguardo. «Grazie.» Sollevata di trovare l'aula finalmente vuota, mi preparai ad andarmene.

Varcai la porta a passo spedito, ma Rome mi si parò davanti con un balzo e mi venne dritto in faccia, tanto da respirare la mia stessa aria. «Mi spieghi che cazzo ti è preso?» domandò fuori di sé dalla rabbia.

«Sei stato maleducato» l'accusai, controllando che non ci fosse nessun altro. Eravamo soli… completamente soli.

«Io stavo solo rispondendo alle tue argomentazioni. È quello che succede a un corso di filosofia. Sei stata *tu* a buttarla sul personale.»

«Senti *chi* parla!»

Ci guardammo in cagnesco – una gara a chi avrebbe ceduto per primo – e la pelle d'oca mi ricoprì dappertutto come un incendio.

Rome fu il primo ad arrendersi. «Mi spieghi perché hai tirato in ballo l'altra sera? Quelle erano informazioni riservate. Ti dico cose che non ho mai detto ad anima viva, e tu me le rinfacci durante un seminario aperto al pubblico? Io mi sono fidato di te e tu sei andata a ripescare ciò che ti ho confidato solo per darti delle cazzo di arie da cervellona?»

Scoppiai a ridere. «Ma quali confidenze! Lo sanno tutti che usi le ragazze solo per il sesso, il che, se proprio devo essere sincera, mi dà il voltastomaco. E poi, da quello che ho visto l'altra sera con *lei*, ti sei comportato così anche in quel frangente, dopo avermi confidato che non ti piaceva, dopo aver legato con me in modo così profondo. Dove sta la moralità in tutto ciò? Non sei riuscito a resistere alle sue cosce spalancate, immagino?»

Lui buttò fuori una risata priva di divertimento e si avvicinò ancora. Io non mi smossi di un millimetro, volevo dargli l'impressione di essere sicura di me.

Rome mi sospinse in un angolo buio e appartato. «Perché ti interessa chi mi scopo? Che te ne viene?»

Lo fulminai con lo sguardo e rimasi in silenzio per diversi secondi prima di sibilare: «Non me ne viene *niente*».

Lui snudò i denti per la rabbia e sbatté il palmo della mano sul muro sopra la mia testa. «Stai mentendo.»

L'ostilità mi bruciava nello stomaco, tenevo i pugni serrati contro i libri. «Non sto mentendo. Chi decidi di *scoparti* non mi riguarda affatto, come hai già detto molto eloquentemente!»

Rome avvicinò il viso di un altro centimetro. «Stronzate! Col cazzo che ti credo!» Gli spinsi una mano sul petto, eppure lui non accennò a spostarsi. «Ho detto che non ti credo! Porca troia, dimmi perché ti interessa e non propinarmi altre bugie del cazzo!» tuonò di nuovo.

Mi aveva bloccato ogni via d'uscita, così mi abbandonai a un gemito esasperato. «*E va bene*! Mi interessa perché mi hai baciata! Mi hai baciata come se non avessi avuto altra scelta, porcaccia la miseria! Non mi va di essere usata come un giocattolino qualunque, non dopo essermi fidata di *te*. Non mi fido mai, e ora mi ricordo *esattamente* il perché!»

Il suo petto muscoloso sfregò dolorosamente contro il mio e le sue labbra si dischiusero, buttando fuori bruschi respiri caldi e regolari. «Per tua informazione, non me la sono scopata. Anzi, le ho comunicato senza mezzi termini che abbiamo definitivamente chiuso. Quello che mi hai detto aveva senso... sul fatto che devo vivere la mia vita. Hai fatto breccia. Mi hai... *colpito*. E mettiamo subito in chiaro una cosa... tu non sei il giocattolino di nessuno, Shakespeare. Sarò anche uno che scopa a destra e a manca, però con te non lo farei mai.»

Aprii la bocca per ribattere, ma Rome mi mise un dito sulle labbra e assottigliò lo sguardo a mo' di avvertimento.

«Hai proprio un bel fegato a parlarmi così, Shakespeare. Non lo... *tollererei* da nessun altro. La gente, da queste parti, sa che è meglio girarmi alla larga. Hanno il buonsenso di lasciarmi in pace.»

Gli scostai bruscamente la mano e ridussi gli occhi a fessure. «Sarebbe una minaccia?»

Lui mi scoccò un sorrisetto cupo e io non riuscii a decidere se avessi voglia di dargli un pugno in faccia o di cedergli il controllo del mio corpo e vedere che cosa ne sarebbe venuto fuori.

«Non era una minaccia, Shakespeare, era un *complimento*. Tu e la tua boccaccia siete parecchio eccitanti. Ma sono più interessato a insegnarti a come tenerla chiusa.»

Il cuore mi sobbalzò nel petto e una vampata di calore mi si propagò fra le cosce. Lottai contro la reazione del mio corpo traditore con tutte le forze. «Risparmiati queste perle per la prossima volta che ti farai Shelly.»

«Porca puttana, ti ho detto che non l'ho toccata!»

«Questo non è quello che dice *lei*.»

«Non me ne frega un cazzo di quello che dice lei. Pensavo fossi diversa, Mol. Mi dici perché mi hai tirato una frecciatina su Shelly e sul football dopo tutto quello che ti ho confidato sulla mia situazione?» Sembrava l'avessi sinceramente deluso.

Dubbi e sensi di colpa mi strisciarono nel petto, così mi sfregai la tempia che pulsava dolorosamente. «Senti, sono solo di cattivo umore. Non avrei mai dovuto aggredirti in quel modo e ti chiedo scusa per aver tradito la tua fiducia. Sono stata maleducata. Ce l'avevo con te, ce l'ho con te da giorni. Non so proprio come comportarmi. Tu mi… mi *confondi.*»

Tornammo a rifugiarci nel silenzio. Romeo continuava a guardarmi in cagnesco, quasi fosse sul punto di strapparmi in due a mani nude, e a tenermi bloccata in un angolo con il suo fisico imponente. Tentai di sgusciargli di fianco, lui però mi afferrò per un braccio. «Dove diavolo pensi di andare?»

Espirai lentamente. «Me ne vado. Ne ho abbastanza… di noi e di qualsiasi cosa sia appena successa.»

Quando provai a superarlo un'altra volta, Rome disse in un ringhio: «Porca troia, Shakespeare, mi mandi fuori di testa!». Mi prese per la nuca con la mano libera e mi attirò a sé finché le sue labbra non colpirono il bersaglio designato sulle mie.

Non fu né gentile, né delicato, né premuroso. Si prese ciò che voleva senza alcun riguardo nei miei confronti, e a me piacque da impazzire; adoravo che si fosse preso tutto il controllo e avesse soggiogato il mio corpo.

Lasciai cadere i libri per terra insieme alle ultime inibizioni rimaste, e le mie mani non furono più in grado di fare niente se non aggrapparsi alla sua maglietta e tenersi forte.

Con un gemito, Rome mi trattenne fra le braccia e mi schiacciò contro il muro, scaraventandomi con la schiena addosso alla dura parete di cemento e premendomi la sua eccitazione contro la pancia. La sua lingua lottò contro la mia e, con ognuna delle sue umide sferzate, riuscì a tirare fuori tutto il mio desiderio latente.

Gli sfuggì un sospiro esasperato e poi ci separò, la sua pelle abbronzata bollente al tatto. «Porca troia, Mol, perché non riesco a toglierti dalla testa? Non riesco a pensare ad altro e non so più che cazzo fare.»

«Davvero?» domandai con voce roca.

I suoi occhi selvaggi si fissarono nei miei. «Ogni minuto. Di. Ogni. Giorno.»

Rome arretrò di un passo e mi concesse un po' di tanta agognata distanza dalla sua soffocante presenza. Avevo bisogno di andarmene; non riuscivo a pensare lucidamente. Mi chinai per raccogliere i libri e, quando mi rimisi dritta, vidi Rome lì impalato con le mani dietro la testa, gli occhi scuri pieni di una fame sfrenata.

Si leccò molto lentamente il labbro inferiore e io desiderai sopra ogni altra cosa di essere un succulento pezzo di carne. «Non so che fare con te. Mi mandi su di giri e la cosa non mi piace. Non mi sono mai sentito così per una ragazza qualunque.» Piegò la testa di lato e mi soppesò con lo sguardo. «Infatti, non penso che tu sia una ragazza qualunque. Me ne sono reso conto il primo giorno di lezione, nell'istante in cui ti ho vista in corridoio tutta trafelata. *Cristo santo*, è da quando ti ho baciata a quella maledetta prova di iniziazione che sento *sempre e solo* il tuo sapore.» Le fiamme nere che alimentavano i suoi occhi, già bui come la mezzanotte, arrivarono quasi a strapparmi un uggiolio pieno di desiderio.

Perciò, agii come ero solita fare quando non riuscivo a gestire una situazione.

Tagliai la corda.

«D-devo p-proprio scappare in biblioteca» dissi di getto, balbettando in preda all'agitazione, e mi precipitai all'uscita. Ero tremante, confusa e arrabbiata, ma anche incredibilmente eccitata. Sembrava avessi un debole per il suo piglio autoritario e la faccenda mi preoccupava. Fra tutte le cose che erano successe tra di noi, era quella che mi infastidiva di più.

Stavo per aprire le porte per prendere una boccata d'aria fresca quando mi arrischiai a guardarmi alle spalle.

Gravissimo errore.

Romeo era in piedi in mezzo al corridoio e mi fissava con le braccia muscolose incrociate sul petto.

Afferrai la maniglia, tuttavia la sua voce severa mi pietrificò sul posto. «Non finisce qui, Shakespeare… col cazzo che finisce qui!»

Andai nuovamente nel panico alla scarica di desiderio che mi montò subito dentro, così accelerai il passo e decisi di rinunciare alla biblioteca e di andare difilato a casa. Stavo per crollare e avevo bisogno di rifugiarmi in camera mia.

Rome non era andato a letto con Shelly. Non riusciva a smettere di pensare a me, e io non potei evitare di sentire un brivido di felicità che mi gonfiava il cuore per la prima volta dopo tanti anni.

CAPITOLO 5

Ero a letto sveglia da quattro ore a guardare le ombre dei pini danzare sul soffitto. Per la quinta notte di fila. Ero stanca morta, frustrata e talmente confusa da non riuscire a pensare in modo coerente, dormire e, se proprio dovevo essere sincera, combinare un bel niente. La radice del problema: Romeo "Bullet" Prince.

Era stato via per tutta la settimana in trasferta con i Tide in Arkansas, ed era partito subito dopo il nostro piccolo screzio in corridoio, lasciandomi nella confusione più totale in merito alla nostra situazione. Le foto che avevo visto su Facebook, dei suoi compagni di squadra che pomiciavano con alcune ragazze in certi locali malfamati e alle feste post-partita organizzate da altre confraternite, non erano d'aiuto. Se pensavo a Rome nella stessa situazione, mi veniva da vomitare.

Rinunciai a dormire, tirai via le coperte e andai in bagno per infilarmi sotto la doccia, con la speranza che l'acqua calda mi svegliasse.

Non funzionò.

Posai la testa sulle mattonelle fredde e sospirai. Non sapevo come mi sarei comportata quando ci saremmo rivisti. Ally aveva detto che la squadra sarebbe rientrata oggi, così decisi di nascondermi nell'unico posto in cui un campione di football non sarebbe mai entrato: la biblioteca.

Di lì a mezz'ora, mi ero vestita, avevo preso i libri e stavo percorrendo l'immenso prato della corte interna del campus, crogiolandomi nel sole del primo mattino. Le sette erano l'ora perfetta per passeggiare lungo il grande viale alberato; era piuttosto appartato e mi dava la possibilità di pensare, rilassarmi e ricaricare le batterie.

Ero praticamente a metà strada quando i toni accesi di un litigio attirarono la mia attenzione. All'inizio, vidi soltanto una Bentley grigia metallizzata e un signore alto e un po' attempato in piedi davanti alla macchina.

L'uomo fronteggiava Romeo e gli urlava addosso, era su tutte le furie.

Mi appostai dietro un albero e osservai l'alterco dalla sicurezza del mio nascondiglio. Capii subito che Romeo era arrabbiato; aveva i pugni chiusi e una postura che tradiva tutta la sua collera. Il signore indossava un abito scuro e dimenava le braccia come una furia, proprio in faccia a Romeo, e gli urlava tutta una serie di imprecazioni tremende e offensive. L'uomo avanzò ancora, caricò il pugno e, proprio sotto ai miei occhi, colpì violentemente Rome sulla guancia. L'impatto gli mandò la testa all'indietro, eppure lui non accennò a contrattaccare; anzi, rimase stoicamente immobile e incassò il colpo.

«Oddiosanto» bisbigliai fra me e me.

Mi guardai freneticamente attorno alla ricerca d'aiuto, però c'ero soltanto io… e loro. Prima che avessi il tempo di correre a chiamare la sicurezza, il signore in giacca e cravatta saltò sulla Bentley e ripartì sgommando. Poi vidi un Romeo pieno di adrenalina che si incamminava a passo spedito all'indirizzo di un albero gigantesco e cominciava a prenderlo a pugni, più e più volte, grugnendo rumorosamente prima di crollare a terra e prendersi la testa fra le mani.

Mi appoggiai alla corteccia dell'albero dietro cui ero nascosta e cercai di capire cosa fosse appena successo.

Non sapevo che fare. Romeo era appena stato colpito, aggredito. Affacciata com'ero oltre il tronco della quercia, osservai la sua figura abbacchiata per diversi minuti, studiando attentamente la sua bellezza tipica del Sud, ora ferita e sanguinante. Mi si strinse il cuore e, prima che il cervello avesse il tempo di rendersene conto, i miei passi si erano già automaticamente incamminati verso il punto in cui era andato a rintanarsi.

Non mi sentì arrivare, così mi inginocchiai davanti a lui, sporcando di fango secco la tutina nera smanicata che indossavo. Senza far rumore, presi una bottiglietta d'acqua e il vecchio fazzoletto con le rose ricamate dalla borsa a tracolla. Rome alzò lo sguardo perché mi sentì rovistare. Il sangue gli colava dalla bocca, i denti bianchi e perfetti immersi in un bagno scarlatto.

«Dio santo, Romeo...» bisbigliai, e mi sforzai di trattenere le lacrime. Lui non disse niente, si limitò a fissarmi imbambolato.

Aprii la bottiglietta e gli presi la mano sporca, le dita molli e ruvide. Ci versai sopra l'acqua per ripulire le ferite, i tagli profondi e pieni di terra e i pezzi di corteccia. Gli tamponai la pelle scorticata con il fazzoletto, e Rome non batté ciglio.

«È doloroso?» domandai in un soffio. Lui scosse la testa.

Quando finii di pulirgli la mano, mi avvicinai fino a inginocchiarmi fra le sue gambe. Poi, con qualche esitazione, gli passai il fazzoletto sulla bocca per ripulirla dal sangue e trovai un taglio aperto su un lato del suo splendido labbro superiore. Vi premetti sopra e il mio sguardo scivolò sul suo. Quegli occhi marroni trafissero i miei oltre la barriera degli occhiali, e vi scorsi un lampo di ostilità e desolazione.

Solo quando il labbro smise di sanguinare, gli passai l'acqua. «Sciacquati la bocca, Rome. Il sangue non ha un buon sapore.»

Lui prese la bottiglietta come un automa e obbedì. Mi accoccolai per terra accanto a lui e mi appoggiai allo schienale improvvisato offerto dall'albero. Non dissi altro. Non volevo correre il rischio di peggiorare la situazione. Volevo soltanto essere sicura che non rimanesse solo.

Alla fine, la sua postura rigida si rilassò e Rome fissò lo sguardo in lontananza. Non potendo più sopportare tutta quella tristezza, e visto che sembrava aver bisogno di essere consolato, gli presi la mano illesa e la strinsi nella mia. Lui si girò di scatto verso le nostre dita intrecciate e inclinò leggermente la spalla per venirmi ancora più vicino. Sapevo che avevamo delle questioni in sospeso, soprattutto dopo quel… qualsiasi cosa fosse successo in corridoio. Tuttavia, in quel preciso istante, il mio unico pensiero era dargli qualsiasi conforto di cui avesse bisogno.

Poi, dopo quella che mi era sembrata un'eternità, Romeo parlò. «Ehi, Mol.»

«Ehi, tu.»

«Quanto hai visto?»

Gli posai la testa sulla spalla e registrai il momento in cui trattenne leggermente il fiato. «Quanto basta.» Lui rovesciò il capo contro il tronco, gli occhi sigillati. «Chi era il tale con la Bentley?»

«Mio padre.»

Rialzai la testa, in preda allo shock più totale. «Tuo *padre*?»

Lui si chinò di nuovo in avanti per sfuggire al mio sguardo. Non capii se fosse imbarazzato o solo estremamente triste.

Il silenzio tornò a calare su di noi. «Ti senti bene?»

Rome si irrigidì e girò il capo nella mia direzione, gli occhi pieni d'angoscia. «No.»

«Ti va di parlarne?» Lui scosse subito la testa. «Ti picchia spesso?»

Con una scrollata di spalle, rispose: «Ormai non ne ha più molte occasioni. Si è arrabbiato per qualcosa che ho fatto. Mi ha chiesto di incontrarci e… beh, hai visto cos'è successo dopo».

Mi spostai in avanti e mi sedetti in modo da poterlo guardare in faccia. «Cosa avresti combinato di tanto terribile da spingerlo a colpirti in quel modo?»

«Soldi, delusioni, io che vengo meno ai miei doveri di figlio. La solita solfa. Però non si era mai spinto tanto oltre in un luogo pubblico. Non l'avevo mai visto così incazzato.»

«Sei suo figlio! Come osa trattarti in quel modo? Come potresti meritarti un pugno in faccia?»

Lui tenne la bocca chiusa e non rispose. Si capiva che non avrebbe detto niente; aveva le labbra sigillate in un netto rifiuto. Gli presi un'altra volta la mano e lui ricambiò la stretta, impedendomi di mollare la presa.

Sembrava così perso, la consueta maschera da duro spaccata in due, a mettere in mostra la sua debolezza. Dovevo cambiare argomento, permettere alla ferita di rimarginarsi a poco a poco.

«Com'è andata la partita in Arkansas?»

Saltai di palo in frasca e un piccolo guizzo di sollievo gli balenò sul viso. «Abbiamo vinto, anche se non grazie a me.»

«Hai giocato male?»

Rome si leccò il labbro, si tormentò il taglio ancora aperto, e raccolse un rametto da terra prima di spezzarlo nel pugno chiuso. «Cazzo, una partita da incubo.»

«Beh, sei umano anche tu.»

«Non ho mai iniziato così male un campionato in vita mia. E per l'appunto all'ultimo anno, quello in cui parteciperò al draft. Sta andando tutto a rotoli.»

«Come mai sei partito così male?»

«Perché non riesco a completare nemmeno un passaggio. Sto deludendo la squadra e i tifosi. I miei genitori non vogliono arretrare riguardo a Shelly – hai appena visto mio papà insistere a riguardo. Lei è più sanguisuga del solito e mi tocca tenerla costantemente a bada. Non so dove ho la testa, non riesco a dormire o concentrarmi, e rimango sveglio tutta la notte a pensare a una certa ragazza inglese di mia conoscenza. Ogni cazzo di notte. È come se perseguitasse i miei sogni.»

Si portò le nostre mani alla guancia e se le passò più volte sulla barba ruvida.

«Già, capisco che intendi» bisbigliai, e osservai la punta delle mie dita sfiorargli la bocca. La sua confessione mi aveva lasciata completamente senza fiato.

«Mentre ero via, non smettevo di pensare all'ultima volta che ci siamo visti.» La voce di Rome era a malapena udibile, quasi stesse confessando un peccato mortale. Sembrava agitato, un'emozione a cui non l'avevo mai visto cedere prima d'ora. Forse, per il re del sesso senza sentimento, trovare una ragazza che gli piacesse davvero era una novità assoluta.

«Sì, vale anche per me. Ritrovarmi con la testa piena di pensieri su un certo figaccione dell'Alabama anziché su Dante, Cartesio o Kant è stato… un bel cambiamento.»

Lui mi diede un colpetto con il ginocchio e il divertimento gli illuminò gli occhi spenti. «Quindi pensi che sia un figaccione?»

Arrossii e gli restituii il buffetto. «Non sei malaccio.»

Lui mi sbirciò attraverso le lunghe ciglia e mi scoccò un sorriso. «Dove te ne stavi andando a quest'ora del mattino prima di assistere al pestaggio del figaccione qui presente?»

«Rome…»

«Cazzo, Shakespeare, rispondi alla domanda.»

Scossi la testa. La versione prepotente di Romeo cominciava a riscuotersi dal sonno. «In biblioteca. Devo riordinare alcuni appunti per la professoressa Ross. Là c'è un ufficio in cui posso lavorare senza essere disturbata. Poi però ho visto… quello che è successo fra te e tuo padre e ho pensato che, per il momento, sarei stata più utile a te che all'avvincente mondo degli studi accademici.»

Rome mi diede una pacca sulla gamba e mi aiutò a rialzarmi, le nostre mani ancora strette l'una nell'altra. «Andiamo.»

«Dove?»

«In biblioteca. Ti aiuto io. Non possiamo deludere il mondo degli studi accademici, o sbaglio?»

«Ma Romeo… sei sicuro di non voler tornare a casa, o dedicarti a qualcos'altro? Potremmo parlare ancora un po', se ti va. Quello che vuoi.»

Lui perse il tono gioviale e si affrettò a ribadire: «No, ce ne andiamo in biblioteca e ti aiuterò con la tesina che devi scrivere». Non ammetteva repliche. Stava per perdere le staffe, si vedeva benissimo; la furia repressa si aggirava impaziente in superficie aspettando una scusa per scatenarsi. Aveva bisogno di distrarsi; così decisi che era meglio portarlo con me ed evitare che qualche povero malcapitato di turno si scontrasse con il suo pugno quando Romeo avrebbe finalmente superato il limite.

«Vuoi aiutare *me* con i compiti di filosofia?»

Lui imbronciò le labbra, risentito. «Ehi, sarò anche un giocatore di football, ma questo non vuol dire che io sia stupido.» Da dietro, mi circondò le spalle con le braccia. «Per tua informazione, in filosofia ho il massimo dei voti. Potrei insegnarti un paio di cosette.» Si allontanò di un passo e si mise un dito sulla guancia, dando l'impressione di essere assorto nei propri pensieri. «Per esempio: *Immanuel Kant was a real piss-ant who was very rarely stable.*»

Un sorriso smagliante mi spuntò sulle labbra e scoppiai in una risata fragorosa, cantando: «*Heidegger, Heidegger was a boozy beggar who could think you under the table*».

Rome si atteggiò a professore, prese a camminare avanti e indietro. «*Aristotle, Aristotle was a bugger for the bottle, and Hobbes was fond of his dram.*» Con un inchino, mi invitò scherzosamente a proseguire.

«*And René Descartes was a drunken fart. I drink, therefore I am.*»

Mi coprii la bocca per soffocare una risatina, sentendomi allegra e leggera, e Rome, con un sorriso a dir poco splendido, alzò la mano perché gli dessi il cinque. L'accontentai con grande piacere.

«Quindi ti piacciono i Monty Python?» domandai su di giri.

«Beh, chi studia filosofia non può non conoscere la loro canzone sui filosofi.»

«Siamo d'accordo, però non ti credevo un patito della comicità britannica.»

Lui sbuffò. «Sono i Monty Python.» Semplicissimo. «Andiamo, dai. Sono già riuscito a sorprenderti una volta con la mia cultura filosofica e sono sicuro di poterci riuscire di nuovo.»

Lo liquidai con un gesto della mano. «Comunque, tu hai ventun anni. Io ne ho soltanto venti e sto già studiando per il master. Dubito che tu possa insegnarmi qualcosa, caro il mio campione. La filosofia è la mia specialità.»

In un batter d'occhio, Rome mi attirò con la schiena contro il suo petto e mi mordicchiò il lobo dell'orecchio. «Forse non sulla filosofia, però posso senz'altro insegnarti altre cose, Mol, in quella che è la *mia* specialità.»

«Che sarebbe?» domandai senza fiato.

Lui posò un bacio sui battiti furibondi che mi palpitavano nella gola. «Cose molto più... *piacevoli* dello studio.»

Io mi paralizzai, Rome si spostò davanti a me e mi rimise bruscamente al passo. «Forza, cervellona, andiamo a lavorare, così puoi toglierti dalla testa le porcate a cui stai pensando.»

Romeo rimase con me in biblioteca per ore, mi aiutò a riscrivere gli appunti e a fare ricerche sulle contro argomentazioni per la tesina. Era molto ben informato in materia, questo bisognava riconoscerglielo. Quando ci salutammo, mi sembrò diverso, in un certo senso più leggero, e lo stesso valeva per me. La sua compagnia riusciva a calmarmi e, benché potesse essere brusco e a tratti persino un po' spaventoso, scoprii che la cosa non mi dispiaceva. Proprio per questo, purtroppo, tornò a essere un mio pensiero fisso.

Il giorno dopo tornai in biblioteca e mi incamminai subito verso l'ufficio; aprii la porta chiusa a chiave e trovai Romeo con i piedi allungati sulla scrivania, le mani dietro la testa e un sorrisetto sulle labbra. «Meglio tardi che mai, Shakespeare. Che cavolo, mentre ti aspettavo ho avuto il tempo di scrivere una tesina intera.»

«Come mai qui?» domandai raggiante, contenta di vederlo con il labbro un po' meno gonfio e le nocche fasciate.

Lui tolse i piedi dalla scrivania e mi venne incontro. «Sono qui per assistere l'assistente. Mettimi al lavoro, sono impaziente di compiacerti.»

Posai i libri sul tavolo e mi piazzai le mani sui fianchi. «Ti dispiacerebbe dirmi come sei riuscito a entrare in una stanza chiusa a chiave?»

Rome scrollò scherzosamente le spalle. «La bibliotecaria è una mia ammiratrice segreta. Mi ha aperto lei dopo un paio di moine.»

«La signorina Rose? Ma se ha novant'anni suonati!»

«Ha più che altro una passione per i ragazzi più giovani, quella *cougar*» scherzò lui, e finse di rabbrividire.

Non riuscii a trattenere una risata. «Mmm-mmm! E si può sapere perché vuoi darmi una mano anche oggi, Romeo?»

Lui perse il sorriso divertito e lo stesso lampo di vulnerabilità che gli avevo visto sul viso il giorno prima offuscò i suoi splendidi lineamenti. Poi incrociò le braccia e si mise sulla difensiva. «Non vuoi che resti? Se ti sono d'intralcio, me ne vado subito. Non mi va di rimanere dove la mia presenza non è gradita.»

Mi parai davanti a lui e gli presi il viso torvo fra le mani. «Ehi, non è quello che ho detto. Sono solo sorpresa che *tu* abbia voglia di stare qui con *me*. Mi... piace starti vicino, in qualsiasi modo.»

Lui piegò la testa di lato e mi baciò il palmo della mano. «Anche a me piace stare con te, Mol. Quando siamo insieme mi sento meglio. E poi sono in debito con te per ieri.»

«Non mi devi niente.»

Rome mi accarezzò la guancia con un dito e ci mancò poco che crollassi sul pavimento. «Resto con te.»

«E le tue lezioni?»

«Resto con te» ribadì. «Mi sa che sto diventando dipendente.»

Deglutii a fatica. «Dipendente?»

«Proprio così. Da te e da come mi fai sentire.»

Arrossii e armeggiai con la tracolla della borsa. «Giusto, beh... ehm... mettiamoci al lavoro, allora.»

Lui si esibì in un saluto militare e si sedette davanti a me con un sorrisone compiaciuto sulle labbra.

Sentii un lungo sospiro drammatico dietro di me che mi portò a sobbalzare.

«Dobbiamo prenderci una pausa» ordinò Rome di ritorno in ufficio con due bicchieroni di carta e il disappunto stampato sulla faccia.

Considerato che nemmeno mi ero accorta che fosse uscito, dovevo ammettere che una pausa era praticamente d'obbligo. Mi afflosciai sulla sedia e mi sfregai gli occhi stanchi. «Da quant'è che siamo qui?»

Rome si rimise seduto al proprio posto e mi passò il bicchiere insieme a un sacchetto di carta marrone contenente un bagel al formaggio. «Quasi sei ore.»

Sgranai gli occhi. «Oh, merda.»

«Già, *merda*.»

Presi un sorso di cappuccino, chiusi gli occhi e mi abbandonai a un brusco gemito di piacere mentre l'effetto energizzante della caffeina mi scorreva nelle vene come oppio. Sentii la sedia stridere sul pavimento di vinile, poi Rome che balzava in piedi con un'imprecazione. Riaprii le palpebre e lo vidi che si strizzava la maglietta grigia bagnata di latte e caffè.

«Ti senti bene?»

Lui annuì bruscamente. «Però, Mol... cerca di evitare quei versi quando ci sono anch'io.»

Morii d'imbarazzo nel notare l'espressione rovente con cui mi guardava il petto che si alzava e abbassava in risposta alle sue parole. Si rimise seduto e mangiammo in un silenzio teso e quasi elettrico.

Romeo si stiracchiò. «Ormai dovresti quasi aver finito. Non mi era mai capitato di vedere qualcuno lavorare così sodo per qualcosa. Sono sicuro che sarai una professoressa con i controcazzi.»

Scrollai le spalle. «Mi piace studiare. Mi tiene occupata.»

Piegando la testa di lato con aria interrogativa, Rome domandò: «Invece di?».

«Pensare ad altre cose.»

«Tipo?»

Iniziai a tormentare la penna. «Cose brutte... che mi fanno stare male... cose del mio passato.»

La sua mano si richiuse sulla mia. «Quindi lo studio ti provoca lo stesso effetto che hai tu su di me.»

Deglutii a fatica, senza sapere come rispondere a un'affermazione del genere.

«È così. Non so che mi stai facendo, Mol.»

«Io... cosa? Mi...?» Tornai a concentrarmi sulla scrivania e restai ad ascoltarlo mentre ridacchiava del mio imbarazzo. Così, strappai un pezzo di bagel e glielo lanciai sul petto. Lui se lo tolse dalla maglietta e lo infilò in bocca, le sopracciglia che gli ballavano. Non riuscii a soffocare una risatina.

«Allora, come ti senti oggi?» domandai quando l'atmosfera pesante iniziò a dissiparsi.

«Meglio. C'è questa bella ragazza che mi ha dato una mano con alcuni problemi personali.»

«Chi è? Che aspetto ha?» lo presi in giro.

Lui finse di rifletterci. «Castana, con un accento pazzesco, gli occhiali da vista e l'aria da bibliotecaria sexy.»

Il mio stomaco fece una capriola. «*Come no*. Seriamente, però, ti senti *bene*?»

Lui smise di sorridere e rispose a bassa voce: «Quasi. Un giorno alla volta».

Lo lasciai ai suoi pensieri e ripresi a bere il cappuccino e rileggere gli appunti. Tornai subito a distrarmi. Nel frattempo, Rome si alzò piano piano dalla sedia e mi venne incontro con le palpebre abbassate e le labbra leggermente dischiuse. Mi aggrappai ai braccioli della sedia quando posò una mano sullo scaffale alle mie spalle e l'altra sulla scrivania, intrappolandomi e chinandosi lentamente su di me.

Chiusi gli occhi nell'istante in cui le sue labbra si fermarono davanti alle mie.

«Romeo, che...»

Tirò fuori la lingua e mi leccò lentamente l'angolo della bocca.

Mi immobilizzai.

«Ti era rimasta un po' di schiuma sul labbro» spiegò con voce roca e tesa.

Mi sgonfiai. «Oh, non...»

Poi si chinò di nuovo su di me, mi prese la testa fra le mani e schiantò le labbra sulle mie. Io mi arresi e mi lasciai scappare un gemito quando serrò la presa sui miei capelli, facendomi piegare il capo per approfondire ancora di più il bacio e accarezzare ogni angolo della mia bocca.

Si scostò dopo diversi secondi.

«E dopo?» sussurrai, senza smettere di guardarlo in quei suoi occhi selvaggi e di passarmi le dita sulle labbra umide.

Lui posò la fronte sulla mia e disse sottovoce: «Beh, dopo mi è semplicemente venuta voglia di baciarti». Si piegò sulle ginocchia finché i suoi occhi non furono all'altezza dei miei, e le sue mani presero ad accarezzarmi le cosce. «Vieni a vedermi giocare questo finesettimana.»

«Devo studiare» ribattei automaticamente.

La sua espressione delusa mi punse sul vivo. «Sarà questione di un paio d'ore al massimo, Mol.»

«Lo so, però vengo pagata per assistere la professoressa e mi vanto di essere sempre in pari col lavoro. Ho bisogno di quei soldi per mantenermi, Rome. Vivere alla confraternita è molto dispendioso. Sabato, durante la partita, sarò qui a lavorare.»

Rome sospirò rumorosamente e afflosciò le spalle. «Okay, non mi piace per un cazzo, ma lo capisco.»

Gli posai una mano sulla guancia ruvida e abbronzata. «Non rimanerci male, ti prego. Gli sport non sono per me. Non so come funzioni il football né quale sia il compito di un quarterback, ricordi?»

Lui si appoggiò alla mia mano. «Ho capito, Mol. Tanto non viene mai nessuno a tifare per me. Ci sono abituato.»

«Romeo...»

Si rimise in piedi e si grattò la testa. «Ho gli allenamenti, devo andare.»

Allungai una mano per sfiorargli le dita contratte. «Io rimarrò qui ancora per un paio d'ore. Ci sentiamo più tardi, okay?» Mi sentivo malissimo all'idea di averlo deluso. Era dal giorno prima che andavo alla grande, che riuscivo a sollevargli il morale. Ora, però, eravamo di nuovo punto e a capo.

Rome si chinò su di me, scrutò nei miei occhi, poi si rimise bruscamente dritto e uscì dall'ufficio, lasciandomi praticamente paralizzata sulla sedia.

Per le due ore successive, restai a fissare le venature della scrivania di rovere e a domandarmi più e più volte che cavolo stesse succedendo fra me e Romeo "Bullet" Prince.

Mentre raccoglievo le mie cose per andarmene, un bigliettino infilato sotto la porta attirò la mia attenzione.

Vieni alla partita, ti prego.
Voglio che tu ci sia.
Un bacio dal tuo Romeo

Il *mio* Romeo?
Beh... merda.

CAPITOLO 6

«E dai, Rome, forza! Concentrati!» Ally era in piedi a sbracciarsi insieme a Cass e a ognuno dei centomila spettatori presenti allo stadio – beh, tutti tranne me. Non avevo la più pallida idea di che diavolo stesse succedendo.

Avevo deciso di assistere alla partita. Ally aveva un abbonamento in più ed era dall'inizio del campionato che provava a convincermi ad approfittarne, io però le avevo sempre detto di no. Stavolta, invece, non ero riuscita a togliermi dalla testa l'espressione delusa di Romeo quando gli avevo detto che non sarei venuta. E così avevo ceduto e mi ero ritrovata ad assistere alla mia prima partita dei Tide.

Era colpa del bigliettino.

Ero diventata l'inguaribile romantica che non credevo sarei mai stata, e la dolcezza delle sue parole mi aveva dato il colpo di grazia.

«Rome! Che diavolo? *Argh!!!*» urlò di nuovo Ally.

Eravamo al Bryant-Denny Stadium, sedute nel parterre riservato agli studenti, a guardare i Tide giocare contro la squadra dell'Università di Auburn – il derby dell'Alabama fra due acerrimi rivali – e pareva che Rome non fosse in partita, la terza del campionato in cui dimostrava di non trovarsi al top della forma. Mi girai verso il maxischermo e vidi un primo piano di lui che si slacciava bruscamente la fibbia sotto al mento e imprecava come uno scaricatore di porto, sferrava un pugno al campo e spintonava via i giocatori che gli si paravano davanti, visibilmente arrabbiato per qualsiasi cosa fosse appena successa.

L'atteggiamento da cattivo ragazzo che assumeva sul campo era estremamente sexy; se si aggiungeva pure la divisa che metteva in mostra il suo notevole fisico... beh, avrebbe dovuto essere praticamente illegale.

Ally si teneva la testa fra le mani e sbirciava fra le dita, il viso trasformato nel ritratto della disperazione. Cass – che si stava gustando il suo terzo wurstel impanato – scosse la testa con aria delusa.

Le cheerleader cominciarono a esibirsi e vidi Lexi sgambettare allegramente. Aveva superato le selezioni per la squadra di cheerleading a pieni voti, sbaragliando la concorrenza grazie al suo salto mortale all'indietro con tripla ruota in spaccata. Adesso era una darkettona felice e contenta.

Approfittai di quel momento per guardarmi intorno. Lo stadio dei Crimson Tide era immenso e l'atmosfera elettrizzante. Capii subito perché Rome fosse tanto famoso all'università e, a ben guardare, in tutto l'Alabama.

Nell'istante in cui era uscito dal tunnel, sul maxischermo a fondocampo erano comparsi il suo viso e le sue statistiche. Mentre Rome e il resto della squadra entravano in campo, i centomila spettatori del pubblico si erano lanciati in un coro di "Forza Tide!" a squarciagola, accompagnato da squilli di tromba e rulli di tamburi. Non avevo mai visto niente di simile.

Ogni volta che Rome tirava la palla, i tifosi trattenevano il respiro, quasi in preghiera. Purtroppo, finora nessuno dei suoi passaggi era andato a buon fine. Cass mi aveva spiegato senza mezzi termini che era una cosa gravissima.

Di nuovo in campo, Rome stava trascinando la sua mole piena di rabbia accanto alla panchina, dove l'allenatore cominciò a sbraitargli in faccia e a sbattere più volte la mano su una cartellina per sottolineare il concetto. Provai l'impulso improvviso di saltare in piedi e allontanarlo da lui con uno spintone.

Mi voltai verso Ally. «Perché questa scenata? Ha sbagliato un paio di passaggi, e allora? È davvero la fine del mondo?»

«Eccome se lo è. Rome non può permettersi di perdere tutte queste giocate, Mol. È all'ultimo anno ed è considerato il quarterback migliore del paese – è praticamente certo che verrà scelto al primo round del draft della NFL. Ha tutti gli occhi addosso. Senza contare che, se i Tide dovessero qualificarsi per la finale del campionato universitario nazionale anche quest'anno, Rome dovrà dare il centodieci per cento. Al momento si aggira intorno al venti. Non l'ho mai visto così fuori forma. Non capisco come mai.» Sembrava sbigottita.

Il pubblico ricominciò a tifare e Rome tornò di corsa sul campo rimettendosi il casco.

Come al solito, il sole picchiava su Tuscaloosa e nello stadio, scoperto e gremito com'era, cominciava a fare decisamente troppo caldo. Mi ero messa un vestitino smanicato di lino bianco e un paio di stivaletti da cowboy alla caviglia che mi aveva regalato Ally come a dire *alleluia, finalmente vieni a vedere una partita*. Mi aveva detto chiaro e tondo che dovevo ambientarmi e adottare l'atteggiamento irriverente tipico del Sud. Avevo poi reso ulteriormente omaggio all'evento con un trucco leggero, e avevo realizzato che lo stile country mi piaceva davvero.

«Vado a prendermi una Coca-Cola Light. Voi volete qualcosa?» urlai sopra i cori e i boati del pubblico, e scacciai una zanzara con la mano. Avevo bisogno di una tregua dal caldo rovente che regnava nello stadio.

Ally scosse la testa, troppo presa dalla partita per rispondere, mentre Cass si infilò una mano in tasca e ne tirò fuori una banconota da venti dollari. «Patatine grandi e una *root beer*, tesoro.»

Presi i soldi e avanzai a bordocampo per raggiungere i chioschi al coperto. Avevo fatto dieci passi al massimo quando migliaia di teste iniziarono a voltarsi nella mia direzione al rallentatore. Prima che potessi capire perché, la palla volò fra gli spalti e due tizi cominciarono a contendersela in malo modo. La rissa li portò a sbandare verso di me; mi beccai una gomitata vagante sul naso e il contraccolpo mi spedì con le chiappe per terra. Per aggiungere il danno alla beffa, il pubblico proruppe in un coro di *oooh* e il servizio di sicurezza intervenne subito per trascinare via i due tizi.

Mi portai istintivamente le mani al naso, un tantino dolorante ma comunque tutto intero. Sembrava non mi fosse nemmeno uscito il sangue. Ben diverse, invece, le condizioni dei miei occhiali, che mi si ruppero fra le mani. Ne strinsi i pezzi mentre la gente accorreva al mio fianco per chiedermi se andasse tutto bene. Sentii un uomo annunciare a gran voce di essere un dottore per poi chinarsi su di me e toccarmi il viso.

«Credo che la gomitata mi abbia rotto solo gli occhiali» commentai, e lasciai che il medico stempiato mi aiutasse a rimettermi in piedi. Mentre mi rialzavo, la folla cominciò ad applaudire. Mi avvicinai gli occhiali spezzati al viso, una stanghetta in ciascuna mano, e perlustrai lo stadio con lo sguardo, notando, con mia grande vergogna, che la mia figuraccia era stata trasmessa sul maxischermo.

«Prince! *PRINCE*! Dove diavolo credi di andare?!» urlò un uomo imbestialito, e il capannello che si era formato intorno me cominciò a dividersi.

Allungai il collo in direzione del varco che si era appena creato e vidi Rome correre da me. L'espressione sul suo viso era di puro terrore, mentre io me ne stavo lì a tenermi gli occhiali rotti sul viso.

«Oh, merda, Shakespeare! Mi dispiace tantissimo. Stai bene?» domandò impanicato. Gettò il casco a terra e mi prese il viso fra le mani, sollevandomi la testa perché i suoi grandi occhi marroni potessero ispezionarmi alla ricerca di eventuali traumi.

«Sì, Rome, sto bene. Gli occhiali mi hanno salvata. Si sono sacrificati per proteggermi il naso. Non hai *alcun* motivo di scusarti. I veri stronzi sono quei due idioti ubriachi che mi hanno colpita in faccia!» Gli mostrai i pezzi della montatura nera – e per un istante non vidi più niente – prima di riavvicinarli davanti agli occhi.

Quando mi tornò la vista, notai Rome che mi scoccava un sorrisetto e scuoteva la testa. «Non avevo dubbi che fossi tu. Con tutta la gente che c'è in questo cazzo di stadio, doveva succedere proprio a te. Ormai non mi stupisco più di niente; sei sempre nel mezzo. Mi sa che qualcuno sta cercando di dirmi qualcosa.»

Mi strinsi nelle spalle. «Stavo andando a prendere una Coca-Cola.»

Lui rise sommessamente. «Durante la mia azione?»

«Ehm, beh, se devo essere sincera, non sapevo che cavolo stesse succedendo e morivo di sete.»

Alcune donne si piegarono sulle ringhiere e chiamarono Rome a squarciagola.

«Ti amiamo, Bullet!»

«Portami a casa con te, tesoro!»

«Scopami, numero sette, ti prego!»

Quando si accorse che mi ero distratta, Rome smise di sorridere. Mi prese il mento affinché mi concentrassi solo e soltanto su di lui. «Sei venuta.»

«Sono venuta» confermai con un sorriso.

«Perché hai cambiato idea?»

«Hai fatto breccia» lo presi in giro, ripetendogli quello che mi aveva detto lui durante il nostro bisticcio in corridoio.

Rome soffocò una risata.

«Signorina? Mi scusi, però dobbiamo portarla in infermeria per visitarla – temo sia la prassi. Se non le dispiace seguirmi.» Il medico mi prese per un braccio e cercò di portarmi via.

Rome alzò un dito per fermarlo prima di chinarsi leggermente su di me e incrociare il mio sguardo. «Sicura di star bene?»

«Sto bene. Insomma, non hai una partita da vincere? Sono sicura che tutta questa gente non è venuta qui per vederci chiacchierare.»

«Già, *infatti* era proprio quello che cercavo di fare, quando hai ben pensato di venire coinvolta in una rissa fra ubriachi.»

Stavo per seguire il medico, quando Rome chinò improvvisamente la testa e mi diede un bacio a fior di labbra. Fu tenero e delicato, diverso dai baci travolgenti che ci eravamo scambiati nell'impulso della passione.

I nostri occhi rimasero incatenati ancora per un istante, poi Rome tornò di corsa in campo con un'espressione determinata sul viso. Il pubblico rimase visibilmente a bocca aperta, chiedendosi perché il campione della squadra fosse tanto interessato alla ragazza contusa.

Una volta al sicuro in infermeria, cominciai a ridarmi un contegno e all'improvviso un boato delirante parve scuotere lo stadio fin dalle fondamenta.

Balzai subito in piedi.

«Che succede?» domandai nel panico.

Il medico si girò a guardare il piccolo televisore nell'angolo. «Porca vacca!»

«Cosa?»

«Bullet ha tirato la palla al ricevitore dalle quaranta yard e abbiamo fatto touchdown.»

«E un touchdown è una cosa positiva, giusto?»

Lui tornò a voltarsi verso di me, senz'altro chiedendosi se avessi preso una botta in testa. «Sì, è una cosa molto positiva, soprattutto quando manca solo un tempo alla fine della partita. Ora siamo pari. Abbiamo un quarto d'ora per portarla a casa.»

«Per portare a casa cosa?»

«La vittoria» rispose lui con un sospiro esasperato.

«Giusto, ho capito» borbottai, e decisi che era meglio chiudere la bocca.

Il medico spense la TV per evitare distrazioni, finì di visitarmi e mi aiutò ad aggiustare gli occhiali con del nastro adesivo bianco, la riparazione bene in evidenza sul dorso del naso. Non erano esattamente alla moda, ma mi dovevo accontentare. Come diceva sempre nonna: "*Que sera, sera*".

Tornai al mio posto solo per sentire il fischio finale e la folla prorompere in grida di giubilo. Ally e Cass stavano saltellando e, quando mi videro, si precipitarono su di me, buttandomi praticamente per terra. Mi tenni forte – col cavolo che mi sarei fatta mettere al tappeto un'altra volta.

«Molly! Ti senti bene? Abbiamo visto tutto sul maxischermo» esclamò Ally, prima che i suoi occhi scuri si spalancassero sul mio viso. «Tesoro, i tuoi occhiali!» Si scostò e si lanciò alla frenetica ricerca di ferite visibili.

«Dico sul serio, Molls, mi sembra impossibile che ti sia presa una gomitata in faccia! Molly Shakespeare, l'ultimo arrivo nella squadra di lotta libera. Diamine, è stato uno spasso.» Cass scoppiò a ridere con le mani sullo stomaco come se le dolesse la pancia. Poi divenne improvvisamente seria. «E la *root beer* e le patatine?»

«Mica sono riuscita a prenderle, Cass!» Lei si imbronciò e incrociò le braccia con aria delusa. «Abbiamo vinto?»

Ally mi passò un braccio sulle spalle. «Se abbiamo vinto? Li abbiamo stracciati, tesoro. Quando è tornato in campo dopo averti baciata, Rome sembrava un'altra persona. Ha completato ogni passaggio, ogni giocata. È stato praticamente l'uomo partita.»

Strabuzzai gli occhi. «È positivo, dico bene? Vuol dire che è stato il migliore in campo, no?»

«Positivo? Dolcezza, la gente dice che è stato il tuo bacio a dargli il pizzico di fortuna di cui aveva bisogno.»

Mi allontanai di un passo e le scoccai un'occhiata scettica. «E perché gli avrebbe portato fortuna?»

«Perché gli hai svoltato la partita, da così a così.» Sorrise e batté le mani in preda all'entusiasmo.

Cass mi posò le mani sui fianchi e mi girò a guardare il maxischermo. «Vedi?»

Porcaccia la miseria.

Gli addetti al maxischermo avevano lavorato sodo. Il montaggio che veniva trasmesso a ripetizione iniziava con Rome che sbagliava una serie di giocate, seguito dal momento in cui i due idioti ubriachi mi erano venuti addosso, mi avevano tirato una gomitata in faccia e provocato la mia caduta a terra – il tutto appariva più doloroso di quanto non fosse stato in realtà. Subito dopo si vedeva Rome uscire di corsa dal campo ignorando l'allenatore e i compagni di squadra che lo guardavano allontanarsi a bocca aperta. Poi c'era lui che mi prendeva il viso fra le mani e si chinava su di me per baciarmi. L'ultima clip mostrava i tre passaggi che aveva messo a segno e i relativi touchdown che mi ero persa mentre ero in infermeria.

Era troppo. Il cuore cominciò a battermi a un ritmo febbrile e mi si strinse il petto. Detestavo essere al centro dell'attenzione, e vedermi trasmessa davanti a migliaia di persone era più di quanto potessi sopportare. In aggiunta, c'era stato pure il bacio di Romeo e così precipitai nell'ansia più totale. Ero fermamente convinta che non tutti fossero adatti a stare sotto i riflettori, io in primis.

Mi girai lentamente a osservare il campo dove Rome stava concedendo alcune interviste e – roba da non credere – Shelly irruppe nell'inquadratura accanto a lui, lo baciò sulla guancia e si pavoneggiò come una fidanzatina orgogliosa.

Nel guardare Shelly e Rome insieme, sentii un tuffo al cuore e una cosa mi apparve del tutto chiara: erano completamente fuori dalla mia portata.

Quanto ero stata stupida a venire alla partita e a pensare che potesse succedere qualcosa fra me e uno come Rome! Lui era il ragazzo più popolare del campus, quello dietro al quale morivano orde di ragazze agguerrite, io invece ero una secchiona totalmente riservata e introversa.

Romeo Prince era nato per stare con una come Shelly. Con qualcuno in grado di mimetizzarsi senza difficoltà nella sua vita fatta di lusso e ritmi serrati.

Mi voltai a fronteggiare Ally e Cass cercando di non tradire alcuna emozione. «Me ne vado a casa. Devo rimettermi a studiare. Ci vediamo più tardi.»

Uscii dallo stadio prima che potessero protestare e mi sforzai più e più volte di dimenticare la sensazione delle labbra meravigliosamente morbide di Rome sulle mie.

Per citare lo stesso Romeo: "Più facile a dirsi che a farsi".

CAPITOLO 7

«Molls, alza quelle magnifiche chiappe inglesi che ti ritrovi! Ci stiamo dando alla pazza gioia e ci manca il quarto moschettiere!»

«Per l'ultima volta, Cass, dico sul serio: stasera passo, grazie lo stesso.» Sentii l'esplosione di un crepitio assordante e fui costretta ad allontanare il telefono dall'orecchio. Cass era già chiaramente ubriaca – quel diavolo di un liquore fatto in casa!

«Molly? Molly!» Ally si era impadronita del telefono.

«Sì, Ally, ci sono.»

«Sicura che non vuoi venire, tesoro? Non mi va che te ne stia sola in camera tua mentre sono tutti qui a divertirsi.»

«Dico davvero, Ally, sto bene. Sono solo stanca.»

Seguì una lunga pausa che mi permise di sentire la Zac Brown Band e il chiacchiericcio assordante che rimbombava in sottofondo. «E va bene, tesoro. Ci vediamo domani mattina, allora. Ma se dovessi cambiare idea, chiamami.»

«Okay, ragazze. Divertitevi!»

Conclusi la telefonata e mi ributtai sul letto. Strusciai il pollice sullo schermo e fissai il fiore di loto su un placido laghetto che usavo come sfondo.

Appena arrivata a casa, mi ero buttata nella doccia e avevo indossato la vecchia camicia da notte rosa, declinando gli inviti a unirmi a una delle feste in onore della grande vittoria dei Tide.

Cass, Lexi e Ally avevano deciso di partecipare a quella organizzata dalla confraternita di Rome dall'altra parte della strada, e avevano sfoderato tutte le armi nel loro arsenale pur di convincermi ad accompagnarle. Io, però, avevo bisogno di prendere le distanze da tutto ciò che riguardava Romeo Prince, così avevo tirato fuori una scusa per restare a casa.

Ero abbastanza sveglia per capire che mi stavo innamorando di lui – e di brutto anche – e l'armata di farfalle che avevo nello stomaco, i palpiti del cuore e gli innumerevoli sogni erotici che perseguitavano le mie notti me l'avevano abbondantemente confermato.

In quell'ultima settimana, il tempo passato in compagnia di Romeo aveva alzato l'asticella dei miei sentimenti, e io non sapevo proprio come gestire quello che eravamo l'uno per l'altra. Quindi il mio piano – che, bisognava ammetterlo, non era esattamente degno della CIA – consisteva nell'evitare di ritrovarmi a distanza ravvicinata con il fenomenale quarterback dei Tide.

Il piano era entrato subito in azione.

Girai attorno al letto, mi sciolsi i capelli, di cui sentii le punte sfiorarmi la parte bassa della schiena, e presi a massaggiarmi lo scalpo indolenzito dopo che aveva sostenuto la folta chioma di riccioli per tutto il santo giorno. Poi mi infilai sotto le soffici coperte lilla insieme a un buon libro. Presi la copia di *Jane Eyre* con gli angoli tutti stropicciati e sprofondai con piacere nell'Inghilterra d'altri tempi del signor Rochester, perdendomi fra le pagine del romanzo.

Un'ora più tardi, ero completamente rilassata e immersa nella storia, quando sentii un ticchettio. Lasciai saettare lo sguardo per la stanza deserta, rischiarata soltanto dal tenue bagliore rossastro dell'abat-jour sul comodino. Cominciai ad agitarmi; nella sede della confraternita c'ero soltanto io.

Quando udii di nuovo lo stesso rumore, balzai in piedi e mi bloccai in mezzo alla stanza – proveniva dalle porte del balcone.

Mi avvicinai con cautela, girai la maniglia e controllai che non ci fossero strani individui in agguato dall'altra parte. Quando spalancai del tutto la portafinestra, scorsi alcuni sassolini sparpagliati sulle mattonelle di cotto. Avanzai di un passo, lasciando che il venticello della sera mi avvolgesse nel suo abbraccio, e mi chinai per raccogliere uno dei sassolini. Proprio quando stavo per rimettermi dritta, me ne caddero altri sulla spalla.

Trassi un bel respiro profondo, mi avvicinai alla balaustra e mi arrischiai a guardare dabbasso. All'inizio non vidi altro che buio. Poi una figura emerse dall'oscurità.

«Shakespeare?»

Quella pronuncia sexy e strascicata era inconfondibile.

Romeo uscì dall'ombra nelle luci soffuse provenienti dalla veranda. Il suo fisico imponente si delineò in quel fosco bagliore, e mi parve assolutamente splendido.

Era tornato a essere il solito Rome di sempre – con i jeans scoloriti a vita bassa e una maglietta senza maniche dei Tide – e mi sforzai di frenare l'euforia che mi sconquassava tutto il corpo.

«Ehi, Mol» bisbigliò con un sorrisetto sornione.

«Ehi, tu» risposi sottovoce. «Come mai qui?»

«Sono venuto a trovarti.»

«Ah sì? Perché?» Ero sinceramente scioccata. Avevo dato per scontato che sarebbe stato preso dai festeggiamenti per la vittoria.

Rome incurvò le spalle ampie e si infilò le mani in tasca, scoccandomi un'occhiata timida. «Perché ho notato che non sei uscita.» Avanzò di un altro passo affinché potessi vederlo più chiaramente. «E volevo assicurarmi che stessi bene dopo quello che è successo oggi. È tutta la sera che ti penso.»

«Non dovresti essere con Shelly?»

«Per quale cazzo di motivo dovrei essere con lei?»

Scrollai le spalle. «Era con te alla fine della partita, mi siete sembrati molto affiatati. Ho pensato che volessi festeggiare insieme a lei.»

Lui si irrigidì all'istante. «Mettiamo subito in chiaro una cosa. Shelly non è un cazzo per me, e mai lo sarà.» Piegò la testa di lato senza smettere di fissarmi. «È per questo che non sei venuta alla festa? Perché pensavi che fossi con quella perfida stronza?»

La conversazione mi strappò una smorfia. «Senti, Rome, non mi andava di venire e basta, tutto qua. Tu torna a divertirti. Non c'è bisogno di controllare che io stia bene.»

«Non vado proprio da nessuna parte.»

Il cuore cominciò a battermi rapidamente nel petto mentre lo osservavo proprio sotto la mia stanza – sì, era lì a riprova del fatto che tra lui e Shelly non sarebbe successo niente. Mi rilassai e capii quanto mi innervosisse l'idea di Rome insieme a un'altra.

Sbirciai oltre la balaustra e non riuscii a trattenere la risatina che mi scappò di bocca.

I suoi occhi color cioccolato si assottigliarono con aria minacciosa. «Si può sapere cosa c'è di tanto divertente, Shakespeare?»

«Romeo è venuto sotto al mio balcone per attirare la mia attenzione.» Mi tappai la bocca prima di congiungere le mani e posarmele sulla spalla. «*I muri del giardino sono alti e ardui da scalare, e il luogo è morte, considerando chi sei, se qualcuno dei miei parenti ti trova qui.*» Sfarfallai le ciglia per ottenere il massimo dell'effetto.

Rome increspò il labbro superiore e tentò invano di trattenere un sorrisetto. «Come diavolo puoi saperla a memoria?»

«L'avrò letta almeno un centinaio di volte. È magnificamente tragica.» Soffocai una risata. «Un po' come noi due, non trovi?»

Rome sparì dalla mia vista e sentii subito un fruscio. Mi precipitai in fondo al balcone per controllare cosa stesse combinando, ed eccolo lì, impegnato a scalare il graticcio che correva lungo il muro.

«Rome, stai attento! Che diamine fai?»

Lui si aggrappò a un altro fragile appiglio nella struttura di legno e mi guardò con uno scintillio divertito negli occhi. «Vengo a trovare la mia Giulietta.»

Barcollai all'indietro. Stava salendo da me… mentre ero in camera mia… da sola.

Cazzo.

Un paio di mani si arpionò alla balaustra del balcone e Rome si tirò su, saltò dentro e poi si rimise dritto per spolverarsi le dita sui jeans aderenti. Quando alzò gli occhi su di me, gli mancò il respiro e si bloccò con le mani sulle cosce a osservarmi, lì impalata con addosso la camicia da notte scolorita.

Mi diedi una rapida occhiata e, discinta com'ero, mi sentii morire dall'imbarazzo. Rialzai la testa per spiegargli che mi aveva sorpresa già a letto, ma Rome mi si parò davanti, a un misero soffio di distanza. I grandi occhi scuri si crogiolarono in ogni curva del mio corpo, la lunga lingua rosa gli inumidì le labbra, e io rimasi a fissarlo mentre il suo sguardo vagabondo si spostava dai miei fianchi ai miei seni.

Rome alzò una mano e me la passò fra i lunghi capelli ondulati. «Mi piaci con i capelli sciolti» affermò con voce roca, come se parlare gli procurasse dolore.

Istintivamente, sollevai un braccio per toccarmi i capelli, solo che finii per sfiorargli la mano. Quando tentai di ritrarla, lui la catturò con la propria e le abbassò entrambe. Guardai giù e vidi il suo pollice che mi accarezzava il palmo, mandandomi i brividi lungo il braccio. Mi scostò delicatamente i capelli dalla spalla, e con il dito prese ad accarezzarmi la pelle nuda, avanti e indietro, in un movimento ipnotico.

Chiusi gli occhi e i miei capezzoli si indurirono, sfregarono quasi dolorosamente sulla stoffa di cotone leggero. «Romeo? C-che stai facendo?»

Il suo respiro alla menta mi solleticò il viso. «Non lo so, però non voglio fermarmi.»

«Rome, non credo che...» Riaprii di scatto le palpebre al suono acuto e improvviso delle ragazze ubriache che rincasavano, e in tal modo interruppi il nostro momento. Se avessero aguzzato lo sguardo, ci avrebbero visti quassù a toccarci, accarezzarci e avvicinarci sempre più con ogni secondo che passava.

Rome mi strusciò il naso sul collo e io inarcai istintivamente la schiena, cedendo alle sue attenzioni spudorate.

«Ci... ci dobbiamo fermare.»

Con un gemito, Rome mi leccò la pelle baciata dal sole. «No, Mol, mi sono già trattenuto abbastanza. Ho provato ad andarci piano, ma ora basta. Mi sono stufato di non essere niente per te. Ti voglio. Ti voglio da impazzire, porca troia...»

«Rome. È una pessima idea. Non posso.»

«Certo che puoi» replicò lui con una nota divertita nella voce, le sue mani che mi scendevano sui fianchi.

Gli diedi una spinta sul petto muscoloso. «Per favore… aspetta… aspetta un attimo.»

Romeo indietreggiò e batté le palpebre per la sorpresa.

«Che c'è?» domandai, visto che si era immobilizzato all'improvviso.

«Nessuno mi aveva mai detto di no.» Era completamente sconcertato.

«Sei serio?»

«Mortalmente serio.»

«È una cosa… *patetica*.»

Lui si riavvicinò con un gran sorriso e le sue dita mi scivolarono lungo il braccio fino a fermarmisi sul fianco, dove si aggrapparono alla stoffa sottile della camicia da notte.

«Però è vera.» Deglutì vistosamente e lasciò trasparire un lampo di insicurezza. «Quindi non hai voglia di farlo? Non hai voglia di… *me*?»

«Romeo… è che…»

«Cosa?» mi incalzò lui.

Mi passai le mani sul viso. «Sei parecchio impegnativo, lo sai?»

«Sì, lo so.» Buttò fuori un lungo respiro e mi scoccò un sorrisetto sghembo e strafottente.

«Non riesco a capire cosa vuoi da me. Mi disorienti e non ci sono abituata.»

Rome si avvicinò di più e mi cinse in vita con le braccia, dicendo: «Allora lascia che ti mostri cosa voglio. Che cazzo, piantala di metterci i bastoni fra le ruote».

Tentai di divincolarmi dalla sua presa. «No, Rome, è tutto troppo… troppo…»

«Voglio stare con te» insisté lui, i grandi occhi marroni quasi imploranti. «E dai, Mol. Ho bisogno di te. Dimmi che mi capisci. Dimmi che sei pazza di me quanto lo sono io di te, cazzo.»

Chiusi gli occhi, sentendo le sue mani scivolarmi sul fondoschiena e lo stomaco fremere in risposta. Era troppo piacevole. Non c'era discussione, niente dibattiti interiori. Sapevo già che mi sarei arresa.

«Vieni dentro» dissi roca, la voce venata di desiderio.

Rome posò la fronte contro la mia e tirò un clamoroso sospiro di sollievo. «Cazzo, sì.»

Lo presi per mano, lo portai via dal balcone e richiusi silenziosamente la porta. Nel chiuderla a chiave, percepii del calore alle mie spalle. Un attimo dopo, Rome mi circondò con le braccia e le sue mani presero ad accarezzarmi la pancia attraverso il tessuto sottile della camicia da notte. Si chinò su di me e mi baciò delicatamente dietro il lobo dell'orecchio, poi lasciò scivolare le dita sui miei fianchi e mi attirò contro il suo inguine, che reagì al contatto indurendosi.

Mi rigirai fra le sue braccia e, nell'istante in cui me lo ritrovai davanti, le sue labbra trovarono la strada sulle mie. Si mosse dapprima con cautela, sfiorandomi la bocca e tracciandone i contorni delicati con la sua. Lasciai risalire le mani fino ai suoi capelli e l'attirai a me. Lui mi saggiò le labbra con la lingua, poi la spinse in avanti e la portò a scivolare sulla mia in dolci e contorte carezze.

Ero spacciata.

In quell'istante, capii che le cose per me erano drasticamente cambiate, che non avrei mai potuto tornare a essere quella che ero prima di conoscere Romeo. Il mio corpo voleva quello che lui aveva da offrire e il cuore non mi avrebbe mai permesso di resistergli.

Mi strinse a sé e, senza smettere di baciarmi, mi sospinse all'indietro finché con le gambe non toccai il letto. Ci cademmo sopra, il suo corpo muscoloso completamente schiacciato sul mio. Forti gemiti di piacere mi incoraggiarono a continuare e ricambiai il suo entusiasmo con tutta me stessa.

Spostai le mani dai suoi capelli al bordo della maglietta bordeaux che indossava; ci scivolarono sotto, e le mie dita presero ad accarezzargli la schiena con lenti movimenti circolari mentre lui gemeva nella mia bocca, un ringhio che vibrò sulle nostre lingue che si davano battaglia. La sua mano mi scese lungo i fianchi e continuò a spingersi più in basso. Dita lunghe ed esperte mi accarezzarono impercettibilmente la coscia, poi Romeo staccò la bocca dalla mia.

Abbassò lo sguardo e io sentii la sua mano risalire oltre il bordo della camicia da notte. Gliela bloccai immediatamente e lui si paralizzò, gli occhi che tornavano a saettare sui miei.

«N-non posso. Stiamo andando troppo veloci» bisbigliai, e distolsi lo sguardo in preda all'imbarazzo.

Rome sospirò, sfilò la mano da sotto la camicia da notte, e mi prese il mento fra le dita. «Non farlo» disse con fermezza.

«Cosa?»

«Non sentirti in colpa se preferisci fermarti. Non sentirti *mai* in colpa per una cosa del genere. Ti prenderò quando ti starai contorcendo sotto di me per il desiderio, quando mi supplicherai di scoparti. Quando ti concederai a me, sarai talmente fradicia da trovarlo intollerabile.»

«*Quando* mi concederò a te?» domandai, vagamente irritata che desse per scontato che non avrei resistito al suo fascino, però allo stesso tempo stramaledettamente eccitata.

«*Quando* ti concederai a me» ripeté lui con aria saputa.

Io rimasi a bocca aperta. «Sei molto sicuro di te. Potrei anche dirti di no.»

Lui mi liquidò con un'alzata di spalle e mi accarezzò i contorni del ginocchio con un dito. «Succederà. Lo sappiamo tutti e due, e io non vedo l'ora di sprofondare dentro di te e farti godere… più e più volte.» Arricciò le labbra umide e scintillanti. «*Porca troia*, se non vedo l'ora…»

Faticai a pensare e l'attirai di nuovo alla mia bocca rovente, il desiderio che prevaleva sulla razionalità.

Con un grugnito frustrato, Rome mi sospinse contro il materasso, la postura rigida e severa. «Non avrei dovuto insistere. Non sei ancora pronta.»

«Non è quello. È che… è solo che… non… non ho molta esperienza… e quindi…»

Lui spalancò gli occhi e si tirò indietro. «Oh merda, sei ancora vergine?»

Mi abbassai la camicia da notte sulle gambe e mi misi in ginocchio. Il suo sguardo scioccato non lasciò mai il mio mentre mi sistemavo una ciocca di capelli dietro l'orecchio. «No, non sono vergine, ma diciamo che non sono comunque esperta in materia di… seduzione. Sono andata a letto con una persona sola, l'anno scorso, e un'unica volta» rivelai tutto d'un fiato.

Un lampo di possessività gli balenò sul viso e i suoi muscoli si contrassero. «Quando è successo?»

«Quando ero a Oxford. Io e Oliver…»

«Oliver?» sbottò lui freddamente.

«Sì, Oliver Bartholomew.» Rome sbollì subito e tentò di reprimere un sorrisetto. Assottigliai lo sguardo. «Che c'è?»

«Oliver Bartholomew? Molto… *inglese.*»

«E infatti *è* inglese! Come lo sono io! Piantala di scherzare!»

Rotolai sul letto per dargli le spalle e incrociai le braccia. Rome mi tirò indietro perché tornassi a guardarlo, senza riuscire a nascondere il divertimento. «Okay, okay, mi dispiace.» Lasciai ricadere le braccia, incapace di tenergli il muso, e lo presi per mano. «Insomma, questo Oliver era il tuo ragazzo?»

«Sì, credo di sì. O, quantomeno, ho *provato* a renderlo il mio ragazzo.»

«Provato?»

«Già. Non… non sono brava ad aprirmi con le persone. Con lui ho tentato, ma alla fine non ci sono riuscita. Ci stavamo più o meno frequentando da un paio di mesi – uscivamo a prendere un caffè insieme o ci trovavamo per studiare, cose di questo genere – e avevo deciso per il passo successivo, giusto per togliermi il pensiero. Lui non vedeva l'ora, per me invece non aveva importanza. Quindi mi sono detta: perché no? Olly era sempre carino con me e mi piaceva abbastanza. Il sesso, però… non molto.»

Rome si tirò indietro con aria orripilata e mi lasciò andare la mano. «Come? Il sesso non ti è piaciuto?»

Arrossii per la vergogna, cominciai a tirare alcuni fili sulle lenzuola di cotone. «È stato imbarazzante, goffo, e nessuna delle cose pazzesche che decantano sempre tutti.»

Romeo mi accarezzò il braccio con un dito e guardò la scia di pelle d'oca che si lasciò dietro. «Perché *Olly* non era bravo a letto.»

I brividi tornarono a propagarmisi sulla pelle nuda. Lui si accorse della mia reazione e mi scoccò un sorrisetto saccente. «Credo che con te, Shakespeare, sarà completamente diverso. Cazzo, non ho mai desiderato così tanto qualcosa in vita mia – di assaporarti, toccarti... sentirti urlare il mio nome.»

«Romeo...» Mi spostai per concedere a entrambi un po' di spazio prima che la situazione ci sfuggisse di mano.

Lui mi trattenne per un braccio. «Non ho problemi a fermarmi, ma non fingerò che non ne abbia voglia, Shakespeare. Una voglia *matta*.»

Mi lasciai sfuggire un gemito lamentoso e, in maniera drammatica, mi coprii la faccia con un cuscino e sentii la sua risata roca accanto a me.

Tirò giù il cuscino fino a scoprirmi gli occhi e inarcò un sopracciglio come a chiedermi conto di quello strano comportamento.

«Dobbiamo trovare qualcosa da fare, Rome. In questo momento ho *disperatamente* bisogno di distrarmi.»

Lui mi donò un largo sorriso e i suoi denti scintillarono. «Quella era la *mia* battuta, Shakespeare. Non dovrei essere io a dirlo a te?»

Ridacchiai. «Probabilmente, però sto per saltarti addosso e preferirei che non succedesse stasera, non se possiamo evitarlo. Che cavolo, vorrei evitare di passare da quasi-vergine a sgualdrina dopo una sola notte in tua compagnia!»

Romeo rovesciò la testa all'indietro e scoppiò a ridere. Io lo seguii a ruota, incapace di resistergli. Poi mi prese la mano e la strinse nella sua. «Allora come potremmo distrarci, Signorina Quasi-Vergine, per essere sicuri che non ti arrenda e mi salti addosso? Anche se devo dire che sono molto tentato di lasciarti scatenare.»

Gli sferrai una manata giocosa sul petto. «Ho un'idea, ci stai?»

Saltai giù dal letto e Romeo mi diede una pacca sul culo. Lo rimproverai scuotendo la testa e inserii un DVD nel lettore. Tornai sul letto, gli posai un casto bacio sulle labbra e mi misi seduta contro la spalliera con le farfalle che mi svolazzavano nello stomaco.

Quando cominciò il film, Rome mi diede un colpetto con la spalla, gli occhi color cioccolato pieni di divertimento. «*Brian di Nazareth*?»

«Sono i Monty Python.»

Romeo mi passò un braccio sulle spalle. «Visto che non posso ancora affondare dentro di te, immagino che i Python siano un'alternativa passabile.»

Deglutii a fatica e incrociai il suo sguardo, registrando l'evidente desiderio che gli ardeva negli occhi. «G-giusto… beh.» Lui scoppiò a ridere davanti a tutto quel farfugliare.

Scesi di nuovo dal letto e mi raddrizzai la camicia da notte, poi gli puntai un dito contro e ordinai: «Resta fermo dove sei, vado a prendere qualcosa da mangiare!».

CAPITOLO 8

«*Lui non è nessun messia, è solo un bambino viziato e cattivo!* Battuta. Migliore. Di. Sempre!»

Romeo reagì alla mia imitazione con una risatina soffocata e finì i popcorn che erano rimasti.

Gli strappai la ciotola di mano e lo fissai a bocca aperta. «Sei un atleta! Queste schifezze piene di amido e carboidrati non dovrebbero esserti nocive? Te li sei sbafati tutti, ingordo che non sei altro!»

Lui agitò le sopracciglia e fletté le braccia muscolose. «Sono un cazzo di carro armato, Shakespeare. I popcorn mi fanno il solletico!»

Alzai le mani. «Ah, perdonami, mi ero dimenticata di avere davanti *Bullet*, il proiettile dei Tide!»

Romeo scattò in avanti, mi afferrò per i polsi e mi minacciò con un «Non ci provare» detto in tono severo.

Io non ci pensavo nemmeno, convinta che stesse scherzando, e mi avvicinai al suo corpo disteso sul letto. «Allaaabbbaaammmmaaa!!! Tutti in piedi per il quarterback della squadra di casa, Romeo... "Bullet"... *Prince*!» Imitai il boato della folla e cominciai a cantare la canzone che accompagnava sempre le sue statistiche sul maxischermo. «*There's a bullet in the gun, there's a fire in your heart. You will move all mountains that stand in your path...*»

Mi sentii strattonare in avanti e gli piombai addosso con un tonfo sordo, il naso praticamente attaccato al suo. «Dacci un taglio, Shakespeare. *Che cazzo*!»

Mi accigliai al suo malumore e divincolai i polsi dalla sua presa per rimettermi seduta. «Sto solo scherzando. Porcaccia la miseria, non c'è mica bisogno di essere sempre così bisbetico quando sei con me.»

Rome rivolse uno sguardo improvvisamente turbato alla finestra. «Lo so, scusa, però le odio a morte, tutte queste stronzate. Non ne hai idea. Non voglio essere *Bullet* anche ai tuoi occhi. Sei la prima persona che conosco a essere immune alla mia fama di quarterback.» Tornò a guardarmi e mi prese il viso fra le mani. «Per te… voglio essere soltanto Rome.»

Il mio stomaco si contrasse, e mi chinai per dargli un bacio sulla guancia. «Sì, è vero, la tua fama di quarterback per me è irrilevante, anche se non posso negare che vederti in azione sul campo sia stato pazzesco. Non ti viene l'ansia a stare davanti a tutta quella gente?»

«Nah, ormai ci sono abituato. È il quarto anno che gioco per i Tide. Purtroppo, questa è di gran lunga la stagione peggiore che abbia mai giocato. Cioè, almeno fino a oggi.»

Il rumore di bottiglie rotte che veniva da fuori riecheggiò nella stanza. Mi distesi al suo fianco e gli posai la testa sul petto. Amavo l'atmosfera che c'era fra di noi… giusta… rilassata. Rome mi prese una ciocca di capelli e se l'arrotolò intorno al dito con disinvoltura, per poi lasciarla andare e ricominciare da capo.

«L'uomo partita, eh?» domandai a bassa voce dopo qualche minuto, crogiolandomi in quella piccola oasi di tranquillità che eravamo riusciti a creare nella mia stanza bianca e viola.

«Già. Pazzesco se consideri che durante il primo tempo non ho azzeccato nemmeno un tiro.» Il suo sguardo agganciò il mio prima di abbassarsi di nuovo. Sembrava agitato. «La squadra e i tifosi sono carichissimi, dicono che è merito tuo. Che sei il mio portafortuna, e tutto grazie a quel bacino dolce che mi hai dato.»

Mi paralizzai e smisi di respirare, travolta dalla violenza del ricordo. Il mio cuore cessò di battere e una miriade di punture di spillo mi divorarono il braccio. Mi portai una mano al petto e me la sfregai all'altezza dello sterno per cancellare la sensazione, per scacciarla. Mi concentrai sul respiro e ripensai alle parole di nonna: "*Inspira dal naso per cinque secondi, poi espira dalla bocca piano piano*".

Allarmato, Rome rialzò la testa, il viso stravolto dalla preoccupazione. «Che c'è? Che ti prende? Che ho detto?»

Mi prese per mano. Io chiusi gli occhi e, ancora una volta, bastò il suo tocco per sventare la minaccia di un attacco d'ansia.

Romeo mi scostò i capelli dalla fronte madida di sudore. «Che ti prende, Mol? Spiegami.»

«Scusami, è che me lo diceva sempre nonna. Mi è tornato in mente quel periodo, e sono andata nel panico. S-solo che... non mi aspettavo di sentirti pronunciare quelle parole. Avresti potuto esprimere il concetto in mille modi diversi, eppure hai usato gli stessi termini che usava lei.»

La sua mano rimase sepolta fra i miei capelli per massaggiarmi la nuca. «Che cosa ti diceva? E *io* che ho detto?»

«Che ti ho dato un bacino dolce.» Abbozzai un sorriso all'amara dolcezza del ricordo. «Nonna affermava sempre che non c'era problema al mondo che i miei bacini dolci non potessero aggiustare.»

Un sorriso pieno di tenerezza balenò sul viso di Romeo. «Penso avesse ragione. Mi sa che sapeva il fatto suo, perché è esattamente quello che è successo oggi alla partita.»

Gli occhi mi si riempirono di lacrime nel ripensare alla donna che mi aveva cresciuta, al pezzo mancante del mio cuore. «Eccome, se sapeva il fatto suo. Nonna era tutto il mio mondo. Dicevamo sempre che eravamo un set coordinato. Quando è morta, si è portata via metà della mia anima. Non mi piace rimuginare sul passato... mi sento morire se ripenso a ciò che ho perso.»

Cercai di trattenere le lacrime, con Romeo che restava in silenzio, in attesa che la mia tristezza si dissipasse. Dopo un po', mi riappoggiai al cuscino e ascoltai le risate divertite che ci raggiungevano da fuori. Rome mi rimase al fianco a contemplare le nostre mani e a giocherellare con le mie dita.

«Quindi hai praticamente piantato in asso una festa in tuo onore?» domandai per cambiare argomento.

«Tu non c'eri» rispose subito lui. Senza neanche pensarci.

Mi sollevai su un gomito e ammirai le tre lentiggini che aveva sul dorso del naso. «Sono davvero così importante per te?»

«Davvero non lo sai?»

Scossi la testa e lui mi inchiodò rapidamente sotto di sé, bloccandomi le braccia lungo i fianchi. «Mi piace come sei quando stai con me. Mi piace come sono *io* quando sto con te. Cazzo, mi sento come se potessi dirti qualsiasi cosa, come se potessi mettere a nudo la mia anima nera. Mi fai sentire… beh… lo sai… Ci siamo capiti?» Chinò la testa in avanti con aria imbarazzata.

Sorrisi alla sua ritrosia. «Ci siamo capiti, Romeo.»

Lui arricciò il labbro in un sorrisetto. «Spero solo che quello che ti dico non verrà usato contro di me durante una lezione aperta al pubblico.»

Con una smorfia, liberai una mano per passargliela fra i lunghi capelli biondi, e lui posò la testa contro le mie dita. «Mi dispiace tantissimo. Non avrei mai dovuto. È che quella sera, sul balcone, pensavo avessimo legato, e quando Shelly ti è saltata addosso, ho perso le staffe… Mi sono sentita… tradita. È stupido, lo so.»

Rome mi accarezzò la guancia con un dito. «Non è stupido. L'ho sentita anch'io, l'attrazione che c'è fra di noi. Shel mi ha semplicemente colto alla sprovvista. Un minuto prima eravamo io e te, a ridere e chiacchierare, e quello dopo Shel è precipitata nella stanza e mi è saltata addosso. Ho visto la tua espressione quando te ne sei andata, ed è stata quella a convincermi a chiudere definitivamente con lei e con tutte le altre. Le ho spiegato che fra noi era finita, e che né le sue suppliche né le macchinazioni dei miei genitori avrebbero mai cambiato le cose.»

«Hai chiuso con tutte? Con le ragazze in generale?»

Mi baciò sulla punta del naso. «È dal giorno in cui ti ho conosciuta che non vado a letto con nessuna. Per la prima volta in vita mia, *voglio* stare con una persona sola. Voglio stare con te. Per me è praticamente una novità. L'inferno si è ufficialmente congelato e sto per passare al lato oscuro della monogamia.»

Ridacchiai. «Dici davvero?»

«Sono serissimo.»

«E i progetti dei tuoi genitori per il tuo fidanzamento con Shelly? Non saranno contenti di sapere che ti sei messo con me.»

Lui arricciò le labbra con aria disgustata e la sua espressione si rabbuiò. «Che vadano a farsi fottere. Non mi interessa.»

«Ma…»

«Ho detto che vadano a farsi fottere, Mol, non mi va di parlarne.»

Gli scostai un capello dalla guancia, interrogandomi sui motivi della sua ostilità. «Che razza di affari condividono i tuoi genitori e quelli di Shelly? Cosa ci può essere di tanto importante da costringervi a sposarvi?»

Lui serrò le labbra e alzò gli occhi al cielo con aria avvilita. «Petrolio. Mio padre è un petroliere. E ne ha un sacco.»

«Allora… sei…»

«Ricco?» suggerì lui con un sorriso privo di divertimento.

«Beh… sì.»

«Mio padre lo è. L'azienda dà lavoro a parecchia gente in tutto lo stato dell'Alabama.» Rome si portò la mia mano sul petto. «Non me ne importa un cazzo dei soldi, Mol. Sono stufo di sentirmi dire come devo vivere la mia vita.»

Lo baciai su una guancia prima di rimettermi distesa. «Shelly dev'essere andata su tutte le furie quando l'hai scaricata una volta per tutte.»

Rome si passò le mani sul viso. «È come se vivesse in un mondo tutto suo. Io le dico che fra noi non c'è più niente, e lei annuisce e suggerisce di prendermi un po' di tempo per rifletterci, che prima o poi tornerò in me. Allora le ribadisco che ho chiuso con i suoi giochetti, e lei mi dà una pacca sul braccio e afferma che mi capisce, che sono sotto pressione e che quindi non sono in grado di pensare lucidamente. Come cazzo si può venire compresi da una squilibrata del genere?»

Non riuscii a trattenere una risata. «Non saprei.»

Rome serrò le labbra per impedirsi di ridere.

«Che c'è?» domandai quando mi resi conto che stava studiando il mio viso.

Toccò il nastro adesivo che mi teneva insieme gli occhiali, e rispose: «Bel tocco di classe, Shakespeare. Vuoi lanciare una nuova moda?».

«Già, beh, sono gli unici che ho. O così o cieca come una talpa. Sto cercando di comportarmi da figa shabby chic finché non mi arriva lo stipendio.»

«Oh, per essere figa, sei figa. *Eccome*, se lo sei.»

La festa all'esterno divenne improvvisamente più rumorosa e l'impianto stereo sparò la voce profonda di Luke Bryan a un livello di decibel assordante. Io e Rome ci rimettemmo in piedi per affacciarci dal balcone e scoprimmo uno stuolo di studenti ubriachi che ballavano e pomiciavano a tutto spiano.

Il respiro caldo di Rome mi sfiorò l'orecchio e brividi roventi mi scivolarono lungo la schiena. Mi posò il mento sulla spalla, gli occhi fissi sullo spettacolo dabbasso, intrappolandomi fra le sue braccia forti e abbronzate. «Sarà parecchio imbarazzante, scendere giù dal balcone e tornare in quella bolgia infernale.»

Sgranai gli occhi e le mie pulsazioni accelerarono. «La gente parlerà, Rome.»

Lui mi tempestò la scapola di baci. Avevo notato che, dal suo arrivo, non aveva mai smesso di toccarmi in un modo o nell'altro. «E tu lasciali parlare. A me non importa.»

«A me *sì* però. Non voglio che mi vedano come una delle tue sciacquette. Io non sono come loro.»

Lui fletté le braccia, a riprova della rabbia che provava. «Col cazzo che si azzarderebbero a definirti così. Glielo impedirei.»

«Ah sì?»

Con il braccio massiccio mi cinse in vita e mi attirò al suo petto, la bocca incollata al mio orecchio. «Non pensare di essere solo una delle tante, Mol. Sei molto, molto di più. E sarò ben felice di far cambiare idea a chiunque la pensi diversamente.»

«Come mai mi credi *diversa*? Non capisco.»

«Lo sei e basta. In qualche modo, in questo mondo del cazzo in cui vivo, riesci a infondermi un senso di pace. Mi capisci, e nessuno mi aveva mai capito prima d'ora. Tutto qui.»

Una scarica di pura e semplice gioia mi colpì dritta al cuore. Mi girai e gli sfiorai la guancia con il naso. «Puoi... puoi rimanere qui, se ti va. Però... solo per dormire, così non dovrai rispondere alle domande della gente.»

Romeo mi sfiorò il collo con i denti, mi mordicchiò la pelle, e si lasciò sfuggire un grugnito. «Cazzo, certo che mi va, Mol, forse anche troppo.»

Prendendomi per mano e camminando all'indietro, Rome mi trascinò nella stanza. Tirai le tende viola e mi avvicinai al letto con un po' di agitazione. Restai a guardarlo incrociare le braccia sui fianchi per sfilarsi la maglietta da sopra la testa, rivelando una grande *A* tatuata sul pettorale sinistro. Riconobbi il logo dei Tide. Sentii il calore propagarsi fra le cosce e mi mossi sul letto per ammirargli la pelle abbronzata e i muscoli scolpiti. Aveva un altro tatuaggio, una bellissima scritta in corsivo che gli scendeva lungo la parte destra del costato, troppo articolata perché potessi leggerla da lontano.

Cominciai a respirare affannosamente quando si sganciò i jeans che gli mettevano in risalto l'addome e la V scolpita dei muscoli. Il tessuto pesante cadde a terra e Rome mi venne incontro con addosso soltanto un paio di boxer neri aderenti – boxer aderenti che gli accentuavano le cosce muscolose e il suo essere discretamente eccitato dalla nostra nuova intimità. Sul fianco aveva un terzo tatuaggio, quasi nello stesso punto del mio. C'era scritto *Un giorno* a grandi lettere in corsivo. Ero curiosissima.

Romeo si fermò accanto al mio lato del letto e scostò le coperte lilla, spingendomi a serrare le cosce per via del desiderio allo stato puro che stava per prendere d'assalto il mio corpo. Salì sul materasso e il suo profumo mi colpì come una mattonata in testa: sensuale, fresco e sexy da morire. Rimasi distesa a pancia all'insù a fissare il soffitto, senza sapere come comportarmi. Lui mi cinse in vita con un braccio e mi attirò a sé. Sentii la sua pelle rovente contro la schiena e il lento movimento dei suoi fianchi mi strappò un brusco gemito.

Rome infilò la testa nella piega dietro al mio orecchio. «Sarà meglio provare a dormire o la situazione ci sfuggirà di mano. La mia resistenza ha dei limiti.»

«O-Okay» risposi senza fiato, e posai gli occhiali sul comodino.

«Notte, Shakespeare» mormorò. Con la mano mi accarezzava la pancia.

«Notte, Romeo.»

Lui sbuffò fra i miei capelli, tanto da soffiarmi un ciuffo sul petto. «Il mio nome non mi sembra così tremendo se sei tu a dirlo. Non credevo sarebbe mai successo. Penso sia l'accento inglese. Suona tutto meglio, proprio come l'aveva pensato Shakespeare. Nessuno mi chiama Romeo, o mi ha *mai* chiamato Romeo. Non glielo permetto. Eppure, stranamente, nel tuo caso mi fa piacere.»

Tentai di voltarmi, tuttavia le sue braccia mi trattennero come una tenaglia. Così, mi accontentai di baciare le nostre mani intrecciate, e di recitare con voce cantilenante: «*Che c'è in un nome? Ciò che chiamiamo rosa avrebbe con qualsiasi nome un profumo altrettanto dolce, così Romeo, se non si chiamasse Romeo*».

Lui sibilò bruscamente e i suoi fianchi ondeggiarono fra le mie cosce. «Basta... per favore...»

«Perché non lasci che ti chiamino Romeo?» azzardai a chiedere, arretrando verso di lui in risposta ai suoi movimenti.

«È una storia lunga.»

«Abbiamo tempo.»

«Non adesso» ribatté con fermezza e una stretta delle braccia. Sentii la sua lingua sfiorarmi la pelle e lui venirmi ancora più vicino.

Lottai contro il desiderio e gli bloccai i fianchi con le mani, dopodiché passai rapidamente a un argomento meno rischioso e ignorai il suo sospiro di protesta. «Che cosa dice il tatuaggio che hai sul costato?»

«*L'importante non è non cadere mai, ma rialzarsi quando si cade.* L'ha detto Vince Lombardi.»

Sembrava che le parole si riferissero alla mia vita. Chiusi gli occhi e le guardai rincorrersi nella mia mente come un mantra. «Che meraviglia. Questo Vince Lombardi dev'essere un filosofo di tutto rispetto. Perché non ne ho mai sentito parlare?»

Romeo soffocò una risatina e mi tirò scherzosamente i capelli.

«E adesso che ho detto?» domandai esasperata.

«Era un coach di football. Un coach di football *famosissimo*.»

«Oh, dovrei proprio farmi una cultura in materia.»

Lui serrò la presa sui miei fianchi. «Preferirei di no. Sapere che gioco a football ti lascia indifferente, e vorrei che questo non cambiasse mai. È meglio che tu non sappia quanto conti davvero per la gente di queste parti.»

«Quindi non vuoi che ti chiami Bullet?» lo presi in giro.

«Col cazzo.»

«Qualsiasi cosa ti renda felice.»

«Dormi, Mol,» ripeté lui a denti stretti, «o finiremo per iniziare qualcosa che mi renderà l'uomo più felice sulla faccia della terra.»

Fui costretta a mordermi il labbro per soffocare il gemito che minacciò di scapparmi di bocca. «Un'altra domanda e poi mi metto a dormire.»

Lui sospirò. «E va bene. Stai sfidando la sorte.»

«Che significa *Un giorno*?»

Si irrigidì. Io gli passai un dito sulla mano, e lui si rilassò e mi diede un bacio sulla nuca. «Vuol dire che me ne andrò da qui, *un giorno*. Che potrò essere me stesso, *un giorno*. Che farò quello che voglio… *un giorno*» mormorò a voce talmente bassa che faticai a sentirlo.

La sua risposta mi spezzò il cuore e gli occhi mi si riempirono di lacrime. «È sempre stata così dura?»

«Queste sono due domande, Shakespeare. Io ne avevo approvata una sola. Ora dormi.»

Mi arresi e mi sistemai fra le sue braccia possenti.

Dopo cinque minuti di riflessioni angosciate, dissi: «Romeo? Non voglio che si venga subito a sapere che stiamo insieme. Preferirei che la nostra relazione rimanesse fra di noi».

Lui sfilò le braccia dai miei fianchi e si rimise lentamente a sedere su un lato del letto, la testa china fra le mani. «Lo capisco. Ti vergogni a stare con me. Con Bullet, il quarterback attaccabrighe che va a letto con tutte… non ho la stoffa del fidanzato, giusto? Sono buono soltanto per un paio di scopate in gran segreto…»

Mi allungai su di lui, gli afferrai un braccio e gli accarezzai la schiena. «Cosa? Certo che no! Ho… ho solo paura!»

«Paura di cosa?» Si voltò a guardarmi con aria crucciata.

«Senti, non sono come le ragazze con cui esci di solito. Non appaio come quelle – messa in tiro, impeccabile, e con una vista perfetta.» Colsi il lampo divertito nei suoi occhi. «Per favore, possiamo aspettare ancora un po' prima che lo sappia tutta l'università? Per il *mio* bene? Mi ci vorrà un po' per abituarmi a stare con te. Mi serve solo del tempo.»

Lui posò la fronte contro la mia, le labbra serrate. «Io però voglio mostrare a tutti che adesso sto con *te*. Col cazzo che ci nascondiamo, e poi non me ne frega un accidente di quello che pensa la gente. In quanto ai miei trascorsi, non è quello che voglio con te. Desidero di più. Possibile che tu non l'abbia ancora capito? *Cristo santo*!»

Questo non cambiava niente. «Per favore, solo per un po'. Tu sei Romeo Prince. La tua… *reputazione* mi spaventa un po'. Teniamo questa cosa fra di noi per qualche tempo e vediamo come va senza che nessuno si impicci.»

Rome buttò fuori un lungo sospiro imbestialito e scosse la testa. «Che cazzo, Mol!»

«Ti prego.»

«E va bene! Ce lo terremo per noi... non mi piace per un cazzo, ma cederò alla tua richiesta, anche se l'idea di stare insieme di nascosto mi fa venire voglia di prendere qualcuno a pugni in faccia.»

Schioccai la lingua e scossi il capo con aria di rimprovero.

«E ora che c'è?» si lamentò lui.

«Continui a dire parolacce, porcaccia la miseria. Devi proprio usare la parola *cazzo* in ogni frase?»

«Cazzo, sì» ribatté lui con un sorriso da gradasso prima di sospingermi sul letto e tempestarmi la faccia di baci. Strillai e gli afferrai una mano per porre fine al suo assalto; poi me la passai sulla pancia e lo costrinsi ad accoccolarsi dietro di me.

«A proposito, d'ora in avanti non picchierai più nessuno. Io riesco a calmarti, ricordi?»

«Dormi! Dammi retta almeno una volta, per il bene di tutti e due» replicò irremovibile, e io chiusi gli occhi, sentendomi al sicuro fra le sue braccia forti.

CAPITOLO 9

Mi diressi alla mensa, leggermente sfiancata dalla lezione di etica che avevo appena seguito – anzi, a dire il vero ero leggermente sfiancata dalle poche ore di sonno rimediate in quegli ultimi giorni, a causa delle frequenti visite notturne di Romeo. Non riuscii a frenare il sorriso che mi risalì alle labbra al pensiero di quanto fosse tenero e dolce con me, di come non mi pressasse per convincermi ad andare più in là di quanto fossi disposta a spingermi, di come sembrasse adorarmi, delle volte in cui mi diceva che ero diversa da qualsiasi ragazza avesse mai conosciuto.

Che follia.

Ero quasi arrivata alla porta, persa nei miei pensieri, quando vidi Romeo al telefono. Sorrisi e feci per salutarlo, ma notai l'espressione stravolta che aveva in viso, la mano che si teneva sulla fronte, le labbra strette in una piega rabbiosa mentre sbottava contro l'interlocutore con brevi grugniti furibondi.

Riagganciò e tornò dentro senza accorgersi di me, non prima di aver sferrato un calcio a un cestino della spazzatura con un violento «*Argh*!» e aver oltrepassato le porte a passo di marcia. Gli studenti sul suo cammino si levarono subito dai piedi, percepivano il pericolo e se la diedero a gambe.

Entrai a mensa e raggiunsi le mie amiche, sbirciando con discrezione Rome che attraversava la sala a passo pesante, tirava via la sedia e si accomodava insieme al resto della squadra di football. Si strizzò il dorso del naso, l'espressione inasprita dalla rabbia.

«Mmm… polpettone. Adoooorrrrrooo il polpettone!» Cass richiamò la mia attenzione tuffandosi sul pranzo con grande entusiasmo. Ally e Lexi, invece, parlavano della discoteca in cui sembrava che avremmo passato il sabato sera.

«Ci stai anche tu, Molls, vero?» domandò Ally. Io presi il panino dalla borsa.

«Come no» risposi. Non essendo mai stata a ballare in vita mia, si prospettava un'esperienza senz'altro interessante.

Cass aveva ufficialmente deciso di "fare sul serio" con l'adorabile Jimmy-Don e lui voleva portarla a ballare dopo la partita – noi tre ci saremmo accodate per la serata.

La conversazione si spostò sui vestiti e le acconciature più adatti all'occasione, e io ne approfittai per lanciare un'altra occhiata di sottecchi a Rome, che sembrava fissarmi da un pezzo. Mi salutò con un impercettibile cenno del mento. Io mi aggrappai alla sedia per impedirmi di correre da lui a chiedergli se stesse bene.

La notizia della rottura ufficiale fra lui e Shelly era ormai di dominio pubblico, e le ragazze che avevano deciso di tentare la fortuna con il campione dei Tide erano più numerose del solito. Ogni battito di ciglia o sventolio di chiome ossigenate metteva a dura prova la mia pazienza. Ally sembrò registrare la mia frustrazione e si accigliò, poi lasciò saettare lo sguardo fra me e Rome senza smettere di sgranocchiare le sue carote. Decisi di ignorare semplicemente quelle attenzioni.

Rome respingeva l'orda di ragazze scuotendo la testa o liquidandole con un gesto della mano. Io ero fuori di me dalla gioia, tuttavia in base alle occhiate perplesse dei suoi compagni di squadra ogni volta che Rome mandava via le ragazze che si contendevano le sue attenzioni, capii che non saremmo riusciti a tenere segreta la nostra relazione ancora per molto. In ogni caso, dubitavo che la sua pazienza o il mio sangue freddo sarebbero durati tanto a lungo.

Dopo circa un quarto d'ora, Shelly arrivò a mensa accompagnata dalla solita risata squillante e sgradevole. Mi avvistò; quindi, si precipitò subito da me e mi guardò torva con una smorfia piena d'odio a deformarle il viso plastificato.

Il silenzio calò sulla sala.

«Dio mio, Molly! Se mi tocca vederti in giro un'altra volta con questi occhiali rattoppati del cavolo, giuro che mi metto a urlare! Non ne hai un altro paio?» Si allungò e, prima che potessi capire cosa stesse succedendo, mi strappò gli occhiali dal naso e se li gettò alle spalle con un fracasso che rimbombò nel refettorio silenzioso.

Mi alzai per dirgliene quattro, ma, quando accennai a rimettermi dritta, lei mi spinse giù brutalmente con una mano sulla spalla. «Vedi di rimanere col culo sulla sedia quando ti parlo» Si chinò su di me, a un misero millimetro dal mio viso. «Che problema c'è? Mammina e papino non hanno abbastanza soldi, pasticcino? Non sarai mica una poveraccia, eh, Molly?»

Nonostante i miei migliori sforzi, ciascuna delle sue parole mi sferzò con una paralizzante frustata tossica, il veleno che colpiva perfettamente nel segno. Avrei voluto ribattere, farmi valere, tuttavia quegli insulti mi avevano debilitata, avevano messo a nudo tutte le mie paure.

«Ora basta!» Un ruggito furibondo riecheggiò per tutta la sala. «Che diamine, lasciala in pace! Si può sapere quanti anni hai, ventuno o dodici?» Sentii dei passi pesanti avvicinarsi sempre più, poi una mano mi toccò la spalla e mi rinfilò gli occhiali. Sollevai la testa e vidi Rome in piedi dietro di me, furioso con Shelly, che aveva assunto una sfumatura cadaverica di bianco nell'istante in cui si era accorta che lui mi stava toccando.

«Toglile subito le mani di dosso!» esclamò, fuori di sé dalla rabbia.

Rome le rivolse un sorriso di scherno. «Ficcatelo bene in testa. Io e te non stiamo insieme, né ora né mai. Dacci un taglio.» Spostò l'attenzione sugli altri studenti e allargò le braccia. «Qualsiasi cosa vi abbia detto, sappiate che io e lei *non* stiamo insieme, che non lo siamo mai stati, e che quello che dice sono solo e soltanto cazzate!»

Lexi e Cass mi fissavano scioccate, facevano saettare lo sguardo da me a Rome a Shelly e viceversa. Ally aveva incrociato le braccia al petto e sprizzava allegria da tutti i pori.

Romeo chinò la testa e mi bisbigliò con voce tesa: «Tutto okay?».

Io annuii, anche se tenni gli occhi bassi per l'imbarazzo. Lui mi afferrò la mano e mi tirò su dalla sedia. Il gesto scatenò un mormorio di chiacchiere sul suo strano atteggiamento nei confronti dell'inglese taciturna.

«Prendi la borsa, Shakespeare. Ce ne andiamo.»

Recuperai la borsa marrone con le frange e cercai di stargli dietro mentre si precipitava in direzione dell'uscita.

Spalancò le porte con una forza tale da mandarle a sbattere contro la parete, piantando in asso una Shelly molto confusa e imbestialita.

Attraversammo il cortile interno a passo di marcia; io dovevo praticamente correre per stargli dietro. «Romeo, rallenta. Dove mi porti?» domandai, tentando di misurare il respiro.

Ci fermammo davanti a un enorme pick-up nero nuovo di zecca e Rome spalancò la portiera sul lato del passeggero.

«Sali» ordinò perentorio.

Obbedii e lui sbatté lo sportello. Poi salì al posto di guida e avviò il motore. Le casse cominciarono a sparare una canzone metal a tutto volume mentre Romeo inseriva la retromarcia e usciva dal parcheggio come una furia.

Io non sapevo che dire, non avevo mai visto qualcuno tanto arrabbiato.

Dopo due canzoni piene zeppe di assoli di batteria e urla stridule, Rome si decise ad allentare la morsa delle mani sul volante. «Sicura di star bene?» domandò con voce tesa.

«Sì, sono un po' imbarazzata, però tutto bene.»

«Come si permette di parlarti in quel modo? È proprio una stronza! Come cazzo ho potuto sprecare così tanto tempo con una come lei?!» sbottò prima di sferrare un pugno sul cruscotto.

«Mi hai tolto le parole di bocca.»

Lui arricciò le labbra in un sorrisetto riluttante, suo malgrado divertito.

Ci spostammo da una strada all'altra e io posai la testa sul finestrino, con la città che mi scorreva di fianco come una macchia confusa.

Tentavo di attenuare il ricordo delle parole di Shelly e della loro spietata accuratezza.

Ci fermammo davanti a un centro commerciale. Rialzai il capo dal finestrino e mi voltai a guardare Romeo, che aveva appoggiato il mento alla mano e mi osservava. «Mol, mi dispiace tantissimo per quello che ha detto sui tuoi. Non riesco nemmeno a immaginare come devi esserti sentita.» I suoi occhi marroni erano addolorati.

Gli posai una mano sul ginocchio. «Non hai niente di cui scusarti.»

Lui mi coprì la mano con la sua. «Non è vero. Ti tormenta perché ha capito che mi interessi. Se n'è accorta fin dal nostro primo bacio. Adesso ti considera un nemico, Mol, e non so dirti quanto mi dispiaccia. Sono stato io a metterti in questa situazione e ora Shelly le tenterà tutte pur di renderti la vita un inferno.»

Non riuscii a trattenere un sorriso davanti alla sua apprensione, così scivolai sul sedile fino a posargli la testa sulla spalla. Lui sospirò e mi passò il braccio nudo intorno al collo. Lasciai scorrere uno sguardo d'apprezzamento sulla maglietta senza maniche uguale a quelle che indossava sempre, azzurra stavolta, sui jeans scoloriti e gli stivali da cowboy consumati. Quello stile gli donava più che a chiunque altro – un vero e proprio ragazzo di campagna.

Dopo qualche minuto di silenzio passato a venire consolata dal suo abbraccio, mi riscossi. «Rome, con chi eri al telefono prima, davanti alla mensa?»

Lui si irrigidì e buttò fuori un lungo sospiro. «Mi hai visto?»

«Eh, già.»

«Non mi va di parlarne.»

Sospirai, delusa. «Okay, dimmi solo una cosa. Erano i tuoi?»

Il braccio che mi teneva sulle spalle si irrigidì e il ticchettio dell'orologio sul cruscotto rimbombò nel silenzio improvvisamente teso. Ci vollero diversi secondi prima che sussurrasse: «Sì».

Decisi di archiviare le domande sull'argomento per quando sarebbe stato meno arrabbiato. Capii che rivelarmi quell'informazione gli era costato parecchio.

Raddrizzai la schiena, confusa da quanto vedevo intorno a me. «Perché siamo venuti fin qui?»

Romeo aprì la portiera, mi prese per mano e mi trascinò sull'asfalto bollente. «Siamo qui per comprarti un nuovo paio d'occhiali. Andiamo.»

Mi bloccai e gli strattonai un braccio. «Romeo, adesso non me li posso permettere.»

Lui assottigliò lo sguardo severo e dilatò le narici. «Te li compro io. Ora *andiamo*!» esclamò, e riprovò a trascinarmi con sé.

Io rimasi stoica. «Non ho bisogno della tua beneficenza, Romeo. Porcaccia la miseria, me li comprerò da sola quando avrò risparmiato abbastanza. Non sarai tu a spendere al posto mio. Non te lo permetterò. Non mi vergogno di essere al verde, però mi vergognerei ad accettare la tua carità!»

Lui mi attirò contro il petto e mi circondò la schiena con le sue braccia di ferro. «Cazzo, Molly, non costringermi a insistere. È stata indirettamente colpa mia e del mio lancio di merda se ti sei rotta gli occhiali. Ho mandato in bestia Shelly mostrando a tutti quanto mi piaci, e ho lasciato che il suo ego si gonfiasse a dismisura tollerando le sue stronzate da reginetta dell'Alabama da tre anni a questa parte. Ti comprerò un nuovo paio d'occhiali e tu me lo permetterai – perché non hai nessuna cazzo di scelta. Non è una questione di vergogna, si tratta di proteggere ciò che mi appartiene.» La sua voce severa non ammetteva repliche.

Normalmente, essere comandata a bacchetta mi avrebbe mandata su tutte le furie, eppure, in quel momento il suo atteggiamento da maschio alfa, capace di prendere in mano la situazione e di farsi valere, mi sommerse in un mare di lussuria sfrenata proprio lì su due piedi.

Le sue mani ruvide mi risalirono sulla schiena fino ad afferrarmi i capelli, poi Rome mi inclinò la testa perché incrociassi i suoi occhi pieni di determinazione. «Ci siamo capiti?»

Mi arresi e buttai fuori un sospiro sconfitto. «Ci siamo capiti.»

Posandomi un bacio caldo sulla fronte, Rome mi prese fermamente per mano e mi guidò nell'imponente centro commerciale.

«Piega il collo all'indietro e apri bene gli occhi... Così, brava... e... sono entrate?» mi domandò l'oculista mentre battevo furiosamente le palpebre per liberarmi della soluzione in eccesso.

Il mondo parve raddrizzarsi. «Sì, credo di sì. Come sto?»

Mi spostai davanti allo specchio e, per la prima volta dopo tanti anni, riuscii a vedermi chiaramente senza quegli enormi occhiali neri a ostruirmi la visuale.

«Stai benissimo, tesoro» commentò lei dolcemente.

«I miei occhi...» bisbigliai, e registrai nel dettaglio tutti i colori delle iridi, marrone chiaro con screziature dorate, proprio come diceva sempre papà. Non li avevo mai visti così – così accesi, senza barriere nel mezzo – e allungai una mano a toccare il mio riflesso. Lasciai scorrere le dita sullo specchio.

Appena entrati, Rome aveva detto all'oculista di darmi soltanto il meglio e aveva schiaffato sul bancone la sua carta di credito dorata, ignorando le mie proteste. Ci eravamo decisi per le lenti a contatto, e stentavo a credere a tutta la differenza che facevano.

«Ecco qua, una scorta di lenti per un mese e un paio di occhiali tartarugati di Chanel per quando non avrai voglia di infilarti quegli aggeggi negli occhi. È già tutto pagato, mia cara, quindi puoi andare.»

Presi la busta dalle mani della dottoressa e mi toccai il viso. Sorrisi e tornai all'ingresso. Rome era stravaccato su una sedia imbottita a guardare uno di quei noiosissimi programmi televisivi del pomeriggio. Notò un movimento con la coda dell'occhio, mi guardò e tornò subito sulla TV prima di girarsi di nuovo verso di me. La sua espressione sbigottita diceva più di mille parole.

Si alzò lentamente dalla sedia e si avvicinò deglutendo, aveva il pomo d'Adamo che si muoveva su e giù. Io armeggiai con i manici della busta bianca e abbassai il capo. Vidi i suoi stivali consunti fermarsi proprio davanti a me, poi Rome mi sollevò il mento con un dito per guardarmi. I nostri occhi si incontrarono e le sue labbra piene si dischiusero in un sospiro. Mi sorrise. «Mol, sei bellissima.»

Io arrossii e riabbassai lo sguardo.

Lui mi rialzò di nuovo il mento. «No, non ti nascondere. Hai degli occhi stupendi. Mi sa che mi hai appena steso.»

«Grazie» mormorai a bassa voce, le guance accaldate.

Rome mi prese per mano. «Andiamo.»

«E ora dove vuoi andare?» domandai con una risata, mentre Rome mi trascinava frettolosamente fuori dal negozio.

«Voglio portarti in un posto… e dobbiamo darci una mossa.»

CAPITOLO 10

Guidammo per circa mezz'ora – non avevo idea di dove fossimo diretti. L'orientamento non era mai stato il mio forte, così mi misi comoda e ammirai il paesaggio. Ampie distese di verde e giallo acceso sfrecciavano oltre il finestrino, campi di mais e di grano che dominavano il panorama. Il cielo azzurro si estendeva a perdita d'occhio e soffici nuvole bianche vagabondavano pigramente sotto il sole del tardo pomeriggio. Era da togliere il fiato.

Rome mi aveva posato una mano sul ginocchio appena saliti sul pick-up e non l'aveva ancora spostata. Ogni tanto mi sentivo il suo sguardo addosso e mi chiedevo cosa gli passasse per la testa. Sperai fossero solo cose belle.

Inserì la freccia e svoltammo in un lungo viale. «Siamo quasi arrivati» annunciò.

«Dove?»

«Un posto in cui vado quando voglio stare da solo.»

A metà del viale, Rome svoltò bruscamente a sinistra e imboccò una stradina accidentata ricoperta di ghiaia. Avevamo percorso circa tre chilometri quando intravedemmo le acque cristalline di un ruscello circondato da alberi imponenti e fiori variopinti. Era semplicemente incantevole.

«Oddio, Rome, è magnifico» dissi, innamorata del panorama che ci si apriva davanti.

Lui mi diede un buffetto sulla gamba, poi parcheggiò il pick-up dietro una grande quercia. Scese e aggirò il veicolo per venirmi ad aprire lo sportello. Io saltai giù e presi la mano che mi offrì. Passeggiamo insieme ascoltando il gorgoglio dell'acqua e, giunti sulla riva del ruscello, Rome mi trascinò a sedere accanto a sé su una morbida sponda erbosa.

Gli uccellini cinguettavano sulle cime degli alberi, i grilli cantavano e l'aria era tiepida e immobile.

Ero sicura di non aver mai provato un simile senso di pace. Rome mi sbirciava con aria soddisfatta ammirare il paesaggio intorno a noi.

«Okay, ora però devi rivelarmi dove siamo. Credo sia il luogo più incantevole sulla faccia della terra.»

Lui esitò. «È il ruscello che scorre dietro casa dei miei.»

«Casa dei tuoi?»

Rome annuì seccamente e serrò la mascella.

Mi guardai intorno, scorgendo soltanto ettari su ettari di terre rigogliose. Tornai su Rome e domandai: «È tutto loro?».

Lui si mise disteso e si passò le mani sul viso. «È una piantagione, Mol» mormorò.

Mi bloccai. «Una piantagione? I tuoi genitori hanno una piantagione intera?» Spostai lo sguardo e tentai di individuare la casa, che però doveva essere lontanissima.

Rome si sollevò su un gomito, rigirandosi un filo d'erba secca fra le dita. «Rilassati, non sapranno nemmeno che siamo qui. Ci vengo sempre, Mol. È qui che mi rifugio quando voglio scappare da tutto e tutti.»

Mi rilassai un poco e sospirai, poi scossi la testa.

«Che c'è?» domandò Rome accigliato.

«Questo. Tu. Una piantagione. Veniamo da mondi completamente diversi.» Indicai il profilo ondulato dei campi di cotone bianco-rosato e li paragonai mentalmente alle anguste stradine di ciottoli della mia infanzia.

Romeo mi prese una mano e se la portò alle labbra calde. «Questo non sono io, devi credermi. Se solo sapessi... È tutta roba dei miei, non mia. Io sono sempre io e tu sei sempre tu, Romeo e Molly Juliet.» Piegò la testa di lato e mi tirò per un braccio. «Vieni qui.»

Mi distesi a pancia all'ingiù puntellandomi sui gomiti. Rome mi osservava. «Non riesco a credere a quanto sei bella con le lenti a contatto. I tuoi occhi sono di un colore assurdo, dorati... devo mettercela tutta per non toccarti come vorrei.»

Io avvampai e mi portai il pollice alle labbra. Lui non si perse nemmeno una mossa.

«Puoi toccarmi, se ti va» sussurrai, agitata.

I suoi occhi scuri scintillarono di desiderio e si socchiusero. «Non si scherza col fuoco, Shakespeare. Un bel fiorellino inglese come te non potrebbe gestirlo.»

«Che posso dire...? Mi piace il rischio.»

«Mol...» mi minacciò lui con un sibilo.

Mi spostai lentamente accanto al suo corpo, l'erba secca che mi scricchiolava sotto le mani e le ginocchia.

Più mi avvicinavo, più i suoi occhi divenivano feroci. «*Mol...*» Stavolta l'avvertimento fu più brusco. Tuttavia, non mi bloccai. Quando ero con lui, mi sentivo audace.

Mi fermai al suo fianco e guardai dritto nelle buie voragini dei suoi occhi. Le inflessibili catene del mio autocontrollo si spezzarono e precipitai nel pozzo scuro e pericoloso che era Rome.

Mani abili si mossero per accarezzarmi le cosce nude, su fino all'orlo del vestito verde che indossavo, e si fermarono poco prima delle mie mutandine. I palmi callosi di Rome salivano e scendevano lungo le mie gambe, si spingevano sempre più in alto con ogni carezza.

Mi chinai su di lui e, con un po' di incertezza, gli sfiorai le labbra con le mie. Rome lasciò che fossi io a dettare i ritmi mentre gli mordicchiavo la bocca e gli leccavo il labbro inferiore con la punta della lingua.

Sapevo di mettere a dura prova il suo autocontrollo, per scoprire fin dove mi avrebbe permesso di spingermi. Lui grugnì e serrò la presa sulla carne delle mie cosce, allargandole un po' per avvicinarsi sempre di più al centro del mio corpo. Premetti la bocca sulla sua con più decisione, ma non come voleva lui, non ancora, e continuai a torturarlo con lente carezze. Rome mi lasciò libera di giocare, di stuzzicarlo e sedurlo.

Sentendomi più coraggiosa, gli posai una mano sul petto e lui sussultò a quel contatto. Lasciai vagare le mani, all'inizio con lenti movimenti circolari, per poi concedermi di usare le dita e lasciarne scivolare la punta sulla stoffa sottile della maglietta e sugli addominali contratti, fino a fermarmi al bordo dei jeans. Ci infilai sotto un dito e gli accarezzai la pelle liscia.

In un battibaleno, le mani di Romeo scattarono sulla parte alta delle mie gambe e si aggrapparono ai muscoli dell'interno coscia. Con un ringhio spietato, mi spalancò le gambe affinché piombassi a cavalcioni su di lui, la sua durezza perfettamente adagiata contro il centro rovente del mio corpo.

Staccai la bocca da quella di lui e faticai a riprendere fiato. Rome aveva un'aria selvaggia; il nero degli occhi pareva sciogliersi fino a sradicare il cioccolato delle iridi. Capii immediatamente di aver sguinzagliato un desiderio primario, di aver spezzato il suo autocontrollo.

Le sue mani calde mi scivolarono intorno al collo e la sua bocca morbida si schiantò sulla mia. Con la lingua fece irruzione oltre la barriera delle mie labbra, mi riempì la bocca con il sapore di menta, e io gli lasciai assumere il controllo. Mi arresi in tutto e per tutto.

Ero completamente presa e, in quell'istante, non avrei voluto niente di diverso.

Rome mi tolse le dita dai capelli e me le fece scivolare sulla gola e sul petto, dove non portavo il reggiseno. Poi passò il palmo della mano sulla pelle delicata del capezzolo e mi massaggiò la carne soda, i miei fianchi che oscillavano avanti e indietro in risposta. La sua lingua si intrecciò con la mia e i suoi gemiti di desiderio cominciarono a diventare sempre più disperati.

Con un'ultima, brusca carezza, la mano di Rome mi abbandonò il seno e si spostò sull'orlo del vestitino, scivolando oltre il bordo delle mutandine nere di cotone. Ero praticamente pazza di desiderio. Rome mostrò un sorrisetto e si scostò per esaminarmi gli occhi dorati pieni di lussuria.

«Romeo...» dissi gemendo, le palpebre chiuse per la frustrazione. Avevo disperatamente bisogno di lui.

«Mol... io... non...»

Riaprii di scatto gli occhi per trafiggere i suoi. «Ti prego...» supplicai, in preda a un'incontenibile voglia di essere toccata da lui, *veramente* toccata da lui.

«Mol... Dio santo... mi stai facendo uscire di testa, cazzo...» Capii che cercava di controllarsi.

«Rome... *muoviti*!» mi misi praticamente a urlare.

Con le dita scostò bruscamente la stoffa delle mutandine e mi accarezzò in mezzo alle gambe. Poi, mentre schiantava le labbra sulle mie, mi infilò dentro il dito medio e mi accarezzò lentamente, mozzandomi il respiro tutte le volte che si spingeva più a fondo.

«Non ti azzardare a darmi ordini.» Romeo piegò le dita e mi attirò in avanti, il che mi procurò una convulsione. «Mi sono spiegato?»

«Sì, sì» sbottai precipitosamente. Amavo il modo in cui mi controllava; il mio corpo vibrava di soddisfazione ogni volta che mi impartiva un ordine.

Romeo assunse una posizione più comoda e io abbandonai la testa all'indietro, travolta com'ero dalle indescrivibili sensazioni che mi stavano polverizzando tutte le difese. Gli agganciai un braccio intorno al collo mentre lui mi marchiava con la sua mano bramosa e palpitante. Anch'io dovevo procurargli piacere. *Volevo* darglielo. Così, gli sbottonai i jeans e gli abbassai la cerniera mordendomi le labbra in modo seducente.

Rome si paralizzò. «Mol, no, non devi...»

«Lascia che mi prenda cura di te. Lascia che ti dia ciò di cui hai bisogno. Ti prego...»

Gli occhi color cacao di Rome si richiusero nell'istante in cui glielo presi in mano, grosso e caldo, e cominciai ad accarezzarlo con delicatezza. Buttò fuori bruschi sospiri a ognuna delle mie carezze. I nostri movimenti divennero più rapidi mentre rincorrevamo entrambi l'orgasmo, mentre mi muovevo sulle sue gambe in balia della magnifica tensione che mi montava dentro. Incapace di concentrarmi, posai la fronte contro la sua e mi lasciai scappare un gemito quando Rome mi infilò dentro un altro dito.

«Ah, Romeo... non...» Ero senza parole.

I fianchi muscolosi di Rome si avventavano furiosamente contro la mia mano. «Lasciati andare, Mol... cazzo, lasciati andare» ringhiò. Con un'ultima carezza, andai in mille pezzi, la sua bocca che premeva sulla mia per divorare i miei gemiti. Lui non cessò mai di muovere le dita e prosciugò ogni goccia di piacere dal mio corpo spossato che si contorceva sul suo.

Anch'io continuai a lavorarlo e, con un gemito gutturale, Rome girò i fianchi di lato e venne in lunghi e bruschi fiotti che finirono sull'erba.

Mentre entrambi rallentavamo i movimenti fino a fermarci del tutto, gli cinsi il collo con le braccia e i nostri respiri si mescolarono nel poco spazio che ci separava, la mano di Rome ancora intimamente premuta contro di me.

Accarezzò pigramente il mio sesso con le dita e io gli gemetti contro la guancia. In risposta, mi mordicchiò l'incavo del collo. Sollevai la testa e la piegai leggermente all'indietro per potergli guardare nel marrone intenso degli occhi.

«Ehi, Mol» borbottò roco, il petto ancora convulso per via dell'orgasmo.

Arrossii. «Ehi, tu.»

«Ti senti bene?» mi domandò, in cerca di chissà cosa nel mio sguardo.

Abbassai il capo e annuii. «Più che bene.»

«Guardami» comandò lui in tono severo.

Io obbedii, impaziente di compiacerlo.

«Ti è piaciuto? Il modo in cui ti ho parlato, in cui ti ho detto di lasciarti andare?» Sembrava agitato, quasi fuori fase, come se si aspettasse di vedermi reagire con rabbia.

A me però *era* piaciuto. Non avevo molta esperienza con il sesso, ma il suo atteggiamento autoritario mi risvegliava qualcosa dentro. Mi faceva sentire libera a un livello ancora ignoto.

«Quindi ti è piaciuto, Mol... giusto?» La consueta asprezza che aveva nella voce era segnata da una traccia di vulnerabilità.

«Sì, Romeo, sì. N-non sapevo se lo avrei apprezzato... in quel modo... eppure... mi è piaciuto e credo che lo sappiamo tutti e due.»

Un sorrisetto gli spuntò sul viso trasformandone i tratti solitamente duri. Mi prese la mano e se la passò sul costato. «Ci sono tutte?»

Mi accigliai. «Che cosa?»

«Le costole. Non è che me ne manca una?»

L'accarezzai sui fianchi, su e giù. «Okay, mi sa che sei partito di cervello. Pensi di avere una costola in meno?»

Lui buttò fuori una risatina sommessa. «Stavo solo pensando che forse Dio me ne ha tolta una quando ha creato te.»

Nonostante stesse scherzando, le sue parole mi sciolsero. «Romeo. A volte sai essere molto dolce, lo sai?»

Lui mi strizzò l'occhio. «Solo per te.»

Gli posai un bacio sul palmo della mano e ripensai a quello che era appena successo. Ero confusa da quanto mi fosse sembrato giusto – i suoi ordini, le sue richieste, le sue istruzioni – tuttavia non volevo spingermi oltre. Ero disposta a cedergli il controllo, anche se non a inoltrarmi in territori più oscuri.

«A che pensi?» domandò Rome, e mi prese il viso fra le mani.

Mi mordicchiai l'unghia del pollice. «Hai detto che ti piace comandare, ma fin dove arriva questo tuo bisogno di dominare?»

Lui soffocò una risatina. «Non sono un sadico, bellezza, quindi puoi anche toglierti quell'espressione dalla faccia. Mi piace avere il controllo... non so... Sono fatto così. Nella mia vita ci sono tante situazioni di merda su cui non ho alcun potere; quindi, sento il bisogno di averlo nelle attività in cui invece sono bravo. Devo avere la certezza di essere al comando. Sono un bravo quarterback perché sono un bravo leader, perché mi piace dirigere il gioco. Lo stesso vale per il sesso.»

Aveva un senso; Rome sentiva il bisogno di esercitare il controllo. Non per motivi sordidi, ma per mantenere la salute mentale.

«Mi è piaciuto il modo in cui hai preso il comando. Sono sempre stata abituata a essere indipendente e a contare solo su me stessa, a dover prendere le decisioni da sola, ed è una cosa che odio. Mettermi nelle tue mani, lasciarti le redini della situazione è stato… liberatorio.»

Una strana espressione gli spuntò sul viso, talmente intensa che rischiai quasi di perdere l'equilibrio. Romeo mi strinse fra le braccia.

«Adesso sei mia, Mol. Questo lo sai, vero? Nessuno aveva mai reagito come te – con ogni gesto, bacio o carezza. Ti sei pienamente e completamente concessa.» Le sue dita, ancora appiattite sul calore in mezzo alle mie gambe, riacquistarono velocità.

Singhiozzai e mi mordicchiai l'unghia del pollice per soffocare le urla. «Sì, sono tua.»

Rome mi afferrò il pollice con una mano. «Ah, Mol, questa mossa finirà per mandarmi fuori di testa. Preferirei metterti in bocca dell'altro, se ti serve qualcosa con cui giocare.»

Buttai fuori un piccolo sospiro. «Io… io…»

«Più avanti, non ancora» mi rassicurò lui, tutto sommato divertito.

Rovesciai gli occhi all'indietro. «Romeo… la tua mano…»

«Ti farà venire un'altra volta. E io rimarrò a guardarti mentre ti lasci andare. Ti guarderò scioglierti fra le mie braccia e godrò di ogni secondo, Mol. Ci siamo capiti? Controllerò ogni tuo desiderio» sibilò a denti stretti. Tuffò le dita sempre più in profondità.

«Sì… sì…»

Fu di parola. Eseguì ogni nota alla perfezione.

Io tremai e mi lasciai scappare un grido acuto prima di afflosciarmi sul suo petto. Rimanemmo immobili a lungo; alla fine, Rome sfilò le dita dal mio corpo, si riallacciò i jeans e mi attirò su di sé. Io chiusi gli occhi e mi appisolai sul calore del suo petto, godendomi le sue carezze leggere sulla guancia, totalmente spossata.

Mi risvegliai a poco a poco, con Romeo che mi manovrava delicatamente fra le proprie gambe affinché gli appoggiassi la schiena contro il petto. «Il sole sta tramontando. Pensavo volessi guardarlo insieme a me.»

Il cuore mi scoppiò di gioia. «Sì, mi piacerebbe.»

Il calore del sole proiettava un bagliore rosato sul cielo rosso sangue e la grande sfera gialla calò fino a ridursi a un semicerchio, che inondò l'ampio ruscello di un ardente scintillio dorato.

Il respiro di Romeo smosse l'aria accanto al mio orecchio. «Raccontami dei tuoi, Mol.»

Sussultai. Schegge di panico mi pugnalarono al petto e mi irrigidii, alla ricerca di un qualche sollievo. Accorgendosi della mia reazione, Romeo mi prese per mano e mi avvolse nel suo abbraccio. In quel suo abbraccio caldo e rassicurante.

«Raccontami, Mol. Parlami dei tuoi. Perché soffri così tanto?»

Trassi un respiro fortificante e guardai gli ultimi bagliori ribelli del sole arancione che venivano trascinati oltre l'orizzonte. «Non so nemmeno da dove cominciare.»

«Dall'inizio. Voglio conoscerti in tutto e per tutto, dentro e fuori.» La nota riverente nella sua voce mi strappò un brivido.

«Okay.»

Mi misi in una posizione più comoda e gli posai la testa sul petto, trovando conforto nel battito del suo cuore. «Mia madre è morta quando sono nata a causa di alcune complicazioni. Io sono la sua unica figlia.» Chiusi gli occhi, mi concentrai sulla stretta di Rome, e li riaprii per osservare la placidità del ruscello, lasciando che la superficie mobile dell'acqua mi confortasse. «Ho una sua foto. Siamo due gocce d'acqua.»

«Quindi era bella anche lei?» domandò, poi mi posò un bacio sulla spalla scoperta. Mi sentii rifiorire a quelle parole e mi rilassai ancora di più contro di lui.

«Mio padre non aveva parenti all'infuori di nonna, che tra l'altro viveva con noi. Quando avevo sei anni, è morto anche lui.» Presi un lungo filo d'erba e me lo rigirai fra le dita. «Me lo ricordo come se fosse ieri. Sono rientrata da scuola e ho trovato nonna tutta triste in salotto. Mi ha detto che papà era andato in cielo.» Scossi la testa e buttai fuori una risata priva di allegria. «Ai tempi pensavo che qualcuno volesse punirmi perché ero stata cattiva. Ma non ci ho messo molto a capire che non era morto di malattia, né perché Dio voleva punirmi. Papà si è alzato come ogni mattina, mi ha accompagnata alla porta – me, la sua bambina – quando sono uscita per andare a scuola, si è infilato nella vasca da bagno e si è tagliato le vene con una lametta.»

Romeo espirò lentamente dietro di me e il suo fiato caldo mi rizzò i peli sulla nuca. «Oh, merda, piccola. Non pensavo… mi dispiace tantissimo.»

La forza della sua compassione mi permise quel giorno di parlarne nel dettaglio per la prima volta in assoluto.

«Non ho mai compreso come prendere il gesto di papà. Capisco che non avesse più la forza di vivere senza mamma, però c'ero ancora io. *Io* che avevo bisogno di *lui*. Com'è possibile che non sia riuscito a trovare la forza per il mio bene? Per quello di nonna? Ha lasciato un biglietto in cui scriveva che un giorno avrei capito, eppure ancora non vedo come un padre possa lasciare da sola la figlia.»

Sentii che stavo diventando sempre più stizzita, che i ricordi grondavano amarezza. Rome non cessò mai di offrirmi un sostegno saldo e silenzioso.

«Mi sa che il lato positivo di questa cazzo di situazione è che sono sempre stata in gamba. Quando avevo sette anni, la maestra mi ha sottoposto al test d'intelligenza del MENSA. L'ho superato, e ho scoperto di avere un quoziente intellettivo smisuratamente alto. È così che ho affrontato la cosa, con lo studio e la cultura. Ho sviluppato un'ossessione per la religione e la filosofia, perché volevo comprendere come mai papà fosse morto, perché succedono cose tanto brutte alle persone per bene. Non mi sono mai data una risposta. E poi, proprio quando cominciavo a rimettermi in carreggiata, hanno diagnosticato il cancro a nonna. Mi sono presa cura di lei per tre lunghi mesi, e l'ho vista diventare sempre più debole giorno dopo giorno. Mi è morta fra le braccia, io e lei da sole nella nostra casetta, senza nessuno a cui poter chiedere aiuto.»

Trassi un bel respiro e guardai gli uccellini che ritornavano ai loro nidi nei pressi del ruscello per prepararsi alla notte.

«E poi?» incalzò Romeo.

«Dopo la sua morte, mi hanno data in affido. Per fortuna a una famiglia per bene che stava vicino a casa mia. Non erano molto affettuosi, ed era ovvio che lo facevano soltanto per i soldi, in ogni caso era un posto sicuro. Diciamo che non avrei potuto pretendere di più. Faticavo ad affrontare la vita, così ho preso le distanze da tutto e tutti per evitare ulteriori sofferenze. Mi sentivo sola, però… ho tirato avanti. Come dicevo, mi sono concentrata sullo studio perché sapevo che mi avrebbe permesso di lasciare la mia famiglia affidataria e i ricordi che continuavano a perseguitarmi nel paesino in cui sono nata. Avevo bisogno di andarmene.»

Romeo mi baciò teneramente sulla spalla nuda.

«Quando avevo diciassette anni, ho superato gli esami con un anno di anticipo, sono entrata all'università e mi hanno offerto una borsa di studio a Oxford. Mi sono laureata e sono venuta qui. Poi mi trasferirò altrove per il dottorato.»

Romeo buttò fuori un brusco sospiro. «Quindi sei una che scappa.»

Mi irrigidii e tentai di allontanarmi anche fisicamente dall'accusa mossa contro la mia strategia di sopravvivenza. Romeo si limitò a stringermi ancora più forte. «Non ti agitare. Rispondi alla domanda.»

«Neanche te lo immagini quello che ho passato! Non hai alcun diritto di giudicarmi!»

La sua voce assunse un tono basso e imperioso. «Non ti sto giudicando. Eppure sei una che scappa dai problemi, o sbaglio?»

«E allora? Non ho una vera casa, e nemmeno una famiglia. Perché non dovrei?»

«Può darsi che fosse vero una volta, ma adesso hai delle persone che tengono a te, che ci tengono davvero. Non ti lascerò fuggire.»

Le lacrime mi annebbiarono la vista. Le parole di Romeo erano una consolazione indescrivibile e io morivo dalla voglia di crederci.

«*Non* ti permetterò di lasciarmi» affermò severamente.

Sentii qualcosa spezzarsi dentro di me e scoppiai a piangere, piansi per la prima volta dopo anni e anni, prendendomi la testa fra le mani. Romeo mi accarezzò i capelli e si rifiutò di liberarmi dalla protezione del suo abbraccio, perché era proprio questo: il mio protettore... la mia pace.

Quando ebbi versato tutte le mie lacrime, mi domandò: «Perché hai lasciato Oxford per venire qui?».

Sospirai avvilita e decisi di essere completamente sincera. «Oliver voleva di più. È rimasto là per prendere il dottorato e intendeva portare avanti la nostra storia. Io no... lui non sapeva niente di me. Non gli ho mai raccontato nulla. Dopo che siamo andati a letto insieme, ho capito che non avrei potuto rifarlo. Pensavo che entrare in intimità con lui ci avrebbe avvicinati, che mi avrebbe aiutata ad abbattere le mie difese. Invece, è stata soltanto una delusione soffocante. Pensavo che non sarei mai stata capace di avvicinarmi a nessuno. Alla fine, ho dato di matto. Sono scappata. Tutto qua. Lui si è svegliato e io non c'ero più. Non ci parliamo da allora.»

Al calare del buio, il canto dei grilli crebbe d'intensità e la vasta trapunta delle stelle cominciò a scintillare nel cielo cristallino.

«Questo finché sei arrivato tu. A te mi sono avvicinata. Con te mi sono aperta. Forse non sono la causa persa che pensavo di essere.»

Lo sentii deglutire rumorosamente. «Non sei l'unica che ha voglia di tagliare la corda quando le cose si mettono male, piccola. Però, d'ora in poi, non ti permetterò di scappare se non ci sarò io a correre al tuo fianco.»

Girai la testa verso le sue labbra e gli sfiorai delicatamente la bocca con la mia.

Quando ci separammo, gli presi il viso fra le mani e dissi: «Raccontami di te».

Romeo alzò le spalle e distolse lo sguardo con il gelo negli occhi – il suo corpo teso sprigionava soltanto un muto rifiuto.

Un venticello freddo sferzò improvvisamente l'aria della sera e la pelle d'oca mi ricoprì le braccia e le gambe. Romeo se ne accorse. «Meglio andare.»

Io lo strinsi più forte. «Non voglio andarmene, non ancora. Voglio sapere di te.»

Lui piegò la testa con aria sconcertata. «Neanch'io voglio andarmene. Però si è fatto tardi, e tu hai freddo. Vieni, piccola. Meglio tornare a casa.»

Romeo mi aiutò a rialzarmi e mi tenne per mano lungo la via per raggiungere il pick-up, senza aggiungere altro a proposito del suo passato.

Una volta saliti in macchina e in viaggio in autostrada, notai Romeo assorto nei suoi pensieri. Gli presi la mano libera. «Tutto okay? Sembri lontanissimo.»

Lui deglutì come fosse stato nervoso. Non l'avevo mai visto così fuori fase.

«Sto bene.»

Non ero convinta. «Sicuro? Non mi sembra.»

Strinse le dita sulle mie e i suoi occhi mi studiarono incerti.

«Rome, che ti prende?» insistei.

Lui si schiarì la gola. «Prima di stasera non sapevo come ci si sentisse a essere desiderati solo per… per come sono veramente» confessò.

Quelle parole mi franarono addosso come un macigno sul petto, tanto che rischiai di mettermi a piangere per lui.

«Che cosa vuoi da me, Mol? Sto ancora cercando di capirlo.»

Mi avvicinai e lo baciai sulla mano ancora stretta nella mia. «Desidero soltanto te.»

«È proprio questo che non capisco. Perché mai dovresti desiderarmi *solo* per come sono? Nessuno l'ha mai fatto prima d'ora. Sono costantemente arrabbiato. Sono possessivo e per niente bravo con le relazioni stabili – cosa c'è di tanto appetibile?»

«Allora sarò la prima, perché ti voglio senza chiederti niente in cambio. Perché gli esseri umani si desiderano? Il mio corpo sa che sei un toccasana. La mia mente sa che sei la persona giusta. E la mia anima sa che sei fatto apposta per me.»

Un sorriso timido gli spuntò sulle labbra e le sue spalle tese si rilassarono. «Ci siamo dentro fino al collo, non è vero, Shakespeare?» domandò in un sussurro, sprizzando serenità da ogni poro.

Una sensazione di appagamento calò su entrambi.

«Mi pare riduttivo.»

«Vieni qui.» Mi passò un braccio sulle spalle e mi baciò con delicatezza, le luci della città che ci sfrecciavano di fianco.

Rome mi lasciò davanti al portone d'ingresso e io mi precipitai su per le scale, contenta che la sede della confraternita femminile fosse silenziosa e la porta della sala comune ben chiusa.

Mi godetti una lunga doccia bollente e piegai la testa all'indietro, lasciando che il getto d'acqua mi si abbattesse sui capelli e sulla pelle. Mi sentivo diversa. Non avrei saputo dire perché, solo... *trasformata* a livello molecolare. Mi lasciai scivolare una mano sulla pancia al ricordo delle sue dita dentro di me e fui costretta a soffocare un gemito. Era stato forte e severo, aveva diretto la musica dei nostri movimenti, aveva creato una sinfonia con le nostre urla e i nostri gemiti.

Non avevo mai provato niente di simile.

Uscii dalla doccia prima che le gambe potessero cedere al ricordo. Mi asciugai, mi infilai una camicia da notte viola e mi misi a letto.

Il ticchettio cominciò nel giro di pochi minuti.

Scostai le coperte e corsi ad affacciarmi al balcone. Romeo mi scoccò un ampio sorriso e scalò il graticolato, dopodiché praticamente si lanciò fra le mie braccia e sorrise soddisfatto nel vedere la camicia da notte che avevo scelto.

«Sono tornato alla confraternita e ho cominciato subito a chiedermi cosa stessi combinando. Ho deciso di smettere di chiedermelo e di venire direttamente a scoprirlo.»

«Vuoi rimanere qui anche stanotte, vero? Hai intenzione di renderla un'abitudine?»

«Oh, piccola, ci puoi giurare. Dopo oggi, ho diritto ad alcuni privilegi.»

«Ah sì? E quali sarebbero?»

«Lo scoprirai a tempo debito, Shakespeare. Adesso alza quelle belle chiappe, infilati sotto le coperte e lasciati abbracciare.»

Rientrai in camera e gli lanciai un'occhiata civettuola da sopra la spalla. «Non mi pare che Romeo fosse così prepotente con Giulietta!»

Lui aggrottò le sopracciglia con aria eloquente. «E guarda come sono finiti. Il mio metodo è di gran lunga migliore – meno morte e più orgasmi.»

Tentai di fingermi scioccata, ma non riuscii a trattenere una risata.

«Tu. Letto. Ora.» Lo indicò con un dito e prese a spogliarsi, si tolse tutto tranne i boxer neri aderenti che gli cadevano bassi sul fisico scolpito.

Stavo ancora ridacchiando per l'ordine che mi aveva impartito quando Rome mi saltò addosso da dietro. La risatina fu subito sostituita da un basso gemito perché le sue dita finirono in un attimo sotto la camicia da notte per accarezzarmi fra le gambe.

«A proposito di quei privilegi...»

CAPITOLO 11

Mi svegliai e alzai le braccia sopra la testa, stiracchiando la schiena indolenzita. Poi allungai una mano accanto a me per cercare Romeo. Niente. Se n'era andato. Come d'abitudine, cercai gli occhiali sul comodino, avevo dimenticato di non averne più bisogno.

Mi rimisi seduta e mi accigliai per l'assenza di Romeo: non scappava mai senza salutarmi. Le lenzuola su cui aveva dormito erano fredde e aggrovigliate, però sul cuscino c'era un biglietto. Lo presi subito e cominciai a leggerlo:

Avevo gli allenamenti stamattina presto.
Non volevo svegliarti – eri bellissima.
Un bacio dal tuo Romeo

Nascosi la faccia nel cuscino e sorrisi, quando qualcuno bussò alla porta. Andai ad aprire ad Ally che aveva le braccia incrociate, un'espressione che diceva "non ti azzardare a prendermi per il culo" e un sopracciglio particolarmente inarcato.

Mi superò come una furia, richiuse la porta e si sedette sul bordo del letto sfatto. «Allora… ti va di spiegarmi perché stamattina ho visto Rome sgattaiolare giù dal tuo balcone?» La sua voce era solo apparentemente calma.

Mi torsi le dita, le andai incontro e, quando raggiunsi il letto, mi lasciai cadere accanto a lei, fissando le pareti bianche senza realmente vederle. «È rimasto a dormire qui.»

«Questo l'avevo capito. Da quanto va avanti questa storia?»

«Quale? Lui che rimane a dormire qui o il fatto che ci frequentiamo?»

Ally scosse la testa per la sorpresa. «Bene bene, quindi ci sono stati più progressi di quanto pensassi. Avevo intuito che c'era qualcosa sotto perché lui ti fissa di continuo e tu arrossisci sempre; e poi, ovviamente, per via dei baci. È una storia seria?»

Annuii, mordicchiandomi l'unghia del pollice per l'agitazione.

«Quindi state ufficialmente insieme?»

«Sì.»

Lei mi rivolse un sorriso smagliante e i suoi occhi marroni si accesero. Mi diede un colpetto con la spalla. «Mio cugino in una relazione come Dio comanda! Non credevo che questo giorno sarebbe mai arrivato, e sono *contentissima* che sia successo.» Ally mi diede un buffetto sul ginocchio prima di piegare la testa di lato e osservarmi. «Tesoro, dove sono finiti gli occhiali?»

Mi scostai una ciocca di capelli dietro l'orecchio. «Adesso porto le lenti a contatto.»

Lei si illuminò. «C'è lo zampino di Rome? Così Shelly non avrà più motivo di prenderti in giro?»

«Già.»

«Beh, pensa un po'. Rome che dimostra affetto e compassione nei confronti di una ragazza!» Scoppiò a ridere incredula.

Chinai la testa per l'imbarazzo. «Con me è sempre molto dolce.»

A quelle parole, le uscirono gli occhi dalle orbite. «Mio cugino e la parola *dolce* non vanno mai nella stessa frase. Eppure, è anche vero che con te è stato totalmente diverso fin dal primo giorno. All'inizio la cosa mi spaventava, adesso invece sono proprio contenta! Ragazza mia, sei perfetta per lui.»

Ally si alzò e si avviò alla porta. Poco prima di andarsene, si girò verso di me con un'espressione seria. «Molls, devi capire che Rome può essere molto complicato. Nel corso degli anni ha dovuto ingoiare un sacco di rospi per colpa dei suoi genitori e la cosa l'ha segnato parecchio. Devi dargli tempo e perdonarlo se dovesse essere troppo assillante. Ho notato come si comporta quando sta con te, e si vede benissimo che per lui sei diversa. Se doveste portare avanti questa relazione e le cose si mettessero male, penso che potresti essere la persona in grado di spezzarlo definitivamente. Sii paziente, prenditi cura di lui, tienitelo stretto... Se lo merita.»

Se ne andò senza aggiungere altro.

La giornata si rivelò particolarmente afosa. Così, io, Cass, Lexi, Ally e Jimmy-Don decidemmo di pranzare sul prato che si estendeva sui vasti terreni del campus. Sembrava avessero avuto tutti la stessa idea: era pieno zeppo di gente.

«Insomma, Jimmy-Don, raccontami un po' di te» lo incalzai, mentre oziavamo in un cerchio improvvisato sul prato tagliato di fresco. Adoravo il profumo dell'erba tagliata. Mi ricordava le estati della mia infanzia, quando mi svegliavo di buon'ora con papà che falciava l'erba del nostro minuscolo giardino. Sorrisi tra me e me. Era uno dei pochi ricordi felici che avevo di quando ero bambina.

«Beh, sono texano di Houston e gioco nell'attacco dei Tide. Ho ventun anni e, dopo aver preso la laurea in Scienze ambientali, tornerò a Houston e lavorerò nel ranch di mio papà.»

«Non continuerai a giocare football?»

«Mi piacerebbe molto, però non verrò mai scelto per la NFL, e va bene così. Tornerò a casa e mi darò all'allevamento, e spero vivamente che questa bella puledrina rimarrà nei paraggi» aggiunse, poi piazzò a Cass un bacio sulla guancia.

Ally mi toccò il braccio e, quando levai lo sguardo, vidi Rome che veniva da noi. Aveva indossato un paio di jeans, stivali di pelle marrone, una maglietta rossa senza maniche e un paio di Ray-Ban specchiati. Alla sua sinistra c'era un tipo alto, tenebroso e ricoperto di tatuaggi che portava larghi abiti neri con diverse catene agganciate alla cintura borchiata – bello nonostante avesse un aspetto un tantino spaventoso. Alla sua destra c'era l'esatto opposto, il tipico ragazzo americano con i capelli biondo platino, occhi azzurri e pelle abbronzata, *perbenino* fino al midollo. Mi guardai intorno e mi accorsi che parecchie ragazze, vedendo passare Rome, se lo mangiavano con gli occhi. Non si poteva dire che non sapesse attirare l'attenzione del gentil sesso.

«Ehi, Bullet, Austin, Reece. Come mai da queste parti?» domandò Jimmy-Don, lo sguardo su Rome. Diede il cinque a tutti e tre a mo' di saluto.

Romeo si girò a guardarmi e mi sorrise. «Sono venuto dalla mia ragazza.»

Rimasero tutti di sasso.

Lui ci girò intorno per raggiungermi, si mise seduto accanto a me e mi trascinò sulle sue gambe prima di baciarmi – e non con leggerezza, ma in modo tale da annunciare al mondo intero che ero sua. Con quel bacio, riuscì a possedermi e io mi sottomisi più che volentieri.

Dopo avermi tramortita baciandomi ben bene, Romeo si scostò e mi accarezzò il labbro inferiore con il pollice. «Come stai oggi, piccola?»

Faticai a riprendere fiato. «Sto bene. Anzi, benissimo.»

«Beh, allora posso smettere di chiedermi se gli piaci» commentò Cass, strappandomi dallo stato confusionale in cui mi aveva precipitata Romeo. «Ieri a mensa mi sono resa conto che c'era qualcosa che non tornava. Lo sanno tutti che Bullet non è tipo da relazione fissa, perciò pensavo fosse solo stranamente gentile. Eppure, le lenti a contatto, Molls che si è volatilizzata per ore... adesso capisco il motivo!»

Romeo mi posò un bacio sulla fronte e spiegò: «Stavolta è diverso. Stiamo insieme, siamo una coppia. Vero, Shakespeare?». Mi scoccò un sorrisetto. Capii che mantenere segreta la nostra storia non era più un'opzione, quantomeno stando al mio ragazzo, che non sembrava affatto pentito di aver annunciato la nostra relazione di punto in bianco.

«Sì, stiamo insieme» confermai a bassa voce. Mi spostai fino a sedermi fra le sue gambe e lui mi cinse in vita con le braccia.

Guardai il gruppetto che ci fissava, non proprio sicurissimo di non avere le allucinazioni.

Romeo indicò i suoi amici uno per uno. «Gente, questi sono Austin e Reece.»

«Austin Carillo, ricevitore titolare, e Reece Todd, quarterback di riserva – ragazzi, non avete mica bisogno di presentazioni. La reputazione dei giocatori dei Tide parla da sola.» Cass era raggiante, leggermente su di giri per via delle nuove aggiunte al nostro gruppo.

Lexi, che era rimasta a fissare Austin a bocca aperta, alzò bruscamente la sua manina da fata. «Ehm... non che la cosa mi dispiaccia, però quando cavolo vi siete messi insieme e perché non ci avete detto niente?» Mi scoccò un'occhiata inferocita.

Io esibii una smorfia davanti a quella espressione inviperita. «Da un paio di settimane. Ho preferito tenerlo per noi almeno per un po'.»

«Non riesco a credere che siate una coppia! Non che ci sia niente di sbagliato, solo che mi pare impossibile. Molly, la cervellona timida, con il quarterback titolare dei Tide – immagino siano successe cose ben più assurde!»

«Beh, credici. Mol è tutta mia, cervellone incluso» disse orgogliosamente Romeo, inarcando un sopracciglio con aria divertita e dandomi un buffetto sulla testa. Vedendolo comportarsi in modo così strano, i suoi compagni di squadra scossero la testa.

«Evviva! Dolcezza, secondo me è una notizia fenomenale!» esultò Cass.

«Grazie, Cass.»

La nostra allegra combriccola chiacchierò per quasi un'ora e i nostri amici si abituarono all'idea che io e Rome fossimo *una coppia come Dio comanda.*

Io e lui cercammo di ignorare le occhiate e le frecciatine degli altri studenti mentre ce ne stavamo seduti l'una fra le braccia dell'altro; grazie agli sguardi minacciosi di Rome e alla sua reputazione, i commenti velenosi rimasero perlopiù fuori dalla portata delle nostre orecchie.

Eravamo riusciti a ignorare l'incessante chiacchiericcio dei passanti; o perlomeno ci *stavamo* riuscendo finché un giocatore della squadra di basket non ci passò davanti insieme agli amici, e prese a sghignazzare non appena ci vide insieme. Rome si irrigidì all'istante, pronto allo scontro.

Il ragazzo castano, alto e dinoccolato si fermò davanti a noi e si schiacciò un pugno sulla bocca per soffocare una risata. «Oh, cazzo, Bullet, non riesco a credere ai miei occhi! Hai rinunciato a tutta la fica del campus per *quella*? Dimmi un po', perlomeno è brava a succhiarti il cazzo?»

Prima ancora che avessi il tempo di offendermi, Romeo balzò in piedi e scaraventò il ragazzo a terra, i nostri amici che si lanciavano freneticamente su di lui. Gli studenti si precipitarono nel punto in cui Rome e il giocatore di basket si rotolavano per terra, e crearono un cerchio improvvisato per assistere allo scontro da vicino.

Vedendomi scattare in piedi, Jimmy-Don mi tenne ferma per un braccio prima che potessi correre da Rome. «Lascia stare, tesoro. Lascialo sfogare.»

Strattonai via il braccio. «No! Non voglio che picchi nessuno. Fermalo!» Mi voltai a fronteggiare Austin e Reece. «Fermatelo!»

«Tesoro, se vuoi stare con Rome, sarà meglio che ti ci abitui.» Jimmy-Don indicò la zuffa in corso. «Succede in continuazione.»

Fissai sbigottita Jimmy-Don e Reece. Austin, invece, si era unito alla folla sempre più fitta. «È vostro amico! *BLOCCATELO* prima che si faccia male!»

Reece mi posò una mano sulla spalla. «Non sarà Bullet a ferirsi, Molly. Non è la prima volta che si azzuffa con qualcuno. E, senza offesa, ma non ho alcuna intenzione di avvicinarlo quando è in quelle condizioni. Preferisco tenere la testa saldamente incollata alle spalle, tante grazie!»

«Uffa! E va bene! Ci penso io!» Mi aprii un varco a spintoni fra la folla e sbucai davanti a tutti. Romeo, che non aveva nemmeno un graffio, era a cavalcioni sul giocatore di basket e lo teneva per il colletto della maglia, inchiodandolo a terra.

«Non ti azzardare a parlare di lei in quel modo, cazzo! Ci siamo capiti, brutto stronzo?»

Il ragazzo sotto di lui sorrise; aveva un labbro spaccato e un livido che gli si stava allargando sulla guancia. Si divertiva a provocarlo.

«La secchiona non è un bel vedere, però dev'essere bravissima a scopare se è riuscita ad addomesticarti. È così? Scopa come una puttana navigata?»

Romeo ringhiò minaccioso e divenne paonazzo, la rabbia irrefrenabile che prendeva il sopravvento, e caricò il pugno. Un amico del ragazzo tentò di lanciarsi nella mischia per togliergli Rome di dosso, tuttavia Austin si tuffò su di loro e lo strattonò all'indietro, bloccandogli le braccia dietro la schiena in una morsa di ferro. Perlomeno uno dei suoi compagni stava cercando di dargli una mano.

Il pugno di Rome era ancora sospeso a mezz'aria, quando io gli afferrai il polso e lui si girò di scatto verso di me con occhi spiritati. La folla si allontanò cautamente di un passo.

«Romeo, basta» supplicai.

Lui tentò di allontanarmi. «Cazzo, Mol, stai indietro.»

«Molly! Che cavolo combini?!» Cass, che era dietro di me, provò a tirarmi via per mettermi al sicuro, con Lexi e Ally che mi guardavano imploranti poco più in là.

Incrociai di nuovo lo sguardo di Romeo e mi scrollai di dosso la mano di Cass. «Romeo, smettila. *Subito*. Sei meglio di così!»

«Eh già, *Romeo*, smettila. Dai retta alla tua ragazza.»

L'idiozia del tipo steso a terra mi strappò un gemito lamentoso; evidentemente aveva voglia di morire.

Digrignando i denti, Romeo si chinò su di lui e gli sussurrò all'orecchio: «Ringrazia che non ti sfondi il cranio, perché non lo farò davanti alla mia ragazza».

Romeo si rimise bruscamente in piedi e mi cinse con le braccia, il cuore che gli martellava nel petto come un tamburo. Mi aggrappai alla sua maglietta con una mano mentre gli sfregavo l'altra sulla schiena per allentare la tensione.

Sentii che si girava per gridare da sopra la mia spalla: «Vaffanculo, Michaels! Sparisci dalla mia vista prima che cambi idea e ti riduca in brandelli!».

Gli amici di Michaels lo tirarono su e lo trascinarono via, e la calca di spettatori cominciò a disperdersi con aria delusa, ora che lo spettacolo era finito in una bolla di sapone.

Rome mi baciò sulla testa e sospirò. «Avrei dovuto dargliele di santa ragione dopo quello che ha detto su di te.»

Mi tirai leggermente all'indietro per afferrargli i bicipiti che fremevano. «No che non avresti dovuto. A che scopo? Lo sapevamo tutti e due che la notizia di te che sei "ufficialmente" in coppia con qualcuno avrebbe scatenato le malelingue.»

«Sì, lo so, ma lui se le cerca da un pezzo, piccola. Si meritava di essere picchiato a sangue, porca troia.»

«Si può sapere perché ce l'ha tanto con te?»

Romeo si bloccò e io sollevai il mento per incontrarne lo sguardo preoccupato. Mi accigliai alla sua espressione crucciata. «Che c'è?»

«Gli... gli ho...»

«Gli hai cosa?» lo incalzai. Romeo continuava a fissarmi con aria ansiosa, chiaramente impegnato a chiedersi se fosse il caso di essere sincero o meno.

«Sputa il rospo, Rome.»

«Un paio di mesi fa mi sono scopato la sua ragazza.»

Mi si contrasse lo stomaco e indietreggiai per sottrarmi al suo abbraccio.

«Vedi, adesso anche tu ce l'hai con me. Ora sì che gli faccio il culo!» Si voltò per rincorrere Michaels, il quale stava battendo in ritirata.

Io serrai la presa sulla sua mano. «Lascialo perdere.»

Romeo mi lanciò un'occhiata circospetta. «Sei incazzata, vero?»

Mi piazzai le mani sui fianchi. «Beh, diciamo che sapere che ti sei sbattuto la sua ragazza non mi invoglia a fare le capriole per aria, che dici?»

Al mio tono di voce, Romeo piegò la testa a mo' di avvertimento. «Stavolta lascerò correre perché sei visibilmente irritata, e immagino che tu ne abbia ogni ragione.» Il suo malumore mi strappò un sorrisetto, poi scossi la testa per l'esasperazione. Se all'inizio quell'atteggiamento mi metteva in soggezione, adesso il fatto che Rome fosse un musone testardo mi sembrava quasi divertente… e addirittura un tantino adorabile.

«Hai sentito cos'ha detto su di te?» continuò Rome, ignorando il mio divertimento.

«Sì, e non mi interessa. Non me n'è mai fregato *niente* di quello che pensa la gente di me.»

Lui chinò la testa e si sforzò di sbollire la rabbia.

«Su, dai, rimani ancora un po' qui seduto con me» lo blandii, tirandogli la mano.

Romeo si sfregò il viso con quella libera. «Mol. Lasciami dare una sistemata a quel pezzo di merda una volta per tutte. Gli altri capiranno l'antifona e ci lasceranno in pace. Nel corso degli anni ho fatto incazzare un sacco di stronzi che adesso si divertiranno a prenderci per il culo solo perché ci siamo messi insieme.»

Scossi seccamente la testa, doveva capire che non mi importava.

Lui arricciò le labbra, mi passò un braccio intorno al collo e mi posò un bacio sulla testa. «Porca puttana, Mol, mi costruirò una nuova reputazione: Rome Prince, nuovissimo socio del Club dei Senza Palle!»

Nonostante i nostri amici fossero tornati a sedersi dove eravamo prima, io e Rome ci accomodammo sotto un albero a qualche metro di distanza, al riparo dalle attenzioni degli altri studenti. Chiacchierammo del più e del meno e, alla fine, Rome riuscì a calmarsi con me stretta fra le sue braccia.

Eravamo in procinto di alzarci e andare al corso di filosofia quando un'ombra oscurò il nostro rifugio sotto le fronde, come una tempesta arrivata a rovinare una bella giornata di sole. Shelly, la regina delle stronze in persona, era passata a porgerci i suoi ossequi e svettava su di noi con un'espressione furibonda.

«E questo che cazzo significa?»

Romeo grugnì e mi attirò al sicuro contro di sé. «Ah, vaffanculo, Shel. Ho già avuto la mia dose quotidiana di bastardi!»

«Quindi è vero che ti sei messo con *lei*?» Mi osservò con l'aria di chi aveva appena ingoiato qualcosa di rancido.

«Sì, è vero.» Detto questo, Rome chinò la testa e si impadronì delle mie labbra per sottolineare il concetto con un bacio appassionato. Io gli posai una mano sulla nuca per incoraggiarlo a continuare.

«Lo sai che non rimarrà con te per molto, vero, tesorino?» sbottò lei al mio indirizzo, spingendoci a interrompere il bacio.

«E perché mai?»

«Perché mammina e paparino Prince non accetteranno mai che il loro bambino stia con una troia arraffa-soldi, e loro sì che sanno essere *molto* persuasivi. Vogliono me, ed è ciò che avranno, ci puoi contare.» Sorrise come se avesse avuto Romeo in pugno.

«Che buffo, una troia arraffa-soldi è la stessa definizione che Rome ha usato per descriverti» replicai.

«Sei una nullità! Un vero e proprio pezzo di...»

«Chiudi quella boccaccia malefica e levati dal cazzo prima che faccia qualcosa di cui finirò per pentirmi» l'avvertì Romeo senza troppi giri di parole.

Lei rise con condiscendenza. «Ti do un mese, e poi voglio proprio vedere la reazione dei tuoi. Tornerai fra le mie braccia in men che non si dica. Tua mamma andrà su tutte le furie!»

«Non ti toccherò mai più e non starei con te neanche se fossi l'ultima persona sulla faccia della terra. Sei una stronza rancorosa e vendicativa. In quanto ai miei, ormai sto imparando a sbattermene il cazzo di quello che dicono. Io voglio Mol e lei vuole me. Fine del discorso. Tu e i miei potete dire quello che vi pare, tanto non farà alcuna differenza. Adesso levati dai coglioni.» Si girò e si rivolse al resto del prato gremito di studenti. «Questo vale per tutti: lasciateci in pace o dovrete vedervela con me! Non sarò più tanto clemente col prossimo che oserà mettere bocca o anche solo guardarci nel modo sbagliato!»

Chiusi gli occhi con un sospiro. Detestavo la violenza.

Shelly si sistemò i capelli e, accortasi che centinaia d'occhi assistevano ansiosamente alla nostra schermaglia, se ne andò come una furia. La guardai tirare fuori l'iPhone con la cover rosa, e non ci voleva un genio per indovinare chi stesse chiamando.

Romeo si chinò sul mio orecchio. «Non darle retta, okay? Quello che ha detto, sono solo parole al vento; non pensare che siano la verità.»

Mi spostai dall'altra parte dell'albero e mi sedetti per terra, abbacchiata. Non riuscivo a scrollarmi di dosso il disagio suscitato dal discorso di Shelly e odiavo che avessimo dovuto affrontare una marea di guai solo poche ore dopo aver annunciato al mondo intero che eravamo una coppia. Non potei non chiedermelo: i genitori di Romeo avrebbero *veramente* pensato che stessi con lui soltanto per i soldi? Avrebbero davvero provato a convincerlo a mollarmi per Shelly?

Romeo si accovacciò davanti a me silenzioso e posò la fronte contro la mia, passandomi delicatamente le mani sulle spalle. «Ti sei ammutolita all'improvviso, Shakespeare. Non mi piace.»

Gli lanciai un sorriso forzato. «Sto bene, tesoro, non ti preoccupare.»

Fummo raggiunti dai nostri amici che ci guardavano apprensivi, nel tentativo di capire se fosse tutto a posto. Sorrisi per rassicurarli.

Romeo mi scoccò un'occhiata scettica prima di annunciare: «Sabato sera, dopo la partita, ti porto fuori. Un appuntamento come si deve. Basta nascondersi. È arrivato il momento di mostrare a tutta Tuscaloosa che sei mia».

Gli amici sorrisero, deliziati da quell'aperta dimostrazione d'affetto nei miei confronti, io invece scossi la testa.

«Perché no?» chiese Rome, le spalle improvvisamente rigide. Pensava lo stessi rifiutando.

Gli posai una mano sul braccio e serrai leggermente la presa. «Avevo già detto alle altre che sarei andata a ballare con loro, tesoro» spiegai accennando al gruppo.

Lo vidi rilassare le spalle. «Allora ti porto a ballare con le tue amiche. Ci andremo tutti insieme» decise lui, chiudendo il discorso una volta per tutte.

«Okay, ci divertiremo» dissi, tutto sommato più calma, per poi tornare subito seria. «Oh, io ho ancora vent'anni. Mi sa che non potrò entrare, vero?»

Jimmy-Don si toccò il cappello. «Mandami una foto entro stasera e ti procurerò un documento falso, va bene, zuccherino? Conosco un paio di tizi in zona.»

«Okay, va bene.»

Romeo mi prese per mano e mi aiutò a rialzarmi prima di intrecciare le dita alle mie. «Sarà uno spasso. A proposito, sai come si balla il *two-step*?»

«Ehm… *no*» risposi. Non sapevo nemmeno che diavolo fosse il *two-step*.

Gli altri scoppiarono a ridere e Cass cantilenò: «Cavoli, sabato ci divertiremo come *matti*!».

CAPITOLO 12

«Che ne dici di questo?»

«Per carità, ha le frange sui capezzoli!»

Cass alzò una spalla e ripose l'assurdo body di pizzo nero sull'appendiabiti prima di passare a un'altra collezione di lingerie. «E queste, allora?»

Mi girai verso la mia cara amica texana e strabuzzai gli occhi, mentre Ally e Lexi si scompisciavano dalle risate dietro di me.

«Mutandine con lo spacco davanti? Dio mio, Cass! Voglio essere carina, *non* una prostituta!»

Cass lanciò la biancheria sullo scaffale, borbottando sottovoce: «Io ce le ho fucsia *e* verdi fosforescenti, e non sono mica una prostituta! Jimmy-Don le adora – accesso diretto, ovunque e in qualsiasi momento! Sono semplicemente pratiche!».

Mi afflosciai sul lussuoso divano di velluto rosso nel negozio di lingerie sontuosamente arredato e mi presi la testa fra le mani. Lexi venne a sedermisi accanto e mi diede un colpetto con la spalla. «Va tutto bene, Molls?»

Abbassai le mani dal viso e mi voltai a guardarla. «Cosa c'è che non va nella biancheria che uso di solito? Quando mi deciderò ad andare a letto con Romeo, sono sicura che non gliene importerà un fico secco di quello che avrò addosso.»

«Probabilmente no. Concediti comunque un regalo, ragazza mia. Prenditi qualcosa che ti faccia sentire a tuo agio. Magari una vestaglia o un capo da indossare dopo?» Sorrise, gli occhi scintillanti. «Vuoi sentirti sexy, no?»

Sospirai. «Certo che sì.»

«Che ne pensi di questa, tesoro?» Ally mi mostrò una vestaglina di seta nera che arrivava a metà coscia. «E c'è anche la camicia da notte abbinata. È sensuale senza essere… come dire…» Accennò a Cass, che si stava schiacciando sul petto un corpino che lasciava il seno scoperto e annuiva soddisfatta. «Beh, francamente… pornografica!»

Mi rimisi in piedi e Ally sollevò la vestaglia perché le dessi un'occhiata. Era magnifica – morbida, discreta. Se proprio dovevo comprarmi qualcosa che fosse anche un po' sexy, questa andava più che bene.

Annuii e le scoccai un sorriso. «Mi piace, la prendo.»

«Anche queste» intervenne Lexi, porgendomi tre set di completini neri coordinati – uno di pizzo, uno di seta e uno di raso. Li afferrai e andai alla cassa.

Cass mi superò e mi rubò il posto, sventolando per aria un paio di manette rosa pelose, un flacone gigantesco di lubrificante e un tubetto di pittura commestibile al cioccolato. «Io compro questi. E che cazzo! A differenza della nostra Sandra Dee qui dietro, a me il sesso piace spinto e selvaggio.»

Dieci minuti dopo, passeggiavamo per strada ridendo e scherzando, tutte cariche dei nostri nuovi acquisti, quando Cass inchiodò in mezzo al marciapiede e io andai a sbatterle addosso.

Si girò di scatto a guardarmi con un'espressione impanicata. «Ehi, d-devo tornare indietro. M-mi sono dimenticata una cosa.»

«Uffa, Cass! Cosa ti sei dimenticata?» si lamentò Lexi. Avevamo deciso di andare a mangiare.

Cass sgranò gli occhi, pareva allarmata. «Mi serve… mi serve…» Schioccò le dita in un gesto trionfante. «Preservativi. Devo fermarmi in farmacia a prendere i preservativi. Mi servono, con tutta la roba che ho preso.» Alzò le manette e la pittura, poi si passò una mano sulla fronte. «Io e Jimmy-Don li abbiamo finiti ieri sera. Cavoli, ce la siamo proprio spassata!»

Spostai lo sguardo da Lexi ad Ally, anche loro impegnate a fissare Cass allibite. Mi voltai di nuovo verso di lei, e notai che lanciava occhiatacce ad Ally e le indicava qualcosa con ripetuti cenni del capo, insistendo affinché guardasse qualcosa alle sue spalle. Tornai di scatto su Ally, che era rimasta di sasso e si mordicchiava il labbro inferiore.

Cass mi prese a braccetto con un enorme sorriso falsissimo. «Andiamo. Lo sapete anche voi che vado matta per le mie scopate quotidiane. Le precauzioni prima di tutto, belle mie!»

Strattonai via il braccio e posai le buste sul marciapiede. «Si può sapere che diavolo vi prende?»

Ally e Cass tentarono di apparire confuse dalla domanda. Lexi, invece, era rimasta a bocca aperta e stava fissando qualcosa dietro di me, sgomenta. Ally le diede di gomito e Lexi si girò a fronteggiarmi con un sorriso smagliante sulla faccia.

Qualcosa non quadrava.

Iniziai a girarmi, ma Cass mi afferrò per un braccio. «*Molly*!»

«*CHE C'È*?!» urlai in preda alla frustrazione.

Davanti al mio scatto d'ira, il viso rotondo di Cass si ammorbidì all'istante. «Torniamo a casa. Per favore, andiamocene e basta.»

Fremiti d'agitazione mi riempirono lo stomaco. Le mie amiche mi nascondevano qualcosa, qualcosa che dovevo vedere.

Mi voltai lentamente e, quando vidi cosa le aveva mandate nel pallone, mi si spezzò il cuore.

Romeo era seduto nel sontuoso dehors di un ristorante di lusso, in compagnia di Shelly e altre due donne.

L'aria mi abbandonò i polmoni all'istante.

Ally mi posò una mano sulla spalla e serrò la presa in segno di solidarietà. «Molly, la donna bionda è la mamma di Romeo, e la rossa è quella di Shelly, la signora Blair. Sono proprio due vecchie megere.»

Annuii lentamente e osservai la scena. Shelly era seduta accanto a Rome – proprio *accanto* a Rome – con il braccio premuto contro il suo e la mano posata sul suo petto. Le due signore, invece, sorridevano con espressione deliziata e sorseggiavano il loro vino, mentre io lottavo contro i conati di vomito.

«Mi ha mentito» esclamai, e la disperazione si impadronì dei miei sensi.

«Ora andiamocene. Potrete chiarirvi più tardi» mi spronò Cass.

«No! Intendo vedere che succede. Voglio essere sicura di aver capito bene la situazione.»

«Perché, Molly? È inutile torturarsi così.» Lexi mi si parò davanti nel tentativo di ostruirmi la visuale. La scostai con gentilezza.

«Perché voglio ricordarmi come mi sento in questo momento, se mai mi venisse di nuovo la brillante idea di aprirmi con qualcuno.»

Ally assottigliò lo sguardo. «Dubito che la faccenda sia come sembra! Rome non ti tradirebbe mai, Molls, men che meno con *lei*. Lui vuole solo te!»

«Evidentemente non è così.»

Rimanemmo tutte e quattro lì impalate a osservare la scena neanche fosse stato un blockbuster appena uscito al cinema. Shelly si chinò a baciare Romeo sulla guancia in risposta a qualcosa che aveva appena detto lui. A giudicare dalle moine divertite di Shelly, doveva essere una frase parecchio spassosa.

Cass incrociò le ampie braccia sul petto altrettanto ampio. «Shelly lo tocca dappertutto, lui invece non la degna di uno sguardo. Anzi, sembra assolutamente disperato. Forse Ally ha ragione.»

In effetti Rome sembrava a disagio, stizzito persino, tuttavia in quel momento vedevo soltanto la pulsante nebbia rossa che mi contornava la vista e un bersaglio luminoso proprio in mezzo alla fronte di Shelly.

Mi girai per andarmene con le lacrime che mi pungevano gli occhi. «Torno a casa. Non riesco a guardare ancora.»

Accaddero due cose insieme. Cass e Lexi mi si pararono davanti, mi bloccarono il passaggio come due guardie del corpo, e Ally attraversò di corsa la strada per piombare al ristorante.

«Che sta facendo?» strillai, il cuore che raddoppiava i battiti a mano a mano che Ally si avvicinava alla meta.

La signora Prince fu la prima ad accorgersi di Ally, che si era fermata accanto al loro tavolo con le braccia conserte e un piede che picchiava per terra. La madre di Romeo assunse un'aria assolutamente disgustata e anche lei incrociò le braccia, nel tentativo di liquidare platealmente la nipote.

Non sapevo cosa si stessero dicendo, tuttavia quando la loro attenzione scattò su di me, capii che Ally li aveva informati della mia presenza.

Le espressioni erano assortite. La signora Prince strizzò gli occhi, lo sguardo severo che si focalizzava sulla sottoscritta. La signora Blair, invece, sembrava semplicemente perplessa. Shelly si lanciò sul braccio di Romeo con un sorriso compiaciuto sulle labbra troppo rosse, e infine lui sbiancò, scrollandosi violentemente di dosso le sue mani per balzare in piedi.

I nostri occhi si incontrarono.

Io non riuscivo a distogliere lo sguardo, e assistetti allo spettacolo di Romeo che sbraitava e subissava Ally di domande. Una smorfia gli contorse il viso, poi si prese la testa fra le mani. Sembrava distrutto, io però non avevo alcuna intenzione di correre da lui. Ora come ora, poteva anche andarsene al diavolo, per quanto mi importava.

«Cass, vado a prendere un taxi.»

Lexi e Cass sospirarono, poi Cass sferrò un calcio al muro di mattoni accanto a noi graffiandosi gli stivali neri e mi posò le mani sulle spalle. «E va bene, dolcezza. Come vuoi. Ci vediamo a casa, allora. Mi sa che è meglio se rimaniamo qui ad aspettare Ally, tanto immagino che tu voglia stare per conto tuo, giusto?»

Annuii, presi le buste con i miei acquisti e andai a chiamare un taxi.

«*Molly*!» La voce tesa di Romeo mi inchiodò gli stivali sul posto. Mi girai per lanciarmi una rapida occhiata alle spalle e vidi Romeo – con indosso un paio di jeans e una maglietta scura aderente – che mi fissava con espressione terrorizzata, schiacciato contro lo steccato bianco che circondava il dehors del ristorante.

La signora Prince scoppiò in una risata minacciosa e si allungò verso Romeo per bisbigliargli qualcosa all'orecchio.

Lui impallidì e afflosciò le spalle, avvilito. Vidi con i miei occhi il potere che sua madre esercitava su di lui, proprio come avevo assistito all'aggressione di suo padre tante settimane prima: lo comandavano come un burattino grazie ai fili delle loro manipolazioni.

Lui serrò la mascella e, alle sue spalle, la Signora Prince mi salutò agitando le dita con aria sprezzante. Ci mancava solo che cominciasse a sghignazzare.

Ally alzò le mani in un gesto dettato dalla frustrazione e io lo presi come il segno che aspettavo per scappare a chiamare un taxi. Corsi per strada e allungai una mano per fermare quello che stava arrivando, ringraziando il cielo quando lo vidi rallentare.

«Rome, non ti azzardare!» gridò la voce perentoria della Signora Prince mentre, dietro di me, risuonavano lo stridio delle ruote sull'asfalto e lo strombettio dei clacson. Prima ancora che il taxi fosse completamente fermo, spalancai la portiera posteriore e salii a bordo.

Il tassista, colto di sorpresa, mi scoccò un'occhiata accigliata attraverso lo specchietto. «Dove la porto?»

«All'università.»

Inserì la freccia per uscire dal parcheggio e io mi abbandonai sul sedile a occhi chiusi, quando qualcuno iniziò a battere i pugni sul finestrino.

«Molly, piccola, stammi a sentire...» Romeo era allo sportello e correva accanto al taxi, tirando freneticamente la maniglia chiusa e dando manate sul tettuccio. Girai il capo per sottrarmi alla sua espressione preoccupata e strinsi forte gli occhi.

«Piccola, posso spiegarti. Cazzo, Mol, *fermati!*»

Incrociai le braccia sulla pancia, ero scossa da tremiti di rabbia.

Il tassista, a dir poco sorpreso, si voltò a guardarmi. «Vuole che mi fermi?»

Sospirai mentre Romeo spariva alla vista e serrai la presa sulla cintura di sicurezza. «No, voglio che mi porti a casa. Che mi porti lontano da quel ragazzo... il più velocemente possibile.»

Nell'istante in cui entrai in camera mia, scagliai le buste per terra in un gesto di rabbia e gli indumenti nuovi si sparpagliarono sul pavimento, poi mi buttai sul letto.

Quindi era così che ci si sentiva quando ti spezzavano il cuore. Era così che ci si sentiva a… provare dei sentimenti. Era passato talmente tanto tempo dall'ultima volta che avevo abbracciato le mie emozioni che non potevo ricordarmelo.

Il telefono ricominciò a squillare. Non aveva mai smesso. Sapevo che era Rome. Con ogni probabilità, stava correndo qui per spiegarsi. Per *spiegarmi* perché mi avesse mentito dicendo che avrebbe passato il pomeriggio in palestra, quando invece aveva portato a pranzo la "fidanzata" scelta dai suoi genitori e le lasciava palpargli allegramente il petto, con somma gioia di quella tiranna di sua madre e del suo fedele braccio destro. Non riuscivo a capire perché gliel'avesse permesso. Dopo tutto quello che aveva detto sul conto di Shelly!

Osservai le tende di tulle bianco increspate dal vento e scattai subito a sedere. Rome avrebbe provato ad arrampicarsi sul balcone.

Saltai giù dal materasso e chiusi la portafinestra a chiave. Di solito la lasciavo aperta apposta per lui, ma non stasera. Che se ne andasse a quel paese. Ritornai a letto e serrai gli occhi.

Venti minuti più tardi, sentii lo scricchiolio del graticcio. Dieci secondi dopo, passi pesanti sulle mattonelle del pavimento e, dopo altri cinque secondi, la portafinestra del balcone che iniziava a sbatacchiare, negandogli l'accesso.

«Mol! Apri questa cazzo di porta. So che sei là dentro!»

Nascosi la testa sotto al cuscino, con l'assalto alla portafinestra alta oltre due metri che continuava, per poi interrompersi all'improvviso.

Mi rizzai lentamente a sedere e gattonai in fondo al letto per affacciarmi al balcone – nessun movimento… niente.

Tornai ai cuscini e ci infilai sotto la testa.

«Ma che cazzo??? Non puoi entrare qua e… aspetta un momento!»

«LEVATI DI MEZZO!»

«Molly! Molly! Attenta...»

Rome irruppe in camera mia spalancando la porta di schianto. Cait, una delle mie consorelle, gli correva dietro con il fiato corto e i capelli castani che le ricadevano sul viso. «Ho provato a fermarlo, ma non intende andarsene. Devo chiamare la sicurezza?»

Guardai Rome e l'espressione feroce che gli balenò sul viso.

«Non. Pensarci. Neanche» minacciò, scandendo ogni parola.

Mi girai verso Cait e scossi la testa.

Lei mi si avvicinò tenendo d'occhio Rome. «Sei sicura?»

Sospirai. «Sì, Cait, grazie.»

Cait arricciò le labbra e lanciò un'occhiata disgustata a Romeo; non era un'ammiratrice dell'altro sesso. «Fischia, se ti serve qualcosa.» Detto ciò, chiuse la porta. Romeo fece scattare la serratura, intrappolandomi all'interno.

«Vattene e basta, Romeo. Non ho niente da dirti.»

Lui si precipitò al letto e posò le mani sul materasso, proprio accanto a me. «Beh, io invece te ne devo dire parecchie, di cose!»

«Cioè? Che finora non hai fatto altro che mentirmi e tradirmi, e che quando dici di essere in palestra ad allenarti, in realtà ti dai appuntamento con la tua cara mammina e quella baldracca di Shelly?»

Rome si rimise dritto con uno scatto e serrò i pugni. «Non è successo proprio niente del genere, porca troia!»

«Come ti pare. Non me ne frega niente. *Vattene.*» Tornai distesa sul letto e fissai la parete bianca senza realmente vederla.

Un paio di mani mi afferrarono per le braccia e Romeo mi attirò contro il proprio petto finché i nostri nasi non arrivarono quasi a sfiorarsi. «Mia mamma mi ha chiesto di vederci. È parte del consiglio di amministrazione di un'organizzazione benefica rivolta ai bambini, che ha chiesto una maglia autografata dei Tide da mettere all'asta. Sono andato a portargliela e, quando sono arrivato, l'ho trovata ad aspettarmi al ristorante insieme a Shelly e alla signora Blair.»

Deglutii a fatica e lui mi lasciò andare. Mi inginocchiai sul letto e anche lui cadde in ginocchio serrandomi le mani sulle cosce. «Mi hanno preso d'assalto, porca troia. Avevano saputo di te da Shelly e hanno cominciato con una cazzo di strigliata su quanto fossi irresponsabile e via dicendo. Mia mamma mi ha scannato vivo e ha detto che, se non avessi rotto con te, ci avrebbe pensato lei *personalmente*. E io non permetterò che ti succeda niente di male.»

Mi lanciò una rapida occhiata prima di tornare a fissare il pavimento. «I miei… sono… Senti, piccola, mi trattano veramente di merda. Non ho intenzione di scendere nei dettagli, però è così, e sono figlio loro, cazzo! Non potevo permetterle di trattarti come trattano me, così mi sono inventato una stronzata e le ho detto che sei solo un'avventura passeggera, un'amica. Shelly è troppo stupida persino per capire che stavo mentendo. Sono rimasto a pranzo con loro per placare mia madre. Col cazzo che ti succederà qualcosa, dovranno prima passare sul mio cadavere.»

Quindi era stata la madre ad architettare tutto? A tendergli un'imboscata per convincerlo a lasciarmi? Una miriade di domande minacciò di scapparmi di bocca: *Perché i suoi lo trattavano così male? Che cosa gli avevano fatto nel corso degli anni?* Tuttavia, tenni la bocca chiusa. Rome tremava di rabbia e non mi sembrava il caso di aizzarlo ulteriormente.

«Perché mi hai mentito e hai detto che saresti andato in palestra? Perché non mi hai raccontato la verità e basta?»

Lui parlò a denti stretti. «Ti *ho* detto la verità, lo giuro. Mamma mi ha chiamato quando stavo per venire via. L'idea era quella di passare a portarle la maglia e andarmene.»

«Shelly però ti stava toccando. Ti ha baciato e tu non ti sei ribellato! Come hai potuto?»

Rome rovesciò la testa all'indietro con un gemito lamentoso. «Perché non voglio che i miei se la prendano con te! Ho dovuto assecondarla… per proteggerti. Non hai idea di che razza di gente siano! Pezzi grossi, Mol. Da queste cazzo di parti sono dei pezzi grossi.»

Avvicinandosi ancora un po', Romeo mi prese delicatamente il viso fra le mani. «Dio mio, piccola. Non farei mai niente che comporti il rischio di perderti. Credimi quando ti dico che sono rimasto lì a sciropparmi le loro trame infernali soltanto per proteggerti. Shelly può andare a farsi fottere, quella stronza proprio non la sopporto!» Si rimise in piedi e cominciò a camminare avanti e indietro di fronte a me, ogni suo gesto che grondava sincerità. «Anche se ormai, ovviamente, non ha più importanza.»

Mi accigliai. «Che cosa intendi?»

Lui si bloccò e buttò fuori una risata priva di divertimento. «Quando ti sono venuto dietro, ho detto a mamma di piantarla con questa stronzata del matrimonio-fusione tra Blair e Prince.»

Una scintilla di speranza mi palpitò nel petto. «Davvero?»

Rome si avvicinò rapidamente, montò sul letto e mi bloccò con la schiena al materasso. «Mmm-mmm. Le ho spiegato che non sposerò mai Shelly perché sto con te. Che ho chiuso con tutte le loro cazzate perché sto con te. E poi mi sono messo a rincorrere un taxi in mezzo alla strada, urlando e prendendolo a pugni. Sono sicuro che la scena le abbia ficcato bene in testa il concetto.»

Allungai una mano, serrai la presa sui suoi capelli e lo attirai alle mie labbra, interrompendo il bacio soltanto per dirgli: «Se hai dei problemi con i tuoi, devi parlarmene. Dimmelo, così non potrò mai dubitare di te. Fatico a fidarmi degli altri, ma di te sto imparando a farlo. Ti prego... confidati con me».

Rome mi sfiorò la gola con il mento ispido di barba e inspirò a fondo il mio odore. «Piccola... con me sei al sicuro; ti avrei raccontato tutto appena tornato a casa. Non mi aspettavo di incontrarti. Dio mio, quando ti ho vista dall'altra parte della strada con quella faccia mi hai quasi distrutto... e poi sei scappata, dopo avermi promesso che da me non saresti mai fuggita.»

Abbassò i fianchi e mi premette l'inguine duro fra le gambe. Fui costretta a mordermi la lingua per impedirmi di gemere. «Mi fido di te. M-ma era una scena tremenda. Shelly ti ha baciato. Non... non mi è piaciuto. Dovevo andarmene.»

Rome continuò a strusciarsi su di me e io alzai gli occhi per il piacere. «Non ti tradirò mai, Shakespeare. Per me sei troppo importante. Ti ho detto che non lo avrei fatto e non mi piace che si dubiti della mia parola.»

Un'eccitazione fremente mi montò dentro al suo classico tono perentorio. «Okay.»

Mi rigirai il lenzuolo fra i pugni chiusi, con Romeo che continuava a schiacciarsi su di me, finché non sentii una sensazione deliziosa addensarsi alla base della schiena.

Fissai Rome negli occhi e lo vidi illuminarsi.

«Romeo» mormorai mentre si muoveva per spostarsi ai piedi del letto. «Cosa...»

«*Shh...*»

Mi posò le mani sulle cosce nude e le infilò sotto al vestito. Il fiato mi si mozzò in gola quando agganciò due dita al bordo delle mutandine e iniziò a tirarle giù piano piano.

Spinsi la testa sul cuscino nel momento in cui Romeo le gettò sul pavimento e si apprestò a sollevarmi il vestito sui fianchi. Mi assicurai che il mio tatuaggio rimanesse ben nascosto.

«Desidero sentire il tuo sapore, piccola. Voglio che tu venga nella mia bocca.»

«Ah... Dio santo» bisbigliai, prima di sollevare bruscamente la schiena dal materasso con un gemito non appena le labbra di Romeo si richiusero su di me.

«Voglio soltanto te, Mol. Ci siamo capiti?» mormorò mentre la sua lingua acquistava velocità.

«*Sì! Ci siamo capiti!*» urlai, incapace di concentrarmi.

«Cazzo, sei bellissima.»

Non si fermò finché non esplosi, ansimando febbrilmente e aggrappandomi ai suoi capelli biondi, spingendolo via soltanto quando raggiunsi l'apice.

Romeo si rimise in ginocchio e mi sistemò il vestito senza smettere di guardarmi, distesa com'ero sul letto. Si posizionò accanto a me e mi strinse fra le braccia. Aveva riguadagnato un po' di controllo e, dalla calma che si era depositata sul suo viso accaldato, capii che la cosa gli aveva recato sollievo.

Quando riuscii a riprendere fiato, mi voltai e gli accarezzai la guancia con il dorso della mano. «Dio santo, Rome. Non hai idea di quanto mi confondi. Non so mai come prenderti.»

«Io invece so come prendere te» replicò lui malizioso, stringendo le labbra. Gli sferrai un finto pugno sulle costole e guardai il suo sorriso spegnersi a poco a poco. «Non so se ti rendi conto della portata delle mie azioni quando ti sono venuto dietro, quando ho piantato in asso mia madre.» No, non me ne rendevo conto, eppure mi bastava vederlo così turbato per capire che era stata una cosa grossa.

Romeo si aggrappò ai lati del mio vestito, gli occhi spalancati e colmi di sofferenza. Gli scostai i capelli dal viso. «Che c'è, tesoro?»

Lui deglutì e lanciò un'occhiata al balcone prima di tornare a spostare l'attenzione su di me e bisbigliare uno struggente: «Non lasciarmi mai».

Sentii il cuore perdere un battito davanti a quella supplica disperata. «Ehi, che ti prende?»

Romeo posò la fronte sul calore della mia pancia e mi cinse in vita. «Niente, solo che mi sembra impossibile averti nella mia vita. Con te è tutto più bello e non ti voglio perdere.»

Gli passai le dita fra i capelli, preoccupata da quello strano comportamento. «Non ti lascerò mai.»

«Oggi, però, è quasi successo. Sei stata *tu* a dirmi di andarmene.»

«È stato solo un malinteso.» Deglutii nervosamente. «Dimmi la verità, Rome, quanto filo da torcere ci daranno i tuoi?»

Rabbrividii al ricordo dell'espressione disgustata di sua madre, del saluto velenoso che mi aveva rivolto. Anche solo in base agli eventi di oggi, sapevo che non ci avrebbero dato pace, e la reazione scomposta di Romeo monopolizzava già gran parte dei miei pensieri.

«Non lo so e non voglio correre il rischio di scoprirlo portandoti a conoscerli. Proteggerò ciò che abbiamo a ogni costo. Ho spiegato alle tue amiche cos'era successo. Hanno capito, anche se Cass mi ha tirato un pugno nello stomaco e mi ha definito una stupida testa di cazzo per averti indotto a stare male. Jimmy-Don ha il suo bel grattacapo, con quella lì. La ragazza mette paura!»

Ridacchiai e gli spostai la bocca dalla mia pancia alle mie labbra, prima di posare la testa accanto alla sua sul cuscino soffice. «Che cosa ti ha detto all'orecchio tua madre quando mi hai vista? Sei sbiancato.»

Rome schiantò subito le labbra sulle mie e mi parlò sulla bocca. «Sta' zitta, Shakespeare. Sono stufo delle parole, e voglio dimostrarti quanto sono dispiaciuto per averti fatta stare male.»

Il mago dei diversivi tornava a colpire.

CAPITOLO 13

Arrivò sabato e, quando aprii gli occhi, sul cuscino al posto di Romeo c'era una maglia bordeaux dei Crimson Tide, con il numero sette sulla schiena e sopra la scritta PRINCE a grandi lettere bianche. Lasciai scorrere le mani sul nome prima di girare la maglietta. Sul davanti c'era di nuovo il suo numero e, cucito nell'angolo in alto a sinistra, un quadrifoglio. Attaccato al colletto trovai un bigliettino:

La mia maglia per la ***MIA*** *ragazza, così potrai indossarla alla partita.*
Siediti con Ally e verrò a riscuotere il mio bacino portafortuna.
Un bacio dal tuo Romeo.

Lo stadio era pieno zeppo di gente, una marea di magliette bianche e bordeaux che si estendeva a perdita d'occhio. Alcuni gruppetti di studenti si erano dipinti il petto di rosso e si erano marchiati la pelle con la scritta bianca F-O-R-Z-A-T-I-D-E. Nel settore della squadra ospite, invece, gli spalti erano dominati da una distesa di magliette bianche e blu.

Io, Cass e Ally ci fermammo ai chioschi al coperto per prendere una Coca-Cola e qualcosa da mangiare, poi ci avviammo ai nostri posti. Appena superati gli spalti gremiti, i tifosi cominciarono a cantare e, quando guardammo il maxischermo con aria perplessa, mi ritrovai lì sopra, inseguita dalla telecamera, il viso circondato da una cornice di quadrifogli. La scena mi fece inciampare, e invece Cass e Ally presero a urlare.

«Oddio, Molly, sei famosa!» strillò Cass estasiata, salutando e buttando baci in direzione della telecamera. Aveva abbinato i soliti jeans e il cappello da cowboy alla maglia di Jimmy-Don e si godeva le attenzioni della folla.

Io mi precipitai ai nostri posti e mi nascosi dietro il mio bicchierone di Coca-Cola. Mi sentivo a dir poco mortificata e continuavo a ripetermi sottovoce: «Oddiosanto, oddiosanto, oddiosanto!».

Tentai di ignorare le urla e i fischi diretti verso di me. Ally e Cass si sedettero al mio fianco, ridendo e applaudendo insieme agli altri. Ero solo contenta di essermi truccata un po' più del solito e di aver raccolto i miei riccioli castani in una graziosa crocchia spettinata.

Dopo aver passato alcuni strazianti minuti di inferno sotto le attenzioni dei tifosi, incluse le cheerleader che si voltarono nella mia direzione agitando i loro pompon – all'infuori di Shelly, che mi fulminò con lo sguardo e si rifiutò di considerarmi – il maxischermo cominciò a trasmettere le presentazioni della squadra di casa. Fra urla e grida di giubilo, Cass mi trascinò in piedi per ballare al ritmo della musica sparata a tutto volume dall'impianto audio. Quando mandarono in onda una clip che mostrava le azioni salienti di Romeo con *Bullet in the Gun* dei Planet Perfecto in sottofondo, non riuscii a impedirmi di saltare in piedi e ridacchiare insieme a quella pazza della mia amica texana, mentre l'atmosfera contagiosa del prepartita prendeva il sopravvento.

Poi la musica cambiò e le foto dei giocatori titolari si avvicendarono sul maxischermo. Quella di Romeo era l'ultima, e le sue statistiche vennero accolte dal boato assordante del pubblico.

Lo speaker iniziò a parlare al microfono e le cheerleader raggiunsero la banda già schierata per accogliere i giocatori all'uscita del tunnel che portava in campo.

«Alabama, tutti in piedi per i Crimmmssssooonnnn Tiiiddddddeeeeeee...»

La squadra piombò sul campo di gioco e lo stadio parve quasi sollevarsi dalle fondamenta, tanta era l'energia che vibrava nell'aria. Austin e Jimmy-Don guidavano il gruppo, alzavano le braccia per incitare la folla.

Mi affannai a cercare Romeo con lo sguardo e finalmente arrivò di corsa, ultimo della fila e leggermente indietro rispetto agli altri, a sventolare il casco fra le mani con la telecamera che seguiva ogni sua mossa.

Quando raggiunse il campo, mi parve che ogni singolo tifoso iniziasse a cantare «Bacio, bacio, bacio, bacio» a ripetizione, tanto da convincermi che l'avrebbero sentito anche dallo stato accanto. Ally mi prese per mano mentre il viso divertito di Romeo campeggiava sui megaschermi alle estremità dello stadio. Lo vidi salutare la folla con una mano prima di voltarsi verso di noi e venirci incontro con una mezza corsa.

Arrivò a bordocampo e i nostri sguardi si incrociarono, poi Rome piegò un dito per chiedermi di raggiungerlo. Davanti a quel gesto così scherzoso e spavaldo, i tifosi rumoreggiarono ancora più forte.

Io avevo i piedi inchiodati a terra, paralizzata sul posto dalla paura. Il mio sguardo saettava sulla folla vociante, e sapevo di avere due occhi grandi come case.

Sentii una mano sulla schiena e Cass mi sospinse in avanti, costringendomi a darmi una mossa. «Forza, bella. Non vorrai mica farlo aspettare davanti a tutta questa gente!»

Le scoccai un'occhiataccia da sopra la spalla e lei mi liquidò con un gesto noncurante. Tornai a voltarmi a osservare il campo e vidi Romeo in piedi a pochi metri di distanza, con un'espressione bramosa sul viso e le mani sui fianchi, in attesa di capire quale sarebbe stata la mia mossa.

«Ce la puoi fare, ce la puoi fare» continuai a ripetermi in un mantra silenzioso, gli stivali che mi sospingevano in avanti.

Raggiunsi il bordocampo, dove Romeo mi prese per mano e mi attirò bruscamente contro il suo petto, posandomi la mano libera e fasciata sulla nuca.

I tifosi andarono in visibilio.

Romeo schiacciò la fronte contro la mia, e io non ebbi più altra scelta se non concentrarmi unicamente su di lui e lasciare che il boato assordante dello stadio si riducesse a un ronzio di sottofondo.

«Ehi, Mol.»

«Ehi, tu.»

«Me lo vuoi dare quel bacino dolce, sì o no?»

«Se proprio ci tieni.»

Gli si dilatarono le narici. «Eccome, se ci tengo.» Mi inclinò la testa all'indietro e posò la bocca sulla mia – appassionato e sfrenato – dopodiché si scostò, mi strizzò l'occhio e tornò in campo, lasciandomi lì impalata come una babbea innamorata.

Per un attimo pensai che non sarei stata in grado di camminare; poi, però, mi voltai e, senza alzare la testa per ignorare le urla del pubblico, andai al mio posto praticamente di corsa. Ally e Cass risero del mio imbarazzo e rimanemmo tutte e tre in piedi per il fischio d'inizio.

Rome stava giocando una partita pazzesca. O quantomeno così sembrava e, a giudicare dai colpetti e dai cinque che si scambiavano Ally e Cass, ero abbastanza sicura di averci visto giusto. Arrivati all'intervallo, i Crimson Tide erano avanti di dodici punti e sembravano tutti convinti che avrebbero vinto di misura.

Io me ne stavo comodamente seduta al mio posto a godermi l'atmosfera elettrizzante, quando sorpresi Ally a fissarmi. «Che c'è?»

Lei piegò la testa di lato e mi soppesò con lo sguardo, tanto che cominciai a torcermi nervosamente le dita. «Sai che c'è, in tutto questo tempo non ti ho mai vista con i capelli sciolti. Sono lunghi?»

«Sì, mi sa che mi arrivano quasi al sedere. Perché?»

I suoi occhi scintillarono, aveva un'aria calcolatrice. «Dopo la partita, filiamo subito a casa.»

«*O-kay…*»

«Mia cara signorina Molly, stasera diventerai una bomba sexy» affermò entusiasta.

«Dubito che potrò mai essere considerata una bomba sexy, Ally.» Ero quasi certa che si fosse presa un'insolazione.

«Solo perché nessuno ti ha mai mostrato come fare. Più tardi rimedierò personalmente. Visto che abbiamo più o meno la stessa taglia, posso prestarti uno dei miei vestiti. Uno che manderà Rome in fibrillazione.»

«E dai, Molls. Lascia che Bullet muoia dalla voglia di scopare quelle belle chiappette che ti ritrovi!» aggiunse Cass, nel suo particolare modo di incoraggiarmi.

Piegai la testa all'indietro e sbuffai rumorosamente. «Neanche per idea. Dove credete di essere, in uno di quei ridicoli film melensi sugli adolescenti o roba del genere?»

Gli occhi marroni di Ally si riempirono di stizza. «Quando si tratta di cambiare stile, nessuno può competere con me. Eseguirai i miei ordini, punto e basta.»

Guardai Ally in faccia e chinai la testa. «Ah, che cavolo! A dirla tutta, sono molto curiosa di scoprire come te la caverai con questa roba» ammisi, indicando la mia montagna di capelli.

Ally si tolse il cipiglio dalla faccia e ballò sul posto. «Dubita pure di me, se vuoi, però quando ti vedrà, Rome perderà la testa. Gli diremo di venire a prenderci per le nove e non un minuto prima.»

«Come preferisci. Spero di non pentirmene!»

Cominciò il secondo tempo e, alla fine, i Tide riuscirono a spuntarla. Rome si fermò a rilasciare le consuete interviste post-partita, e Austin venne nominato miglior giocatore in campo, cosa che mandò Lexi in brodo di giuggiole.

Mi rimisi in piedi e aspettai che i tifosi si placassero per dire a Rome che saremmo tornate a casa. Dopo una manata sulla schiena ai suoi compagni, lui mi venne incontro di corsa e, quando mi raggiunse, mi prese in braccio e mi fece fare una giravolta, strappando risate di scherno ai ragazzi e versetti inteneriti alle ragazze.

Gli cinsi il collo con le braccia e bisbigliai: «Ottimo lavoro, tesoro. Sono davvero fiera di te».

«Grazie» ribatté lui con la voce roca e piena di emozione, prima di sfiorarmi la bocca con un bacio a fior di labbra. Quando tornò a posarmi per terra, Ally ci raggiunse e l'abbracciò per congratularsi con lui.

Rome mi prese per mano. «Resta qui, okay? Torno fra poco, così ti porto a cena fuori prima di andare a ballare.»

«Spiacente, adesso mi seguirà a casa, così ci prepariamo» gli disse Ally con un sorriso zuccheroso.

L'occhiata che le rifilò Romeo avrebbe dovuto indurla a indietreggiare per lo spavento, e invece Ally si limitò ad affibbiargli una pacca sul braccio. «Le tue scenate con me non attaccano, Rome» commentò. «Puoi resistere senza di lei per un paio d'ore.»

Lui assottigliò lo sguardo con aria minacciosa. «Però non voglio. La porto a cena, punto e basta.»

Gli presi il viso fra le mani. «Vai a mangiare con i ragazzi e torna da noi alle nove. Ti prego... fallo per me.»

«E va bene, solo per te. Ma sarò lì alle nove in punto e sarà meglio che tu sia pronta» ringhiò prima di marchiarmi con un bacio appassionato e darmi uno sculaccione un po' troppo forte per essere definito scherzoso. Poi tornò in campo con le palle girate.

Sospirai. «Fantastico, adesso ce l'ha con me.»

Ally scrollò le spalle. «Gli passerà.»

«Lo spero proprio.»

Ally mi tolse le mani dagli occhi perché potessi guardarmi allo specchio. «Allora, che ne pensi?» domandò.

«Che mi fottano!» bisbigliai fissando la ragazza allo specchio e sbirciando le altre che ridacchiavano sullo sfondo.

«Conciata in quel modo, Molls, potrei quasi prenderti in parola!» scherzò Cass prima di agitare la lingua in maniera allusiva.

«Te l'ho detto che sono brava» affermò Ally compiaciuta.

«Questo è vero» ammisi, ancora sconvolta da quello che vedevo.

Ally era stata di parola. La ragazza che mi restituiva lo sguardo sembrava quasi una sconosciuta. Aveva capelli lunghi e ben pettinati, lisci in cima e morbidamente arricciati in fondo. Le mèches caramello stemperavano il caffè dei capelli, che così sembravano baciati dal sole, mentre la pelle era illuminata da uno scintillio bronzeo. Il trucco scuro, sfumato sulle palpebre, metteva in risalto il marrone dorato degli occhi e il fisico a clessidra era valorizzato da un vestitino nero aderente, senza spalline e con lo scollo a cuore, abbinato a un paio di stivali da cowboy neri al polpaccio.

Mentre mi ammiravo allo specchio, qualcuno bussò bruscamente alla porta e Cait entrò nella stanza. «Ehi, Ally, Rome e gli altri sono giù che vi aspettano.» Cait batté le palpebre per la sorpresa. «Molly... quasi non ti riconoscevo. Sei bella da togliere il fiato, dolcezza.»

«Grazie, Cait» risposi, arrossendo vistosamente.

Scendemmo al piano di sotto e scorsi subito Romeo in fondo alle scale. Portava una camicia rossa a quadri con le maniche arrotolate e un paio di jeans scuri a vita bassa – porcaccia la miseria, era veramente bellissimo.

Austin, come sempre vestito di nero, fu il primo ad accorgersi di noi. Lo vidi spalancare gli occhi mentre realizzava che la ragazza dietro le altre ero io. Appoggiato allo stipite della porta con aria disinvolta, Rome scherzava con Jimmy-Don quando Reece cominciò a picchiettargli una mano sul braccio. Romeo si girò verso di lui con un'occhiataccia stizzita, tuttavia Reece ignorò il suo sguardo severo e mi indicò senza dire niente.

Nel momento in cui Rome rialzò gli occhi, ci mancò poco che scoppiassi a ridere alla sua reazione. Si allontanò dalla parete con un balzo e si aprì un varco a spintoni fino ai piedi delle scale. Io scendevo gradino dopo gradino, e cominciai a sentirmi sempre più sicura di me. In base all'espressione super-sbigottita di Romeo, potei constatare che il piano di Ally aveva funzionato.

Quando raggiunsi l'ultimo gradino, io e Rome eravamo quasi alla stessa altezza. Mi morsi l'unghia del pollice per l'imbarazzo di trovarmi sotto le mute attenzioni di tutti.

Le mani di Romeo si avvicinarono di soppiatto e mi afferrarono per il fondoschiena, per attirarmi contro il suo corpo muscoloso. Il marrone intenso dei suoi occhi sprigionava scintille di desiderio. In quell'istante capii che la serata avrebbe messo a dura prova il nostro autocontrollo. Il desiderio mi artigliò le viscere in maniera quasi dolorosa e un calore rovente si impadronì del mio corpo. E, a giudicare dalle mani callose di Rome che vagavano dappertutto e dai suoi jeans schiacciati contro il mio inguine, anche lui faticava a mantenere un contegno.

Si sporse su di me e posò le labbra morbide sulle mie. Io giocherellavo con i capelli sulla sua nuca e lui bisbigliò: «Cazzo, Mol, sei talmente bella da mettere seriamente in difficoltà la mia resistenza. Come diavolo riuscirò ad arrivare vivo fino a stasera? Mi toccherà prendere a mazzate i maschi. Se si azzardano anche solo a guardarti, finiranno in un mare di guai».

«Io voglio solo te, tesoro. Lo sai» lo rassicurai e un'ondata di tranquillità gli balenò sul viso. Intrecciai le dita alle sue. «Andiamo. Non vedo l'ora di imparare a ballare il *two-step*.»

Lui sghignazzò e mi passò un braccio intorno al collo. «Ah, al diavolo il *two-step*, ti voglio tenere stretta stretta, e ballare dei lenti per tutta la notte.»

CAPITOLO 14

Il Club Flux era pieno zeppo di tifosi ubriachi venuti dallo stadio e, nell'istante in cui arrivammo, Romeo fu subito subissato di complimenti e strette di mano. Mi teneva incollata a sé, con un braccio appoggiato sulle mie spalle e la mia testa infilata nell'incavo del collo.

Ci riservarono un séparé in un angolo del locale, uno dei tanti vantaggi di uscire in compagnia di *Romeo Prince*.

Eravamo in cammino verso l'area appartata quando uno studente alticcio, con addosso una maglietta dei Tide, mi afferrò per un braccio e mi attirò contro il suo petto sudato. «Il portafortuna di Bullet! Ci stai salvando il campionato, tesoro! Ti meriti un bel bacione di ringraziamento!»

Il ragazzo venne immediatamente allontanato e Romeo lo sollevò per il colletto della maglia. «Che cazzo credi di fare?»

Il tifoso dei Tide sbiancò all'istante e sollevò le mani a mo' di resa. «Bullet… le s-stavo s-solo dimostrando la mia gratitudine.»

«Allora dimostragliela da lontano. Toccala di nuovo e ti ritroverai a guardarci da sottoterra, ci siamo capiti?»

«Sì, sì, ci siamo capiti, bello. Me ne vado subito. S-scusa…»

Romeo lo lasciò andare e il tifoso, ancora sotto shock, si dileguò all'istante nella calca. Quando Romeo tornò a voltarsi, io lo stavo guardando con le braccia incrociate sul petto e un cipiglio furibondo.

«Piccola…» Tentò di rabbonirmi venendomi vicino.

Agitai una mano a mezz'aria per dirgli di stare zitto e rimanere dov'era. «Non dovevi, Romeo! Porcaccia la miseria, non c'era alcun bisogno di comportarsi così. Non avresti dovuto essere aggressivo con quel poveraccio!»

Romeo imbronciò le labbra piene. «Lui ti ha toccato.»

«E quindi tu lo minacci?»

«Tu sei mia e lui ti ha messo le mani addosso. Non mi è piaciuto.»

«Cristo santo, Rome, hai totalmente superato il limite.»

Lui buttò fuori un lungo sospiro. «Ho fatto un'altra cazzata, dico bene?» Sembrava perso.

Gli andai incontro e gli circondai il collo con le braccia. «Sì, tesoro.»

Romeo increspò le labbra in un sorrisetto e mi lasciò scivolare una mano sul fondoschiena. «Mi perdoni?»

Mi sentii mancare il respiro e posai la fronte contro la sua. «Sono tua, stai tranquillo.»

Un'ondata di sollievo gli si riversò sui tratti del viso e Romeo annuì bruscamente prima di schiantare le labbra sulle mie e rubarmi un bacio appassionato.

Ci avviammo al tavolo a noi riservato e ci riunimmo ai nostri amici. Pochi minuti dopo, una cameriera bionda e minuta venne a prendere le ordinazioni. Dall'istante in cui si presentò al nostro tavolo, la ragazza non tolse mai gli occhi di dosso a Rome. Ormai ci ero abituata: che fosse per il suo aspetto o per la squadra in cui giocava, Romeo attirava la gente come una calamita. La cameriera però si comportava in modo diverso; lo guardava come se lo conoscesse… intimamente.

Dopo aver ordinato diverse bottiglie di birra e aver notato l'apparente disinteresse di Romeo per le attenzioni ossessive della ragazza, riuscii finalmente a rilassarmi e a perlustrare il locale con lo sguardo. Era un groviglio di corpi che si strusciavano e volteggiavano, di uomini che facevano ruotare freneticamente le loro partner sulla pista da ballo – immaginai che quello fosse il *two-step*. Mi parve tutto molto divertente.

Ci portarono da bere e la cameriera si soffermò ancora una volta davanti a Rome. A questo giro, capii che i miei sospetti erano giustificati. Lui continuò a ignorarla, cosa che la spinse a ostruirci la visuale con i suoi seni ritti e plastificati e ad apostrofarlo con voce cantilenante: «Ehi, Bullet, come te la passi?».

Io mi accigliai immediatamente e scrutai Romeo, che era rimasto di sasso.

«Non ci serve altro» rispose lui in tono glaciale.

La biondina tettona, che indossava un vestitino nero oscenamente corto, si sporse sul tavolo e si strizzò la scollatura fra le braccia, fingendo di non averlo sentito. «Non mi hai più chiamato dopo la notte che abbiamo passato insieme.»

Io mi irrigidii e Romeo mi tenne ancora più stretta contro il proprio petto, immaginando – e non a torto – che fossi già pronta a scappare da quel momento imbarazzante. L'unica alternativa alla fuga era assecondare la rabbia accecante che mi sconquassava il corpo.

«Non ho mai pensato di chiamarti. Te lo ripeterò un'altra volta… non ci serve altro.» Si piegò leggermente in avanti. «In parole povere… *levati dal cazzo.*»

La ragazza lasciò crollare l'espressione e sbottò: «Avevo sentito dire che eri diventato uno zerbino – porca troia, un bell'uccello sprecato». Mi guardò dall'alto in basso e scoppiò a ridere. «E per *questa qui*, poi. Immagino sia più brava a letto che a indossare quel vestitino di merda.» Si rimise bruscamente dritta agitando le curve e sparì in mezzo alla folla. Io serrai i pugni, le unghie conficcate nei palmi delle mani.

Ally scoccò un'occhiataccia a Rome e scosse la testa con aria di rimprovero.

Io non osai guardare nessun altro. Mi divincolai dalle braccia di Romeo; lui tentò di serrare la presa, ma io riuscii a scivolare fino al limite del séparé.

«Devo andare in bagno» affermai tutto d'un fiato.

Romeo si allungò in avanti con un'espressione arcigna e tuonò: «Non ti azzardare a scappare, non dopo quello che mi hai promesso».

Gli accennai di stare zitto e le sue labbra furono scosse da un fremito violento. Non era abituato a vedersi respingere e sapevo che la cosa gli dava sui nervi. «Io *vado* in bagno!» sbottai e l'espressione di lui divenne di ghiaccio. L'asprezza del mio tono lo spinse ad assottigliare lo sguardo, e io me ne infischiai altamente; mi gettai i capelli dietro le spalle in maniera sprezzante e me ne andai.

Sentii Ally gridare: «Molly, aspetta!». Tuttavia, non mi fermai.

Ero quasi arrivata alla porta del bagno quando mi sentii afferrare per una mano e tirare all'indietro. Mi ostinai a rimanere immobile come una statua e strattonai il braccio, così Romeo mi saettò davanti per puntarmi addosso lo sguardo furibondo.

Buttando fuori un grugnito imbestialito e stringendomi la mano in una morsa di ferro, mi trascinò in un corridoio deserto e provò ad aprire diverse porte per verificare se fossero chiuse a chiave. Quando riuscì a spalancarne una – un ripostiglio – mi ci spinse dentro, accese la luce, chiuse a chiave la porta e si girò verso di me con le mani fermamente piantate sui fianchi.

«Me la sono scopata una volta. L'anno scorso. Fine della storia. Non c'è bisogno di prendersela tanto e, soprattutto, non c'è alcun bisogno di darsela a gambe, porca puttana.»

Lo fulminai con un'occhiataccia. «Beh, scusami tanto se non mi va che le tue conquiste mi sbattano in faccia i loro atteggiamenti da troia!»

Romeo dilatò le narici e si avvicinò di un passo. «Vuoi che ti racconti dei miei trascorsi sessuali, con tutti i sordidi dettagli del caso? *Benissimo*! Mi sono scopato tantissime ragazze, in tanti modi diversi e nei posti più disparati. Che cazzo, loro si buttavano ai miei piedi, io gli davo ciò che volevano e quelle se ne andavano felici e contente.»

Prima ancora di rendermene conto, gli mollai un ceffone, un sonoro schiaffo amplificato dall'acustica metallica dello sgabuzzino.

Il sangue mi ribolliva nelle vene, il cuore mi martellava nel petto e Rome si tinse di una cupa sfumatura violacea.

«Ora ti senti meglio? Ti sei sfogata?» sibilò a denti stretti, sfregandosi la guancia con una mano.

Gli occhi mi si riempirono di lacrime. Non avrei voluto schiaffeggiarlo, nessuno era mai riuscito a suscitarmi una reazione simile. Ero scossa dai brividi, in balia di un'improvvisa botta di adrenalina.

Romeo si appoggiò alla parete opposta e chinò la testa. «Si sono scopate Bullet. Si sono *sempre e solo* scopate Bullet!»

Ci rimasi male e trattenni il respiro. «Che meraviglia, Rome. Davvero una meraviglia. È quello che succederà anche con me? Mi permetterai di scopare con il magnifico *Bullet Prince*, mi darai ciò che voglio e passerai oltre?!»

Lui si precipitò da me e mi costrinse a indietreggiare fino a incollare la schiena contro gli scaffali d'acciaio gelido, le sue braccia che mi ingabbiavano su entrambi i lati. «Assolutamente no, Shakespeare, però stammi a sentire. Ti scoperò, sì, ma farò anche l'amore con te. Mi impadronirò di ogni dannatissimo pezzo della tua anima, e non ti lascerò mai. Urlerai il mio nome a ripetizione finché non ti rimarrà perennemente bloccato in quella cavolo di gola. Mol, per me non sarai mai soltanto una scopata – porca troia, sarai la mia salvezza!»

Deglutii a fatica e lui mi posò la mano sul mento, per esortarmi a guardarlo, a *vederlo*. «E tu farai l'amore con *me* – con Romeo – e non con un patetico alter ego del cazzo. Avrai il vero me, tutto il vero me, ora e per sempre. Sono stato chiaro?» Chiuse gli occhi e spinse la fronte contro la mia. «Cristo santo, Mol! Non mi è mai capitato niente del genere. Se avessi saputo che eri là fuori ad aspettarmi, non mi sarei mai scopato tutta quella gente. Però non posso cancellare il passato.»

Mi afflosciai contro i ripiani di metallo rigido. «È troppo, non è vero? I tuoi ce l'hanno chiaramente a morte con me, Shelly non si arrenderà mai, tu ti scagli contro chiunque si azzardi anche solo a guardarmi e le… *ragazze* con cui sei stato in passato non sembrano volerti dimenticare. Io ho già i miei problemi, Rome, lo sai, e se ci aggiungo anche i tuoi… è troppo. Come potremmo stare insieme con tutte queste avversità?»

Il panico gli incise i lineamenti del viso. «No, non ci provare!»

«Provare cosa?»

«A considerarci già finiti. Non puoi dartela a gambe quando il gioco si fa duro.» Mi strinse il mento fra le dita. «Tu risolverai i tuoi problemi. Io imparerò a gestire la mia rabbia. *Insieme* lotteremo contro i miei genitori. Ignoreremo tutti gli altri. *Insieme* possiamo superare ogni ostacolo! Non ti azzardare a gettare la spugna proprio adesso, Shakespeare. Non ci provare, cazzo!»

«Rome…»

I suoi occhi scuri frugarono nei miei. «*No*! Non ti lascio. Lo so che sono sbagliatissimo per te, però tu sei riuscita a cambiarmi. Porca troia, mi hai cambiato! Come puoi non capirlo?! Affronteremo le avversità insieme. Dillo! *Ti prego*, piccola, dimmelo!»

Scossi la testa, pronta a ribattere, ma lui si mosse in avanti fino a imprigionarmi con quel fisico alto e imponente. «Dimmi che ci siamo capiti, Mol.»

«Rome, non…» mormorai con un gemito.

Lui sferrò un pugno sui ripiani alle mie spalle e una pila di scatoloni si schiantò fragorosamente a terra. «Non scappi da nessuna parte. CI SIAMO CAPITI???»

«SÌ, CAZZO! SÌ, CI SIAMO CAPITI!» urlai e gli diedi una spinta sul petto. Nonostante la violenza delle sue parole, sentivo la paura che sprigionava dal suo corpo all'idea di perdermi.

Mi agganciò una mano dietro la nuca. «Sei ancora con me?» bisbigliò. Scrutava ogni millimetro dei miei occhi.

Io sospirai e Rome si portò la mia gamba su un fianco, sforzandosi di venirmi ancora più vicino.

«Sono ancora con te.»

Vidi le sue pupille dilatarsi e una vampa di entusiasmo propagarglisi sui tratti virili del viso. «Cazzo, ti voglio da impazzire. Quando fai tutto quello che ti dico, mi viene duro come la roccia.»

Mi allungai su di lui e lo baciai dietro l'orecchio, poi mi scostai lentamente e sollevai il vestito per posargli una mano sul mio centro.

«*Mol... Cristo santo*» grugnì, e le sue dita mi scivolarono fra le cosce. «Così però mi ammazzi.»

Gli leccai la curva dell'orecchio. «Mi piace quando prendi il controllo, quando ti imponi. Mi eccita.»

«*Cazzo*... me ne sono accorto, e a me piace quando ti sottometti. Mi... mi calma. Sei ciò di cui ho bisogno. Cazzo, sei perfetta per me. Bella, sexy da morire e con un corpo che commuoverebbe un pittore.»

Le dita di Romeo iniziarono a esplorarmi e io persi ogni residuo di salute mentale. Si avvolse i miei capelli intorno alla mano e mi tenne ferma, le dita dell'altra che mi penetravano, impedendomi di muovermi. Esalai un sospiro e il suo sguardo divenne intenso.

«Non esisterà più nessun altro. Per la prima volta in assoluto, mi stai dando ciò che voglio, ciò di cui ho *bisogno*. Mi cedi totalmente il controllo, e io l'adoro. Lo adori anche tu, non è vero? Cazzo, vero che ti piace da impazzire...?»

L'onda familiare e travolgente del desiderio cominciò a lambirmi le cosce e i miei ansiti strozzati riempirono ogni angolo del ripostiglio.

Mi aggrappai alle sue spalle e risposi: «Sì, mi piace da impazzire. *Da impazzire*!».

Il suo sorrisetto malizioso riuscì a eccitarmi e a mandarmi in bestia al tempo stesso, mentre le sue dita prendevano ad affondare dentro di me a una velocità sempre maggiore.

Allungai una mano sui suoi jeans, ma lui ruggì: «No! Levala. *Subito*. Non lo sto facendo per me. Non provare a toccarmi a meno che non sia io a dirtelo».

Obbedii e, quando mi infilò dentro un terzo dito, rovesciai la testa all'indietro e urlai in preda all'orgasmo.

Con quella sensazione che mi gonfiava il petto, mi aggrappai ai capelli di Romeo, e schiantai le labbra sulle sue affinché capisse che accettavo completamente chi era lui, chi ero io e chi eravamo insieme.

Il ritmo della musica sulla pista da ballo pulsava nel silenzio della nostra stanzetta; sentii i bassi e le percussioni che attraversavano il petto di Romeo ancora premuto contro il mio.

Sfilò la mano dalle mie mutandine e mi diede un bacio delicato, lento e pieno di premure, totalmente all'opposto di qualche attimo prima.

«Quindi è tutto okay?» mi bisbigliò contro la bocca, lo sguardo circospetto e quasi terrorizzato.

Lo baciai sulla fronte e gli scoccai un sorriso che riuscì a illuminargli il volto. «Ti voglio, Romeo. Anche tu mi dai qualcosa di cui non sapevo nemmeno di aver bisogno.»

«Anche se ho scopato in giro per anni? Anche se ti ho reso le cose ancora più difficili? Anche se sono merce danneggiata?»

Risalii con le mani lungo le sue braccia. «Non posso fingere che la cosa mi piaccia, tuttavia, se sono tua e soltanto tua, allora andrà tutto bene.»

«Lo *sei*. Ormai le altre nemmeno le vedo, ed è così fin dalla prima volta che ti ho baciata.» Ebbi come l'impressione che confessarmi quelle parole fosse stato quasi doloroso per lui.

«Romeo?»

Lui mi accarezzò il viso con la punta delle dita e seguì ogni mia mossa. «Mmm?»

«Secondo te siamo sbagliati? Pensi che il modo in cui abbiamo bisogno di darci piacere sia… completamente malato? Tu che mi dai ordini come un sergente maggiore e io che cedo alle tue richieste?»

Lui rispose alle mie angosce con un sorriso cupo. «Io dico proprio di *sì*.»

Annuii e mi scostai piano piano, tuttavia Romeo mi attirò di nuovo a sé, al suo viso divertito. «Ti piace, Mol? Quando ti comando?»

Gli occhi mi si rovesciarono all'indietro, fui sommersa da un calore rovente che minacciava di incendiarmi solo al pensiero. «Sì… tutte le volte.»

«Allora non siamo sbagliati. Anzi, non esistono due persone più perfette l'una per l'altra. Riusciamo a colmare un vuoto emotivo che abbiamo entrambi.»

Buttai fuori una risatina senza fiato. «Come due amanti sfortunati destinati a stare insieme?»

Lui tornò a sorridere. Sembrava quasi un sorriso vero e proprio, di quelli che non gli avevo mai visto prima d'ora, allegro e spensierato. «Mi sa che è meglio se la smettiamo di citare quella maledetta tragedia, Shakespeare. Sembriamo la versione malata e vietata ai minori di *Romeo e Giulietta*.»

Scoppiai a ridere, fu più forte di me, e Romeo mi seguì a ruota. Poi mi sistemai il vestito e lo presi per mano. «Dai, andiamo a ballare.»

«Sono già follemente eccitato. Perderò il controllo solo a guardarti muovere. Le tue curve sono pericolose, piccola.»

Mi strusciai contro di lui e sentii il rigonfiamento duro nei suoi jeans. «Ancora non abbiamo nemmeno cominciato, Romeo. Voglio che continui a ripetertelo finché non ce ne andremo da qui. In ogni caso, siamo venuti per ballare, e io voglio scatenarmi. Mostra a tutte le tue vecchie fiamme che ora sei mio e che devono tenere giù le mani dal mio uomo.»

Iniziai ad allontanarmi, ma Romeo mi attirò di nuovo contro di sé. Mi sollevò da terra e mi agganciò le gambe intorno ai suoi fianchi. «Dillo di nuovo» ordinò perentorio. La versione giocosa di Rome si era completamente dileguata e quella più tenebrosa aveva rialzato la testa.

«Che cosa?»

«Ciò che hai appena detto.»

«Che sei mio?»

«Sì» mormorò roco prima di spingersi fra le mie gambe.

«Adesso *sei* mio. Incondizionatamente. Solo per come sei.»

Romeo ringhiò e tornò a sbattermi contro la parete.

Non avevo alcuna intenzione di impedirgli di prendersi ciò che voleva e, a giudicare dalla sua espressione, lo stesso valeva per lui.

Stavo per concedermi al mio ragazzo in un ripostiglio e, se proprio dovevo essere sincera, non me ne fregava un accidente.

Romeo mi accerchiò su ogni lato e si tirò giù la cerniera dei jeans, quando qualcuno cominciò ad agitare la maniglia della porta.

«Ehi, c'è qualcuno là dentro? Aprite subito» gridò una voce maschile dal corridoio.

«*NO!*» urlò Romeo a denti stretti, le mani quasi dolorosamente serrate sui miei fianchi.

«Aprite o vado a chiamare la sicurezza!»

La testa di Romeo mi crollò sulla spalla e io soffocai una risatina tra i suoi capelli. Gli tirai su la cerniera dei pantaloni e mi divincolai dalla sua presa prima di intrecciare le dita alle sue. «Andiamo, tesoro. Proviamo a passare una serata come si deve.»

Lui annuì seccamente e mi prese il viso fra le mani. «Torna là fuori e mostra a tutti che stiamo insieme, cazzo. Sei padrona di tutto… di *noi*. È arrivato il momento di essere coraggiosi, piccola. Vai e scatena l'inferno.»

Un sorriso mi si allargò lentamente sulle labbra e una vampa di calore mi riempì il petto. Romeo mi aveva dimostrato che eravamo inseparabili. Adesso era arrivato il momento di tradurre quella certezza in fatti.

Romeo spalancò la porta e il giovane responsabile che ci aspettava dall'altra parte indietreggiò al cospetto della sua espressione severa.

Superammo la folla e tornammo al nostro tavolo. Gli amici erano sulla pista a ballare, così prendemmo le birre e placammo gli ormoni in subbuglio con l'alcol che era rimasto lì ad aspettarci.

Individuai la cameriera tettona di prima e la chiamai. Romeo mi guardò con attenzione mentre lei si avvicinava, ogni muscolo del suo corpo scolpito pronto a entrare in azione. Mi sedetti sulle ginocchia di lui e lasciai che mi stringesse orgogliosamente fra le braccia.

Vedendoci insieme, gli occhietti maligni della cameriera si incupirono e la sentii borbottare qualcosa sottovoce prima di stamparsi in faccia un sorriso falsissimo. «Che vi porto?»

Lanciai un'occhiata divertita a Rome, che reagì alla mia ritrovata sicurezza in me stessa con un sorrisetto confuso.

Il nostro screzio nello sgabuzzino aveva placato la mia gelosia – se due persone erano in grado di scatenarsi quella reazione animalesca a vicenda, allora non c'erano rivali o minacce che tenessero.

«Direi un giro di shot di tequila per tutti, anzi due, e...» Lasciai scivolare un dito sugli addominali di Romeo, giù fino ai jeans, e sentii i suoi fianchi sollevarsi contro il mio fondoschiena in risposta. «Tu che vuoi, tesoro?»

Una lussuria incontenibile gli scintillava negli occhi e, quando parlò, si rivolse soltanto a me. «Meglio ordinare altra birra per tutti, bellezza.»

Tornai a parlare alla cameriera. «Tutto chiaro?» Lei annuì seccamente e iniziò ad andarsene alzando gli occhi al soffitto.

Vidi rosso.

«Ah, un'altra cosa» urlai alla figura che si allontanava. La ragazza si girò di scatto con un'occhiataccia da stronza che tradì tutto il suo fastidio, ogni parvenza di affabilità ormai evaporata.

Le rivolsi un sorriso raggiante. «Lui è mio adesso. Vai pure a riferire alle altre sciacquette che vogliono godersi un giro sul *mio* ragazzo, che adesso è *completamente* impegnato.» La cameriera scoccò un'occhiata furiosa a Rome per poi dileguarsi nella calca. Il cuore mi batteva nel petto a una velocità impensabile.

Romeo mi girò e mi diede un morso sul collo, pareva in estasi. «Voglio riportarti in quel ripostiglio... e subito. *Cazzo*, è stato sexy da morire, piccola» ringhiò.

«Secondo te sono stata abbastanza coraggiosa?» domandai.

Lui si sospinse di nuovo contro di me e sorrise. «Come una leonessa! Diamine, adoro questa nuova te.»

«Non è nuova, era solo in letargo.»

«E allora datti una cazzo di svegliata, piccola! Datti. Una. Cazzo. Di. Svegliata!»

Cass ci raggiunse di gran carriera insieme a Jimmy-Don, e applaudiva fragorosamente. «Molly Shakespeare! Non ti avevo mai sentita parlare in quel modo a nessuno. Cavolo se mi è piaciuto! Mi sa che ti sto contagiando, ragazza mia! La prossima volta, però, vai a dirne quattro anche a Shelly. A quella stronza farebbe bene qualche parolina da parte di questa nuova Molly spaccaculi!» Si chinò su di me e mi baciò sulla testa come una mammina orgogliosa.

Cinque minuti dopo, bevemmo i nostri shot e scendemmo in pista a pochi passi dal tavolo. Proprio in quell'istante, le casse spararono *Save a Horse (Ride a Cowboy)* dei Big & Rich a tutto volume e Romeo ammiccò scherzosamente mentre io mi schiacciavo contro di lui, volteggiando a ritmo di musica. Cass e Jimmy-Don ballavano il *two-step* come nessun altro, tanto che la folla si aprì per lasciargli spazio, e Lexi saltò a cavalluccio su Austin non appena partì il ritornello.

Uno shot di tequila dopo l'altro, divenni sempre più disinibita e Romeo ne approfittò in tutto e per tutto. Mi passava le mani sui fianchi, mi leccava la pelle nuda e mi bisbigliava sconcezze all'orecchio.

Non tornammo a sederci al tavolo per un paio d'ore e ci rintanammo in un angolino del locale, al riparo dalle maniacali attenzioni della gente. Romeo era schiacciato contro la parete e io gli ballavo intorno, sopra, addosso. Sentivo la sua eccitazione premuta contro la coscia nuda e fu proprio in quel momento che presi la mia decisione.

Mi rannicchiai contro di lui mentre partiva *How Country Feels* di Randy Houser. Gli passai le braccia intorno al collo e guardai il sorriso che gli spuntò sulle labbra quando imitò le mie mosse e mi cinse in vita.

«Ti senti bene?»

Scossi la testa e mi imbronciai.

Lui si accigliò e l'adorabile rughetta fra le sue sopracciglia ricomparve. «Perché? Che hai?»

Gli infilai le dita fra i capelli e gli avvicinai le labbra all'orecchio. «Voglio andare a casa.»

«Ti senti male? C'è qualcosa che non va?»

Sospirai e annuii.

«Cioè? Dimmelo» incalzò lui, e il suo atteggiamento protettivo risalì in superficie. Era esattamente ciò che desideravo.

«Voglio che mi porti a casa e mi metti a letto.»

Lui si passò la lingua sul labbro inferiore, perplesso. «Okay, sei stanca? È ancora abbastanza presto.»

Scossi la testa e proseguii: «Voglio che mi metti a letto… che ti ci infili accanto a me… e che facciamo l'amore».

A quelle parole, Romeo rialzò di scatto la testa e il desiderio gli infiammò gli occhi color cacao all'istante. Schiantò l'inguine duro contro il mio e mi schiacciò ancora di più contro la parete umida di sudore. «Sei seria?»

«Come la morte.»

Lui addolcì la voce e sussurrò: «Non voglio che tu faccia niente se non ti senti ancora pronta. Hai bevuto parecchio. Non vorrei che ti svegliassi domani mattina e ti pentissi di tutto».

«Sarò anche ubriaca, però so che quello che provo è reale. Ti voglio, Romeo, senza rimorsi.»

«Allora supplicami.»

Notando la mia reazione sorpresa, bisbigliò roco: «Ti avevo detto che ti avrei presa *solo* quando mi avresti supplicato, quando mi avresti voluto come mai nessuno prima. Se sei arrivata a quel punto, Mol, allora dimostramelo. Devi supplicarmi».

Ricordai le sue parole e i brividi mi solleticarono la pelle. Romeo mi eccitava. E i suoi preliminari verbali riuscirono a convincermi.

«Romeo Prince, voglio che tu mi metta a letto, voglio che mi spogli lentamente e voglio che tu mi renda completamente tua. Ti prego, Romeo, facciamo l'amore… *stasera*.»

Per un attimo, pensai che mi avrebbe presa proprio lì, contro il muro, poi ordinò: «Vai a prendere la borsa. Io ti aspetto fuori. E *non* ci mettere troppo». Lo vidi sparire fra la folla con i pugni serrati per la frustrazione, e spintonare violentemente la gente per raggiungere l'uscita.

Io tornai al séparé in una specie di trance, recuperai le nostre cose, rifilai una scusa ai nostri amici e lo raggiunsi fuori dal locale.

Nell'istante in cui varcai la soglia, i suoi occhi pieni di desiderio si incatenarono subito al mio viso eccitato e Romeo mi si avvicinò di soppiatto come un predatore con la preda. Sollevò il mento, in un muto invito ad avvicinarlo.

Avanzai a passi pesanti e mi fermai davanti a lui. Si chinò su di me, mi posò un bacio sul collo, mi prese per mano senza dire niente e fermò un taxi.

Saltammo sul sedile posteriore, le nostre cosce incollate l'una all'altra, e la tensione palpabile. Persino il tassista di mezz'età con i capelli grigi si agitò sul sedile e ci guardò ripetutamente attraverso lo specchietto, forse temendo che potessimo perdere il controllo sugli interni di pelle dell'auto.

Io ero talmente impaziente che non riuscivo a stare seduta composta. Rome serrò la presa sul mio ginocchio ballerino. «Smettila.»

Mi arrischiai a guardarlo di sottecchi e notai il grosso rigonfiamento che gli premeva contro la cerniera dei jeans. Tentai di avvicinarmi, di rubargli un bacio, una carezza, qualcosa che potesse placare il mio corpo affamato almeno per un po'.

Romeo intuì la mia mossa, così si chinò sul mio orecchio: «Decidi adesso se vuoi essere arrestata per atti osceni in luogo pubblico, perché se ti avvicini anche solo di un millimetro, ti scopo qui, adesso, e senza troppe cerimonie. A te la scelta, Shakespeare».

Mi rintanai contro lo sportello e abbassai il finestrino per lasciar circolare un po' d'aria e provare a focalizzare i miei pensieri confusi, chiedendomi in che razza di situazione fossi andata a cacciarmi.

Quando ci fermammo davanti alla sede della mia confraternita, dopo quella che mi era sembrata un'eternità, scendemmo dal taxi e sulla strada silenziosa. «Tu passa dall'ingresso, io entro dal balcone» mi istruì Romeo. «E datti una mossa, piccola. Dico sul serio. Non mettermi alla prova.»

CAPITOLO 15

Romeo mi fu addosso nell'istante in cui rientrai in camera mia, il suo respiro che mi soffiava sulla pelle – un misto di menta e birra – e mi raffreddava la carne accaldata. «Cammina in direzione del letto e togliti gli stivali» ordinò con voce ferma e severa.

Mossi le gambe in perfetta sintonia con i suoi comandi. Raggiunsi il letto e mi sbarazzai degli stivali.

«Girati verso di me.»

Obbedii, tremando in preda a un inebriante miscuglio di inquietudine ed eccitazione. Romeo stava appoggiato al muro con la luce della luna che gli metteva in mostra la bellezza del viso, e osservava la mia silhouette che seguiva diligentemente le sue istruzioni.

«Togliti il vestito… lentamente.»

Sollevai l'orlo dell'abito sopra la testa e lo lasciai ricadere sul pavimento, rimanendo con addosso soltanto il nuovo completino intimo dal reggiseno a fascia e mutandine di seta. Romeo mi venne incontro a passo deciso e cominciò a girare intorno alla mia figura succintamente vestita, ammirando lo spettacolo del mio corpo seminudo con un sorriso saccente sulle labbra. Soffermò gli occhi indagatori sulla parte alta del mio fianco e passò un dito sulle linee del piccolo tatuaggio.

Il suo sguardo sbigottito incontrò il mio. «Un tatuaggio, Shakespeare? Non me l'aspettavo. Non me l'avevi mai mostrato.» Si mise subito in ginocchio per studiare la scritta, gli occhi all'altezza della mia pancia e il suo fiato caldo fra le gambe a strapparmi un gemito strozzato dal fondo della gola.

Continuò ad accarezzarmi il tatuaggio e io andai in ansia al ricordo del perché lo avevo; barcollai e trattenni rapidamente il respiro, a rivelare così il mio stato d'animo.

Lui alzò una mano, senza fare altrettanto con gli occhi, e strinse la mia nella sua presa salda. Il panico sparì all'istante, placato dal suo tocco.

«*Tale tu sei per i miei pensieri quale il cibo è per il mio corpo, o gli acquazzoni della primavera sono per il terreno*» sussurrò leggendo i versi ad alta voce prima di baciarmi sulla sporgenza del fianco. Alzò lo sguardo e domandò: «Che cosa significa, piccola? Come mai queste parole si sono meritate un posto d'onore sul tuo corpo magnifico?». Leggera come una piuma, la punta delle sue dita continuò a tracciare gli intricati occhielli e svolazzi della scritta.

Gli infilai le mani fra i capelli e lui mi strinse il fondoschiena con il braccio libero, tenendomi vicina. «È Shakespeare, da uno dei suoi sonetti d'amore, il numero settantacinque» confessai, e faticai a soffocare un uggiolio quando mi tuffò le dita in mezzo alle cosce.

Romeo riaprì gli occhi. «E perché è così importante da imprimertelo per sempre sulla pelle?»

Gli occhi mi si riempirono di lacrime e mi mordicchiai il labbro inferiore per non crollare.

Romeo mi mise in guardia serrando la presa sui miei fianchi e iniziò a leccarmi il basso ventre. «Dimmelo, Mol. Non te lo chiederò un'altra volta. Ti tengo io; non permetterò che tu vada in mille pezzi.»

«È s-solo una citazione che mi piace, tutto qua» risposi evasiva.

Romeo assottigliò gli occhi scuri. «Lo so che non mi stai raccontando tutta la verità, piccola, comunque puoi parlarmene più tardi.» Buttai fuori un respiro che nemmeno mi ero resa conto di aver trattenuto.

Romeo si rimise in piedi. Mi obbligai a deglutire mentre mi lasciava ricadere le mani lentamente sulle spalle e scendeva fino alle scapole. Si fermò al gancetto del reggiseno, e io avevo il cuore che mi martellava nel petto. Istintivamente, mi allungai per aggrapparmi alla sua camicia a quadri e stabilizzare così le mie gambe malferme.

Sentii il reggiseno allentarsi e cadere, esponendo i miei seni rotondi alla sua attenzione rovente. Abbassai lo sguardo sulle mie mani, che tenevo sui suoi fianchi, non potendo sopportare il peso della mia nudità. Romeo lasciò aderire i palmi alla pelle nuda della mia schiena e risalì in alto fino a serrare un pugno fra i miei capelli, che tirò per sollevarmi il mento.

Avevo gli occhi chiusi, tuttavia percepivo ancora il suo sguardo affilato attraverso la sottile barriera delle palpebre.

«Apri gli occhi.»

Scossi la testa, non troppo sicura di poter gestire l'intensità della tensione che sprigionavamo – l'aria sembrava quasi crepitare di elettricità sessuale.

Lui serrò la presa e io sentii la pressione sullo scalpo aumentare. «Aprili. Non te lo chiederò un'altra volta.»

Trassi un respiro per calmarmi e alzai le palpebre pesanti. Romeo si abbassò su di me e mi baciò bruscamente le labbra, con le dita che mi sfioravano la clavicola fino a richiudersi sul mio seno sinistro.

Gemetti nella sua bocca e la sua lingua sgusciò contro la mia con movimenti tortuosi. Nel frattempo, con il palmo della mano prese ad accarezzarmi il capezzolo, più e più volte, scagliandomi una scarica di desiderio verso il mio sesso.

Si scostò dalle mie labbra gonfie con un singhiozzo e, come se una corda troppo tesa si fosse finalmente spezzata dentro di lui, mi sollevò fra le braccia e mi depositò al centro del letto.

Mi si posizionò a cavalcioni sulle cosce e mi pizzicò la punta dei seni con le dita. Ci mancò poco che la sensazione mi incendiasse, la schiena inarcata sulle lenzuola. Il fisico ampio e muscoloso di Romeo incombeva su di me. Lo guardai sbarazzarsi della camicia, sbottonandola con uno strappo, e rimanere con addosso soltanto i jeans scoloriti che gli cadevano bassi sui fianchi.

«Sei bellissima, piccola. Lì distesa, tutta per me. Tutta mia.»

Mi dimenai mentre si chinava per impadronirsi della mia bocca in un saluto devastante.

La sua lingua mi saccheggiò, arretrando solo per leccarmi lungo la gola e succhiarmi i capezzoli. Io premetti i fianchi sul materasso alla ricerca di sollievo.

La sua mano saettò nelle mie mutandine e con le dita cominciò a lavorarmi furiosamente. Mi aggrappai ai suoi capelli e ne tirai le ciocche dorate per ancorare il mio desiderio. Davanti alla bruschezza dei miei gesti, Romeo ringhiò, si alzò all'improvviso e mi afferrò per le gambe, trascinandomi a sé fino a schiantarmi contro la sua erezione.

Mi sfilò le mutandine nel giro di pochi secondi e io tremai in preda al desiderio. Non mi ero mai sentita così vulnerabile prima d'ora, così aperta, e lui me lo lesse in faccia.

Si piegò su di me e mi scostò i capelli dalla fronte. «Adesso ti prendo, Mol. Ti dimostrerò quanto significhi per me, quanto ti voglio. Ti dimostrerò che sei mia. Ci siamo capiti, piccola?»

«Sì, Romeo, ci siamo capiti.»

Le mie parole gli provocarono la pelle d'oca. Mi sollevai, marchiandogli il petto e gli avvallamenti degli addominali con una scia di baci roventi. Lui buttò fuori un grugnito gutturale e mi sospinse all'indietro, il fuoco che gli ardeva negli occhi.

Si spostò ai piedi del letto per slacciarsi i jeans e io li guardai cadere pesantemente sul pavimento. Romeo agganciò le mani ai boxer neri e io mi morsi le labbra quando questi andarono a unirsi ai pantaloni. Ammirai lo splendore del suo corpo in tutta la nuda perfezione e quella vista mi costrinse a serrare le cosce.

Arrampicandosi sul letto a gattoni, Romeo si distese sul mio corpo, la grossa erezione appoggiata maliziosamente sulla mia coscia. Con una mano dietro la mia testa, usò quella libera per piegarmi un ginocchio e le sue dita scivolarono dentro al calore fra le mie gambe per assicurarsi che fossi pronta. Non ero mai stata tanto pronta in vita mia.

A quel punto, Romeo si scostò da me per tornare ad afferrare i jeans.

«Romeo, che...»

«Preservativo» spiegò, voltandosi a guardarmi.

Gli toccai un braccio per fermarlo. «Prendo la pillola.»

«Piccola...» grugnì lui.

«*Ti prego*... voglio solo te, niente a dividerci.»

Mi fu addosso in un lampo, l'espressione selvaggia e feroce. Mi afferrò per i fianchi con gesti febbrili e mi mancò il fiato quando lo sentii pronto davanti alla mia apertura. In un momento di tenerezza, si chinò per darmi un bacio e una carezza delicata. Poi posò la fronte contro la mia, serrò la mascella e affondò dentro di me con un'unica spinta.

Mi agitai sotto di lui per quell'improvvisa sensazione di pienezza, ma il corpo imponente di Romeo mi inchiodava al letto, mi impediva di sgusciare via. Agganciò le braccia forti alle mie, posandole sul materasso, mentre continuava a muoversi dentro di me sempre più in profondità. Gli graffiai la schiena e lo morsi sulla pelle nuda per soffocare le urla di piacere.

«Romeo... *Dio santo*... non ci riesco... è troppo...»

Lui alzò la testa e mi baciò la punta del naso. «Sì che ci riesci, piccola. Ti piacerà da impazzire. Questi siamo noi; dovremmo essere sempre così.»

Lo tirò completamente fuori e si bloccò. «Adesso urlerai il mio nome.»

Io sgranai gli occhi in trepidante attesa e Romeo affondò dentro di me – forte, brusco e diretto. «Cazzo, sei perfetta.»

Chiusi gli occhi e continuai a conficcargli le unghie nella schiena. «*Romeo!*»

Riprese a spingersi in avanti con i fianchi e spostò le braccia, le mie gambe che lo circondavano in vita e le mie dita aggrappate al suo collo. Lui congiunse le nostre mani e sfruttò la posizione per aumentare la velocità e la potenza delle spinte, martellando dentro di me, rubandomi il cuore. I gemiti mi sfuggivano di bocca e una pressione insopportabile mi cresceva alla base della schiena.

Romeo sollevò il petto dal mio e allargò le gambe per ottenere una presa migliore, spalancandomi ancora di più. «Reggiti alle mie braccia.»

Sciolse la stretta delle nostre mani, afferrò la spalliera di legno del letto e io obbedii, serrai le dita intorno ai suoi grossi bicipiti e lui sfruttò tutta la sua forza per affondare dentro di me più e più volte.

«Ti piace, piccola? Ti piace così forte?» ringhiò.

Arricciai le dita dei piedi. «Sì, sì…» Serrai le cosce, fiamme di desiderio che mi lambivano la pelle.

«Lasciati andare, Mol. Lasciati andare, *subito*» ordinò Romeo, le nocche bianche per la forza con cui stringeva la spalliera del letto, che andò a scalfire l'intonaco sulla parete.

Chiusi gli occhi, il corpo che mi vibrava in preda all'estasi e, con un urlo, mi lasciai andare.

I gemiti assordanti di Rome si moltiplicarono e io mi irrigidii intorno a lui. Riaprii gli occhi per vederlo dischiudere la bocca e serrare le palpebre prima di buttar fuori un grugnito profondo e animalesco. Il suo calore si riversò dentro di me e il suo petto crollò sul mio, tanto brusco da lasciarmi quasi un livido.

I postumi ci lasciarono entrambi con il respiro affannoso e io continuai a tenermi stretta alle sue spalle. Alla fine, quando Romeo rialzò il capo, la placida serenità che gli lessi sul viso mi tolse il fiato. Gli passai una mano sulla fronte madida di sudore e sorrisi.

«Ehi, Mol.»

«Ehi, tu.»

Mi ricompensò con un sorriso, un sorriso vero – talmente bello da zittirmi. Mi domandai come fosse possibile che esistesse qualcuno di così attraente… e che quel qualcuno volesse proprio me.

Romeo si chinò sulla mia gola e cominciò a mordicchiarmi la pelle umida. «Sei tutto ciò che credevo di non poter mai avere.

Fare l'amore con te è stato… lo sai… oltre…» Nascose il viso, incapace di completare la frase.

Allungai il collo per lasciargli più spazio e gli accarezzai i capelli, rassicurante. «Romeo… è stato… bellissimo.»

Lui mi risalì con le labbra umide lungo la gola e le agganciò alla mia bocca, che mordicchiò pian piano. Mi succhiò la punta della lingua mentre usciva dal mio corpo con delicatezza. Trasalii e trattenni il respiro.

Romeo rialzò di scatto la testa per studiare la mia espressione. «Ti fa male?»

Provai a richiudere le gambe e sussultai. «Un po'. Te l'ho detto, non ho molta esperienza in queste cose. Ero praticamente vergine. Hai senz'altro lasciato il segno.»

Sorridendo, Romeo mi posò la testa sulla pancia e mi sorprese con il suo affetto, poi lasciò scivolare lentamente le dita in mezzo alle mie cosce. «Mi dispiace di averti provocato dolore, piccola, ma sarò sincero: sono contento che tu ti senta scopata per bene.»

Alzai gli occhi al cielo. «E io sono contenta che tu sia fiero di te.»

Lui sollevò la testa al mio evidente sarcasmo e assottigliò lo sguardo. «Oh, neanche te lo immagini, Shakespeare. Aspetta e vedrai cos'altro ho in serbo per te.»

Le sue parole mi strapparono un brivido e lo scintillio saccente che aveva negli occhi mi dimostrò quanto fosse soddisfatto di sapere che ricambiavo il suo desiderio.

Si sistemò accanto a me, mi attirò fra le braccia e giocherellò con i miei capelli. «Dimmi qualcosa che non hai mai rivelato a nessuno.»

Io mi irrigidii e lui intrecciò preventivamente la mano libera alla mia, implorandomi di parlare.

«Tipo cosa?»

Lui scrollò le spalle. «Qualsiasi cosa. Qualcosa che non sa nessuno. Un oscuro segreto o una paura che hai.»

Ricambiai il suo sguardo speranzoso e decisi coraggiosamente di accontentarlo.

Gli avrei confidato ciò che mi addolorava più di ogni altra.

«A volte mi sento così sola da pensare che potrei letteralmente morire.»

L'angoscia gli sommerse i tratti del viso e Romeo rotolò su di me, a baciarmi convulsamente le labbra, le guance e la fronte. «Molly, piccola, così però mi spezzi il cuore, cazzo.»

Cancellai distrattamente una lacrima solitaria. «Però è vero, non l'ho mai detto a nessuno finora… fino a *te*. Per me è la cosa più difficile in assoluto. È pazzesco il boato che provoca il silenzio quando ti urla addosso senza sosta, quando ti ricorda che sei sola al mondo.»

Romeo si leccò ansiosamente il labbro inferiore e gli si inumidirono gli occhi. «Te la posso dire *io* una cosa?»

Annuii timidamente. Lui mi accarezzò la guancia con un dito, anche se sembrava quasi che il gesto servisse a infondere coraggio a sé stesso piuttosto che a consolare me. «Anch'io mi sento tremendamente solo.»

Non riuscii a trattenermi: le lacrime mi scesero dagli occhi come un fiume in piena e Rome mi nascose il viso nel collo, respirando il nostro dolore messo insieme. Ci tenemmo stretti quasi fossimo stati l'uno l'àncora di salvezza dell'altro.

Sentii il sapore amaro del sale che mi gocciolava sulle labbra e, dopo diversi minuti di tanta agognata vicinanza, Romeo alzò la testa e notai che una placida serenità gli era scesa sugli occhi socchiusi.

«Adesso non dobbiamo più sentirci soli, piccola. Io ho te, e tu hai me.»

«Romeo, è una follia. Ci conosciamo da pochissimo tempo, eppure mi sembra di conoscerti da una vita.»

Un sorrisetto gli spuntò sulle labbra. «Siamo amanti sfortunati, Shakespeare. Due amanti sfortunati destinati a stare insieme. Abbiamo tutta la vita davanti per conoscerci meglio, a differenza dei personaggi da cui abbiamo preso il nome. Sono pronto a tutto pur di regalarci il nostro lieto fine.»

Gli posai le mani sulle guance accaldate e l'attirai alla mia bocca. Romeo lasciò che fossi io a condurre il gioco per un po', poi si tirò indietro e cominciò ad agitarmi un dito davanti alla faccia per mettermi scherzosamente in guardia dal testare i limiti delle sue manie del controllo.

Tutto a un tratto, Romeo rotolò sulla schiena e io gli cinsi la pancia con un braccio, poi gli posai comodamente la testa sul petto.

«Mmm...» riflettei.

«A che pensi, piccola?» domandò lui, che mi accarezzava i capelli.

«A quant'è bello sentire un altro cuore che batte accanto al mio.»

«*Mol...*»

«Shh... aspetta... lasciami ascoltare. Mi sento incredibilmente... completa.»

Mani gentili mi premettero ancor più il capo contro il suo petto e io mi rilassai ascoltando il ritmo ipnotico del suo cuore.

Dopo diversi minuti di silenzio, Romeo disse: «I versi che ti sei tatuata sul fianco, parlamene». Mi irrigidii e le sue braccia si strinsero su di me. «Ti tengo io, piccola.»

«Mio...» Mi schiarii la gola, bloccata da un nodo di commozione. «Mio padre li ha citati nella sua lettera di addio. Me li ripeteva sempre quando mi metteva a letto la sera, e io volevo qualcosa che me lo ricordasse, per non dimenticarlo mai.»

Sentii Romeo abbandonarsi a un sospiro di solidarietà, per poi chiedermi: «Li sai a memoria?».

Annuii contro la sua pelle nuda e calda. «Sì, ormai mi sono rimasti impressi, comunque ho ancora la lettera.»

Lui si mosse leggermente. «Davvero?»

Mi sollevai sui gomiti per studiare il contegno di Rome, che ora appariva agitato. Capii che non aveva idea di cosa dire in proposito.

«Ti andrebbe di leggerla?»

Romeo assunse un'aria sorprendentemente spaventata. «Perché?»

«Perché nessuno l'ha mai letta all'infuori di me e mia nonna. Mi piacerebbe condividerla con te. Più passano i giorni, più mi rendo conto che desidero aprirmi con te. Potrebbe aiutarti a capire alcune cose… su di me.»

«Okay» acconsentì lui con gli occhi sgranati.

Mi alzai lentamente dal letto e andai all'armadio. Ne tirai fuori il cofanetto di rovere nascosto sul ripiano più alto e tornai a voltarmi verso Rome, che ammirava spudoratamente il mio corpo nudo.

Scossi la testa e scoppiai a ridere. «Sei proprio incorreggibile.»

«Tanto per la cronaca, stasera ti prenderò un'altra volta. Sei una droga, Shakespeare. Cazzo se sei una droga.»

I soliti brividi mi assalirono, e tornai da lui. Romeo mi attirò contro il calore del proprio corpo e io aprii il cofanetto ed estrassi il vecchio foglio di carta ingiallita che avevo fatto plastificare. Poi, con mani tremanti, lo porsi a Romeo, che cominciò a leggerlo tra sé e sé con grande attenzione.

Il silenzio regnava incontrastato, così decisi di lasciargli un po' di spazio.

Indossai la nuova vestaglia di seta lunga fino al ginocchio e uscii sul balcone, a riempirmi i polmoni con l'aria frizzante della sera e osservare gli alberi circostanti che oscillavano delicatamente nel venticello della notte. Nonostante l'avessi letta un migliaio di volte, la lettera non smetteva mai di sconvolgermi, e non riuscii a impedirmi di ripercorrerla mentalmente parola per parola:

Mia piccola Molly-dolly, questa è la lettera più difficile che abbia mai dovuto scrivere.

Prima di tutto, voglio tu sappia che ti ho amata più di quanto qualsiasi papà abbia mai amato la sua bambina fin dall'alba dei tempi. Sei la luce dei miei occhi e la cosa migliore che abbia creato in vita mia.

So che adesso ti sembrerà tutto troppo difficile da capire, ma ci riuscirai, col tempo. Desidero spiegarti perché ti ho lasciata e voglio che tu capisca che non hai fatto niente di sbagliato.

Ho amato tante persone in vita mia, eppure il modo in cui ho amato tua madre andava oltre ogni mia comprensione. Il giorno in cui sei venuta al mondo è stato il più triste e il più felice della mia vita. Il più felice perché ho avuto te, e anche il più triste perché ho perso l'altra metà della mia anima.

Ero a pezzi, Molly, e nessuno all'infuori di Dio sarebbe mai stato in grado di aggiustarmi.

Un giorno, mia dolce bambina, arriverà un giovanotto fortunato che ti aiuterà a capire il vero significato dell'amore. Ti conquisterà e ti dimostrerà che cosa significa affidare il tuo cuore alle cure di qualcun altro e donargli la tua anima – che diventerà completamente sua. Assicurati che sia degno di ricevere in dono il tuo cuore e fai tutto ciò che è in tuo potere per proteggere quello che avete.

Forse in futuro, quando sarai più grande e più saggia, ripenserai alla mia dipartita e ti sentirai piena di domande, di insicurezze, e magari mi biasimerai per averti abbandonata quando eri ancora così piccola – in quanto a questo, non posso dirti niente che sia in grado di offrirti un po' di sollievo. Magari la gente dirà che sono stato egoista a lasciarti da sola, ma io credo che sarei stato più egoista a importi di vivere con un padre a metà.

Da quando mamma se n'è andata, ho vissuto una vita triste e solitaria, un'oscurità rischiarata soltanto da te e da tua nonna. Desidero tu sappia che adesso sono in pace e nel posto più felice che si possa immaginare: fra le braccia di mamma per l'eternità.

Vivi la vita al massimo, mia dolce bambina, e un giorno, quando Dio lo vorrà, mi troverai ad aspettarti ai cancelli del paradiso per prenderti di nuovo in braccio e farti fare una giravolta, per dirti quanto sei bella e presentarti tua madre… che ti assomiglia tantissimo.

"Tale tu sei per i miei pensieri quale il cibo è per il mio corpo, o gli acquazzoni della primavera sono per il terreno." - William Shakespeare

Ti voglio bene,
Papà

Capii che Romeo aveva finito di leggere la lettera quando lo sentii dietro di me e il calore del suo corpo penetrò la sottile barriera della seta. Mi baciò delicatamente sulla nuca, mi voltò con gesti attenti e mi sollevò silenziosamente fra le braccia. La sua espressione era indecifrabile. Gli circondai il collo con le braccia e mi tenni stretta questa nuova, profonda intimità che era venuta a crearsi fra di noi.

Senza dire niente, Romeo mi portò verso il tavolo in un angolo del balcone e mi distese sul piano bianco. Sganciò il nodo della vestaglia e la stoffa ricadde accanto a me. Le sue labbra morbide tracciarono una scia di baci leggeri dalla caviglia fino alla coscia, poi Romeo si agganciò le mie gambe intorno ai fianchi. Puntellandosi sopra di me, scivolò in avanti con una lentezza quasi dolorosa e facemmo l'amore. Si dondolò dentro di me con una delicatezza incredibile, stringendo le mie mani fra le sue, e raggiungemmo l'orgasmo insieme, sospirando inudibili nell'immobilità della notte.

Romeo mi accarezzò premurosamente la guancia. «Grazie per avermi mostrato la lettera, piccola. Grazie per avermi confidato il tuo passato.»

Lo baciai sulle tre lentiggini che aveva sul naso – le mie preferite – e sulla piccola cicatrice che mostrava sul mento. «Portami a letto, Romeo.»

Lui eseguì, mi sistemò sotto le coperte come fossi più leggera di una piuma, mi attirò a sé e scivolammo in un sonno beato e soddisfatto.

Ero completamente e perdutamente innamorata di lui.

CAPITOLO 16

Salvai l'ultima modifica al documento Word con un clic entusiasta del mouse. Avevo finalmente completato l'ultima parte della ricerca per la pubblicazione della professoressa Ross e mi sentii invadere da un senso di meritata soddisfazione per essere riuscita a portare a termine l'impresa. Adesso potevo passare il mio tempo libero con Romeo, e non incatenata alla scrivania in biblioteca.

Mi rilassai sulla sdraio che tenevo sul balcone e mi concessi una pausa di cui avevo estremamente bisogno. Inspirai a fondo l'aria tiepida di Tuscaloosa, quando udii l'inconfondibile scricchiolio del graticolato di legno.

Romeo scavalcò il parapetto del balcone con un'espressione cupa e io sentii un tuffo al cuore. Venne dritto da me e, prendendomi il viso fra le mani, mi rubò un bacio lungo e sensuale. Quando si scostò, aveva gli occhi ardenti e io ero senza fiato, ma si limitò a prendere posto sulla sedia libera accanto alla mia.

«Stai ancora sgobbando, vedo.» Mi rivolse un sorriso tirato.

«Eh già. Stamattina la professoressa Ross ha saputo a che ora presenteremo l'articolo a Oxford; partiamo fra qualche mese. Adesso ci aspetta una corsa contro il tempo per finirlo, però se non altro la mia parte è conclusa.»

Romeo scivolò sul bordo della sedia, le labbra strette. «Torni in Inghilterra fra qualche mese? Da quando?»

Mi rigirai la penna fra le dita e ricambiai cautamente il suo sguardo. «Da sempre. Le darò una mano durante la presentazione. Cosa che mi tornerà immensamente utile quando dovrò scegliere l'università per il dottorato. Se la presentazione riscuoterà successo, avrò l'imbarazzo della scelta.» Piegai la testa di lato, perplessa. «Perché me lo chiedi?»

Romeo si abbandonò sullo schienale con aria imbronciata. «Non voglio che te ne vada, mi mancheresti troppo. E poi in quel periodo ci sarà anche la finale di campionato. Ho bisogno che tu sia sugli spalti a guardarmi. Se voglio giocare bene, devi esserci anche tu – sei il mio portafortuna, non te lo scordare. Meglio evitare che migliaia di tifosi dei Tide ce l'abbiano con te.»

Scossi la testa in un gesto esasperato, poi mi alzai per sedermi sulle sue gambe. Romeo mi cinse saldamente in vita e mi strusciò il naso sulla mascella.

«Tornerò in tempo. Se i Tide arrivassero in finale, non me la perderei per niente al mondo. Mica posso mettermi fra la gente dell'Alabama e il football, ti pare?»

Romeo mi pizzicò il sedere. «Oh, ci arriveremo eccome, piccola. Su questo non ci piove, e tu *sarai* seduta sugli spalti a tifare per me e a gridare il mio nome – prima, durante e dopo la partita.»

Mi chinai su di lui e gli baciai le labbra morbide con una risatina. Quando mi scostai, gli era scesa sul viso la stessa espressione cupa di poco prima.

Gli accarezzai la guancia ispida di barba. «Cosa c'è che non va?»

Lui trasse un respiro profondo e disse: «Indovina».

«I tuoi?»

«Tombola.»

«E adesso cosa si sono inventati?» domandai, terrorizzata dalla risposta.

«Vogliono conoscerti. Ci hanno invitato a cena domani sera. Stanno affinando le loro strategie.»

Mi tirai indietro in preda allo shock. «Davvero? Non avrei mai pensato che volessero conoscermi… mai e poi mai.»

«Neanch'io.»

Trattenni il respiro all'asprezza delle sue parole. Romeo mi strinse il braccio. «Ehi, non volevo che ci rimanessi male, ma non sono contenti della nostra relazione, Mol. Non l'hanno mai nascosto.»

Mi rannicchiai contro il suo petto. «Lo so, è un vero schifo.»
«Gli dico che non andiamo.»
Mi raddrizzai di scatto. «No, al diavolo, andiamoci. Mostriamogli quanto siamo perfetti l'uno per l'altra. Magari vederci insieme li aiuterà a capire.»
Romeo se ne uscì con un'occhiata incredula. «Non capiranno un accidente e *io* non voglio che se la prendano con te. Io li gestisco da anni, però non resterò a guardare mentre ti riservano lo stesso trattamento. Hai già visto papà in azione, non tollera che gli si disobbedisca. Mia mamma, invece, è vendicativa e crudele. Perché mai vorresti conoscere ufficialmente due persone del genere?»
«Voglio ricucire i rapporti per il tuo bene.» Romeo addolcì l'espressione e mi baciò sul dorso della mano.
Gli scostai i capelli dal viso. «Ti deciderai mai a raccontarmi quello che è successo fra te e i tuoi? Nel bene e nel male?»
Romeo rialzò di scatto la testa come se l'avessi rimproverato. «Non ci penso neanche. Ti basti sapere che mi considerano una delusione totale. Inutile scendere nei dettagli.»
«Io però ti ho raccontato tutto di me – di mio padre, della mia vita. Confidati» protestai.
Lui mi accarezzò il braccio premuto contro il suo. «Lo so, ma... lascia perdere, ti prego.» Smisi di insistere quando notai i suoi occhi offuscarsi, tagliandomi fuori.
Poco dopo, Romeo prese un bel respiro profondo e confessò: «Ultimamente sono peggiorati. C'è qualcosa in ballo, anche se non so cosa. Mi hanno sempre dato il tormento con la questione di Shelly, e in tutti i modi possibili, e adesso sembrano avere disperatamente bisogno di questo matrimonio. Papà non è mai stato tanto assillante come in quest'ultimo periodo. È sicuramente successo qualcosa, eppure non riesco a capire di cosa potrebbe trattarsi. Ormai mi telefonano quasi tutti i giorni». Aggrottò la fronte, assorto nei propri pensieri.
«Io voglio andarci.»

Romeo grugnì in modo teatrale. «È come andare all'inferno, non lo capisci? Non posso metterti in una situazione del genere di proposito. Lo so che non parlo molto del mio passato, però non sono brave persone, Mol. Di questo sono sicuro. E la mela non cade mai troppo lontano dall'albero.»

«Non dire così! Tu non sei né crudele né violento; sei gentile e incredibilmente premuroso, soprattutto con me. Chiamali e digli che accettiamo l'invito.»

Continuando a tenermi fra le braccia, Romeo si rimise in piedi e mi portò a letto. Mi depositò al centro del materasso e si sfilò la maglietta grigia senza maniche che indossava. «E va bene, ci andremo, e adesso tu devi spogliarti e darmi un motivo convincente per portarti volontariamente nella fossa dei leoni.»

«Io mi spoglio per te in continuazione. Stai solo cercando una scusa.»

Lui lasciò ricadere i jeans e io deglutii rumorosamente al cospetto del suo magnifico corpo nudo. «Non sei ancora nuda, Shakespeare. Datti una mossa o te ne pentirai» mi minacciò.

Io obbedii e, nell'istante in cui mi sfilai il vestito da sopra la testa, sentii la sua bocca sul seno.

«Ci andremo, ma tu prenditi la giornata libera. Dovrai darti un bel daffare per convincermi che non è un disastro annunciato… proprio un *bel daffare*, cazzo.»

Qualche ora più tardi, quando Romeo andò agli allenamenti, bussai alla porta di Ally.

«Sì?»

«Ally, sono io. Posso entrare?»

La porta si aprì sullo splendido viso di Ally. Sul suo letto, c'erano anche Cass e Lexi. Entrai nella stanza e le salutai. «Ehi, che combinate? Perché non mi avete invitata?» domandai scherzosamente, anche se sotto sotto lo pensavo davvero.

Eravamo un quartetto praticamente inseparabile ed ero contentissima di avere finalmente delle amiche. Amiche che consideravo vere e sincere, e vedermi esclusa da quella piccola riunione mi irritò un poco.

Cass si inginocchiò sul letto a cavalcioni della coperta, gettò la testa all'indietro e cominciò a dondolare ripetutamente i fianchi. «Ah... Romeo... *oddio*... merda... sto per... *sto per*... *ROMEO!*»

Lexi si precipitò dietro di lei, la sculacciò e si spinse in avanti fingendo di penetrarla da dietro. «Ti piace, Mol? DIMMI che ti piace! Cazzo... sì!» urlò.

Mi coprii il viso con le mani per nascondere l'imbarazzo più totale e loro scoppiarono in un attacco di ridarella.

Cass fu la prima a parlare. «Siamo venute a chiamarti, tesoro, ma quando abbiamo sentito i vostri versi animaleschi, ci è sembrato meglio lasciarvi in pace. Cazzarola, sembrava sesso parecchio spinto!»

Ally mi passò un braccio intorno al collo e mi baciò sulla testa. «Ignorale. Comunque, giusto per tua informazione, le pareti di questo posto sono parecchio sottili. E sì, è vero che sono tua amica, però Rome è mio cugino e non voglio più sentirlo fare cose del genere!»

Lexi rideva talmente forte che iniziò a grugnire, rotolandosi sul letto e tenendosi la pancia con le mani.

Meditai la fuga e mi girai verso la porta. Cass si lanciò giù dal letto, mi caricò di peso sulla spalla e mi buttò in mezzo alla distesa di cuscini, poi schioccò la lingua e scosse la testa. «Ti stiamo solo prendendo in giro, Molls. Tutte facciamo sesso... solo che, a quanto pare, tu più di noi.» Mi strizzò l'occhio e si infilò un dito in bocca... in un gesto esplicito.

«Per favore, possiamo cambiare argomento?» bisbigliai prima di mordermi il labbro fino a sentire il sapore del sangue.

«Ragazze, lasciatela in pace.» Ally si sedette in fondo al letto, mentre Cass e Lexi si stravaccarono accanto a me.

«Che si dice, cara la mia ninfomane?» canticchiò Cass, lasciando guizzare la lingua sui denti in maniera allusiva. Non riuscii a trattenere un sorrisetto.

Le diedi una manata sul braccio e mi voltai per rivolgermi ad Ally. «I genitori di Romeo ci hanno invitato a cena da loro domani sera. Vogliono conoscermi… ufficialmente.»

Ally si sfregò la fronte, un'espressione totalmente sconsolata sul viso. «Merda!»

Non era la reazione che avrei voluto.

«Romeo non ci voleva andare, e invece secondo me è una buona cosa, non credi? Sai, per… migliorare i rapporti.»

«Non funzionerà» affermò Ally. «Mol, non sono brave persone. Hai avuto soltanto un piccolo assaggio di quello che sono capaci di fare. Ripensaci e tirati indietro. Non andarci. Accontentati di essere felice con Rome senza che loro ci mettano il becco.»

«Jimmy-Don mi ha raccontato che sono due ossi duri, ragazza mia. Tu e Rome state andando alla grande, non rovinare tutto» aggiunse Cass in tono serio, dandomi un buffetto sulla mano.

«Prima o poi dovrò conoscerli. Perché non adesso?»

Ally balzò in piedi e cominciò a camminare avanti e indietro. «Perché se gli dai un dito, quelli ti divoreranno tutto il braccio!» Mi venne incontro e si strinse accanto a me. «Questo deve rimanere fra noi, okay?» Lanciò un'occhiata eloquente a Cass e Lexi che le rivolsero un cenno d'assenso.

Ally si massaggiò le tempie con le dita e il suo viso assunse un'espressione profondamente angosciata. «Non avrei mai voluto che venissi a saperlo da me. Non credo spetti a me parlartene, tuttavia penso che ti aiuterà a decidere come comportarti quando incontrerete i famigerati magnati della famiglia Prince!»

Deglutii, preoccupata.

«Non immaginavo esistessero genitori capaci di odiare i propri figli, sai? I genitori dovrebbero venerare i propri figli, e invece *loro* no. Lo odiano a morte. Ai loro occhi, Rome non ne combina mai una giusta. Da bambino, se faceva una cavolata, tipo sporcarsi i vestiti o scontentarli per qualche assurdo motivo, suo papà dava completamente di matto, lo prendeva a cinghiate e lo rinchiudeva in camera sua. Lo picchiavano. Spesso. Lo mettevano in castigo per intere settimane, tutto solo – un bimbo isolato da tutti che si sentiva ripetere in continuazione quanto fosse detestato, fino a diventare insensibile e richiudersi in sé stesso. Mio papà non è mai riuscito a perdonarsi per quello che ha passato Rome e nessuno di noi ha mai compreso la gravità della situazione. Io e i miei ci siamo trasferiti a Birmingham quando ero molto piccola, perciò lo vedevo solo raramente. Eppure, ogni volta che andavo a trovarlo, era ridotto sempre peggio. In ogni caso, hanno continuato a trattarlo così finché non ha iniziato l'università, e lo tengono ancora saldamente nelle loro grinfie. Non può liberarsi. La sua è una vita difficile, e se non sposa quella maledetta Shelly Blair, allora...» Lasciò la frase in sospeso, gli occhi lucidi di lacrime.

Cercò di darsi un contegno, mi prese per mano e mi supplicò di cambiare idea. «E tu, Molly Shakespeare, li hai messi davanti a un bivio. L'invito a cena, te l'assicuro, non è un modo per conoscerti meglio. Se ho ragione, è l'occasione per escluderti dalla sua vita... per sempre. Sono persone molto, molto cattive. Promettimi che non ci andrai. Non costringere Rome a una tortura del genere. Ha più bisogno di te di quanto pensi.»

Deglutii, colta da un pessimo presentimento. Sprazzi di immagini del padre che lo colpiva violentemente in faccia mi balenarono davanti agli occhi, e le parole di Ally mi frullarono in testa. *Non sono brave persone.*

Eppure, le misi da parte. Se fossimo riusciti a convincere i suoi che volevamo stare insieme, la cosa gli avrebbe semplificato enormemente la vita. Dovevo provarci, per Rome.

Strinsi i denti. «Non riusciranno a convincermi a scappare.»

Cass mi diede una manata sulla schiena per infondermi coraggio. «Brava! Fagliela vedere a quei ricchi bastardi del cazzo!»

Ally mi scoccò un'occhiata severa, ignorando Cass. «Spero che tu abbia ragione, ragazza mia, perché perderti lo ucciderebbe.»

«Non succederà mai, Rome è troppo importante per me.»

Le tremava il labbro. «Molly, ti scongiuro... non ci andare. Te lo chiedo in ginocchio.»

«No! Devo provarci, almeno un tentativo… per lui. Così si toglieranno dalla testa tutta questa stronzata di Shelly e ci lasceranno in pace. Sono come una nube nera che ci incombe costantemente addosso, pronta a colpirci. So che Romeo ci pensa in continuazione – che diamine, questa storia deve finire!» gridai.

Ally annuì rassegnata, poi andò ad aprire l'armadio e cominciò a rovistare fra i suoi vestiti firmati. «Beh, se proprio vuoi partecipare a questa catastrofe di cena, allora dobbiamo vestirti come si deve. Diamogli meno appigli possibili per criticarti.»

CAPITOLO 17

Romeo non aveva ancora aperto bocca. Era rimasto spaventosamente in silenzio durante l'intero tragitto verso casa dei suoi. Mi spostai sul sedile e allungai una gamba sulle sue, gli posai la testa sulla spalla e scrutai la sua espressione tetra. Lui mi rivolse un sorriso turbato e mi baciò sulla tempia prima di serrare la presa sulla mia coscia nuda.

Ally e le ragazze mi avevano aiutata a prepararmi. Indossavo un vestito nero di Valentino lungo fino al ginocchio e con le maniche a tre quarti, e tacchi a spillo neri. Avevo i capelli sciolti, i boccoli scuri fissati ai lati dalla testa con fermagli decorati, e piccoli orecchini di diamanti. Romeo si era messo un paio di pantaloni neri eleganti e una camicia bianca. Era la prima volta che lo vedevo agghindato in modo tanto formale e mi sembrava a disagio quanto me.

«Ascoltami bene, okay?» annunciò con enfasi.

Io annuii e gli prestai tutta la mia attenzione.

«Probabilmente troveranno mille scuse per criticarti, saranno spietati. Qualsiasi cosa dicano, non lasciarti influenzare. Ti proteggerò io. Se sentissi il bisogno di andartene, in qualsiasi momento e per qualsiasi motivo, taglieremo la corda – senza se e senza ma. Però promettimi che non gli permetterai di ferirti.» Nella sua voce c'era una nota disperata e aveva gli occhi offuscati da un'emozione sconosciuta, indecifrabile.

«Te lo prometto.»

«Allora perché ho l'impressione che ti perderò da un momento all'altro?»

Non riuscii a sopportare la sua espressione avvilita. «Accosta.»

Romeo non esitò e le ruote scricchiolarono sulla ghiaia mentre ci fermavamo bruscamente sul ciglio della strada. Mi spostai per mettermi a cavalcioni su di lui e gli ravvivai i capelli arruffati con le dita. «*No* che non mi perderai.»

Lui non sembrava convinto. «Non posso permetterlo, Mol. Sei troppo importante per me. Questo lo sai, vero? Ti rendi conto di quello che provo? Di quanto ho bisogno di te? Perché è così. Lo so che non parlo spesso dei miei sentimenti, ma... ma... io... io...»

«Shh... non c'è bisogno che tu me lo dica.» L'amore mi travolse come un meteorite schiantatosi sulla superficie della Terra e mi ritrovai a mordermi le labbra per impedirmi di crollargli fra le braccia. Lui abbassò lo sguardo e una tristezza asfissiante pervase l'abitacolo del pick-up.

«Romeo, tu mi hai dato un motivo per essere felice. Sono stata male per tantissimo tempo, e *tu* mi hai riportata in vita. Te ne rendi conto, *vero*?»

«Non sono brave persone, piccola. Lo so che non mi credi, però l'unico scopo di questa cena è rivendicare il potere che hanno su di me. È sempre così.» Lasciò ricadere il capo sul mio petto. «Non mi lasceranno mai in pace, non mi permetteranno mai di essere felice insieme a te. Combineranno qualcosa; riescono sempre a rovinarmi la vita.» Il suo corpo fu scosso da uno spasmo e Romeo tentò di spostarmi dalle sue ginocchia. «Ce ne andiamo a casa. Col cazzo che ceniamo con loro.»

Serrai la presa sulle sue spalle e lo tenni fermo con tutte le mie forze. «E invece sì.»

Romeo mi agganciò le braccia in vita e rimanemmo immobili a ricomporci, placarci e distendere i nostri nervi a fior di pelle. Alla fine, Romeo rialzò stancamente la testa, e la sua espressione impassibile e spavalda riuscì quasi a nascondere il bambino sperduto che ribolliva sotto la superficie.

Quasi.

Mi chinai su di lui e lo baciai dolcemente, crogiolandomi nel suo odore. Poi, con un ultimo abbraccio, tornai al mio posto. Romeo sospirò e riaccese il motore. Imboccammo di nuovo la tranquilla strada di campagna e io buttai fuori una risatina priva di divertimento.

«Che c'è?» domandò lui impacciato.

«Sono l'ingenua Giulietta Capuleti che rischia il tutto per tutto per andare a cena dai Montecchi.»

Rome alzò gli occhi al cielo. «Giulietta non era tanto stupida da correre un rischio del genere. Quei due hanno preferito tagliare la corda e sposarsi – un piano geniale. Peccato che la *mia* Giulietta abbia deciso che conoscere i suoi nemici giurati ci tornerà utile. Tra poco scopriremo se hai ragione, ma voglio sia messo agli atti che secondo me è un'idea del cazzo.»

Odiavo vederlo così ansioso.

Si schiarì la voce. «Una cosa però è senz'altro identica.»

«Che cosa?»

«Quello che provo nei tuoi confronti è uguale a quello che provava Romeo per Giulietta.» Intrecciò le dita alle mie. «Anch'io sono disposto a rinunciare a tutto pur di stare con te.»

Tornai a posargli il capo sulla spalla e osservai il parabrezza per guardare il sole che calava stancamente nel cielo. Trassi un respiro profondo e sorrisi tra me e me. Niente di ciò che avrebbero detto o fatto i suoi genitori sarebbe riuscito a indurmi a fuggire.

Niente.

Io e Rome salimmo i ripidi gradini dell'enorme villa cinta da colonne bianche mano nella mano. La mia tremava, ma Rome non disse niente. Si limitò a tenerla ben stretta.

Ci fermammo davanti alla porta e Rome si voltò a guardarmi. «Tanto per cominciare, piccola, sei splendida.»

«Grazie.»

«In secondo luogo, ricorda cosa ti ho detto. Non permettergli di ferirti. Qualsiasi cosa succeda.»

Mi feci una croce sul cuore e, quando Rome accennò a bussare, la porta si spalancò su sua madre, una donna super-elegante sulla cinquantina, con i capelli biondi tagliati a caschetto, un tailleur rosso e un filo di perle. Teneva in mano un bicchierone di whisky e ci mancò poco che l'odore acre dell'alcol mi provocasse la nausea.

La Signora Prince fissò Romeo e piegò le labbra rosso rubino in un ghigno beffardo, senza dare alcun segno di aver notato la mia presenza. «Sei in ritardo.»

Romeo si irrigidì. «Ciao mamma, è sempre un piacere.»

Lei se ne uscì con una smorfia disgustata. «Peccato non si possa dire altrettanto di te.» Si girò e, visibilmente ubriaca fradicia, barcollò su gambe malferme fino a un grande passaggio ad arco alla sua sinistra.

Romeo inspirò lentamente e chiuse gli occhi, immerso nei suoi pensieri. Capii che era abituato a essere trattato in quel modo. La sua reazione diceva tutto quello che c'era da dire. Quando abbassò lo sguardo su di me, gli rivolsi un sorriso rassicurante, anche se dovetti sforzarmi parecchio per smetterla di digrignare i denti.

Ero furiosa.

Andammo nella direzione che aveva preso sua madre e, una volta girato l'angolo in un immenso salone riccamente decorato di bianco e nero, trovammo il signor Prince ad aspettarci accanto a un grande camino, con indosso un elegante abito grigio. La sua presenza mi mise immediatamente a disagio.

La signora Prince raggiunse il marito e lui raddrizzò la schiena prima di infilarsi le mani in tasca con aria quasi di scherno. Non ci fu alcun saluto, niente abbracci affettuosi, soltanto un gelo tale da mandarmi i brividi dalla testa ai piedi.

Il signor Prince indicò Romeo con un cenno del mento. «Ci hai messo troppo a rispondere al nostro invito, ragazzo. È *inaccettabile.*»

Romeo strusciò i piedi sul pavimento. «Pensavo di avere gli allenamenti. Poi ho scoperto di no. Vi ho risposto appena ho potuto.»

Il signor Prince sembrava indignato.

«Beh, che fortuna» cantilenò sarcastico. «Oltretutto, non capisco perché continui a sprecare il tuo tempo con quella sciocchezza del football. Sappiamo entrambi che non parteciperai al draft.»

Lanciai un'occhiata sorpresa a Rome, ma la mascella serrata e il suo rifiuto di rispondere furono gli unici indizi che le parole del padre l'avevano punto nel vivo. Prima che Romeo potesse ribattere, la signora Prince suonò un campanello e ci indicò un sontuoso divano color bronzo. «Perché non vi accomodate?» disse con voce strascicata. Io e Rome ci spostammo rigidi fino al divano, la sua mano che stringeva forte la mia nel rifiuto di mollare la presa.

Nel giro di pochi minuti, una cameriera vestita nella classica uniforme bianca e nera entrò nel salone.

«Quattro Bollinger» ordinò la signora Prince, il tono tagliente. L'anziana cameriera si prodigò in un inchino e sparì.

I genitori di Romeo si accomodarono davanti a noi su un divano identico.

«Insomma, *Molly*, giusto?» domandò la signora Prince senza giri di parole.

Annuii. «Giusto.»

Lei arricciò le labbra in quella che mi sembrò una smorfia disgustata. «Mi hanno detto che ti sei trasferita?»

«Sì, sono arrivata all'inizio del semestre per finire il master.»

«E com'è che vi siete conosciuti?»

Mi voltai verso Romeo con un sorriso. Lui mi guardò di sottecchi e serrò la presa sulla mia mano.

«Ci siamo conosciuti il primo giorno di lezioni.»

Romeo sorrise e si sporse in avanti per baciarmi teneramente sulla testa. «Il giorno più bello della mia vita.»

«Accidenti, quanta... *tenerezza*» commentò la signora Prince, le parole grondanti falsità.

Io e Romeo tornammo a voltarci di scatto a guardare i suoi. Le loro occhiate torve lasciavano intendere che la nostra piccola dimostrazione d'affetto non li aveva minimamente colpiti.

L'anziana cameriera rientrò nel salone e interruppe il momento imbarazzante per portarci da bere, consegnandoci un bicchiere a testa. Io ne bevvi subito un sorso quando fu chiaro che non ci sarebbe stato alcun brindisi. La signora Prince tracannò il suo in una volta sola, per poi riempirsi nuovamente il bicchiere dalla grande bottiglia di whiskey posata sul tavolino davanti a lei.

«Allora, Molly, immagino tu sia a conoscenza dei progetti di Romeo dopo la laurea?» domandò la signora Prince.

«Con il football?» risposi, vagamente confusa dal suo strano tono di voce.

I genitori di Romeo scoppiarono a ridere con condiscendenza.

«Assolutamente no! Si riferiva al dovere di assumere il controllo dell'azienda di famiglia» spiegò il signor Prince in modo freddo e sferzante.

«*Papà*» l'avvertì Romeo.

«Lei deve saperlo, Rome» replicò lui con un sogghigno. Capii che voleva andare a parare da qualche parte. «Deve sapere che non avrai il tempo per continuare col tuo stile di vita da giocatore di football.»

«*Smettila*!» sbottò Romeo, stavolta con più enfasi. «Non mi va di discutere con te anche stasera.»

Al rimprovero di Romeo, il viso del signor Prince si rabbuiò fino a diventare paonazzo e la tensione divenne soffocante mentre padre e figlio continuavano a squadrarsi.

Mi schiarii la gola. «Potrei sapere dov'è il bagno, per favore?» Avevo bisogno di spazio, di prendermi un momento per calmare i nervi e prepararmi ad affrontare il resto della serata.

Romeo distolse lo sguardo torvo dal padre e mi scoccò un'occhiata preoccupata. «Ti ci accompagno io, piccola.»

Ci rimettemmo in piedi e uscimmo dal salone senza guardarci indietro, lasciando i padroni di casa seduti sul divano a borbottare fra di loro.

Sbucammo nell'ampio corridoio d'ingresso e mi bloccai all'improvviso.

«Non ci credo!» sbottò Romeo, la mano libera serrata a pugno.

Shelly stava entrando in casa, con un vestitino nero aderente, tacchi vertiginosi e un sorriso furbo stampato in faccia.

Romeo si irrigidì. «E tu che cazzo ci fai qui?»

Shelly ci rivolse un rapido cenno di saluto e si fermò davanti a noi. «Romeo, tesoro, tua mamma mi ha chiesto di venire per vederti.»

Sentii lo stomaco sprofondare e la delusione prendere il sopravvento. Ci avevano teso una trappola.

Io e Romeo rimanemmo a guardare Shelly che entrava di gran carriera nel salone, accolta dalle amorevoli braccia dei Prince. Dopodiché, si voltarono tutti e tre a guardarci.

La madre di Romeo si ergeva orgogliosa alle spalle di Shelly con un sorrisetto crudele sul viso eccessivamente gonfiato dal Botox, ogni parvenza di cortesia totalmente dimenticata.

Romeo scattò in avanti, i muscoli tesi e contratti sotto la camicia. «Come vi siete permessi di farci una cosa del genere?!»

«Cosa, esattamente? Shelly è di famiglia e Molly deve sapere un paio di cosette che potrebbero influire sulla vostra… storiella» rispose il signor Prince in tutta calma.

Romeo si tirò indietro. «Non ricominciare con queste cazzate e, già che ci sei, vedi di trattare Molly con il rispetto che merita, porca troia!»

Il signor Prince mi indirizzò un inchino esagerato, le labbra atteggiate in un sorriso di scherno. «Vostra Maestà, come sta la regina?» Shelly e la madre di Romeo scoppiarono a ridere, e io sentii la testa formicolare per l'umiliazione.

«Ci avete invitati a cena per conoscere Molly, perché?» La delusione avvelenava ogni nota della voce di Rome. «Era una presa per il culo? Avevate già deciso di distruggerla appena entrata da quella cazzo di porta?»

Il signor Prince ringhiò: «Perché mai dovremmo aver voglia di conoscere una troia assetata di soldi, o addirittura intrattenerla per cena? È talmente povera che non mi stupirei se avesse difficoltà persino a usare le posate. Shel ci ha raccontato parecchie cose sulla tua *ragazza*».

Non battei ciglio, sforzandomi di apparire impassibile, anche se non ero sicura che stesse funzionando.

Il signor Prince rise del mio silenzio. «Quello di stasera è un intervento. Dovevamo trovare un modo per convincerti a portarci il tuo nuovo bocconcino. Un invito a cena ci è sembrata la scusa migliore. Così, ora che sei qui e abbiamo la tua attenzione, farai quello che ti diciamo e metterai fine a questa farsa. *Immediatamente*. Manda via la tua puttanella inglese… preferibilmente dall'altra parte dell'Atlantico.»

Romeo incespicò. «Ci avete invitati per convincermi a mollarla? Cristo santo, questo è troppo persino per voi!»

Sua madre si mise a ridere e il liquido ambrato di cui si era pienamente rifornita sciabordò oltre il bordo del bicchiere. «La cara Molly deve capire che i suoi intrighi non funzioneranno.» Incrociò il mio sguardo. «Lascialo in pace. Non hai la minima idea di chi ti stai mettendo contro, dico bene? Shelly è fidanzata con Rome, e *non* sarà di certo una stracciona come te a metterci i bastoni fra le ruote. Il matrimonio è stato combinato anni fa.» I suoi occhi gelidi erano a dir poco spaventosi. «Io ottengo sempre ciò che voglio, tesoro. Non te lo dimenticare.»

«Non sono fidanzato con Shelly, né lo sarò mai! Il vostro patrimonio del cazzo può andare a farsi fottere, io non intendo averci niente a che spartire!»

Romeo mi strinse la mano e mi trascinò alla porta. Io guardai sua madre precipitarsi da noi e, quando Romeo si girò per capire cosa avesse attirato la mia attenzione, lei alzò un braccio e gli sferrò un manrovescio. Lo schiocco mi strappò un gemito e mi tappai la bocca con una mano.

«Ragazzino insolente! Come osi parlarci in questo modo dopo tutto quello che abbiamo fatto per te? Sei la cosa peggiore che sia mai capitata a questa maledetta famiglia, ingrato pezzo di merda che non sei altro! Non ne combini mai una giusta, non è vero? Rovini sempre tutto, e portare *questa qui* nella nostra vita è la scelta peggiore che tu abbia compiuto finora» strillò, puntando un dito a pochissima distanza dalla mia faccia.

«Rimangiati subito quello che hai detto» sibilò Romeo a denti stretti, e mi si parò davanti per proteggermi con il suo fisico imponente.

La signora Prince si portò le mani smaltate di rosso alla bocca e ridacchiò. «Altrimenti cosa, *Romeo*? Mi picchierai? Picchierai la tua *mammina*? Alzerai le mani su una donna?»

«Ora basta!» sbraitò suo padre e il silenzio piombò sulla stanza. Venne avanti, afferrò Romeo per il colletto della camicia e lo trascinò verso di sé. Romeo non si oppose, un'espressione vacua negli occhi.

«Prova a rivolgerti un'altra volta a tua madre con quel tono e ti ammazzo. Non intendo continuare a discuterne. Piantala di scoparti la ragazza e rassegnati a quello che succederà. L'unico scopo della tua vita del cazzo è obbedirci e sottostare al tuo dovere di Prince! Quindi deciditi, una buona volta! E smettila di comportarti come uno stronzo testardo!» La sua voce cupa e sinistra pretendeva la cieca obbedienza di Romeo.

Il signor Prince lo scaraventò addosso a me, tanto che fui costretta a puntare i piedi per impedirgli di buttarmi per terra. Romeo si rimise dritto e mi prese il viso fra le mani per assicurarsi che stessi bene. Purtroppo, non stavo bene. Dubitavo che per chiunque al mio posto sarebbe stato diverso dopo aver subìto un attacco tanto ripugnante. Romeo scorse il riflesso della mia sofferenza e, con un grugnito, mi avvolse nella sicurezza del suo abbraccio.

Il suo peggior incubo si era appena avverato.

Tornò a rivolgersi ai genitori. «Con voi ho chiuso. Scelgo Molly. Scelgo di lasciare per sempre questa vita del cazzo. *Cristo santo*! Cos'altro potete infliggermi?! Porca troia, siete le persone peggiori che abbia mai conosciuto. Sono il vostro unico figlio e mi odiate a morte.» Avanzò leggermente, supplicando i suoi di ascoltarlo. «Ma almeno mi avete voluto bene? Avete mai provato *qualcosa* per me?»

Il signore e la signora Prince si scambiarono un'occhiata prima di scoppiare a ridere, i loro sghignazzi che riecheggiavano nel salone. Ero sicura di essere al cospetto della personificazione del male puro.

Suo padre allungò un passo avanti. «Perché mai dovremmo amarti? Come si può amare una spina nel fianco? Sei soltanto un'enorme delusione. Tuttavia, *farai* il tuo dovere per il bene di questa famiglia, a prescindere da tutto. Troveremo il modo di indurti a ragionare, tienilo bene a mente.»

Shelly si agitò sulla chaise longue, incapace di nascondere il disagio davanti alla scena. Se non altro non sembrava essere vendicativa quanto i genitori di Romeo, appariva piuttosto un'ignara pedina nel loro gioco.

Romeo mi prese per mano e ci mancò poco che la stretta delle sue dita mi strappasse un urlo. «Ce ne andiamo. La più grande delusione della vostra vita se ne va per sempre.»

Mi strattonò dietro di sé e io mi arrischiai a guardarmi alle spalle, e scorsi la rabbia incontenibile sul viso dei suoi genitori.

«Torna subito indietro, *ragazzo*! Non finisce qui!» urlò il signor Prince. Romeo non si fermò e io ebbi l'impressione che avevamo appena soffiato su un fuoco molto pericoloso.

Ci precipitammo fuori dalla porta. Romeo mi trascinò fino al pick-up, aprì lo sportello e mi ci lanciò praticamente dentro. Io lo guardai saltare su accanto a me e partire in retromarcia lungo il vialetto.

Alcune gocce mi schizzarono le dita pallide arpionate alle cosce e, quando rialzai una mano tremante, mi resi conto che le lacrime mi colavano dagli occhi insieme al nero del mascara. Romeo sprizzava tensione da tutti i pori. Non mi degnò nemmeno di uno sguardo mentre sprofondavo lentamente nella disperazione, seduta sul morbido sedile di pelle nera.

«Romeo…» bisbigliai.

«Ora no. *Dio santo*! Stai… stai zitta…» sbottò, il dolore che gli increspava gli occhi.

Trasalii e mi raggomitolai contro il finestrino, lontana dalla sua rabbia.

Romeo mi aveva avvertita; Ally mi aveva avvertita. Io non gli avevo dato retta, avevo ignorato la verità. Avevo visto suo padre che lo picchiava, eppure mai avrei immaginato che Romeo avesse vissuto *in quel modo*. Che avesse sopportato anni di crudeltà e violenze *come quelle*.

Schiacciai la spalla contro lo sportello quando Romeo svoltò bruscamente a destra. Mi accorsi che stavamo andando al ruscello. Io, però, desideravo solo tornare a casa. Volevo dimenticare la serata e capire quale sarebbe stata la mia prossima mossa.

Intravedemmo le placide acque del ruscello, quasi argentate nell'oscurità del crepuscolo, e rimasi molto sorpresa quando Romeo non si fermò.

Proseguimmo lungo la strada per circa un chilometro e mezzo, inoltrandoci fra i campi di cotone, e all'orizzonte comparve una casetta di tronchi d'albero. Il pick-up inchiodò fino a fermarsi e Romeo spalancò la portiera e si precipitò dentro casa, dove accese una luce soffusa. Subito dopo udii un gran fracasso e il rumore di oggetti che andavano in frantumi.

Io non mi mossi dal pick-up. Non volevo entrare. Per la prima volta in assoluto, la sfuriata di Romeo mi spaventava. Ero sicura che non mi avrebbe mai fatto del male, eppure in quel momento preferivo stargli alla larga. Era più imprevedibile che mai.

Abbandonai la testa contro il finestrino ghiacciato, sconfitta, e guardai la distesa di stelle che brillava nell'oscurità del cielo. La vastità dell'universo mi aveva sempre fatta sentire piccola e insignificante, ma non stasera. Nonostante sapessi che i nostri problemi non erano altro che inezie in confronto alla vastità dell'universo, non riuscii a impedirmi di rivivere più e più volte quello che era successo solo pochi minuti prima.

Dio santissimo, non avevo mai assistito a niente di simile.

I Prince odiavano Rome. I suoi genitori lo detestavano in tutto e per tutto e la cosa sembrava renderli quasi orgogliosi. L'avevano picchiato e minacciato, e mi avevano ridotta in brandelli con le loro parole.

Come era riuscito a gestirli per tutta la vita?

Era vero che, dopo aver perso la mia famiglia, avevo passato un periodo difficilissimo, ma sapevo cos'era l'amore, sapevo cos'era l'amore *incondizionato*. Nessuno mi aveva mai maltrattata. Romeo, invece, aveva vissuto una vita d'inferno.

Il senso di colpa mi franò addosso nel ripensare alle settimane che aveva trascorso ad aiutarmi, a dirmi quanto fossi forte e coraggiosa, a convincermi a uscire dal guscio. Quando in realtà era *lui* che stava cercando di farsi forza. *Lui* che aveva bisogno d'aiuto.

Col passare del tempo, il silenzio della notte diventò sempre più inquietante. Sapevo che la cosa giusta era andare da lui, confortarlo, dimostrargli che non mi ero arresa e dichiarargli, finalmente, il mio amore.

CAPITOLO 18

La porta sgangherata della casetta si aprì con un cigolio, rivelando un unico locale con il pavimento di legno sporco e imbarcato, un logoro divano marrone e un tavolino polveroso a due posti come solo arredo. Romeo era nell'angolo più remoto della squallida stanzetta. Teneva la testa premuta contro la parete e si era tirato la camicia fuori dai pantaloni, le maniche rimboccate fino ai gomiti e il colletto storto là dove suo padre l'aveva strattonato da una parte.

Capii che mi aveva sentita entrare perché lo vidi contrarre i muscoli della schiena. Richiusi la porta e, quando mi voltai, Romeo mi stava fissando, il bel viso deformato dalla rabbia.

«Non avresti mai dovuto costringerci ad accettare l'invito!» urlò, le parole talmente forti e violente da farmi sussultare. «Ti avevo avvertita! Te l'avevo detto che non erano contenti della nostra storia, ma tu non hai voluto darmi retta. Mi hai assicurato che sarebbe andato tutto bene, che ci avrebbero visti insieme e avrebbero capito quanto siamo importanti l'uno per l'altra. *E invece no*! Porca troia, hai praticamente firmato la tua condanna a morte. Cristo santo, Mol! Il modo in cui ti hanno trattata...»

Lasciai che tirasse fuori tutto. Non dissi niente, tenni la testa alta e gli permisi di sfogarsi.

Romeo marciò nella mia direzione e si fermò a pochi passi di distanza. «Te l'avevo detto che mi odiavano, che avrebbero odiato anche te. Ci siamo cacciati in un guaio annunciato, e ora ti ho persa. Perché mi lascerai, non è così?»

«Rome...»

«Potevo evitarlo – *dovevo* evitarlo! Sapevo di cosa erano capaci e ho comunque voluto credere che potessi affrontarli. Ma ho visto la tua faccia là dentro, Mol, mi hai abbandonato a me stesso, porca puttana!»

Allungai una mano per placarlo. «Non me ne frega niente di quello che hanno detto su di me, mi importa di quello che stanno facendo a *te*. Perché *ti* odiano così tanto, Romeo? Deve pur esserci una ragione, no? Dire che è stato brutale è dire poco. Che razza di genitore detesta il proprio figlio senza alcun motivo?» Mi strinsi le braccia in vita e rabbrividii per la tristezza. «Tua madre, il modo in cui ti ha colpito... come può trattare così il suo unico figlio?»

Romeo si artigliò i capelli arruffati con le dita intorpidite. Capii che stava lottando contro l'impulso di rivelarmi qualcosa.

Alla fine, si protese su di me e mi afferrò per le spalle in un gesto disperato. «Perché non sono figlio suo!» urlò a voce talmente alta da assordarmi.

«C-come?»

«Non. Sono. Figlio. Suo. Morivi dalla voglia di sapere come mai mi odiano tanto. Beh, eccoti accontentata.»

«*No...*» bisbigliai in un soffio.

Romeo mi lasciò andare e si sfregò il viso con le mani, poi prese a camminare avanti e indietro sul logoro tappeto giallo. «Mamma era sterile. Quella stronza del cazzo era sterile. L'unico obbiettivo che doveva raggiungere per essere la moglie perfetta era rimanere incinta, e non ci è riuscita. Non è stata in grado di dare un erede al più grande imprenditore dell'Alabama, al magnate della Prince Oil.»

«Oddiosanto, Rome...»

«Non volevano adottarne uno per evitare la figuraccia. Non potevano procurarsi una madre surrogata e rischiare che tutta Tuscaloosa venisse a sapere che *lei* non era in grado di generare figli. E così, ehi, il destino ci ha messo lo zampino giusto in tempo.»

Il mio cuore si spezzò a ogni battito nel vedere Romeo che crollava rivelandomi tutto. Non riuscivo a parlare. Sentivo che non sarei stata in grado di reagire, potevo solo guardarlo liberarsi di un peso che l'aveva oppresso per anni.

«Una delle tante puttane a pagamento di mio padre si è presentata alla sua porta, incinta di un bambino che lei non voleva di certo, ma che era disposta ad affidare al padre biologico dopo la nascita… per il giusto prezzo.»

Sentii un tuffo al cuore.

«Eh già, Mol. Ero proprio io. Papà ha verificato con un test di paternità e ha scoperto che ero davvero figlio suo, che ero l'erede del suo patrimonio del cazzo. La puttana, però, aveva una condizione. Dovevano lasciarmi il nome che aveva scelto lei. Voleva controllarli, attuare una piccola vendetta perversa nei confronti del suo cliente più affezionato, forse incazzata all'idea che lui non l'avrebbe mai considerata come niente di più di una scopata. Il mio nome è diventato l'eterno promemoria delle mie origini, e mia madre lo odiava, e ha odiato *me* a prima vista.»

«Romeo» bisbigliai.

«Romeo.»

Si grattò il mento ispido di barba scura. «Ecco, ora lo sai. Sono il figlio illegittimo della troia che mio padre si scopava di nascosto. Solo che erano obbligati a tenermi, capisci? Il nocciolo della questione è che mio padre voleva che il patrimonio restasse in famiglia. Doveva necessariamente avere dei figli, un erede. Il mio arrivo l'ha reso possibile. Hanno pagato la puttana perché mi partorisse in gran segreto. Poi i miei sono spariti per un anno con la scusa di una crociera, sai com'è, e sono tornati con un neonato – e, ovviamente, tutti si sono bevuti le fandonie del grande miliardario.»

All'apparenza molto più calmo, Romeo si appoggiò allo schienale del divano e chinò la testa. «Mia madre mi odia a morte. Sono la prova vivente dell'infedeltà di mio padre. Tuttavia, questo non è l'unico motivo per cui si comportano così. Si aspettavano di avere un figlio docile e obbediente, un figlio disposto a venire comandato a bacchetta senza fiatare. Non un figlio deludente come me, ti pare? Io che ho scoperto di essere bravissimo negli sport e che penso con la *mia* testa e ho i *miei* sogni – *inaccettabile per un Prince*! Con che faccia tosta? Come oso avere delle aspirazioni, dopo che loro mi hanno tanto *generosamente* accolto a braccia aperte? Dopo che mi hanno preso in casa loro e mi hanno ricordato ogni minuto di ogni cazzo di giorno che ero il prodotto di una scopata a pagamento? Dopo che mi hanno picchiato finché non ero più in grado di tenere in mano un pallone, figuriamoci lanciarlo – se sei ferito, non puoi giocare, no? E così papà l'ha trasformato in un appuntamento fisso, una tradizione settimanale fra padre e figlio.»

«N-non ti ha aiutato nessuno? Nessuno se n'è accorto?» domandai con un groppo in gola.

Lui rise cupamente. «Chi pensi abbia le palle di mettersi contro un miliardario potentissimo chiedendogli come mai suo figlio trasalisce tutte le volte che qualcuno lo tocca?»

Tirai su col naso e tentai di placare il bruciore intenso ai polmoni. Il suo atteggiamento da duro si stava sgretolando davanti ai miei occhi.

«E poi, a peggiorare ulteriormente le cose, erano tutti convinti che quel fallito del loro figlio avrebbe partecipato al draft della NFL per ben due volte, e lui per due volte ha dovuto dire di no e sacrificare i propri sogni per evitare che si venga a sapere che non è veramente l'orgoglio e il vanto biologico di Kathryn Prince. Il mucchio di scheletri deve rimanere *ben chiuso* dentro l'armadio!»

Romeo mi si parò davanti, le braccia aperte e l'umiliazione lampante nella sua postura. «Ecco, ora lo sai, Mol. Adesso sai perché i miei genitori mi odiano così tanto e perché mettendomi con te ho ulteriormente ingigantito la montagna di delusioni del loro adorato figliolo del cazzo.»

Avanzai cautamente verso di lui e gli aggiustai il colletto della camicia con mani tremanti. «È per questo che ti chiamano tutti Rome e non Romeo... è per questo che odi così tanto quel nome. Ti ricorda il tuo passato.»

Lui seguì ogni mia mossa con occhi spaventati. «Già, la mia vera mamma ha affermato che se mi avessero cambiato nome si sarebbe rivolta alla stampa, che avrebbe dato scandalo, e i miei non potevano permetterselo, quindi hanno acconsentito... *con riluttanza*. L'hanno convinta a firmare non so che accordo per assicurarsi il suo silenzio.» Buttò fuori una risata tutt'altro che divertita. «Che diavolo di nome è *Romeo* per il prezioso rampollo della famiglia più facoltosa dell'Alabama? Davanti agli altri, i miei mi chiamano Rome, tuttavia in privato sono sempre Romeo. Lo usano per schernirmi e insultarmi. *Romeo* il figlio della puttana, *Romeo* il regalo sgradito che non si può restituire – e non mi hanno mai, *mai* permesso di dimenticarmene.»

Gli posai un tenero bacio dopo l'altro alla base della gola. «Dove è finita la tua mamma biologica?»

«Credo sia tornata nel buco da cui era strisciata fuori.»

«Romeo, non...»

Lui mi allontanò dal suo abbraccio e contorse il viso. «Mi lascerai, non è così? Sapevo che ti avrei persa. Me lo sentivo. Chi sarebbe mai disposto a tollerare le stronzate dei miei? Non valgo le pene dell'inferno che sarai costretta a subire se rimaniamo insieme, dico bene?» domandò, i tratti del viso scavati dalla sofferenza. Si buttò sul vecchio divano marrone piazzato davanti al caminetto spento e fuligginoso. Lacrime calde gli scorrevano sulle guance e le ampie spalle tremavano per la violenza dei singhiozzi. Non l'avevo mai visto tanto sconvolto. Ci mancò poco che mi uccidesse.

Lo raggiunsi sul divano e l'abbracciai, e lui continuò a piangere con la testa posata sulle mie gambe. Anch'io piangevo con lui. Piansi per il bambino che non aveva mai conosciuto l'amore. Piansi per il piccolo che aveva perso la sua infanzia. E piansi per l'uomo che aveva così tanto da offrire al mondo, ma che era perennemente ostacolato dalle inflessibili catene dei genitori violenti e manipolatori.

Quando il suo pianto si fu ridotto a lacrime silenziose, gli presi il viso fra le mani e lo costrinsi a guardarmi. «Romeo...»

«Ti amo… ti amo» bisbigliò più e più volte, gli occhi sgranati e pieni d'angoscia, i pollici che mi accarezzavano gli zigomi umidi.

«C-cosa?» Il cuore mi schizzò in gola.

Romeo cambiò posizione e si mise rapidamente in ginocchio. Ricadde all'indietro e mi trascinò con sé, e così finii distesa sopra di lui. «Ti amo. Ti amo più di quanto avrei mai creduto possibile.»

Crollai in avanti, il petto incollato al suo, i nostri cuori che battevano impazziti, e confessai: «Anch'io ti amo, tesoro. Ti amo da impazzire».

I suoi occhi angosciati si spalancarono. «Dici sul serio, piccola? Anche dopo…»

«Io non vado da nessuna parte. Sono venuta qui dentro per dirtelo. Ero nel pick-up, ho sentito quanto stavi male, e ho capito che dovevo stare con te a ogni costo, che dovevo rassicurarti sul fatto che non ti lascerò mai.»

«Eppure, i miei…»

«Sì, stasera i tuoi genitori si sono superati, ma non riusciranno mai a scacciarmi, a impedirmi di *amarti*. Siamo amanti sfortunati, Romeo. I genitori impiccioni sono parte del pacchetto» affermai, e gli strizzai scherzosamente l'occhio.

Un sorrisetto incerto gli risalì sulle labbra arrossate, trasformando la sua espressione turbata. «In questo momento mi sento messo a nudo… come se qualcuno mi avesse squarciato il petto e dentro non ci fosse altro che un cuore straziato tenuto insieme da orrende cicatrici.»

Gli aprii la camicia, bottone dopo bottone, e gli tracciai una scia di baci sul cuore. Romeo buttò fuori un gemito e io gli posai le labbra sulla pelle calda e abbronzata.

«Nessuno aveva mai visto come si comportano in privato. Io non l'ho mai rivelato ad anima viva. Stasera, è come se avessi scagliato un mattone sul loro castello di vetro. Ho notato il panico negli occhi di papà. Potresti distruggere tutto ciò per cui hanno tanto sudato.»

Gli seguii i contorni del tatuaggio sul costato. «Per quanto sia stato tremendo, sono contenta di averlo visto, di capire finalmente cosa ti tocca subire. Non possiamo cancellare i segreti e i brutti ricordi del nostro passato, però possiamo scrivere il prossimo capitolo della nostra vita *insieme*.»

Lacrime silenziose gli scesero sulle guance. «*Mol…*»

«Shh…» Continuai a baciarlo sullo sterno, sul busto, a leccare le cime scolpite e le profonde rientranze dei suoi muscoli. Gli aprii completamente la camicia e gli sbottonai i pantaloni. Mi arrischiai a guardarlo e vidi i suoi occhi che bruciavano, che scintillavano feroci nel seguire i miei gesti di seduzione, le iridi scure, selvagge e indomite.

Gli abbassai la cerniera senza difficoltà e gli tirai giù i boxer prima di accarezzargli la parte alta delle cosce. Avevo bisogno di lui come dell'aria.

Vederlo nudo davanti ai miei occhi mi aumentò la salivazione. Mi avvicinai per leccarlo lungo tutta la sua lunghezza e Romeo rovesciò la testa all'indietro con un ringhio.

Era l'incoraggiamento che mi serviva.

Lo presi in bocca e lui sollevò i fianchi facendo leva con una mano dietro la mia testa per spingersi avanti e indietro con il bacino. Mi sentivo potente, mi sentivo al comando, e amavo l'idea di averlo messo in ginocchio.

«Cazzo, Mol. La tua bocca!» sibilò. Io mugugnai soddisfatta e lui accelerò le spinte. Agganciai le dita al bordo dei pantaloni e glieli sfilai dalle gambe muscolose, lasciandoli cadere per terra. Poi tornai a piegarmi su di lui e gli tempestai le cosce sode e i polpacci possenti di baci umidi. Tornai ad avvolgergli l'erezione con la bocca e lo grattai con i denti dalla base fino alla punta. Lui grugnì e infine si immobilizzò, avvolgendosi i miei capelli intorno ai pugni.

Romeo Prince aveva raggiunto il limite.

«Alzati» ordinò perentorio.

Io mi rimisi subito in piedi e lo guardai strapparsi di dosso la camicia. Mi si parò davanti, nudo, eccitato, emanando potenza pura. Mi girò afferrandomi per le spalle e, con un movimento rapidissimo, mi aprì la cerniera del vestito fino al fondoschiena. L'abito si allentò e cadde a terra in un mucchio sgualcito.

Poi mi sganciò il reggiseno con una mano, e con l'altra sciolse i fiocchi ai lati delle mie mutandine. La seta nera che mi copriva le parti intime svolazzò sul pavimento insieme al dolore e allo strazio della serata.

Con un grugnito gutturale, Romeo tornò a lanciarmi sul divano. La sua mano calda mi spinse sul petto e lui si infilò fra le mie gambe. «Non ti avevo detto di succhiarmelo, Shakespeare. Lo sai che prima devi chiedermi il permesso.» Lo vidi ridurre gli occhi a fessure e capii di cosa avesse bisogno. Bramava riprendersi il controllo dopo che i genitori l'avevano tanto brutalmente privato del suo orgoglio.

«Adesso tocca a me» annunciò prima che la sua bocca si richiudesse famelica sul centro del mio corpo. Mi leccò con implacabili movimenti circolari e mi succhiò con forza. Il piacere fu immediato e mi fece sobbalzare sul divano senza alcun controllo.

«Tieniti ai miei capelli.»

Obbedii e i palpiti dell'estasi mi solleticarono la pelle.

«Tirali! Forte!»

Glieli tirai con forza, e mi guadagnai un grugnito soddisfatto. Non gli ci volle molto per farmi venire, e io non smisi di stringergli i capelli mentre crollavo contro la sua bocca.

Romeo lasciò risalire le mani sul mio corpo accaldato, fino ai fianchi, e usò la sua notevole forza per girarmi a pancia in giù. Mi raddrizzò finché non mi ritrovai con il petto premuto sullo schienale e il fisico imponente di Rome che incombeva dietro di me. Mi prese per i capelli e mi girò la testa verso la sua bocca impaziente, poi mi baciò con forza per permettermi di sentire il mio sapore sulla sua lingua.

Mi infilò una coscia fra le gambe in modo da spalancarle e mi riempì con un'unica, brusca spinta. Mi appiattii contro il tessuto morbido del divano e il mio corpo si immobilizzò mentre Romeo pompava dentro di me, strappandomi un gemito assordante con ognuno dei suoi affondi. Facemmo freneticamente l'amore come voleva lui – brusco e selvaggio, tuttavia pieno di sentimento.

«Dimmi che mi ami» tuonò.

Io alzai gli occhi e mi morsi le labbra. «Ti amo. Ti amo da impazzire.»

Lui buttò fuori un gemito rumoroso e cominciò a prendermi sempre più forte. Non avrei resistito ancora per molto.

«Dimmi che non mi lascerai mai.»

L'inebriante tempesta di desiderio mi impediva di parlare, così serrai le mani sulla vecchia coperta color crema che avevo accanto.

Lui si fermò all'improvviso e io provai a muovermi per tornare a sentire quel piacere che era come una droga. Romeo mi bloccò in una morsa di ferro.

Il suo fiato alla menta mi solleticò l'orecchio quando Romeo si aggrappò allo schienale con entrambe le mani, il petto premuto sulla mia schiena. «Fai come dico o non ti darò quello che vuoi, non avrai ciò che ti serve da me.»

«Romeo! Smettila!» protestai disperata.

La sua risata maliziosa mi provocò la pelle d'oca. «Ubbidisci. Ci siamo capiti?» sibilò a denti stretti, tirandomi i capelli.

«Ah!» sbottai, sopraffatta dalla frustrazione, il mio corpo che continuava a ribellarsi all'interruzione. Gli lanciai un'occhiata da sopra la spalla e lo vidi serrare la mascella davanti ai miei capricci.

Non avrebbe ceduto.

Chinai la fronte sullo schienale del divano, sconfitta. «Sì, va bene, ci siamo capiti!»

Senza alcun preavviso, Romeo tornò a schiantarsi dentro di me e mormorò: «Tu sì che mi capisci, piccola. Sei l'unica che mi abbia mai capito. Sei l'unica che abbia mai saputo la verità». Non si fermò, il ritmo più rapido e brusco che mai, la pelle che sfregava contro la mia schiena.

«Dimmi che non mi lascerai mai.»

«Non ti lascerò mai!»

Buttando fuori un grugnito gutturale, mi afferrò i seni e si rigirò i miei capezzoli fra le dita. «Non scapperai mai.»

«Non scapperò mai!»

«Promettimelo.»

«Te lo prometto!» strillai e lui lasciò scivolare una mano fra le mie gambe per accarezzarmi sul sesso. «Romeo... *io*... ah!» L'orgasmo mi folgorò come un fulmine e mi mandò in mille pezzi, facendomi sentire debole e leggera.

Romeo mi succhiò la spalla, mi marchiò come sua, prima di spingersi dentro di me con altri due affondi e riempirmi con il suo calore.

Mi afflosciai sui cuscini morbidi, Romeo che mi strusciava pigramente il naso sul collo.

«Ti amo, piccola» bisbigliò e mi trascinò al sicuro sul suo petto mentre riprendevamo fiato.

Romeo Prince era un caleidoscopio umano. Mi scopava come se mi odiasse, eppure la sua devozione e il suo amore non erano mai troppo distanti dalla superficie – e io non avrei potuto immaginarlo in nessun altro modo.

Rimanemmo immobili e appagati per diversi minuti prima che gli spifferi freddi fra le crepe delle vecchie pareti di legno mi provocassero i brividi.

«Hai freddo?» domandò lui dolcemente.

«Un po'.»

Mi stampò un ultimo bacio sulla tempia, dopodiché Romeo uscì dal mio corpo e andò ad accendere il fuoco con l'aiuto di una scatola di fiammiferi abbandonata sul camino. Io mi distesi sul divano, a dir poco sfinita, e scrutai il suo magnifico corpo abbronzato che scintillava per i postumi del nostro momento d'amore. Osservai con meraviglia i muscoli scolpiti che si contraevano e flettevano a ogni movimento.

Romeo si voltò e mi sorprese a fissarlo senza pudore. Allargò le braccia e piroettò su sé stesso con un sorrisetto strafottente. «Ammira pure questo tempio, piccola. Prostrati ai miei piedi.»

Io ridacchiai e gli lanciai addosso un vecchio cuscino rosso, che lui schivò rapidamente per poi fingere di prendersela con me.

Mi venne incontro a grandi passi e scosse la testa. «Piccola Molly Shakespeare, non lo sai che non si stuzzicano gli animali feroci?»

«Immagino che in questo scenario tu sia l'animale feroce?»

Lui serrò le labbra e il piccolo segno rosso del manrovescio di sua madre si scurì orgoglioso sulla sua pelle irritata. «Oh, non ne hai idea… sono a dir poco selvaggio.»

Svettando su di me, Romeo si distese sul mio corpo fiacco e squarciò il velo di oscurità che lo aveva avvolto per lasciare entrare la luce.

Gli premetti una mano sulla nuca per avvicinarlo alle mie labbra e il calore del suo corpo mi riscaldò all'istante. Romeo liberò una mano dal nostro abbraccio, prese la coperta color crema posata sullo schienale del divano e la stese su entrambi. Poi tornò a stringermi fra le braccia, io che gli tracciavo i contorni della *A* tatuata con l'unghia.

«Ti senti bene, amore?» domandai in un soffio.

Sentii i suoi muscoli di marmo irrigidirsi per un istante prima che dicesse con voce roca: «Starò bene. Ho te, adesso».

Gli posai il mento sul petto e incrociai i suoi occhi scuri, ove notai tutta la tristezza che lasciavano trasparire. «Hai scelto me.»

La sua malinconia si sciolse in felicità, nel sorriso soddisfatto che gli spuntò sulle labbra. «E lo rifarei anche subito.»

Arrossii. «I tuoi genitori non sono mai stati gentili con te?»

Romeo scosse la testa e si girò a fissare il soffitto, senz'altro impegnato in una lotta contro i brutti ricordi. Gli presi la mano nella mia. Funzionava sempre quando era lui a farlo con me.

Romeo piegò la testa di lato e mi scoccò un sorriso stentato.

«Sei mai stato felice?»

Lui scosse la testa e sussurrò: «No, mai».

«E ora?»

«Totalmente. Adesso so cosa significa amare ed essere *amato*. Anche se ho una paura fottuta che possa finire. I miei non si arrenderanno tanto facilmente.»

«Io resto con te.»

«Me lo giuri?»

«Te lo giuro. Ti amo, sono tua.» Romeo si portò la mia mano alle labbra e ne baciò ogni dito. «E ora che succede? Il football? La gloria? La conquista del mondo?»

Lui scrollò le spalle. «Direi di sì.»

«Che cosa vuoi, Romeo? Che cosa vuoi di più dalla vita?»

«Voglio te.»

«No, amore, dico sul serio. Che cosa desideri? Devi solo andare a prendertelo.»

Lui sospirò e abbassò gli occhi. «Solo te, piccola. Con te mi sento a casa.»

Strisciai su di lui e infilai il viso nell'incavo del suo collo. «Sono già tua. Dalla testa ai piedi, per tutto il tempo che vorrai.»

«Davvero? Sarai mia per sempre? Perché ho praticamente tagliato i ponti con l'unica famiglia che io abbia mai avuto.»

«Romeo, sei tu la mia famiglia. Sei *tutto*. Tu e quelle pazze delle mie amiche siete la mia ragione di vita. Come puoi non saperlo?»

«Perché non riesco a credere che sia tutto vero.»

«Siamo io e te, Romeo.»

Lui si irrigidì e domandò: «Cosa succederà quando verrò ingaggiato? E se tu finissi in un college dall'altra parte del Paese? O magari fuori dagli Stati Uniti? Non parli mai del tuo futuro con me e io mi preoccupo in continuazione. Ora che sei mia, non riesco neanche a immaginare di lasciarti andare».

Lo baciai sulle labbra, lasciai che la mia lingua colmasse la breve distanza che mi separava dalla sua. «Lo capiremo lungo la strada.»

In realtà, non avevo ancora pensato tanto in là.

Romeo sollevò i fianchi e la sua erezione mi scivolò languidamente fra le gambe. «Mmm… okay, troveremo il modo di far funzionare le cose, costi quel che costi.»

«*Romeo.*»

«Stasera rimani qui con me, davanti al camino.»

«Ma che razza di posto è?»

«La vecchia casa degli schiavi.»

Sgranai gli occhi. «*La che???*»

Lui soffocò una risata. «Rilassati, piccola. È stata ristrutturata, o quantomeno ripulita. Ci ho passato un sacco di tempo quando a casa le cose si mettevano male. I miei non ci sono mai venuti. In un certo senso, è questa casa mia.»

Romeo iniziò a dondolare più insistentemente i fianchi e mi si contrassero i muscoli della pancia. «Allora va bene, stanotte resto qui.» Gli abbassai le braccia sul divano. «Posso comandare io? Solo per stavolta?»

Lui scosse lentamente la testa e il suo lato autoritario tornò a giocare. «No. Bel tentativo, Shakespeare.»

Mi ribaltò all'improvviso e schiacciò il mio corpo nudo sotto il considerevole peso del suo, strappandomi un uggiolio. Poi mi morse scherzosamente l'orecchio e mi rimise in ginocchio. «Non ti preoccupare, piccola, a te ci penso io.»

CAPITOLO 19

Tre mesi dopo

«Quindi partiremo per Oxford venerdì, potrai decidere se rimanere per una o due settimane. Avremo la presentazione il martedì seguente e poi ci sarà da rivedere il testo, stenderne una prima bozza e finire con tutte le attività spassose di cui bisogna occuparsi prima di proporlo per la pubblicazione, se mai dovessero approvarlo – incrociamo le dita! Io rimarrò in Inghilterra per qualche settimana, tu però hai i tuoi studi qui e…» Un sorriso smagliante illuminò il viso grinzoso di Suzy. «Dovrai tornare dal tuo giovanotto. Ho sentito dire che sei il suo portafortuna sportivo, eh?»

Arrossii e chinai la testa. «Già, credo che rimarrò soltanto per una settimana, per te va bene? Fra una quindicina di giorni i Tide si giocheranno il titolo di campioni della divisione sudorientale e, in caso di vittoria, dovranno anche disputare la finale del campionato universitario fra… fra…»

Balzai su dalla sedia, mi precipitai al cestino e vomitai pure l'anima. Suzy si mise dietro di me e mi sfregò la schiena con delicati movimenti circolari. Presi il fazzoletto che mi porse e mi ripulii la bocca prima di rimettermi seduta e premermi una mano sulla fronte. «Uffa, mi sento male.»

Suzy mi scoccò un'occhiata apprensiva. «Non è che ti sei presa qualcosa? Mi sembra siano un paio di settimane che sei un po' sciupata.»

«Temo di sì. Sono due giorni che ho la nausea. Dev'essere un virus gastrointestinale o qualcosa che ho mangiato. In effetti, mi sembrava che il pollo di qualche giorno fa avesse un sapore strano. Probabilmente è stato quello.»

«Lavori troppo, Molly. Sei praticamente sfinita. Prenditi il resto della giornata per riposare e riguardarti, va bene? Rimettiti in forma, così domani daremo gli ultimi ritocchi a questo stramaledetto articolo.»

«Non ho niente in contrario. Grazie.»

Suzy mi aiutò a rialzarmi e la nausea tornò ad assalirmi, per cui presi a barcollare.

«Vuoi che chiami qualcuno? Le tue compagne di stanza? O magari il tuo giovanotto?»

Scossi il capo e mi appoggiai alla scrivania per rimanere in piedi. «No, mi...» Un conato di vomito tornò a sconquassarmi lo stomaco e fui praticamente costretta a tuffarmi sul pavimento, da dove agguantai il cestino della spazzatura appena in tempo.

«Oh, poveretta» commentò Suzy con una mano sul petto.

Tirai fuori il telefono dalla tasca e glielo passai senza rialzare la testa dal cestino. «Ti spiacerebbe chiamare Cass? Dovrebbe essere a lezione qua vicino. Verrà a prendermi lei.»

«Certo. Sono molto preoccupata per te, Molly. Sei pallidissima.»

Trassi un respiro esagerato dal naso e chiusi gli occhi, e dovetti appoggiarmi con la schiena al muro freddo per tenermi dritta.

Porcaccia la miseria.

«Caspita, ragazza mia. Sembri Grouch di *Sesame Street*.» Aprii gli occhi. «Oddio, mi rimangio tutto. Stai di merda e basta!»

Mi sforzai di sorridere. «Ciao, Cass.»

Lei si chinò per prendermi fra le braccia e rimettermi in piedi. «Ti viene ancora da vomitare?»

Mi accigliai. «Lo stimolo va e viene. Direi di tornare subito a casa prima che ricominci.»

«Ci penso io, baby. Ho il pick-up qua fuori.»

Cass aveva chiamato per avvertire e, quando rientrammo, Lexi e Ally erano già in camera mia con un arsenale di farmaci, e pezze sia fredde che calde. Non riuscii a non ridacchiare nel vedere quanto si fossero impegnate.

Lexi venne ad abbracciarmi. «Ti senti bene, Molly?»

«È solo un virus gastrointestinale, ragazze. Niente di che.» Raggiunsi il letto e mi ci buttai sopra, sentendomi già meglio ora che ero circondata dalle comodità.

«Ho mandato un messaggio a Rome» mi informò Ally.

«Non avresti dovuto. E poi, oggi si allena tutto il giorno.»

«Allora lo leggerà quando avrà finito.» Prese una pezza fredda e me la posò sulla fronte, poi salirono tutte e tre sul letto insieme a me.

«Che film ci guardiamo?» domandò Lexi.

«Io ho intenzione di dormire» annunciai a occhi chiusi, le dita premute sulla tempia dolorante.

«Beh, noi non ci muoveremo di qui nel caso avessi bisogno di qualcosa, quindi dobbiamo sceglierne uno per noi.» Cass cominciò a passare in rassegna la mia scorta di DVD nella cesta ai piedi del letto.

«Okay, grazie ragazze.» Mi appoggiai ai cuscini e respirai a fondo, la nausea finalmente attenuata.

Ally si puntellò su un gomito, i magnifici occhi scuri pieni di apprensione. Che palle, sapevo cosa voleva dire quello sguardo.

«Che è successo?» domandai lamentosa.

«Shelly ha ricominciato a sparare cazzate.»

E ti pareva!

«Che dice?»

«Che passa tutto il tempo libero con i genitori di Rome e che trascorrerà il Natale con loro… *e* Rome… senza di te.»

«Sono tutte scemenze. Rome non rivolge la parola a nessuno dei tre da quando hanno provato a impicciarsi qualche mese fa. Passeremo il Natale qui, insieme, senza drammi familiari. Solo io e lui, nel caso dovesse poi volare in California per la finale di campionato.»

Ally posò una mano sulla mia. «I miei genitori mi hanno chiesto se vi va di venire da noi a Birmingham.»

«Davvero?»

«Mmm-mmm. A Natale bisogna stare in famiglia, e i miei vogliono bene a Rome come a un figlio; inoltre, dopo tutto quello che gli ho raccontato, sentono già di conoscerti. Papà disprezza i genitori di Rome e vuole dimostrarti che non tutti i Prince dell'Alabama sono fuori di testa.»

Tentai di scacciare il nodo che mi bloccava la gola. «Ci piacerebbe tantissimo, Ally, grazie mille. È passato un secolo dall'ultima volta che ho festeggiato il Natale in famiglia.»

Ally mi scoccò un sorriso raggiante e batté allegramente le mani. «Fantastico, glielo dico subito.»

Scostai la coperta e spostai le gambe oltre il bordo del letto per andare in bagno.

«Ti viene di nuovo da vomitare, Molls?» domandò Cass, pronta a saltare giù anche lei per aiutarmi.

«Mmm? No, in realtà mi sento benissimo. Anzi, sto morendo di fame. Mi mangerei un elefante, porcaccia la miseria!»

Mi girai per andare nel mio bagno privato quando Cass esclamò: «Se non ti conoscessi così bene, direi che sei incinta! Un minuto prima le nausee e quello dopo una fame da lupi. Anche mia sorella si comportava così». Le sentii ridacchiare tutte e tre mentre Cass fischiava alla scena di *Warrior* in cui Tom Hardy combatteva a torso nudo.

Mi immobilizzai e una paura accecante mi si insinuò nella bocca dello stomaco. Mi aggrappai allo stipite della porta del bagno per mantenere l'equilibrio.

No. Non poteva essere.

Mi voltai al rallentatore e mi coprii la bocca con mani tremanti. Lexi fu la prima ad accorgersi del mio strano comportamento e si lanciò giù dal letto. Mi circondò con le sue braccia magre. Io non riuscivo a muovermi. Ero paralizzata dalla paura.

«Che ti prende, dolcezza? Ti senti svenire? Ti viene da vomitare?»

I miei occhi divennero vacui. Tentavo di ricordare l'ultima volta che mi erano venute le mestruazioni. Era la sera della partita contro i Texas A&M. Romeo si era arrabbiato perché non avevamo potuto fare sesso per festeggiare e ci eravamo dovuti ingegnare.

Cass e Ally si spostarono sul bordo del materasso, gli occhi incollati su di me per la preoccupazione.

«Quante settimane sono passate dalla partita contro i Texas A&M?» domandai, la voce venata di panico.

Mi guardarono come se avessi perso completamente la testa.

«Quando è stata?» strillai convulsa.

Ally prese il suo iPhone e aprì l'app del calendario. «Cinque settimane fa. Sono passate cinque settimane» disse tutto d'un fiato.

Mi cedettero le gambe e mi accasciai sul pavimento strusciando gli stinchi sulla moquette. «Oddiosanto!»

Cass, Lexi e Ally mi circondarono. Avevano gli occhi sgranati e si scambiavano occhiate perplesse, io invece me ne stavo seduta in mezzo a loro in preda a un collasso.

«Molly, che succede? Che ti prende? Ci stai spaventando! Non sarà mica uno di quegli attacchi d'ansia che ci raccontavi?» Il terrore mi impediva di spiccicare parola. «Come possiamo aiutarti? Devo andare a chiamare Rome?»

Guardai Lexi senza realmente vederla e sussurrai: «Sono in ritardo».

Le mie amiche si accigliarono e Cass domandò: «In ritardo per cosa, tesoro?».

«No, *ho* un ritardo! Le mie mestruazioni sono in ritardo!»

Il silenzio riempì la stanza e loro rimasero tutte e tre a bocca aperta.

Balzai in piedi senza riuscire a stare ferma. Non potevo essere incinta. Prendevo la pillola... che non era infallibile... e negli ultimi mesi avevamo fatto sesso in continuazione... *Merda*!

Cominciai a camminare avanti e indietro. «Ho un ritardo di una settimana, *una settimana*! Come ho potuto non accorgermene? Dovevano venirmi giorni fa. Sono talmente stressata dallo studio, con la presentazione e le partite – *merda*! Non ho mai il ciclo in ritardo. Sono come un orologio svizzero! E non ho saltato nemmeno una pillola. E se...?»

Il mese scorso.

Smisi di respirare. «Il mese scorso ho avuto un flusso praticamente inesistente. Pensavo fosse per colpa dello stress, però se... se...?»

Mi misi le mani sulla pancia e ci passai sopra le dita, col pensiero stupido che l'avrei sentita più sporgente se fossi stata in dolce attesa. Chiaramente, non lo era. Era ancora piatta. Come ovvio. Anche nel caso, sarei stata incinta di uno o due mesi al massimo.

Guardai le amiche che erano rimaste di sasso sul pavimento. «E se fossi incinta?»

Mi scappò un singhiozzo e mi precipitai sul letto. Mi distesi a guardare il cielo azzurro oltre le portefinestre del balcone e il mio cervello tentò di tagliare fuori tutto, di isolarsi per fronteggiare l'emergenza – come mi capitava sempre nei momenti di grande stress. Solo che stavolta non ne voleva proprio sapere di spegnersi. Ero incinta, me lo sentivo. La ragazza senza famiglia sarebbe diventata mamma... a vent'anni... con un ragazzo traumatizzato quanto lei, se non di più... i cui genitori la odiavano... e volevano cancellarla dalla sua vita...

Versai lacrime salate sulle lenzuola lilla e sentii la porta richiudersi. Lexi e Cass si sedettero accanto a me e mi presero una mano ciascuna.

«Ally è andata a comprare un test di gravidanza. Tornerà fra dieci minuti» mi rassicurò Lexi.

Test di gravidanza.

Dieci minuti.

In poco più di dieci minuti, avrei scoperto la verità.

Annuii apatica e Lexi si chinò davanti al mio viso. «Qualsiasi cosa succeda, la supereremo, Molly, te lo giuro. Non sei sola e Rome ti ama più di qualsiasi altra cosa al mondo. Ti sosterrà dall'inizio alla fine. Non chiuderti in te stessa, fidati delle persone che ti vogliono bene.»

Romeo.

Romeo, un ragazzo che aveva più problemi famigliari di me. Romeo, che era destinato a grandi cose. Romeo, che non sarebbe stato contento di un bambino in arrivo.

Un bambino.

Nella mia pancia poteva esserci un bambino, un bambino inerme e minuscolo.

Mi venne di nuovo da vomitare.

Mi precipitai in bagno e chiusi la porta a chiave, i conati di vomito che mi tormentavano lo stomaco vuoto. Quando si placarono, mi alzai dal pavimento per guardarmi allo specchio. Avevo gli occhi rossi per via delle convulsioni incessanti ed ero ridotta malissimo.

Piegai la testa all'indietro per togliermi le lenti a contatto. Inforcai gli occhiali tartarugati di Chanel e raccolsi i capelli in una crocchia alta e spettinata: adesso sì che sembravo Molly prima di Romeo, prima del sesso e prima della possibile gravidanza.

Avevo le guance pallide e scavate, le labbra sbiancate dallo shock. Incapace di stare ferma, mi piazzai davanti allo specchio a tutta figura, mi alzai la maglietta e mi fissai la pancia come fosse stata un'ecografia in grado di rivelarmi la verità sulle mie condizioni. Era identica a un quarto d'ora prima.

Aprii il rubinetto dell'acqua fredda e mi sciacquai il viso fino a non sentirmi più la pelle. Quando andai a riaprire la porta, trovai Ally seduta fuori con un sacchetto di plastica della farmacia. Allungai una mano, ma lei mi attirò contro il petto e mi abbracciò stretta. «Andrà tutto bene» disse a bassa voce.

Io afferrai il sacchetto come un automa e rientrai in bagno, dove richiusi la porta a chiave. Mi ci vollero venti minuti per convincermi a eseguire il test, poi lasciai il bastoncino incriminato sulla toeletta e ritornai in camera in attesa di conoscere la mia sorte.

Il cronometro sul telefono di Cass iniziò a squillare, i tonfi del mio cuore che diventavano sempre più assordanti a ogni trillo. Mani amiche mi tennero stretta, e tutte e quattro fissammo la toeletta e il bastoncino bianco che era riuscito a scatenare tanta tensione.

Dopo altri cinque minuti, Cass si schiarì la gola. «Vuoi che controlli io? Non resisto più a rimanere qui impalata a guardare quel maledetto aggeggio.»

Chiusi gli occhi. *Inspira per cinque secondi, espira per altri cinque.*

Con un sospiro rassegnato, annuii e guardai Cass prendere il bastoncino. Mi dava la schiena – non tradì alcunché, nessuna contrazione delle spalle, niente singhiozzi scioccati o sospiri di sollievo.

Quando si voltò, la sua espressione era imperscrutabile. Mi guardò negli occhi e non disse niente. Poi si accovacciò lentamente davanti a me, mi prese per mano e sussurrò: «Sei incinta, tesoro. È positivo».

Il tempo si fermò, il mondo smise di girare e il mio cuore cessò di battere.

Mi rimisi in piedi su gambe malferme, senza sapere a che santo votarmi. Come *bisognava* reagire quando scoprivi che c'era una personcina che stava crescendo dentro di te? Una personcina arrivata con dieci anni d'anticipo? Una personcina completamente inattesa?

Non arrivai molto lontano. Le gambe mi cedettero nell'istante in cui superai il tappeto di pelle di montone e le dighe dell'ansia crollarono. Onde talmente violente da impedirmi di respirare. Tre paia di braccia mi strinsero e mi sussurrarono parole rassicuranti nel tentativo di calmarmi e consolarmi.

«Che cosa devo fare?» piansi fra i capelli di qualcuno.

Ally mi accarezzò la testa, gli occhi pieni di lacrime. «Non lo so, dolcezza.»

Rialzai di scatto la testa. «Mi toccherà sbarazzarmene, ma non so se ci riesco. Romeo deve continuare a giocare a football se vuole liberarsi dei suoi. E io devo impegnarmi per diventare professoressa. Non posso studiare *e anche* essere una mamma.» Terrore allo stato puro mi scese lungo la schiena. «Una mamma. Non sono in grado, non ne ho mai avuta una. Come potrei diventare mamma se non so nemmeno che cosa significhi? Nessuno me l'ha mai insegnato!»

Cass mi zittì. «Calmati, Molly. Ti stai agitando troppo. Non ti è di aiuto adesso e di sicuro non risolverà un bel niente.»

Grida acute mi lasciarono il petto e crollai sul pavimento, la testa posata sulle gambe di Cass. A quel punto sentii un fruscio all'esterno e dei passi che atterravano sul balcone.

«Mol? *Mol*! Che ha?»

Romeo.

Qualcuno si rimise in piedi. «Rome, calmati, okay?» Era Ally.

«No! Che le prende? *Mol*?» La voce di Romeo era pressante. «Sta male? Perché non mi risponde? Sono venuto appena ho visto il tuo messaggio.»

«No, non sta male. È... ehm...»

«È per colpa di Shelly? Non è che quella stronza...»

«No, non è nemmeno colpa di Shelly.»

«E allora che cosa succede...? Al, porca troia, lasciami passare!»

Cass e Lexi si levarono di mezzo. Romeo mi prese fra le braccia forti e mi portò sul letto. Mi mise distesa e mi attirò contro il petto con atteggiamento protettivo.

Mi infilò il naso fra i capelli e mi posò una mano sulla guancia, costringendomi a guardarlo. Mi asciugai le lacrime e notai che il suo viso era magnificamente combattuto: preoccupato, triste, rassicurante.

Romeo si chinò in avanti e cancellò le mie lacrime solitarie con un bacio. «Che ti prende, piccola?»

Dato che non riuscivo a parlare, mi limitai a guardarlo, nel tentativo di prevedere la sua reazione.

Lui girò bruscamente la testa verso i piedi del letto e sbraitò: «Qualcuno vuole dirmi che cazzo sta succedendo?».

«Rome, deve essere Molly a parlartene. Noi andiamo, vi lasciamo un po' da soli» rispose Ally con calma.

Una dietro l'altra, le mie amiche vennero a darmi un bacio sulla guancia prima di lasciare la stanza. Io tornai seduta, il petto sconquassato dai postumi del crollo nervoso.

Quando la porta si richiuse, Romeo mi attirò sopra di sé e frugò nei miei occhi. «Piccola, ti prego. Dimmi che ti prende. Mi stai spaventando a morte.»

Mi chinai su di lui e lo baciai teneramente. «Ti amo, Romeo.»

«Anch'io ti amo» replicò mentre gli passavo una mano sulla fronte per cancellare il suo cipiglio confuso.

«Mol...»

«In questi ultimi giorni non sono stata molto bene» confessai, interrompendo qualsiasi cosa fosse sul punto di dire.

Lui assottigliò lo sguardo. «E perché diavolo non me l'hai detto?»

«Oggi ho scoperto il motivo.»

«*E*... che cos'hai?» incalzò lui brusco, la pazienza ormai agli sgoccioli.

«Sono... sono...»

Lui grugnì e mi strinse ancora più forte. «*Cristo santo*! Sei cosa, Mol?»

«Sono incinta» risposi in un sussurro a malapena udibile.

Romeo si immobilizzò, il viso abbronzato prosciugato di qualsiasi colore, le dita premute sulla mia pelle. «Sei incinta?» Mi girò per mettersi sopra di me e me lo domandò di nuovo, stavolta con più urgenza. «Sei incinta?»

Le lacrime mi pizzicavano gli occhi, tuttavia mi concentrai per tenerle a bada. «Sì, Romeo, sono incinta. Sono incinta del tuo bambino.»

Lui si tirò indietro per mettersi in ginocchio e si passò le mani fra i capelli, gli occhi ben chiusi. Non smisi mai di guardarlo con attenzione, cercando di intuire il suo stato d'animo.

Dopo qualche minuto di soffocante silenzio, non mi aspettavo più niente di buono.

«Prenderò appuntamento dal dottore. Me ne libererò immediatamente.»

Lui riaprì di scatto gli occhi scuri, le iridi color cioccolato piene di delusione. «Uccideresti il nostro bambino?»

La rabbia mi avvolse saldamente fra le sue braccia. «Non provare a comportarti da bacchettone con me! Le stronzate moralistiche sono l'ultima cosa di cui ho bisogno! Sto cercando di prendere la decisione migliore per tutti e due. Affronterò ciò che è necessario affrontare. Se ciò significa abortire, allora è quanto farò – questo però non significa che io *voglia* abortire!»

I suoi occhi si riempirono di paura. «Allora ripensaci, piccola, ti prego. Cazzo, vuoi davvero liberartene?»

«Non lo so che diamine voglio!»

Romeo si chinò su di me e passò più volte le labbra sulle mie, prendendomi delicatamente il viso fra le mani. «Io sì però.»

«Ma… prima…»

«Cristo santo, ero scioccato! Sono *ancora* scioccato, però là dentro c'è il nostro bambino. L'abbiamo fatto insieme.» Senza mai smettere di guardarmi, Romeo scese lungo le mie gambe, mi sollevò la maglietta bianca, mi sbottonò i jeans e mi posò una scia di baci a fior di labbra su tutta la pancia. «E non se ne andrà da nessuna parte. Promettimelo. Ci tengo tantissimo, Mol. Non distruggere l'angelo che ci ha dato Dio.»

Le lacrime tornarono a scorrere come un fiume in piena.

«Promettimi che avrò voce in capitolo. Non abortire, ti prego.»

Chinai la testa, i miei sentimenti ridotti a un groviglio senza né capo né coda. «Te lo prometto.»

Romeo risalì sul mio corpo e posò la bocca sulla mia. Gli cinsi il collo con le braccia e, nel giro di pochi secondi, mi sfilò sia i jeans che le mutandine. Poi si aprì i pantaloni e scivolò lentamente dentro di me, senza mai smettere di muovere le labbra morbide sulle mie.

«Romeo…» bisbigliai indifesa, aggrappata alle sue spalle.

«Ti amo, Mol.»

Continuai a piangere mentre facevamo l'amore con calma, mentre Rome, senza dire niente, mi dimostrava che l'avremmo affrontata insieme. I suoi movimenti divennero più rapidi e io mi tenni forte a lui finché non venimmo entrambi.

L'accarezzai languidamente fra le scapole. «Non avevamo mai fatto l'amore in modo così delicato. È stato completamente diverso.» Posai la fronte contro la sua. «Mi è piaciuto tantissimo.»

Romeo mi accarezzò la pancia. «Adesso trasporti un carico prezioso, piccola. Devo stare più attento con te... con *tutti e due.*»

Mi infilò il viso nell'incavo del collo e ci limitammo e tenerci stretti l'uno all'altra.

Romeo sollevò il petto e mi baciò sulla guancia, sorridendo. «Con gli occhiali e i capelli pettinati così, sembri la mia vecchia Mol. La ragazza che ho visto mesi fa nel dipartimento di studi umanistici, a imprecare in ginocchio con quell'accento super sexy e le scarpe arancioni fluorescenti. Cazzo, in quel momento ho capito subito, senza ombra di dubbio, che un giorno saresti diventata mia.» Mi arruffò la crocchia e mi rivolse uno sguardo adorante.

«Un giorno» lo punzecchiai. Gli accarezzai il tatuaggio sul fianco e i suoi occhi si illuminarono di rimando.

«Mi sono sempre chiesto se avrei mai avuto una famiglia, se sarei mai stato tanto felice con qualcuno... con *me stesso*, da avere un figlio.»

Il dolore nelle sue parole mi strinse lo stomaco e trassi un respiro impanicato al pensiero dell'enormità della nostra situazione. «Romeo, non credo di poter essere una mamma. Non veniamo da famiglie normali. Non abbiamo la minima idea di cosa significhi *essere parte* di una famiglia normale! Come cavolo cresceremmo un bambino? Siamo ancora troppo giovani – che cosa potremmo mai offrirgli?»

Lui sospirò. «Quello che noi non abbiamo mai avuto.» Si spostò e mi strattonò affinché lo guardassi. «Ascoltami. Insieme ci possiamo riuscire. Insieme possiamo fare qualsiasi cosa. Possiamo essere dei bravi genitori.»

«Ma il football...»

«Ma cosa? Io sarò selezionato ad aprile e tu verrai con me, con nostro figlio o nostra figlia. Puoi sempre prendere il dottorato e realizzare i tuoi sogni. Possiamo avere tutto. Solo, ti prego… non distruggere il nostro bambino, il nostro primo figlio.»

«Rome…» bisbigliai.

Lui mi zittì con un dito sulle labbra. «Io avrei potuto essere distrutto, eppure la mia madre biologica mi ha tenuto. Mi ha permesso di nascere. Sono qui perché ha scelto me, anche se in realtà non mi voleva. Sì, è vero, i miei genitori me ne hanno combinate di cotte e di crude, ma me la sono cavata e sono arrivato da te, dal mio genietto inglese – dalla ragazza che mi ha salvato. La ragazza che mi ha insegnato ad amare.»

Gli passai una mano sul viso stravolto. «I tuoi genitori penseranno che io l'abbia architettato apposta per incastrarti.»

Lui serrò le labbra e indurì i tratti del volto. «Non me ne frega un cazzo di cosa penseranno. Anzi, non ho alcuna intenzione di parlargliene. Quella sera, quando ce ne siamo andati da casa loro, dicevo sul serio. Con i miei ho chiuso. Adesso la mia vita *sei tu*, sei tutto per me. Tu e il nostro bambino.»

Mi tenni stretta al mio ragazzo e piansi fino a prosciugare tutte le lacrime di terrore, shock e immenso amore. Poi Romeo si scostò, ci spogliò entrambi, mi infilò sotto le coperte e mi mise un braccio intorno alla pancia, sussurrandomi parole dolci e piene d'amore e accarezzando la casa del nostro bambino.

CAPITOLO 20

«Sei agitato?» domandai, arrotolandomi una ciocca di capelli intorno al dito.

Romeo finse di mangiarsi le unghie, poi mi strizzò il ginocchio con un sorrisetto. «Diciamo agitato ed emozionato insieme.» Mi attirò a sé con il braccio saldamente posato sulle mie spalle. «Tra poco vedremo il nostro bambino» bisbigliò euforico.

Serrò la presa sulla mia mano. Sapevo che era più agitato di quanto desse a vedere, e che si sforzava di apparire disinvolto solo per la mia propensione a dare di matto.

Gli ultimi giorni erano stati… a dir poco surreali. Ce n'erano voluti un paio per renderci veramente conto che eravamo incinti.

Che *noi* eravamo incinti.

Romeo voleva che dicessi sempre così. Mi ricordava che era al mio fianco, al cento per cento, tutte le volte che poteva, che il nostro sarebbe stato un lavoro di squadra.

Dopo essersi assicurate che non avrei avuto un esaurimento nervoso, le mie amiche si erano concesse di emozionarsi per tutti e due, pur essendo comprensibilmente un po' preoccupate, e avevano promesso di non raccontarlo a nessuno. L'avevo detto anche alla professoressa Ross che era rimasta, per così dire, scioccata – anzi, scioccata era un termine riduttivo – ma lei era la mia roccia e cercava di aiutarmi a capire come continuare gli studi dopo la nascita del piccolo. A parte loro, nessuno l'avrebbe saputo prima della fine del primo trimestre, quando non avrei più potuto tenerlo nascosto.

La vita era diventata improvvisamente fuori di testa, anche se essere incinta non era così terrificante come avevo pensato all'inizio.

Avevo preso appuntamento dal ginecologo e, viste le complicazioni che aveva avuto mia madre in gravidanza – complicazioni che avevano portato alla sua morte – mi era stato raccomandato di sottopormi subito a una visita di controllo approfondita. Romeo aveva messo mano al suo fondo fiduciario e aveva sborsato una fortuna per ingaggiare il medico migliore sulla piazza. Così, a differenza della maggior parte dei comuni mortali, avremmo probabilmente visto il nostro bambino molto prima di quanto fosse solito.

Io e Romeo eravamo seduti in un'asettica sala d'attesa circondati da donne di tutte le età visibilmente incinte e bambini esagitati che urlavano e ci scorrazzavano fra i piedi – bastò questo a spaventarci a morte e, a giudicare dagli sguardi divertiti degli altri genitori, il nostro terrore era lampante.

Io ridacchiavo per via di Romeo, impegnato a fissare un bimbo imbizzarrito e a bisbigliare «Cristo santo», quando sentii pronunciare il mio nome.

«Molly Shakespeare?» mi chiamò una giovane infermiera.

Alzai la mano. «Sì, eccomi.»

Lei mi rivolse un sorriso gentile. «Se vuoi seguirmi, il dottore è pronto a riceverti.»

Inspirai a fondo, guardai Rome e mi scappò una smorfia. Lui rise e mi diede una pacca sulla gamba. «Andiamo, Shakespeare. Non c'è niente di cui aver paura.»

«Sì, certo. Cinque secondi fa sembravi pronto a lanciarti fuori dalla finestra per sfuggire alla lagna spaccatimpani di quel bambino.»

«Ero semplicemente sconvolto dalla sua tenacia. Se fosse stato figlio mio, non sarebbe successo niente del genere. Sarà una passeggiata.»

Gli sghignazzai nell'orecchio. «Se lo pensi davvero, ti stai solo illudendo. Se non altro, durante il parto te la caverai con poco. Non tocca a te spingere fuori un neonato grande quanto un cocomero da un buco delle dimensioni di una monetina.»

Lui si portò una mano sul cuore e disse: «Se potessi occuparmene io al posto tuo, piccola, lo farei volentieri».

«Ah! Come no.»

Rome mi strizzò il culo con discrezione. «Datti una mossa, futura mammina, e piantala di tergiversare» ordinò.

Mi prese per mano e seguimmo l'infermiera in un classico studio medico – una scrivania, il lettino per il paziente, sedie di plastica per gli accompagnatori.

L'infermiera mi porse un camice azzurro. «Indossa questo, tesoro, e il dottore sarà subito da voi.»

Uscì dalla stanza e io mi spostai dietro il paravento per cambiarmi. Romeo mi seguì, io però gli piazzai una mano sul petto. «Ehm, dove cavolo credi di andare?»

Lui mi posò i palmi sulla schiena e mi sospinse in avanti. «Vengo con te.»

Gliele scostai in malo modo. «Torna subito di là! Che vergogna! Penseranno che stiamo combinando qualcosa!»

Rome mi avvicinò la bocca carnosa all'orecchio e mi lasciò scivolare le mani in vita in modo abbastanza seducente da strapparmi un sospiro impaziente dalla gola. «Mettiti là dietro, Shakespeare, piantala di rispondermi a tono e lasciati spogliare.»

Chiusi gli occhi senza volere, più eccitata che mai dal suo atteggiamento. D'altronde, la gravidanza sembrava avere quell'effetto su di me. In quell'ultima settimana, avevo fatto sesso con Romeo in talmente tanti modi diversi che faticavo persino a ricordarmeli.

Romeo richiuse il paravento e cominciò a sfilarmi il giubbotto e i jeans con gli occhi pieni di desiderio.

Quando rimasi nuda davanti a lui, mi posò un bacio leggero sulle labbra, sul collo e infine sulla pancia, prima di rimettersi dritto e aiutarmi a indossare il camice.

«Nei prossimi mesi diventerai un incubo, non è vero?» lo presi in giro accarezzandogli le labbra con la punta del dito.

Lui scrollò le spalle e si infilò il mio dito in bocca. «Voglio solo essere sicuro che tu e il bambino siate a posto.»

Gli stampai un bacio sulla guancia e scostai il paravento per scoprire che il medico di mezz'età ci aspettava seduto alla scrivania, con un sorriso divertito sulle labbra. Il buon dottore, se non altro, tentò di nascondere l'ilarità mentre io diventavo rossa come un peperone.

Si alzò e mi tese una mano. «Lei deve essere Molly. Io sono il dottor Adams.»

«Piacere di conoscerla, dottor Adams. Questo è Romeo, il mio ragazzo.»

Romeo gli porse la mano e il dottore si illuminò in viso. «Che piacere conoscerla, Bullet. Sono un suo grandissimo ammiratore, ho persino l'abbonamento allo stadio.» Poi tornò a guardarmi. «E ora riconosco anche lei, signorina Shakespeare. È il portafortuna che aiuterà il nostro Bullet a riportarci in finale.»

Oh, certo, il football. Eravamo pur sempre in Alabama.

Romeo mi cinse con le braccia. «Eccome se è il mio portafortuna. Grazie, dottore.»

«Si sa qualcosa del draft? Quest'anno i Seahawks di Seattle se la passano malissimo. Il loro quarterback è stato costretto a ritirarsi in anticipo a causa di un infortunio, e lei verrà sicuramente selezionato al primo turno.»

Romeo mi guardò di sottecchi, la preoccupazione evidente sul viso, e strusciò i piedi per terra. «Ne so quanto lei, dottore. Comunque, da quello che mi dicono i coach, ci sono buone probabilità che io finisca a Seattle.»

Mi accigliai. Buone probabilità di finire a Seattle? Non me l'aveva detto.

«Prego, accomodatevi.» Il dottor Adams mi accennò di seguirlo e mi distolse dai miei pensieri. Mi issai sul lettino e Romeo si accomodò sulla sedia accanto, e strinse la mano che gli tendevo.

Il dottore studiò la mia cartella clinica. «Insomma, è incinta?» Scorsi un lampo di sorpresa in quegli occhi azzurri. Eh già, Romeo "Bullet" Prince aveva messo incinta una ragazza. Che razza di cliché.

«Sì. Ho comprato un test la settimana scorsa ed è risultato positivo. Anzi, per sicurezza ne ho comprati quattro, di quattro marche diverse, e confermano tutti che sono senz'altro in stato interessante.»

Il dottor Adams inarcò un sopracciglio e abbozzò un sorriso a quell'espressione antiquata. Romeo serrò le labbra per impedirsi di ridere insieme a lui.

«Okay, bene, faremo un paio di esami e un'ecografia per vedere di quante settimane. Secondo lei di un mese circa, giusto?»

«Se ho contato bene, sì. Tuttavia, il mese scorso ho avuto un flusso molto scarso, e così non ne sono tanto sicura.»

«Le perdite di sangue sono normali all'inizio di una gravidanza, quindi è possibile che sia incinta da più tempo. Iniziamo, che ne dite?»

L'infermiera mi fece un prelievo di sangue, mi controllò i parametri, il peso e via dicendo, e alla fine arrivò il momento dell'ecografia.

Sollevai il camice e il dottore prese una sonda dall'aspetto spaventoso da un macchinario. «Sarà un po' sgradevole, però ci aiuterà a farci un'idea più precisa sull'avanzamento della gravidanza. Essendo solo agli inizi, c'è bisogno di un'ecografia transvaginale.»

Guardai Romeo con una smorfia. Lui mi rivolse un cenno di solidarietà e io mi sciolsi nel vedere che era praticamente sul bordo della sedia per l'emozione. Gli strinsi la mano con la mia e lui me la baciò con un sorrisetto ansioso.

«Okay, ragazzi, andiamo a conoscere il vostro bambino.»

Il dottor Adams inserì la sonda di plastica e io sussultai alla sensazione spiacevole. Eppure, fu presto dimenticata nell'istante in cui un'immagine sgranata comparve sullo schermo accanto a noi. All'inizio non c'era nient'altro che una vaga e sfocata tempesta di niente, finché il dottore non spostò l'apparecchio e lo sentimmo – il ritmo angelico di un cuoricino che batteva. Ci fu un guizzo sullo schermo ed era lì, nostro figlio, comodamente rannicchiato nel mio ventre, grande quanto un fagiolo.

Con ogni melodioso battito del suo cuoricino, tutte le paure che avevo evaporarono. Romeo serrò forte le labbra e una lacrima solitaria gli scese lentamente sul viso. Gliela cancellai con il pollice, innamorata della voglia che aveva di questo bimbo… di noi.

In quell'istante, diventai mamma e, a giudicare dall'espressione piena di meraviglia che gli campeggiava sul viso, Romeo diventò papà.

Il dottor Adams armeggiò con l'apparecchio e sorrise. «Sembra sia tutto a posto. In base alle dimensioni, pare sia incinta di… all'incirca… *ah*… circa otto settimane.»

Otto settimane.

Il dottore schiacciò un pulsante per stampare la foto, poi mi porse il quadratino di pellicola che racchiudeva l'immagine del nostro angioletto, l'appellativo affettuoso con cui Romeo aveva iniziato a riferirsi al nostro bimbo o alla nostra bimba.

Rimasi incantata; non riuscivo distogliere lo sguardo dalla piccola fotografia in bianco e nero. Romeo si chinò su di me e mi baciò la testa senza dire niente, un groppo che gli bloccava la gola.

«Adesso può rivestirsi, Molly. Ci rivedremo fra un paio di mesi, se non dovesse riscontrare i problemi di cui abbiamo già parlato. In quel caso, dovrà venire subito da me.»

«Fra due mesi scopriremo anche il sesso?» domandai in fretta.

«Si spera.» Il dottor Adams si rimise in piedi e ci strinse di nuovo la mano prima di dare una pacca sulla schiena a Romeo. «Congratulazioni, ragazzo, ci vediamo in Georgia per la finale della divisione sudorientale, e sempre *Forza Tide*!»

Romeo gli strinse il braccio in modo virile. «*Forza Tide.*» Detto questo, il dottore se ne andò.

Il silenzio si allungò fra di noi, che realizzavamo in quel momento la portata di quanto era appena successo.

Passai la foto a Romeo e spostai le gambe giù dal lettino. Lui mi aiutò a scendere e mi attirò bruscamente contro il suo petto.

«Romeo, che…»

«Grazie, Mol. Solo… *grazie*…»

CAPITOLO 21

«Porcaccia la miseria, angioletto. Ora sì che sono spaventata di brutto! Spero non causerai tutti questi problemi quando arriverai» dissi, accarezzandomi amorevolmente la pancia.

Avevo deciso di giocare d'anticipo e informarmi su tutto ciò che riguardava la gravidanza, e la mia piccola iniziativa mi si era appena ritorta contro.

Potentemente ritorta contro.

Forcipi e postumi del parto avrebbero senz'altro popolato i miei incubi.

Buttai la copia di *Che cosa aspettarsi quando si aspetta* sulla scrivania neanche contenesse un contagioso batterio mangia-carne e uscii sul balcone. Mi appoggiai al parapetto e ammirai il magnifico verde del giardino e l'azzurro limpido del cielo invernale.

Una volta finita la ricerca per l'articolo della professoressa Ross e valutate le tesine di filosofia per gli esami di fine semestre, le acque si erano calmate.

Ero finalmente riuscita a passare un po' di tempo con Romeo ed era stato a dir poco perfetto.

Ultimamente erano successe un sacco di cose. Romeo si era praticamente trasferito in camera mia e continuava ad arrampicarsi sul balcone calandosi nei panni del mio personalissimo Romeo Montecchi, scatenando l'invidia delle consorelle. I Crimson Tide avevano vinto l'ultima partita contro la Louisiana State University e si erano qualificati per la finale della divisione sudorientale. Adesso erano i favoriti per la qualificazione alla finale del campionato universitario nazionale e, fatto ancor più straordinario,

Romeo Prince, l'amore della mia vita, era da poco stato nominato miglior quarterback del Paese. Io ero incredibilmente fiera di lui, anche se Romeo moriva dalla vergogna tutte le volte che glielo dicevo.

Oh, e mi ero riconciliata con l'idea di essere madre.

Sarei presto diventata mamma.

Stavo scuotendo la testa, sorridendo incredula, quando Ally irruppe in camera mia col fiato corto, gli occhi scuri pieni d'angoscia.

«Molly, Rome ha scatenato una rissa agli allenamenti. Ha praticamente ammazzato Chris Porter.»

«E chi diavolo è Chris Porter?»

«Un ricevitore dei Tide e il nuovo scopamico di Shelly.»

Mi infilai gli stivali e presi il cappotto nero dall'attaccapanni. «Dov'è?»

Ally stava praticamente correndo su e giù davanti alla porta, impaziente di andarsene. «Ha perso la testa e sta distruggendo la palestra. Devi venire da lui, sei l'unica in grado di calmarlo.»

Mi precipitai fuori dalla stanza e giù per le scale principali.

«Che cosa è successo? Come mai è andato su tutte le furie?» domandai con urgenza. Superammo veloci la porta per uscire nel venticello freddo e pungente dell'inverno dell'Alabama.

Ally alzò le mani a mezz'aria. «Non ne ho idea. Cass mi ha chiamata per chiedermi di venire a prenderti, perché non rispondevi al telefono.»

«L'ho spento per concentrarmi sul libro.»

Iniziai a correre in direzione della palestra, ma Ally mi afferrò per un braccio e mi strattonò davanti alla sua Mustang rossa. «Prendiamo la macchina, arriveremo prima.»

Saltammo a bordo e io mi rosicchiai nervosamente le unghie, chiedendomi cosa diamine l'avesse mandato su tutte le furie. Ultimamente era migliorato, era meno arrabbiato, meno aggressivo.

Sbiancai.

«Secondo te qualcuno ha detto qualcosa sul bambino? Magari si è sparsa la voce?»

Ally increspò gli occhi, pensierosa, e imboccò la strada. «Non credo, chi avrebbe potuto? Tutti quelli che lo sanno non lo direbbero ad anima viva. Cass non l'ha raccontato nemmeno a Jimmy-Don.»

Sospirai e mi massaggiai le tempie. «Hai ragione. Dove sono Cass e Lexi?»

«In palestra. Cass doveva vedersi lì con Jimmy-Don per andare a cena, quando Rome ha dato di matto. Lexi era con lei. Pare che Austin e Jimmy-Don abbiano provato a calmarlo e che Rome abbia aggredito anche loro. Visto che il coach se n'era già andato, hanno chiuso a chiave la porta e l'hanno lasciato dentro a sfogarsi. Cazzo, deve essere proprio fuori di testa per provare a picchiare anche i suoi amici!»

Guardai l'orologio che ticchettava lentamente sul cruscotto e mi parve che ogni secondo durasse un'eternità mentre sfrecciavamo in direzione della palestra. Quando arrivammo, notammo che davanti all'ingresso si era formata una calca di gente. Scesi dalla macchina e corsi da Jimmy-Don, Lexi e Cass, gli occhi di tutti puntati su di me.

«Grazie al cielo sei arrivata!» esclamò Jimmy-Don, il viso solitamente sorridente stravolto dal terrore.

Afferrai Cass per le braccia. «Lui dov'è? Che cosa è successo?»

Cass era sbigottita. «E che ne so, ragazza mia. Austin ha detto che il coach ha parlato con Rome in privato e che lui si è messo a urlare e strepitare. Poi Chris Porter gli ha lanciato una battutina stupida su qualcosa, lui ha perso la testa e ha cominciato a picchiarlo. La squadra ha portato via Porter per dargli una ripulita; è ridotto malissimo.»

Mi tenni la pancia e tentai di reprimere i conati di vomito. «Jimmy-Don, dov'è la palestra?»

Lui mi prese per mano e mi guidò attraverso gli studenti assiepati che mi fissarono e bisbigliarono fra di loro nel vedermi passare.

Superammo le doppie porte d'ingresso e ci precipitammo lungo il corridoio, dove trovammo Austin appoggiato alla porta chiusa con le braccia ricoperte di tatuaggi incrociate sul petto.

Quando sentì i nostri passi, piegò la testa all'indietro e tirò un sospiro di sollievo. «Cazzo, meno male che sei arrivata, Molly.»

«È là dentro?» domandai indicando la porta.

Austin annuì. «Non è messo bene, Molls. Sta attenta.»

Lo rassicurai con una pacca sul braccio e spalancai la porta sulla devastazione più totale. C'erano materassini, palloni da football e pesi sparpagliati su tutto il pavimento, gli attrezzi ultratecnologici cosparsi di detriti. Romeo aveva distrutto la palestra e adesso se ne stava seduto su una panca a torso nudo, fradicio di sudore, con addosso un paio di pantaloncini neri e la testa fra le mani.

La porta si richiuse con un clic e lui rialzò di scatto la testa, fulminandomi con lo sguardo. Quando vide che ero io, si appoggiò alla parete dietro di sé e buttò fuori un lungo gemito, le braccia dietro la testa e gli occhi fissi sul soffitto.

Provai ad avvicinarmi.

Quando gli arrivai a pochi passi di distanza, Romeo ringhiò. «Indovina chi cazzo organizzerà la cena per la finale della divisione sudorientale due giorni dopo la partita in Georgia?»

Mi sprofondò lo stomaco. «Oh, no, amore...»

«È una farsa, porca troia! Non gliene è mai fregato un cazzo del football e adesso hanno improvvisamente voglia di organizzare la cena più importante dell'anno... alla piantagione! È una trappola del cazzo per attirarci laggiù, Mol!»

Allungai le mani e lui si alzò dalla panca, lontano dal mio abbraccio, quasi avesse avuto paura di toccarmi. Fu come una coltellata al cuore.

Notai le nocche insanguinate, il labbro spaccato e l'occhio sinistro che aveva già cominciato a ingiallire. «Romeo, ti devi calmare! Fuori si è riunita mezza università, hai pestato a sangue un compagno di squadra...»

«Se lo meritava, cazzo. Ha cominciato a sparare cazzate su di te... a *me*! Porca puttana, se l'è cercata nell'istante in cui ha aperto quella stupida fogna!»

«Non me ne frega un accidente di quello che ha detto su di me. Guarda come sei ridotto! Ti comporti come un pazzo!»

Lui se ne uscì con una cupa risatina di scherno. «I miei genitori hanno pensato a tutto. Ti ricordi come ci hanno aggrediti l'ultima volta? Questa non è altro che una trappola più elaborata. Sanno che non tornerò mai a casa di mia spontanea volontà. Il coach ha acconsentito. Hanno già invitato il governatore, il sindaco e un milione di sponsor, e hanno tutti accettato con entusiasmo. Hanno pianificato la cosa in modo che il college non potesse rifiutare. *Cazzo*!» Sferrò un calcio a una palla medica che volò dall'altra parte della stanza e si schiantò rumorosamente su un tapis roulant.

Io sedetti sulla panca, lontana dalla sua furia distruttiva, e restai a guardarlo spostarsi rabbiosamente per il locale.

«Non ci andremo. Col cazzo che parteciperai alla cena nelle tue condizioni.»

Sospirai e mi sfregai il dorso del naso. «Tu comunque devi andarci per forza, Romeo. Lo sappiamo tutti e due che riceverai il premio come miglior giocatore della stagione. I Tide si qualificheranno quasi sicuramente per la finale del campionato universitario nazionale, e lo scopo della cena è caricare la squadra. Se ti lascia più tranquillo, io rimarrò a casa.»

«No!» urlò lui. «No, col cazzo! Perché non dovresti venire con me? È l'università che deve organizzare la cena da un'altra parte, che si fottano i miei. Li conosco, Mol. C'è qualcosa in ballo, me lo sento, e non gli permetterò di distruggere la mia famiglia – sono stufo dei loro giochetti mentali.»

La sua espressione passò dalla rabbia alla sofferenza e lui si precipitò da me. Crollò in ginocchio e mi posò la testa sulle gambe, le sue braccia che mi circondavano come un'armatura. «Chissà che cazzo si inventerebbero se venissero a sapere che là dentro c'è il nostro angioletto. Non posso perdervi.»

Mi posò un bacio sulla pancia leggermente arrotondata, al di sopra della morbida camicetta color crema che indossavo. Gli massaggiai la testa con le mani.

«Romeo, capisco perché ti senti così, ma è solo una serata, per di più con centinaia di invitati. Non oserebbero nulla in modo tanto plateale. Non si metterebbero mai in imbarazzo da soli. Io rimarrò al tuo fianco per tutta la sera, e loro non avranno modo di arrivare a me. Ci sarai tu a proteggermi, lo so.»

Quando rialzò il viso, adesso leggermente più calmo, presi dalla tasca il mio vecchio fazzoletto con le rose e gli tamponai il sopracciglio per fermare un rivoletto di sangue.

Romeo mi afferrò il polso e mi posò un bacio nel punto in cui si sentivano i battiti del mio cuore. «Se facessero del male a te o al nostro angioletto, piccola, non me lo perdonerei mai.»

Gli presi il viso fra le mani, le dita allargate intorno alle sue orecchie. «Non succederà niente.»

Le lacrime gli offuscarono i magnifici occhi color cacao. «Perché si intromettono sempre? Stiamo andando così bene. Tu sei in salute, il nostro bimbo va alla grande, e i Tide sono nettamente favoriti sia per il titolo di campioni della divisione sudorientale, sia per la qualificazione al campionato nazionale. E poi arrivano loro a rovinarmi di nuovo la vita con intrighi e macchinazioni. Ti assicuro, è tutta una farsa. Hanno in mente qualcosa, qualcosa di grosso.»

«Sono troppo potenti, Romeo. La cena non verrà spostata. Dobbiamo partecipare e mostrarci uniti, e tu devi essere il leader di cui la squadra ha bisogno.» Lui mi rivolse un cenno d'assenso e distolse lo sguardo. «Hai proprio perso la testa.»

Romeo si leccò una goccia di sangue sul labbro. «Il coach sa della situazione con i miei, per questo è venuto a mettermi in guardia. Ha tentato di spostare la cena, ma la decisione è venuta dall'alto. Cazzo, non ci ho visto più.»

Gli sollevai la mano e gli posai il fazzoletto sulle nocche scorticate. «Non mi piace quando perdi il controllo. Devi comportarti meglio, Romeo. Non voglio dovermi preoccupare dei tuoi scatti d'ira, soprattutto dopo l'arrivo del piccolo.»

Lui piegò le labbra in un sorrisetto spavaldo.

«Che c'è?»

«Ti amo.»

«Non pensare di scamparla tanto facilmente! Guarda come hai ridotto questo posto, guarda come sei ridotto tu!» dissi, e gli premetti un dito sugli addominali scolpiti. Lo trascinai piano piano verso la sottile linea di peli che gli spariva nei pantaloni e sentii lo stomaco contrarsi all'istante.

Romeo si avvicinò e schiacciò le cosce massicce contro le mie. «Ho una voglia matta di scoparti, adesso.»

Rialzai gli occhi socchiusi. «Non qui. E non prima che tu mi abbia promesso che non ricapiterà mai più.»

Vidi le sue pupille dilatarsi, arrivarono quasi a inghiottire il marrone brillante delle iridi. «Sono ancora su di giri e ho bisogno di una valvola di sfogo, di quelle che puoi darmi soltanto tu.»

Misi da parte la voglia di scherzare. «Dico sul serio, non ignorarmi. Mio figlio non crescerà con un papà che non sa controllarsi quando le cose si mettono male.»

Romeo mi rivolse un brusco cenno d'assenso e capii che le mie parole avevano colto nel segno.

«Lo capisci, non è così?» domandai.

«Capisco. Non succederà più. Col nostro angioletto non mi comporterò neanche lontanamente come mio padre. Te lo prometto.»

Romeo tornò ad assumere un'espressione carica di desiderio e si sporse su di me, per baciarmi il collo e la curva dell'orecchio. «Andiamo alla casetta. Io ti spoglio e tu eseguirai i miei ordini finché nessuno dei due riuscirà più a tenersi in piedi. Va bene?»

Lasciai cadere la testa sulla sua spalla. «Uffa! Va bene!» Era più semplice assecondarlo, soprattutto quando era in piena modalità maschio alfa. La sua sete di controllo era palpabile e il mio corpo traditore reagiva a ogni parola severa che gli usciva dalla bocca morbida e scaltra.

Romeo si tirò indietro con un sorriso compiaciuto, sapeva benissimo di averla spuntata. Poi il suo sorriso si spense. «Piccola, mi assicurerò che alla festa tu sia sempre al sicuro.»

«Lo so.» Gli porsi la mano. Lui la prese e mi si avvicinò ulteriormente, attirandomi sulle sue gambe e respirando lentamente il mio odore mentre io mi rigiravo le sue lunghe ciocche bionde intorno alle dita. «Mi sembra di avere un dejà vu. Tu ferito e sanguinante, e io che ti ripulisco. Che non diventi un'abitudine, okay?»

Romeo riuscì a buttar fuori una risatina stentata. «Questa è l'ultima volta, te lo prometto. Cambierò. Non dovrai più risolvere i miei casini. Parola di boy-scout.»

«Tu non sei mai stato un boy-scout, Romeo!» ridacchiai.

«E invece sì...»

Sollevai di scatto la testa, stupita. «Davvero?»

«Mmm-mmm... solo che mi hanno buttato fuori dopo una rissa.»

Alzai gli occhi al cielo. «Perché non mi stupisce?» Lui mi mordicchiò il lobo dell'orecchio e finse di ringhiare quando la porta si socchiuse.

Vidi Ally sbirciare dallo spiraglio e le accennai di entrare. Cass, Lexi, Austin e Jimmy-Don la seguirono e richiusero la porta, dopodiché sedettero sul parquet della palestra.

Romeo sentì i loro passi pesanti e vide che avevamo compagnia. Gli posai la testa sulla spalla e intrecciai le dita alle sue, affinché il contatto ci calmasse entrambi.

«Tutto okay, Rome?» domandò Ally a bassa voce, e gli diede un buffetto sul piede.

Lui scosse la testa. «I miei hanno manipolato l'università per organizzare la cena della finale del campionato sudorientale alla piantagione.»

«Merda!» sibilò Ally e gli altri sospirarono. Sapevano tutti che razza di persone fossero i suoi genitori.

Romeo mi posò un bacio a fior di labbra in mezzo alla fronte, poi guardò Austin e Jimmy-Don. «Ho bisogno del vostro aiuto per tenerli alla larga da Mol.»

«Va bene, Bullet.»

«Non c'è bisogno di chiedere, consideralo già fatto.»

Romeo mi guardò negli occhi e mi chiese il permesso di dirgli del bambino. Io capitolai. Erano i suoi amici, meritavano di sapere perché avesse preso tanto male la notizia.

Mi posò una mano sulla pancia. «Ragazzi, ho dato di matto perché… siamo incinti.»

Lanciai un'occhiata nervosa ad Austin e Jimmy-Don e vidi lo shock balenare sul viso di entrambi.

«Non lo sa nessuno a parte noi. È incinta di un paio di mesi soltanto, i miei ne sono all'oscuro e non voglio che si avvicinino rischiando di stressare lei o il bambino.»

Austin si rimise in piedi vagamente frastornato e gli batté il cinque. «Congratulazioni, Bullet. Lo sai che le guarderemo le spalle. Ci teniamo, sia a te che a lei.»

Jimmy-Don non fu da meno e scoppiò a ridere. «Porca vacca, Bullet! Qualche mese fa non frequentavi nessuno e avevi orde di ragazze che ti si buttavano ai piedi, e ora hai trasformato la tua prima vera ragazza nell'oggetto dell'invidia di tutte le studentesse del college, e l'hai *pure* messa incinta? Tu mi uccidi, bello mio! *Mi uccidi*!» Detto questo, mi sollevò fra le braccia e mi fece fare una giravolta.

Io mi portai una mano alla pancia. «Jimmy-Don, se continui così mi metterò a vomitare! Sono ancora alle prese con le nausee mattutine, che guarda caso durano tutto il giorno, porcaccia la miseria!»

Lui esibì una smorfia e mi rimise giù. «Scusa, tesoro!» Si chinò e mi baciò la mano. «Congratulazioni per il bimbo. Sarai una MILF sexy da morire!»

«Grazie… credo…?»

Le braccia di Romeo mi cinsero da dietro. «Non è solo la mia prima vera ragazza, amico, è la mia cazzo di ragione di vita.»

Nel vedere come Rome mi teneva stretta, Lexi e Ally si abbandonarono a un mormorio intenerito e Cass finse di ficcarsi un dito in gola.

Jimmy-Don si tolse il cappello da cowboy con cui prese a sventolarsi e gridò: «Mi fai crepare, bello mio! Mi fai proprio *crepare*!».

Rome gli diede una manata sulla schiena e rise delle sue pagliacciate. «Io e Molly passeremo la serata fuori. Ho bisogno di prendere le distanze da questa situazione di merda. Ci vediamo domani.»

Mi afferrò la mano e si avviò alla porta.

«Romeo, sei mezzo nudo» mi lamentai, e rischiai di inciampare mentre gli fissavo il fisico muscoloso.

Lui si limitò a scrollare le spalle. «Ho intenzione di essere tutto nudo fra circa quaranta minuti e per non meno di dodici ore, che differenza vuoi che faccia?»

«Fantastico. Ti rendi conto di quante persone ci saranno là fuori? Quante *ragazze*?»

«Chi cazzo se ne frega. Sono tuo. Andiamo.»

CAPITOLO 22

Finale del campionato sudorientale, Georgia Dome Stadium

«Non posso uscire in quella bolgia!» strillai ad Ally e Cass che tentavano di trascinarmi ai nostri posti. Lo stadio da settantamila spettatori traboccava di gente e, sotto il tetto chiuso, c'era un frastuono tale da spaccare i timpani.

Cass mi posò le mani sulle spalle e mi scoccò un'occhiata di rimprovero. «Se ti rifiuti di baciare Bullet quando esce, i suoi genitori non saranno gli unici a volere la tua testa. Dobbiamo battere i Gators! Hai un dovere nei confronti dei tifosi!»

Mi passai le mani sulla faccia e Ally me le scostò in malo modo. «Ci ho messo un secolo a prepararti. Non rovinare il mio lavoro!»

Avevo i capelli sciolti, arricciati e pieni di lacca, ed ero truccata in modo impeccabile. Sfoggiavo gli stivali da cowboy e la maglietta "fortunata" con il nome di Romeo e il numero sette, tuttavia ero quasi del tutto certa che sarebbero andati sprecati perché ero paralizzata dalla paura. I Tide erano primi in classifica, e dovevano giocare contro i Gators della Florida per decidere chi avrebbe affrontato i Notre Dame in California, il mese prossimo.

Sbirciai dietro l'angolo e deglutii a fatica. Osservai prima la distesa di tifosi vestiti di bordeaux, poi i megaschermi che mostravano la scia di successi che aveva condotto i Tide in finale. Non riuscii a impedirmi di sciogliermi quando sullo schermo comparve Romeo – che sbraitava per un errore o esultava saltellando allegramente.

Poi sollevai lo sguardo.

«Oddiosanto! Ci sono i droni con le telecamere! Non ci riesco. Mi verrà di nuovo da vomitare.»

Scambiandosi un cenno determinato, Cass e Ally mi presero a braccetto e mi trascinarono fuori.

Vidi le cheerleader sciamare vicino ai tunnel delle rispettive squadre e capii che i giocatori sarebbero stati annunciati a breve.

Puntai i piedi per terra e Ally grugnì, poi si infilò una mano in tasca per tirarne fuori un bigliettino.

«Rome sapeva che sarebbe successo, considerato che non hai praticamente spiccicato parola da quando siamo scesi dall'aereo, così mi ha dato questo da usare come ultima spiaggia.»

Oh, che palle. Adoravo i suoi bigliettini.

L'aprii e lessi:

Piccola,
alza il culo, esci sugli spalti e piantala di fartela sotto.
Ho bisogno del mio bacino portafortuna per vincere.
Questa non è una richiesta.
Ti amo.
Un bacio dal tuo Romeo

Sospirai e mi infilai il bigliettino in tasca per riportarlo a casa e riporlo nel mio cofanetto segreto insieme agli altri. Ally e Cass sfoderarono un sorriso smagliante.

«Bella mossa, Romeo, bella mossa» borbottai fra me e me. Sventolai la mano nel momento in cui lo speaker cominciava con le presentazioni. «Andiamo, traditrici che non siete altro!»

Loro risero della mia riluttanza, mi presero di nuovo a braccetto e ci incamminammo all'indirizzo dei nostri posti a bordocampo. Come se i tifosi dei Tide non fossero stati già abbastanza chiassosi, quando mi videro passare cominciarono a furoreggiare.

Andai a sedermi e tentai di ignorare lo scroscio di urla dirette a me. I tifosi erano euforici e la cacofonia della banda sembrava aumentare la follia generale. Sentimmo il fragore dei fuochi d'artificio e i Tide vennero annunciati, subito seguiti dai Gators. I giocatori invasero il campo, un arazzo bordeaux, bianco e blu, e io mi sfregai le mani in preda all'agitazione.

Sapevo che Romeo avrebbe avuto tutti gli occhi puntati addosso. Aveva il potenziale per essere scelto al primo round del draft, cosa che suscitava grandissimo clamore.

In quelle ultime settimane, gli avevano fatto una pubblicità assurda – interviste, stampa, televisione. Io di solito rimanevo nascosta da qualche parte sullo sfondo, alla larga da occhiate indiscrete.

Fissai ossessivamente i megaschermi e vidi Romeo in fondo alla squadra con il casco stretto in mano. Quando uscì di corsa e salutò i tifosi, il pubblico cominciò a battere i piedi per terra, poi iniziarono i cori e i sostenitori dei Gators risposero con una pioggia di fischi.

«*Bacio, bacio, bacio, bacio...*»

Romeo superò i giocatori schierati e mi corse incontro. Cass si chinò su di me e mi diede uno schiaffetto affettuoso sulle guance. «Forza, mammina, inizia lo spettacolo!»

Io non riuscivo a distogliere gli occhi dal mio ragazzo, che si era fermato a bordocampo e mi segnalava di avvicinarmi piegando quello stramaledetto dito e scoccandomi un sorrisetto sfacciato e pieno di desiderio.

Mi alzai su gambe malferme e tentai di ignorare i flash delle fotocamere e il concerto di fischi e incoraggiamenti. Accettai la mano dello steward e mi lasciai guidare fino al campo per andare incontro a Rome. Mi fermai davanti a lui, che era impegnato ad ammirare il mio aspetto curato nei minimi dettagli.

«Ehi, Mol.»

«Ehi, tu.»

«Me lo vuoi dare quel bacino dolce, sì o no?»

«Se proprio ci tieni.»

«Eccome, se ci tengo.»

Il copione era sempre lo stesso, dato che la scaramanzia di Romeo imponeva che fosse ripetuto prima di ogni partita. Si chinò su di me e, un attimo prima che la sua bocca carnosa si posasse sulla mia, bisbigliai: «Bella mossa con quel bigliettino, brutto bastardo!».

Lui ridacchiò contro la mia bocca e mi infilò la lingua oltre la barriera delle labbra, poi la mosse avanti e indietro in lunghe e morbide carezze. Mi aggrappai ai suoi capelli e il mondo sparì intorno a noi mentre mi afferrava per i glutei e mi sollevava perché gli circondassi i fianchi con le gambe. Il pubblico sembrò gradire. Mi ritrovai a gemere nella sua bocca e Rome si scostò con un grugnito, senza fiato. «Ti amo» disse con la fronte sulla mia.

Gli accarezzai la guancia con un dito. «Anch'io ti amo.»

Mi rimise a terra, mi accarezzò la pancia con discrezione e deglutì a fatica incrociando i miei occhi umidi di lacrime. «Giocherò per tutti e due.»

Si girò e corse di nuovo in campo, e io, come al solito, tornai a sedere barcollando, innamorata cotta del mio quarterback.

Questo era successo due giorni prima.

I Tide avevano vinto il campionato della divisione sudorientale e la serata tanto temuta incombeva su di noi. Romeo era entrato dal balcone nel primo pomeriggio e non se n'era più andato. I suoi livelli di ansia erano alle stelle e, di conseguenza, i miei non se la passavano tanto meglio.

Il dress code per la serata era il bianco, perciò mi ero messa un ampio vestito candido in stile impero per nascondere la pancetta e un paio di sandali bassi argentati. Romeo, invece, indossava un abito bianchissimo e l'obbligatoria cravatta dei Crimson Tide.

Appollaiato sul letto, mi seguiva con lo sguardo mentre mi muovevo per la stanza, pettinandomi i capelli, mettendomi il rossetto rosa e indossando gli orecchini pendenti in argento.

Quando finii di prepararmi, tornai sul materasso e mi misi a cavalcioni su di lui. Le sue mani mi afferrarono prontamente il fondoschiena. La tenerezza che aveva nello sguardo era tale da spezzarmi il cuore, e la paura traspariva come un lampeggiante luminoso sulla costa.

«Sei bellissima, piccola. La gravidanza ti dona parecchio.»

Gli lisciai la cravatta bordeaux. «Anche tu stai molto bene.»

Alzò il mento per essere baciato e io l'accontentai.

Gli sfiorai delicatamente la fronte con la mia. «È tutto a posto?»

«Lo sarà quando ci saremo tolti il pensiero e non dovrò più incontrare quei due. Non vedo l'ora di passare il Natale a Birmingham con te, lontano dai loro veleni.»

«È solo per stasera, non te lo dimenticare.»

«Lo so.»

Romeo mi tolse le mani dal fondoschiena e iniziò a sollevarmi il vestito, accarezzandomi le cosce con aria seducente.

«*Romeo…*» lo misi in guardia.

Gli brillarono gli occhi, poi si aprì la cerniera per liberare l'erezione senza togliersi i pantaloni. Io chiusi le palpebre e le sue dita mi scostarono le mutandine e accarezzarono il centro bollente del mio corpo. Poi, con un'unica spinta, fu dentro di me.

«Cavalcami» comandò con voce stentata.

Mi spostai per puntellare le ginocchia sul materasso e Romeo si distese. Mi osservò muovere i fianchi avanti e indietro a creare un ritmo profondo e sensuale.

Non mi aveva mai ceduto il controllo, mai. Dal momento in cui ci eravamo messi insieme, era sempre stato lui a dirigerci quando facevamo l'amore. Preoccupata, mi domandai perché si stesse comportando così.

Mi piegai in avanti e gli posai le mani sul petto ampio, perdendomi nel piacere.

«Quanto cazzo sei bella, piccola» mormorò lui con voce roca, gli occhi color cacao che tradivano tutta la sua apprensione.

Mi morsi le labbra e rovesciai la testa all'indietro. «Romeo…»

«Sono qui, Mol. Prendi… prenditi il controllo. Mostrami quanto mi vuoi.»

«Ti voglio. Più di quanto saprai mai.»

Si aggrappò alle mie cosce nude e si passò la lingua sulle labbra.

«Perché adesso?» domandai senza fiato.

«Cosa?»

«Io… sopra… al comando?»

«Perché volevo sapere come mi sarei sentito a darti tutto di me, completamente. Sono tuo, anima e cuore. Volevo solo dimostrarti quanto sei importante per me, nell'unico modo che conosco.»

Schiacciai il petto sul suo e gli leccai le labbra, le mie spinte che acquistavano velocità e le sue bellissime parole che mi spingevano al limite.

Il respiro di Romeo diventò affannoso e i suoi fianchi si sollevarono per venire incontro ai miei, lo slancio della nostra unione sempre più forte con ogni secondo che passava.

«Romeo… *Romeo*…» urlai quando sentii una stretta alla pancia e l'orgasmo salire, arrivando quasi a esplodere dall'interno.

Guardai Romeo e lui chiuse gli occhi. Poi, con un ultimo affondo, venne dentro di me. Strinse le labbra e rilassò le mani sulle mie gambe prima di tirare il fiato, il cuore che batteva contro il mio.

Mi sfiorò la schiena con un dito e io sorrisi contro il suo collo.

«Non ho mai provato niente di simile, piccola» bisbigliò.

«È stato perfetto.»

Mi rimisi dritta e lanciai un'occhiata all'orologio prima di chinare di nuovo la testa nell'incavo del suo collo. «E ora siamo in ritardo, porcaccia la miseria.»

«Non me ne importa un cazzo. Ci aspetteranno.»

«Dai, sarà meglio andare.» Mi tolsi dalle sue gambe e scappai in bagno a ripulirmi.

Quando tornai indietro, Rome mi aspettava appoggiato alla parete, i capelli spettinati e sexy da morire. «Ultima possibilità per tirarci indietro» disse speranzoso.

Presi la borsetta argentata e gli tesi una mano. «Andiamo, Romeo, il ballo ci aspetta» lo presi in giro, parlando con un antiquato accento shakespeariano.

Lui mi scoccò un sorrisetto riluttante e infine uscimmo.

CAPITOLO 23

«Caspita, si sono proprio superati» esclamai quando scendemmo dal pick-up davanti al posteggiatore in attesa. Scintillanti lucine di Natale luccicavano lungo i contorni della grande villa bianca. Io e Romeo entrammo nell'atrio riccamente decorato, entrambi iper-circospetti e impegnati a cercare i suoi genitori con lo sguardo.

Continuando a tenerci per mano, uscimmo in giardino, dove era stato allestito un imponente padiglione bianco altrettanto sontuoso, pieno zeppo di giocatori dei Tide, tutti vestiti di bianco. Da una parte c'era un quartetto d'archi che suonava in maniera impeccabile il *Canone di Pachelbel.*

Cass, Lexi e Ally furono le prime a individuarci in mezzo alla folla e si sbracciarono perché le raggiungessimo al tavolo in fondo. Un cameriere in smoking ci passò di fianco e ci offrì un calice di champagne. Con un cenno malizioso, Romeo ne prese uno per sé, mentre io rifiutai educatamente, optando per un succo d'arancia. Ora più che mai avrei voluto poter ricorrere all'alcol per stemperare lo stress della serata.

Raggiungemmo le ragazze e salutammo la squadra. Nel giro di pochi minuti, fui affiancata da Austin e Jimmy-Don, che mi lasciarono subito intendere di aver preso il loro incarico di guardie del corpo molto seriamente.

Io chiacchieravo con Cass e Romeo bisbigliò qualcosa ad Ally. Lei sbiancò e indicò qualcuno alle mie spalle con un cenno del mento. Al suo gesto, ci voltammo tutti quanti e vedemmo i genitori di Romeo che ci venivano incontro con enormi sorrisi falsi. Shelly li seguiva a ruota, salutando regalmente la crème de la crème dell'alta società di Tuscaloosa in un abito bianco attillato, i lunghi capelli rossi che le ricadevano liscissimi sulla scollatura prosperosa.

Romeo si piazzò dietro di me e mi strinse forte la mano, al punto da bloccarmi quasi la circolazione alle dita.

Sua madre, che puzzava d'alcol come al solito, gli gettò le braccia al collo. «Rome, tesoruccio! Complimenti per la vittoria.» Gli abbracciò il corpo rigido e baciò l'aria accanto alle sue guance prima di passare a me. Un fremito alle labbra fu l'unico indizio del fastidio che le provocava la mia presenza.

«Molly! Che piacere rivederti, sei proprio incantevole!» si mise praticamente a cinguettare mentre io mi pietrificavo nel suo abbraccio. «Come state?»

Io rimasi in silenzio. Non avevo intenzione di aiutarla nella sua messinscena a beneficio degli invitati.

«Bene, mamma» rispose neutro Romeo.

Joseph Prince si avvicinò e gli strinse la mano. «Rome.»

«Papà.»

Poi mi rivolse un cenno di saluto. «Molly.»

Glielo restituii senza troppe cerimonie.

L'aria intorno a noi divenne soffocante. Ce ne stavamo lì impalati a sforzarci di apparire allegri e cordiali per il bene di tutti. Notai che i Prince avevano ignorato i nostri amici e quando Ally, la loro nipote, tentò di salutarli, ignorarono anche lei. A giudicare dall'occhiata divertita sul suo viso, capii che Ally non se l'era presa particolarmente.

Shelly venne avanti con un sorriso raggiante e si sporse per abbracciare Romeo. Lui, però, indietreggiò con un'espressione incredula sul viso. «Ora basta con le cazzate, Shelly» sbottò spietato.

Lei si corrucciò e batté in ritirata accanto alla signora Prince, chiaramente in collera con lui per aver rifiuto la sua pupilla in modo tanto plateale.

A quel punto, girarono tutti e tre i tacchi e se ne andarono senza aggiungere altro.

«Wow! Disagio ne abbiamo?» canticchiò Cass dal tavolo, spezzando il silenzio carico di tensione.

Presi Romeo da parte. «Tutto okay, amore?»

Lui mi posò un bacio sulla guancia. «Sì, è che non sopporto più la loro falsità. E Shelly, poi, che cazzo credeva di fare?»

«Non ne ho idea. Ormai mancano solo poche ore, però. Possiamo resistere.»

Lui inarcò le sopracciglia. «Le ultime parole famose, Shakespeare. Le ultime. Parole. Famose.»

Come previsto, la cena si rivelò priva di atmosfera, pretenziosa e perlopiù inutilmente pomposa, comunque io e Romeo rimanemmo con i nostri amici e ci sforzammo di trarre il meglio da quella brutta situazione.

I discorsi furono raccapriccianti. Quando Kathryn Prince parlò del figlio adorato, di quanto fosse orgogliosa dei suoi traguardi sportivi e delle sue speranze per una carriera nella NFL, fui praticamente costretta a bloccare Romeo per impedirgli di rovesciare il tavolo e andare di nuovo su tutte le furie. Lo presi per un braccio e mi chinai su di lui per convincerlo a calmarsi, per dirgli più e più volte quanto l'amassi, tenendogli la mano sulla mia pancia. Sembrò funzionare.

Una volta sparecchiati i tavoli, gli invitati si spostarono sulla pista da ballo al centro del padiglione e Romeo, nell'udire i primi accordi di *Sweet Home Alabama* dei Lynyrd Skynrd, si alzò in piedi e mi aiutò a imitarlo. «Andiamo, Shakespeare. Ogni abitante dell'Alabama che si rispetti deve ballare questa canzone come rito di passaggio.»

Ridacchiai e lui mi strinse fra le braccia. Si muoveva sulla pista seducente, mi cantava la canzone all'orecchio ed era più stonato di una campana. Centinaia d'occhi ci guardarono ballare con il sorriso sulle labbra. Romeo mi fece fare una giravolta e un casquè con tanto di bacio a effetto, che scatenò uno scroscio di applausi. Bullet e il suo portafortuna, ancora una volta sotto i riflettori.

Purtroppo, notai anche Kathryn Prince che ci guardava in cagnesco, ciondolando su gambe malferme dopo aver alzato troppo il gomito.

Storse la bocca nel vederci sbandierare la nostra relazione davanti agli invitati, e non riuscii a trattenermi dal lanciarle un sorriso. Sapevo di soffiare sul fuoco, ma non poteva toccarci, non davanti a tutti i suoi amici.

Rome se ne sarebbe assicurato.

Quando finì la canzone, l'allenatore dei Tide ci raggiunse e diede una pacca sulla schiena a Rome, poi gli chiese di andare a parlare di football con alcuni pezzi grossi.

Rome mi riportò al tavolo e si chinò su di me. «Torno il prima possibile. Rimani sempre con qualcuno, okay?»

«Promesso.»

«Tornerò in fretta.» Mi baciò la mano e si allontanò per unirsi al gruppo che l'aspettava.

Io rimasi con le amiche per più di un'ora e Romeo continuava a non ricomparire. Avevo bevuto più succo d'arancia di quanto avrei mai creduto possibile e, essendo recentemente entrata in possesso di una vescica delle dimensioni di un fagiolo, avevo bisogno della milionesima capatina al bagno della serata.

Mi alzai e Jimmy-Don mi imitò. «Devo solo andare in bagno... di nuovo. Me la cavo anche da sola, Jimmy-Don. Dico davvero, rimani qui con Cass – ballate, divertitevi e via dicendo.»

«Col cavolo. Andiamo, tesoro, ti toccherà sopportarmi.»

Gli strinsi il braccio a mo' di ringraziamento e urlai alle ragazze: «Vado alla toilette. Se Romeo dovesse tornare, aggiornatelo». Dopodiché, mi girai per entrare nella villa.

Avevamo appena superato le imponenti scalinate all'ingresso quando Cait mi venne incontro con un foglietto. «Ehi, Molly, mi hanno detto di consegnarti questo.»

Un bigliettino.

Alzai gli occhi al cielo e l'aprii.

Ho bisogno di staccare un po' la spina.
Raggiungimi in biblioteca.
Rome.

Usai rapidamente il bagno e, quando ne uscii, mostrai il bigliettino a Jimmy-Don. Lui sorrise e scosse il capo. «Si può sapere che vi prende, a voi due? Andiamo, dai, ti accompagno e vi lascio ai vostri affari.»

L'abbracciai e gli sorrisi con riconoscenza, poi ci inoltrammo nella villa gremita di gente, alla ricerca della biblioteca. Jimmy-Don fece come aveva detto e lasciò che entrassi da sola nella grande biblioteca antica, richiudendo la porta.

Rimasi immediatamente incantata dagli innumerevoli scaffali pieni zeppi di libri che andavano dal pavimento fino al soffitto, con diverse scale scorrevoli che si allungavano per raggiungere i volumi posti più in alto. Ero in paradiso, il paradiso dei topi di biblioteca.

Avrei potuto passare ore e ore in un luogo come quello, persa fra le pagine, trasportata in altri mondi, in altre vite, dimenticando per un po' la realtà. La secchiona che c'era in me iniziò a saltellare di gioia.

Mi affacciai oltre l'angolo della stanza, dove c'erano un grande camino di pietra e alcuni divani in pelle. Cercai Rome, ma la biblioteca sembrava completamente deserta. Che combinava?

Sorrisi entusiasta e declamai: «*Oh, Romeo, Romeo, perché sei tu Romeo?*».

Nessuna risposta.

«Romeo?» Niente. «Rome, ci sei?»

Sentii lo scatto di una serratura alle mie spalle e, quando mi girai, vidi Kathryn Prince e Shelly che mi sorridevano davanti alla porta con la stessa espressione velenosa. Il mio entusiasmo si trasformò subito in terrore.

Kathryn barcollò da me, sbronza in maniera indecente, almeno a giudicare dalla patina vitrea che aveva sugli occhi. «Beh, ciao a te, *Molly*. Ci rivediamo.»

Mi spostai dietro l'estremità del tavolo che dominava il centro del locale per ristabilire le distanze. «Quali sono le vostre intenzioni?» Guardai prima Kathryn e poi Shelly, che si teneva in disparte con aria turbata.

«Vedo che hai ricevuto il biglietto, no?»

Sentii lo stomaco sprofondare. Mi avevano teso una trappola e io ci ero cascata in pieno.

«Shelly mi ha raccontato di te e di Rome e dei vostri ripugnanti bigliettini melensi – vi ha tenuti d'occhio, sai – e io sapevo che in questo modo ti avrei allontanata dalla protezione dei tuoi amici.»

Girammo intorno al tavolo come pugili che si squadravano sul ring.

«Ho scavato nel tuo passato, cara la mia signorina Shakespeare di Durham, Inghilterra.» Lesse la mia espressione allarmata e buttò fuori una risata perfida. «Mmm... eh già, è stata una lettura *molto* interessante.»

Alzai il mento e tentai di apparire impassibile.

Ero tutto il contrario.

«Vediamo un po'...» Si posò un dito sulla bocca e finse di riflettere. «Famiglia povera della classe operaia, un'abitazione che può essere considerata poco più che un tugurio. Mamma muore di parto e ti lascia alle cure di un padre alcolizzato che lavora come minatore e che, quando sei *solo una bambina*,» piagnucolò con voce infantile, snudando i denti troppo bianchi, «decide che non sei un motivo sufficiente per rimanere in circolazione e si taglia le vene nella vasca da bagno.» Sbatté le mani sul tavolo di legno. «Ci sono vicina, Molly? L'hai già capito o no? Che non c'entri proprio niente con la mia famiglia?»

Avevo le lacrime agli occhi, tuttavia rimasi ferma e immobile. Lanciai un'occhiata a Shelly, che rimaneva a guardia della porta con aria irrequieta.

Sembrava sconvolta.

Possibile non sapesse che questa piccola chiacchierata intimidatoria si sarebbe trasformata in un processo alla mia vita?

Approfittando del mio silenzio, Kathryn mi era arrivata a pochi passi di distanza. «Passano otto anni e a nonna diagnosticano un cancro ai polmoni al quarto stadio perché fuma come una ciminiera. Così la piccola Molly è costretta a prendersi cura di lei sola soletta, finché – *ops*! Muore anche nonna, e lascia tutta sola la piccola Molly, che viene data in affidamento.»

Mi sfregai il petto con una mano perché non riuscivo a respirare, i polmoni soffocati dal dolore rievocato dalle sue parole.

Le gambe mi divennero deboli, troppo deboli perché riuscissi a muovermi quando la signora Prince mi si avvicinò e il suo alito fetido, intriso di whiskey, minacciò di darmi il voltastomaco.

«E non finisce qui, dico bene? Molly viene divorata dall'ansia e dalla depressione, tant'è che ha bisogno d'aiuto, di terapia... anni e anni di terapia. Che non funziona, così escogita un altro piano – trovarsi un marito ricco! Sveglia e subdola com'è, scappa a Oxford per andare a caccia di un idiota pieno di soldi disposto a cedere al suo fascino. Dico bene, *tesoro*?»

Scossi la testa. «Non mi comporterei mai in questo modo! La pianti di mentire!»

La rabbia le inondò il viso. «Mentire? Il nome Oliver Bartholomew non ti dice niente? Vi siete frequentati, ho ragione? Il figlio di un conte? Poi, quando le cose non hanno funzionato, sei venuta qui e hai conficcato gli artigli su Rome appena hai potuto, avida puttana che non sei altro! Sapevi che era ricco e l'hai convinto a stare con te, non è vero? Lui doveva rimanere con lei!» Indicò Shelly, che camminava su e giù davanti alla porta torcendosi le dita con un'espressione sempre più turbata.

«Io e Oliver eravamo amici. Siamo usciti insieme per un po', tuttavia io non volevo niente di più. Anche lui era un assistente, lavoravamo insieme, fine della storia. Era un buon amico e un ragazzo adorabile. Non spacci quello che c'era fra di noi come qualcosa di sordido o calcolato, perché non è così. Porcaccia la miseria, la sua ricchezza non mi interessava!»

Lei mi prese il mento e mi attirò bruscamente al suo viso. «Proprio come non ti interessa quella di Rome? Non essere ridicola! Lui non dovrebbe stare con te, brutta puttana! Devi lasciarlo in pace, così farà il suo dovere nei confronti di questa famiglia e, per una volta nella sua patetica esistenza, la pianterà di essere un fallimento totale! Altrimenti te ne pentirai!»

L'impulso di difendere Romeo prese il sopravvento e smorzò la mia ansia.

Le respinsi la mano in malo modo. «Pentirmi di cosa? Romeo ha i suoi sogni, sa. Vuole giocare a football… *giocherà* a football a livello professionistico, e non c'è niente che lei possa inventarsi per impedirglielo. Almeno lo sa quanto è bravo? Lo sa che è considerato il miglior giocatore di tutte le università del Paese? Lui mi ama e io amo lui, e voi non riuscirete mai a dividerci!» Mi chinai su di lei e abbassai la voce perché Shelly non potesse sentirci: «So ogni cosa. Romeo mi ha raccontato tutto su di lei, sul signor Prince, sulla sua infanzia, sulle botte… *tutto*. Lo ribadisco. Ormai non avete più alcun potere su di lui, né lo riavrete mai. Si rende conto di quello che gli avete inflitto? Dei problemi che ha a gestire la rabbia dopo gli anni passati a sentirsi dire di essere indesiderato, inutile?».

Girai intorno al tavolo a passo di marcia, la lasciai lì dov'era a ribollire di rabbia, e mi precipitai alla porta, dove Shelly si era già preventivamente tolta di mezzo per lasciarmi passare.

Quando raggiunsi l'estremità del lungo tavolo, sentii uno strillo acuto e unghie affilate che mi si conficcavano nel braccio costringendomi a voltarmi.

Il manrovescio di Kathryn mi sferzò il viso e mi fece perdere l'equilibrio; poi, con un brusco spintone, la donna mi mandò violentemente a sbattere con la pancia contro il bordo del tavolo di mogano massiccio.

All'inizio rimasi imbambolata, i movimenti rallentati, e tentai di rimettermi dritta, ma un dolore lancinante mi trafisse e mi strappò un urlo assordante.

Mi si annebbiò la vista, intollerabili stilettate di dolore mi sconquassarono in tutto il corpo. Crollai sul pavimento e tentai di aggrapparmi a qualcosa per aiutarmi, per attenuare quelle fitte atroci. Alzai la testa per chiedere aiuto e vidi Shelly senza fiato, con le mani sulla bocca e uno sguardo inorridito puntato sulle mie gambe.

Abbassai gli occhi e mi accorsi di avere il vestito bianco imbrattato di sangue.

Un'ondata di dolore si impossessò di me, violenti singhiozzi si levarono dal mio corpo e strazianti spasmi di dolore presero a pugnalarmi alla schiena, alla pancia e alle gambe, impedendomi di muovermi. Mi portai una mano fra le cosce e, quando la tirai via, la ritrovai coperta da una lucida patina scarlatta. Vedendomi in quelle condizioni, Shelly si precipitò fuori dalla stanza e chiamò Rome a gran voce.

Strisciai fino al bordo del tavolo e provai a risollevarmi in piedi, tuttavia non riuscivo a sopportare l'agonia delle convulsioni.

«Sei incinta?!» strillò Kathryn. «Dannata stronzetta!» Mi sferrò un altro manrovescio, più forte del primo, con una violenza tale da farmi crollare distesa per terra, dove fui accolta da una pozza scura del mio stesso sangue. Posai la guancia al tappeto e mi portai le ginocchia al petto, mi sforzavo di respirare affannosamente nonostante il dolore.

Si sentì un gran trambusto all'ingresso della biblioteca e, quando alzai la testa, vidi una calca di gente che mi fissava allarmata.

«Levatevi dal cazzo! *LEVATEVI*!!!» tuonò Romeo con voce profonda, irrompendo nella stanza. L'espressione tormentata che gli contorse il viso rischiò di dilaniarmi definitivamente il cuore. «Mol! Cazzo! Piccola, sono qui! Sono qui!» Si gettò sul pavimento accanto a me, le mani tremanti che cercavano di capire come aiutarmi.

Era impotente, e io con lui.

Lo guardai con gli occhi annebbiati dalle lacrime. «Romeo, il nostro bambino, il nostro bambino... m-mi sa che lo sto perdendo. Aiutami... ti prego» dissi con urgenza, prima di abbandonarmi a un pianto irrefrenabile.

Un urlo pieno d'angoscia si levò dal suo petto. «Qualcuno chiami il 911. Sta perdendo il bambino!»

«Stanno arrivando, bello. Saranno qui a momenti.» Riconobbi la cadenza texana di Jimmy-Don.

Intorpidita, restai a guardare le persone che continuavano a sciamare nella stanza e, quando girai la testa, scoprii Cass, Lexi, Ally, Austin, Reece e Jimmy-Don che mi fissavano stravolti.

Le ragazze si tenevano abbracciate e piangevano a dirotto mentre io mi contorcevo per il dolore, ricoperta del mio stesso sangue.

Romeo mi attirò delicatamente sulle gambe e mi tenne al sicuro tra le braccia, mi cullava avanti e indietro, la guancia umida premuta sulla mia testa. «Shh, piccola. Mi dispiace tanto. Mi dispiace tantissimo.»

Gli allungai una mano sul viso, sporcandogli la guancia con grosse scie di sangue. «Temo che il nostro bimbo non ci sia più. È dolorosissimo. Mi sa che nostro figlio non c'è più...» Un piagnucolio acuto mi scappò di gola ad accompagnare l'ennesimo spasmo di dolore che mi attanagliava il ventre.

Romeo piangeva fiumi di lacrime e io diventavo sempre più debole.

I miei occhi pesanti notarono che la maggior parte della squadra era ormai in biblioteca, la testa china, l'attenzione concentrata sulla scena. Alcuni fissavano il pavimento con sguardo vacuo, altri pregavano invocando l'aiuto di Dio.

«Dove cazzo è l'ambulanza?! È incinta, porca troia... è incinta... il nostro *angioletto*...» Romeo buttò fuori un urlo angosciato e la sua voce rotta si spense in un bisbiglio disperato. Con mani tremanti mi sollevò il vestito impregnato di sangue.

Mi accarezzò la guancia con il pollice, mi sfiorò il labbro, e poi spalancò gli occhi. Mi piegò leggermente la testa di lato. «Piccola? Perché hai un labbro spaccato? Che diavolo ti è successo?»

Gli rivolsi uno sguardo assente, distratto, vacuo. Mi sembrava di essere disconnessa dal corpo, come fossi stata sospesa sopra di me ad assistere all'orrore.

Cominciai a sentirmi sempre più assonnata, le mie energie che si prosciugavano con ogni fiotto di sangue che mi colava lungo le cosce.

«Mol?» mi supplicò lui tenendomi sempre più stretta, forse sperava bastasse quello a mantenermi cosciente. «Mol! Resta con me. *Mol!*»

«T-tua… tua madre l'ha colpita e lei è andata a sbattere contro il tavolo. N-noi… i-io non sapevo che fosse incinta… Volevamo solo spaventarla. La situazione ci è sfuggita di mano…» raccontò quella che riconobbi come la voce colpevole di Shelly.

Romeo si irrigidì e la furia si impossessò del suo corpo. Emise un ringhio assordante. «Lei dov'è?»

«È sgattaiolata via da una delle uscite laterali» rispose Shelly mortificata.

Rome si mosse e le sue braccia forti iniziarono a rimettermi giù, tuttavia io serrai la presa. Mi sentivo stranamente intorpidita e volevo che Romeo mi rimanesse al fianco, che mi tenesse stretta. «Ti prego… non mi lasciare…» bisbigliai, e il mio cuore perse un battito nel vedere le lacrime che sgorgavano dai suoi magnifici occhi scuri.

Una volta tornata nel rifugio delle sue braccia, mi arresi a poco a poco. Il dolore si attenuò e si smorzò, sentivo che il corpo mi diceva che il nostro angelo ci stava rivolgendo un ultimo, riluttante addio.

«Piccola, mi dispiace tantissimo… il nostro angioletto… il nostro angioletto…»

Il viso splendidamente stravolto di Romeo fu l'ultima cosa che vidi prima di perdere i sensi e arrendermi all'oscurità.

CAPITOLO 24

All'inizio udivo soltanto un *bip* a intervalli perfettamente regolari. *Bip – pausa – bip – pausa – bip.*

Avevo la gola completamente secca e, ogni volta che deglutivo, mi sembrava che schegge di legno mi graffiassero la gola scorticata. Spostai leggermente le gambe indolenzite e trasalii alla fitta di dolore alla pancia.

Spalancai gli occhi e un soffitto bianchissimo con lunghe luci al neon mi restituì lo sguardo. Nell'angolo c'era un televisore acceso senza volume e il letto era circondato da sedie di plastica di tutti i colori.

Alzai un braccio e scoprii che era collegato a una flebo. Qualcosa di caldo mi stringeva l'altra mano. Girai la testa dolorante ed eccolo lì, il mio Romeo, che dormiva con la mia mano stretta fra le sue.

Era seduto goffamente su una sedia di plastica rossa, la testa posata sul bordo del materasso e il viso rivolto verso di me. Aveva la bocca socchiusa e russava leggermente, un ciuffo di lunghi capelli biondi che si alzava e riabbassava a ogni respiro.

Era bellissimo.

Osservai il mio ragazzo e tentai di ricordare perché mi trovassi qui. Frammenti di scene in bianco e nero mi tormentarono, mi balenarono fra i pensieri senza un ordine preciso – una biblioteca, dolore, urla, sangue… la madre di Romeo… il nostro bambino…

Mi portai una mano alla pancia e una gelida trepidazione si insinuò in ogni cellula del mio corpo. Tentai di muovermi e mi sentii stringere la mano. Rialzai di scatto la testa e trovai Romeo che mi fissava con gli occhi gonfi, cerchiati e iniettati di sangue, le iridi color cioccolato trasfigurate dalla tristezza.

Mi sentivo letteralmente paralizzata.

«Romeo? Il... il...?» Non riuscii a pronunciare le parole ad alta voce. Perché avrei corso il rischio di renderlo reale e mi rifiutavo di credere a quella che sapevo essere la verità.

Lo vidi contrarre la mascella e le lacrime gli ricominciarono a scorrere sulle lunghe ciglia nere come l'inchiostro, giù lungo le guance ispide di barba fino a cadere come macigni sulle lenzuola di cotone bianco. Si costrinse a deglutire e annuì lentamente, mi guardava con attenzione e mi teneva stretta la mano.

Mi posai le nostre mani intrecciate sul petto, mi raggomitolai contro di lui e buttai fuori tutto lo strazio represso che mi bruciava dentro. Fui scossa da singhiozzi rumorosi e Romeo coprì il mio corpo col suo, quasi avesse potuto proteggermi fisicamente da quella tortura senza speranza.

Avevamo perso il bambino.

Non sarei diventata mamma.

«Mi dispiace da morire... è tutta colpa mia.»

Girai la testa, tirai su col naso e mi asciugai le lacrime. «P-perché dici così? Tu non c'entri niente.»

Romeo scosse ripetutamente il capo.

Mi spostai all'indietro e gli strattonai debolmente la mano per spronarlo a stendersi accanto a me. Rapido, Romeo si arrampicò sul materasso sottile e posò la testa vicino alla mia sul cuscino basso, le nostre mani strette l'una nell'altra come in preghiera, fedelmente aggrappati al nostro amore come a un rosario.

Romeo se le portò alle labbra e le baciò, passandosele delicatamente sulla bocca. «Ho ucciso il nostro bambino, Mol. Non ti ho protetta. Ti ho delusa...»

Il groppo che avevo in gola era talmente ingombrante che quasi non riuscivo a parlare. Romeo, il fenomeno del football sempre severo e attaccabrighe, stava crollando a pezzi.

«Non potevi saperlo.»

Lui chiuse gli occhi. «Non avrei mai dovuto lasciarti da sola, nemmeno per un secondo. Sapevo che i miei avevano in mente qualcosa. Non saremmo mai dovuti andare alla cena. Avrei dovuto insistere affinché rimanessi a casa, dove sareste stati entrambi al sicuro. E ora...» Posò la testa sulle nostre mani e le lacrime ricominciarono a scorrere come durante una confessione.

Lasciai che si sfogasse e, quando si fu calmato, gli dissi tristemente: «Romeo, ho il cuore a pezzi. Proprio quando cominciavo a pensare che niente potesse più ferirmi, mi sono ritrovata con un coltello piantato nel cuore. Cos'abbiamo fatto di male per meritare di perdere ogni cosa? Mi sembra che tutti quelli che amo se ne vadano: mia madre, mio padre, mia nonna e ora il nostro bambino. Non posso sopportare altro dolore. È troppo dura da affrontare... non resisto più».

Tremando, Romeo mi cullò contro il proprio petto. «Non so perché te li abbiano portati via, piccola, e so che sei distrutta. Stavolta però è colpa di mia madre. Shelly ha raccontato tutto ad Ally – il biglietto, le accuse. Ho chiuso con loro, cazzo. Sono velenosi sia per me che per te, Mol, *velenosi*. Sei tutto ciò che mi resta... Non scappare da quello che abbiamo. Solo... non scappare.»

Mi sentivo intorpidita, il corpo che bloccava il dolore e tornava ad attivare i meccanismi di autodifesa che Romeo era riuscito a disinnescare tanti mesi prima. Mi tempestò il viso di baci disperati e tenere carezze.

«Che cosa mi è successo? Non ricordo granché.»

Giocherellò con il braccialetto dell'ospedale che mi cingeva il polso, rivivendo il trauma della notte precedente. «Sono arrivati i soccorritori e ti hanno portata qui. Io sono venuto con te. I nostri amici sono ancora al piano di sotto; non se ne sono mai andati. Saranno circa ventiquattro ore che ti trovi in ospedale. La botta contro il tavolo ti ha provocato un'emorragia interna. Ti hanno dovuta operare.»

Mi concentrai sul soffitto e mi misi a contare le mattonelle bianche, affascinata e distaccata insieme. «Potrò ancora avere figli?»

Romeo mi scostò i capelli dalla fronte e si strinse al mio corpo fiacco. «Sì, è la prima domanda che gli ho rivolto, piccola. N-non sapevo se avresti avuto voglia di rimanere di nuovo incinta. È il caso di riprovarci quando starai meglio? Io... io voglio solo che tu sia felice, farò tutto quello che vuoi.»

Mi irrigidii e Romeo mi tenne ancora più stretta.

«Mi dispiace, Mol. Non avrei dovuto dirti niente, non ancora. È troppo presto, troppo doloroso. Perdonami. Perdonami per tutto. Ti amo da impazzire, e il nostro angioletto ci rendeva così felici... ci rendeva una famiglia... io... ho paura che perderò anche te. Non riuscivo a pensare ad altro mentre dormivi.»

Tentai di rilassarmi, inspirai il suo inconfondibile odore di menta e sapone. Non riuscii a parlare. Sapevo che aveva bisogno delle mie rassicurazioni, di sentirmi promettere che sarei rimasta, che sarebbe andato tutto bene, eppure non ci riuscii. Non mi andava di pensare. Non mi andava di essere qui, senza bambino, in un letto d'ospedale, con il mio ragazzo ridotto completamente a pezzi.

Strinsi i pugni sulla sua maglietta dei Tide preferita e mi tenni forte, in lotta contro le incessanti ondate del lutto, finché non rimase nient'altro che un vuoto incolmabile.

Le mie amiche vennero a trovarmi per rendermi le loro più sentite condoglianze e chiacchierare del più e del meno, evitando l'argomento bambini e impegnandosi al massimo per provare a distrarmi.

Era inutile prendersi tanto disturbo. Non sentivo... più niente, e non aprii mai bocca.

Romeo rimase sul letto accanto a me. Fingeva di non notare le occhiate stranite dei dottori e non batteva ciglio quando le infermiere si fermavano davanti alla mia stanza per osservare il fidanzato devoto che si rifiutava di abbandonare il capezzale della sua ragazza. Avevano capito che "orario delle visite" non significava niente per il quarterback dei Crimson Tide e gli permettevano di trascorrere la notte nel mio letto.

Tale era il potere del football in Alabama.

Romeo provò più e più volte a indurmi a parlare, tuttavia io non lo assecondavo. Dormivo... un sacco e, quando non dormivo, gli giacevo accanto in una sorta di coma autoimposto. Ero uno zombie vivente.

Dopo alcuni giorni di degenza in ospedale, il dottore mi comunicò che sarei stata dimessa l'indomani mattina. Romeo cominciò subito a preparare la borsa con i vestiti che mi aveva portato Ally, incapace di nascondere il sollievo alla prospettiva di tornare finalmente a casa.

Casa.

Nessun posto mi faceva sentire a casa. In Inghilterra c'erano i ricordi della famiglia che avevo perso, mentre l'Alabama racchiudeva il ricordo del bimbo che non esisteva più – non c'era luogo in cui mi sentissi al sicuro.

La professoressa Ross venne a trovarmi, avvilita e mortificata per il mio lutto. Sarebbe partita per Oxford quella sera stessa – lei e Romeo avevano deciso di comune accordo che era meglio io non viaggiassi. Romeo me l'aveva detto con estrema cautela, convinto che mi sarei ribellata e avrei insistito per presentare la mia parte dell'articolo, visto che ci avevo lavorato per quasi un anno. E invece mi ero limitata a scrollare le spalle e a rimettermi a dormire. Normalmente avrei protestato, però non avevo la forza di interessarmene.

Romeo sospirava affranto tutte le volte che sfuggivo al suo abbraccio e mi richiudevo in me stessa. Mi guardava, mi guardava sempre, e teneva d'occhio ogni mia mossa. Si vedeva benissimo che ero a pezzi. Sapevo che lo era anche lui, ma se mi fossi concessa di provare emozioni, non ero sicura che sarei sopravvissuta al dolore che mi avrebbe senz'altro assalita. Continuava a ripetermi che mi amava e, come sempre, mi supplicava di non abbandonarlo.

Io non promisi nulla.

Quando Romeo ebbe finito di prepararmi la borsa e il crepuscolo era ormai alle porte, gli arrivò una notifica sul telefono.

Mi girai e lo guardai pizzicarsi il dorso del naso. «Che c'è?»

«È il coach. Vuole che io partecipi a un evento di beneficenza che si terrà stasera allo stadio. Ho saltato un sacco di allenamenti e ha bisogno che il quarterback si faccia vedere per dimostrare a tutti che rimarrò al fianco della squadra fino alla finale.»

«Allora vai.»

Lui si girò di scatto a osservarmi. «Non posso lasciarti in queste condizioni.»

«Sì che puoi. Tanto sono stanca, ho bisogno di dormire.»

Romeo buttò fuori un gemito frustrato e tirò un pugno sul muro. «Cristo santissimo, Mol! Come puoi essere stanca? Sono giorni che dormi, giorni che non ti muovi! Capisco che sei stata operata, però i dottori hanno detto che ormai dovresti sentirti molto meglio. Ti stai piangendo addosso, Shakespeare. Devi darti una svegliata! Mi sono sforzato, mi sto *ancora* sforzando di essere paziente, ma quando è troppo è troppo! Anch'io ho perso il bambino, non solo tu, eppure mi hai tagliato fuori e mi tratti come un perfetto sconosciuto. Ero il papà, porca troia! Da solo non ci riesco. Ho troppe cose a cui pensare – a te che sei ridotta in queste condizioni, alla squadra che devo portare in finale, alle speranze di uno Stato intero che pesano sulle *mie* spalle. Devi *darmi* una mano, Mol, e non sguazzare in questa disperazione del cazzo. A *me* chi aiuta? Guarda che sto male anch'io!»

La vecchia rabbia che lo perseguitava quando ci eravamo conosciuti tornò a insinuarsi nel suo corpo. Mi puntò addosso gli occhi neri come scarabei e si precipitò al mio capezzale per sollevarmi e premere bruscamente la bocca contro la mia.

Io non ricambiai il bacio e lui mi mollò sul materasso, dopodiché iniziò praticamente a ringhiare per la frustrazione. «Porca troia! Ti prego. *Ti prego.* Mi stai spaventando a morte! Devi cominciare a scendere a patti con la realtà e accettare quello che è successo.»

Io distolsi lo sguardo e fissai il vuoto.

«Non riesci nemmeno a guardarmi, non è così?»

Assottigliai lo sguardo e mi girai di scatto a fronteggiarlo. «Ecco, sei contento? Ti sto guardando!» sbottai. «Dimmi, Rome, cos'è che dovrei accettare? Che tua madre ha ucciso il mio cazzo di bambino?»

Romeo arretrò come se l'avessi preso a pugni e rispose a denti stretti: «Il *nostro* bambino, vedi di non dimenticartelo *mai*. Sono rimasto al tuo fianco fino alla fine... e ci sono ancora! Cazzo, sono tuttora qui che cerco di tirarti fuori da questo inferno!».

Scrollai le spalle con noncuranza e gli voltai la schiena. Sofferenza e sensi di colpa tentarono di gorgogliarmi su per la gola, ma li respinsi – giù, sempre più giù. Non potevo permettermi di provare alcuna emozione.

«Sai che c'è? Vaffanculo! Me ne vado!» Romeo marciò fuori dalla porta e io lo guardai precipitarsi lungo il corridoio, la schiena irrigidita dalla tensione.

Espirai lentamente e richiusi gli occhi con la speranza di non riaprirli mai più.

Mi risvegliai quando qualcuno sbatté un giornale sul tavolino. Impalata ai piedi del letto, c'era Kathryn Prince ubriaca fradicia. La porta della mia stanza privata era chiusa, le tapparelle abbassate.

Ero in trappola.

«E lei che ci fa qui?» domandai furibonda, e mi sollevai immediatamente sui cuscini.

Lei sorrise e barcollò fino alla sedia accanto al letto, sprizzava tanfo di whiskey da tutti i pori. Era tutta scompigliata, i capelli biondi solitamente perfetti ridotti in ciocche aggrovigliate, gli occhi circondati da occhiaie scure e profonde, il rossetto rosso leggermente sbavato.

Si chinò in avanti e mi puntò un dito ossuto addosso, il viso contorto in un'espressione crudele. «Ci hai rovinati, puttanella.»

Le lanciai un'occhiata indecifrabile, combattendo contro l'ansia che mi stava sbocciando nel petto. «Vi siete rovinati da soli. Ha ammazzato il nostro bambino! Suo nipote!»

«Quell'abominio non avrebbe mai dovuto essere concepito. Era feccia, proprio come la madre!»

Mi sembrava di essere stata sollevata, inchiodata a una croce e crocifissa. Il mio bimbo non era feccia. Era perfetto; era nostro.

La signora Prince spinse il giornale verso di me. «Leggilo. Il direttore, che non è un grande ammiratore di mio marito, ce ne ha mandata una copia in anteprima. Un regalino per ringraziarci della causa che abbiamo intentato contro di lui qualche anno fa.»

Presi il quotidiano con mani tremanti. «Oddio santo. È per questo?»

«Lettura avvincente, non trovi?»

In prima pagina c'era una foto di me scattata la sera della cena. Ero fuori dalla piantagione e venivo trasportata in barella all'ambulanza, il vestito bianco imbrattato di sangue, la maschera dell'ossigeno sul viso e Romeo che mi stringeva forte la mano con un'espressione stravolta e l'abito insanguinato. Accanto c'era una foto del signor Prince in giacca e cravatta all'ingresso della sede della Prince Oil.

L'articolo titolava:

> Ragazza incinta del quarterback dei Tide perde il bambino mentre lo scandalo per riciclaggio di denaro sporco travolge la Prince Oil.

Mi sembrava di avere una molla nel petto, così mi raddrizzai per massaggiarmi lo sterno e provare a smorzare la tensione dolorosa che mi attanagliava.

Non ci riuscii.

La foto… la foto in cui perdevo mio figlio…

Il dolore mi divorò dall'interno. Non ce la facevo; non ce la facevo a capacitarmi della realtà di quell'immagine, dell'espressione affranta di Romeo che mi teneva per mano.

Sentii una risata perfida e mi accorsi che Kathryn incombeva su di me. «Quasi ne è valsa la pena solo per vedere quella faccia!»

Si avvicinò. «Ti sei beffata della mia famiglia, maledetta stronza. Vattene. Vattene dall'Alabama e non tornare mai più. Qua non ti resta niente. Rome non ti vorrà più, non dopo che gli hai rovinato la reputazione e distrutto l'azienda di famiglia. Se rimani, ti farò affondare insieme a me, lo giuro su Dio! I Prince diventeranno lo zimbello dell'Alabama per colpa tua...»

«È per questo che volevate il matrimonio con Shelly? Vi servivano i soldi di suo padre, avevate bisogno di unire le famiglie prima che lui scoprisse cos'avevate combinato.» All'improvviso, tutto acquistava un senso. Romeo ci aveva visto giusto.

«E la progenie della troia di mio marito se la sarebbe sposata se solo non ti avesse mai conosciuta! Adesso lo sanno *tutti*. Mio marito è stato arrestato. Abbiamo perso tutto per colpa tua! *Tutto*!»

«Non è vero, avete perso tutto per colpa vostra!» sbottai.

Kathryn alzò una mano e mi tirò un pugno nello stomaco, e io strillai per il dolore. Tastai freneticamente il bordo del letto alla ricerca del pulsante di chiamata. La signora Prince mi mise le mani intorno alla gola serrando la presa mentre io continuavo a premere il tasto d'emergenza. Mi bruciava il collo e la vista mi si riempì di macchie scure, poi finalmente un'infermiera irruppe nella stanza.

«La prego... mi aiuti» implorai stridula. L'infermiera si affacciò in corridoio, urlò di chiamare la sicurezza e lottò contro Kathryn per allontanarla dal mio letto. Riuscì a bloccarle le braccia dietro la schiena. Io tossii e sputacchiai mentre le guardie la portavano via praticamente di peso, ubriaca fradicia com'era.

«Se resti qui ti rovinerò, vi rovinerò entrambi! Non ho più niente da perdere!»

Mi presi la testa fra le mani. L'enormità degli eventi degli ultimi giorni minacciò di sopraffarmi e un dolore implacabile mi squarciò dall'interno.

Non potevo più rimanere. Dovevo allontanarmi da questo dolore, da questa sofferenza.

«Dolcezza, ti senti bene?»

Sollevai lo sguardo e accanto al letto scorsi una giovane infermiera che mi cingeva con un braccio.

Annuii.

«Ne sei sicura?»

«Sì.»

«La polizia arriverà a momenti, tesoro.»

Tentai di scendere dal letto. «No, no! Non ne posso più! Non...»

L'infermiera mi tenne saldamente col braccio e mi parlò in tono rassicurante. «Quella donna ti ha aggredita, Molly. Devi sporgere denuncia.»

Mi afflosciai contro di lei. Aveva ragione; sarebbe stata l'ultima cosa che avrei fatto per Romeo. L'avrei aiutato assicurandomi che la sua reputazione non venisse infangata più di quanto non fosse già successo a causa mia. Il destino dei suoi genitori era già segnato; io avrei dato loro il colpo di grazia e Romeo sarebbe stato finalmente libero.

«Okay» acconsentii.

«Brava ragazza. Vuoi che chiami Romeo?»

Mi sforzai di sorridere e scossi la testa. «No, per favore. È allo stadio per un evento di beneficenza per la finale di campionato, e non voglio costringerlo a venire via. La squadra e i tifosi hanno bisogno di lui.»

Con una stretta affettuosa, l'infermiera mi ricoprì di lodi: «Sei una brava persona, Molly, proprio una brava persona».

Uscì dalla stanza e poco dopo entrò la polizia. Rilasciai la mia dichiarazione – solo la verità, i fatti nudi e crudi – e mi sentii come se la mia anima fosse andata definitivamente in frantumi.

Quando i poliziotti se ne furono andati, afferrai il telefono sul comodino e lasciai partire una chiamata.

«Molly, va tutto bene?»

«Suzy, sei già in aeroporto?»

«Sono appena salita in macchina. Perché?»

«Il mio biglietto è ancora valido?»

«Sì, certo... ma, Molly, tu non ti senti bene.»

«Sto bene, invece. Mi hanno dimessa. Potresti venire a prendermi all'ospedale?»

«Adesso?»

«Sì, adesso» sbottai spazientita.

Seguì una lunga pausa e un sospiro deluso. «Sarò lì fra un quarto d'ora.»

«Ti aspetto fuori.» Chiusi la comunicazione, strinsi i denti e mi strappai l'ago della flebo dalla mano. Recuperai i vestiti e trasalii al dolore acuto che mi trafisse la pancia. Indossai un paio di jeans e una maglietta e presi la borsa con i miei effetti personali. Uscii nel corridoio deserto e dall'ospedale proprio nell'istante in cui Suzy accostò al marciapiede. Saltai subito sul sedile davanti.

Lei mi scoccò un'occhiata scettica. «Stai scappando un'altra volta, è così, Molly?»

«Non posso rimanere» risposi con un filo di voce.

Suzy uscì dal parcheggio dell'ospedale e imboccò la strada. «Romeo non lo sa, vero?»

«Quando lo scoprirà, sarò a dodicimila metri d'altitudine. Starà meglio senza di me.»

Lei si girò a guardarmi, il disappunto evidente nella sua espressione. «No, che non starà meglio, Molly! Non puoi...»

«Voglio andarmene, Suzy! Ti prego, non resisto... devo andare via!»

Lei si passò la mano ricoperta di rughe sulla fronte. «Ce l'hai il passaporto?»

«È nella borsa. Per fortuna ne avevo bisogno per l'assicurazione sanitaria.»

«Allora ce ne torniamo a Oxford.»

Appoggiai la testa sul sedile e guardai il giallo dei campi di granturco che sfrecciava oltre il finestrino in una nebbia sfocata. Mi immaginai il viso di Romeo e mi vennero le lacrime agli occhi. Per un istante, dubitai della decisione presa, ma il ricordo delle foto sul giornale cancellò ogni incertezza.

Dovevo levare le tende. Dovevo fuggire.

CAPITOLO 25

Università di Oxford, Inghilterra

«A nome mio e della signorina Shakespeare, vi ringraziamo per l'attenzione.» La professoressa Ross venne ad affiancarmi su un lato del palco e le trecento persone del pubblico applaudirono soddisfatte.

Salutammo il preside della facoltà di Filosofia con una stretta di mano, poi mi inventai un pretesto per uscire dall'atmosfera soffocante dell'aula magna e corsi fuori per una boccata d'aria fresca.

Sbucai nell'ampio cortile interno e il freddo invernale mi colpì dritto in faccia, dandomi la scossa di cui avevo bisogno per svegliarmi. Alzai il viso a scrutare il cielo e i fiocchi di neve, grandi e delicati, mi baciarono delicatamente la pelle infreddolita. Mi sentii viva... beh, semiviva.

Ero ancora intorpidita.

Infilai i guanti di pelle nera e perlustrai il campus deserto con lo sguardo. Candida neve fresca ricopriva le alte guglie intricate e i tetti degli antichi palazzi, e conferiva alla prestigiosa università un'aria d'incanto invernale degna di Dickens. Adoravo Oxford in inverno; era uno dei luoghi più belli del mondo. Era la mia Mecca, il mio Santo Graal, o perlomeno lo era stato una volta. Adesso mi sembrava di essere un impostore. Una vagabonda che si era persa molto, molto lontano da casa.

La maggior parte degli studenti era via per le vacanze, e io avevo trascorso il giorno di Natale da sola in camera mia insieme a un calice di vino, sforzandomi di non pensare a come sarebbe stato passarlo a casa di Ally a Birmingham, con Romeo… e il nostro bambino.

Appena io e Suzy eravamo arrivate a Oxford, ci avevano avvisato che la presentazione era stata posticipata di una settimana, e io non avevo avuto niente in contrario. La squadra di archeologi del campus aveva ritrovato i resti di quella che ritenevano fosse un'antica sepoltura reale e la priorità era stata data a loro perché potessero riferire le nuove scoperte alla stampa. Io, da parte mia, ne ero stata contenta. Avevo bisogno di un po' di tempo per riordinare le idee.

Romeo mi mancava da morire. Mi mancava così tanto che a tratti mi convincevo che sarei letteralmente morta di crepacuore. Erano passate un paio di settimane dal nostro arrivo in Inghilterra e io non avevo ancora controllato né il telefono né le e-mail. L'amavo da impazzire, tuttavia non me la sentivo di tornare. Ormai tutti avrebbero saputo che avevo perso il bambino e non sopportavo l'idea di sentirmi così messa a nudo, che le persone sapessero e mi compatissero.

Trassi un bel respiro per calmarmi e mi incamminai in direzione della Radcliffe Camera, una biblioteca pazzesca che conteneva migliaia di volumi relativi al mio ambito di studi. Quando studiavo non soffrivo. Quando studiavo pensavo meno a Romeo. Riuscivo a dimenticare.

La neve scricchiolava sotto ai miei stivali pesanti come foglie secche.

Mi strinsi il piumino imbottito al petto ed ero quasi arrivata all'ingresso della biblioteca quando sentii: «Molly? Molly Shakespeare? Sei proprio tu?».

Mi voltai e mi ritrovai davanti il volto sbigottito di Oliver Bartholomew.

Il disagio di quell'incontro fortuito rischiò di sommergermi di imbarazzo. «Ehi, Olly, da quanto tempo non ci vediamo.»

Il volto gli si aprì in un largo sorriso e Oliver mi venne incontro per stringermi in un abbraccio rapido e goffo. «Porcaccia la miseria, Molly, per poco non ti riconoscevo. Dove sono finiti i tuoi occhiali? E i capelli... sembri una persona completamente diversa... in senso buono» farfugliò agitato, passando in rassegna il mio aspetto con occhi brillanti e blu come zaffiri.

«Grazie. Adesso porto le lenti a contatto e un'amica, in America, mi ha sistemato i capelli... e tutto il resto.» Indicai la mia intera figura con un cenno.

«Beh, si è proprio superata. Sei bellissima. Però è anche vero che lo sei sempre stata.»

Chinai la testa e serrai le labbra. A me interessava soltanto se era Romeo a dirmi che ero bellissima, quando era lui a pensarlo con tutto sé stesso. Una marea di ricordi cercò di risalire in superficie. Trattenni il respiro e la ricacciai indietro.

«Ti va un caffè?» Oliver interruppe il mio supplizio interiore, mi portò a trasalire e in questo modo richiamò la mia attenzione. Puntai gli occhi su di lui e il suo viso speranzoso mi restituì lo sguardo.

Povero Oliver. L'ultima volta che mi aveva vista, si era preso la mia verginità e io mi ero dileguata la mattina dopo senza mai guardarmi indietro. Non si meritava di essere trattato in quel modo.

«Molly? Un caffè?»

Lanciai un'occhiata alla biblioteca, poi tornai su di lui. Avrei voluto rispondere di no.

«Solo per due chiacchierare, te lo prometto.» Mi pizzicò una manica del piumino e abbassò la testa. «Mi sei mancata.»

«Okay» mi arresi. Oliver si sciolse in un largo sorriso e mi si affiancò per passeggiare insieme in un piacevole silenzio.

Un quarto d'ora dopo, eravamo seduti davanti alla vetrina della caffetteria del campus, dove Oliver ordinò un English Breakfast per sé e un cappuccino per me.

Lo osservai e mi resi conto che era davvero un ragazzo adorabile. Gentilissimo e modesto. Nel breve periodo in cui ci eravamo frequentati, non glielo avevo mai riconosciuto. Sempre che la si potesse definire una vera frequentazione. Oliver non mi conosceva, anche se era solo colpa mia. Non mi ero mai aperta con lui.

Si sedette davanti a me, la sciarpa della squadra di canottaggio di Oxford annodata intorno al collo e un maglione di cashmere rosso che gli accentuava il fisico slanciato e i capelli castani. «Insomma, Molly, come sono gli Stati Uniti? Perché sei tornata?»

Mi rigirai la tazza fra le mani. «Gli Stati Uniti sono… belli… diversi. Ho continuato ad assistere la professoressa Ross con l'articolo di filosofia e abbiamo appena finito di presentare la nostra tesi.»

Le sopracciglia parvero prendere il volo dal suo viso aristocratico. «*E…?*»

«Le reazioni sono ottime. Credo che lo pubblicheranno il mese prossimo sulla rivista di filosofia della Oxford Press.»

Oliver mostrò un sorriso che gli scoprì i denti. «Sono davvero molto orgoglioso di te. Una pubblicazione a soli vent'anni – perfetto per una futura professoressa. Ho sempre creduto in te, lo sai.»

«Grazie.» Presi un sorso del cappuccino e provai a mandare avanti la conversazione. «Perché ti trovi ancora all'università? Non dovresti essere nella tua tenuta di campagna a goderti le vacanze di Natale gomito a gomito con la nobiltà?»

Lui rise. «Sì, dovrei, però sono nella squadra di archeologi che ha scoperto i resti della tomba reale. Mamma non l'ha presa molto bene. È convinta che stia sprecando la vita andando a caccia di ossa. Eppure, è stato incredibile. Sono a metà del primo anno di dottorato e non riesco a immaginarmi a fare niente di diverso.»

Il suo accento inglese super raffinato mi strappò un sorriso. Una volta lo prendevo in giro per come parlava, gli dicevo sempre che mi ricordava il Principe William e, a giudicare dal modo in cui assottigliò lo sguardo con aria divertita, sapeva benissimo che era quello a cui stavo pensando.

«Hai già deciso dove starai per il dottorato? Rimarrai negli Stati Uniti o tornerai qui?» La sua voce assunse un tono più entusiasta sull'ultima parte della domanda.

Scrollai le spalle e mi voltai a guardare attraverso la finestra, a osservare i rari studenti che correvano per mettersi al riparo dalla neve. «Pensavo negli Stati Uniti, però... ora non saprei.»

Oliver piegò la testa con aria assorta e deglutì. Sembrava deluso. «L'esperienza non è stata come ti aspettavi?»

«Come mi aspettavo? No. Mi ha cambiato la vita? Sì. Eppure, non so se quella è la vita adatta a me. Vivere negli Stati Uniti è completamente diverso da qui, questo è poco, ma sicuro.»

Il silenzio calò su di noi. Tenni gli occhi fissi sulla tazza, mi sentivo addosso lo sguardo di Oliver. Era arrivato il momento di scusarsi.

«Oliver?»

Lui serrò la presa sul bordo del tavolo, le dita scosse da un tremito impercettibile. «Dimmi.»

Posai la mano sulla sua. «Ti devo delle scuse che avrei dovuto porgerti tanto tempo fa.»

Lui girò la testa per guardare fuori dalla vetrina. «Perché te ne sei andata così? Ero un fidanzato davvero tanto scadente...? Soprattutto dopo... dopo quello che è successo fra di noi? In cosa ho sbagliato?»

Un nodo mi strinse la gola. «In niente. Non eri un fidanzato scadente; sei sempre stato carinissimo con me. Sono io a essere nel torto, Olly.»

Oliver tornò a guardarmi. «Quando te ne sei andata, mi hai spezzato il cuore» rivelò. «Sono venuto a sapere da alcuni compagni che eri partita per l'Alabama insieme alla professoressa Ross e non riuscivo a credere alle mie orecchie. Era una decisione presa da mesi, eppure non mi avevi mai detto che avresti fatto il master all'estero. Prendi e te ne vai dopo aver passato la notte con me – senza un motivo o una spiegazione? L'ho trovato molto crudele da parte tua.»

«Perché sono stata molto crudele e totalmente egoista. Ti meritavi di meglio. Sono sinceramente dispiaciuta per come mi sono comportata, Olly.»

Oliver dischiuse le labbra e inspirò a fondo. «Molly...»

Alzai una mano per bloccarlo. «Se hai un po' di tempo, mi piacerebbe parlarti di me e del mio passato. Forse ti aiuterà a capire perché sono come sono. Credo sarebbe anche l'ora.»

Lui tirò un sospiro di sollievo e sorrise. «Ci terrei molto.»

Nel corso delle due ore successive, gli raccontai del mio passato, tutto quello che mi era successo, fino al momento in cui ero partita all'improvviso dopo che avevamo fatto l'amore.

Quando arrivai alla fine, Olly si appoggiò allo schienale della sedia e buttò fuori un lento sospiro dalle labbra. «Caspita, Molly, non ne avevo idea.»

Gli rivolsi un sorriso tirato. Mi sentivo meglio, più leggera. Condividere la mia storia con qualcuno era stato terapeutico. «Ti meritavi di sapere tutto. Mi dispiace solo di averci messo così tanto. Avrei potuto risparmiarci un sacco di dispiaceri.»

Oliver posò un gomito sul tavolo e appoggiò la testa alla mano. Si limitò a guardarmi, e riuscì comunque a leggermi qualcosa nello sguardo. «Lui chi è?»

«Lui chi?»

«Il ragazzo di cui ti sei innamorata.»

«Io non...»

Oliver allungò una mano per prendere delicatamente la mia. «Ti rendi conto di quanto mi sarebbe piaciuto che ti venisse quella espressione pensando a me? Che tu avessi bisogno di me in modo così disperato?»

«Eh?»

Lui abbassò gli occhi. «Io ti amavo, Molly Shakespeare, e tu non mi hai mai ricambiato. Ho cercato di fare breccia nel tuo cuore, e non ci sono riuscito. Volevo che condividessi i tuoi problemi con me, il tuo passato, ma non ti sei mai confidata. Non mi amavi abbastanza e, insomma, va bene così. Non ero l'uomo giusto per te. Adesso me ne rendo conto.» Rialzò lo sguardo, gli occhi azzurri pieni di solidarietà. «Chiunque sia, dev'essere un ragazzo molto speciale. Sembri una persona completamente diversa; non sei più la ragazza timida e introversa che conoscevo una volta. Sei più forte... cambiata.»

Mi presi la testa fra le mani e cominciai a piangere. Sentii Oliver che si alzava in piedi e veniva a sedersi accanto a me, poi mi avvolse fra le braccia. Fu bello essere di nuovo abbracciata, però mi mancava Romeo; le sue, di braccia, erano più grandi e mi donavano una sensazione di sicurezza. Anche il suo petto era più ampio e, nonostante Oliver avesse un buon profumo – di un qualche dopobarba molto costoso – non sapeva né di sapone né di menta.

Oliver non era il mio Romeo.

«Shh, Molly. Non piangere. Nella vita c'è sempre un rimedio ai problemi.»

Rialzai la testa. «È andato tutto a rotoli. Ne abbiamo passate di tutti i colori e... e... sono scappata... di nuovo, proprio come sono scappata da te. Mi odio per essermene andata, eppure non sono riuscita a rimanere.»

«Tranquilla... Molly, calmati.»

Solo che non riuscivo a calmarmi. Avevo finalmente ceduto alle emozioni e il rimpianto mi fuoriusciva dal corpo con la forza di un geyser. «Ci hanno portato via qualcosa che amavamo immensamente, ce l'hanno rubata, e io l'ho lasciato ad affrontare la situazione da solo. Fra poco giocherà la partita più importante della sua vita e io non smetto di pensare a lui e sentire la sua mancanza, ma ho combinato un casino enorme. L'ho abbandonato nel momento del bisogno. Come posso tornare indietro dopo un comportamento del genere?»

Oliver indietreggiò sulla sedia, le labbra strette in un'espressione perplessa. «Che partita?»

«Gioca a football.»

«Ah, ho capito. Ed è bravo?»

Scoppiai a ridere, fu più forte di me. «Eh sì, è un fenomeno.»

Oliver scosse la testa, sbalordito. «Molly Shakespeare con un giocatore di football? Beh, questa proprio non me l'aspettavo. Non sarà polo o cricket, comunque sono fermamente convinto che tutti gli sportivi siano brave persone. E questo vale quasi sicuramente anche per lui.»

Finsi di dargli un pugno sul braccio. «Non è *solo* un giocatore di football. È la persona più coraggiosa e più premurosa che io abbia mai conosciuto. Mi capisce come nessun altro prima di lui. È la mia anima gemella – è la mia vita.»

«Molly, la ragazza di un giocatore di football.» Oliver scosse di nuovo la testa con un sorriso incredulo.

«Non te lo puoi nemmeno immaginare, Olly. L'intero Alabama venera la squadra, venera *lui*. Solo allo stadio ci saranno più di centomila persone. È una follia. Le partite vengono trasmesse in televisione e sponsorizzate da marchi famosi in tutto il mondo. E *io* mi sono innamorata del giocatore più osannato di tutto il Paese.»

Oliver mi prese delicatamente per mano e mi guardò dritto negli occhi. «Beh, allora la domanda è una sola, Molly. Per quale diavolo di motivo sei qui con me in questa stramaledetta caffetteria anziché in Alabama, con il campione di football che è la tua anima gemella?»

Gli restituii lo sguardo, quelle parole che si dibattevano nella mia testa.

Per quale diamine di motivo *ero* ancora qui?

Balzai su dalla sedia. «Olly…»

«Vai, Molly. Lo capisco.» Si rimise in piedi come un vero gentiluomo inglese e mi baciò su entrambe le guance. «L'anno scorso, quando te ne sei andata senza dirmi niente, sono diventato l'ombra di me stesso. Adesso, però, mi rendo conto che non sei mai stata mia. Il tuo nuovo ragazzo è fortunato ad averti.»

«No, sono io a essere fortunata ad avere Romeo.»

«Romeo?»

«Sì, si chiama Romeo Prince.»

Oliver si sfregò la fronte e soffocò una risatina. «Beh, signorina Molly *Juliet* Shakespeare, questo sì che è *destino*. Se fossi in te, tornerei dal tuo Romeo il prima possibile. Se non sbaglio, ha il brutto vizio di cacciarsi in un sacco di guai in tua assenza.»

Sorrisi alla sua canzonatura e gli posai un bacio pieno di riconoscenza sulla guancia sbarbata. «Addio, Oliver. Grazie... di tutto.»

«No, Molly, grazie a *te*. E buona fortuna con la tua nuova vita in America.»

Con rinnovata determinazione, corsi più rapidamente che potei fino agli alloggi che l'università metteva a disposizione dei propri ospiti.

Mi precipitai in camera mia e cominciai a lanciare gli indumenti nella borsa. Avevo quasi finito di preparare le valigie quando bussarono alla porta.

«Molly, posso entrare?»

Era Suzy.

Andai ad aprirle e lei mi scoccò un'occhiata spaventata dopo aver passato in rassegna la stanza ormai spoglia. «Riparti? Dove pensi di andare adesso, Molly? Non puoi continuare così...»

«Torno indietro» la interruppi.

Il suo cipiglio sparì e una scintilla di speranza le accese gli occhi grigi e lattiginosi. «Dove?»

«In Alabama. Anzi, no...» Controllai la data sul calendario appeso alla parete. «Vado a Pasadena, in California, al Rose Bowl Stadium.»

Un sorriso enorme si aprì sulla sua pelle sottile come carta crespata. «Molly, grazie al cielo. Come mai hai cambiato idea?»

«Un vecchio amico mi ha aiutato a capire quanto amo Romeo e quanto mi manca. Ha bisogno di me e io l'ho abbandonato. Devo andare a sistemare le cose.» Mi torsi le dita. «Non sarà facile ritornare dopo... dopo... beh, lo sai. Tuttavia, devo provarci, per *lui*.»

Suzy mi prese la mano. «Molly, voglio raccontarti velocemente un paio di cose prima che tu parta.»

«Okay» risposi, controllando l'orologio con impazienza.

Un sorriso materno le piegò le labbra all'insù. «Mi ricordi tanto me, lo sai? Sei appassionata di filosofia, vuoi diventare professoressa e hai avuto una vita difficile.»

Sedetti sul letto, agitata dalla piega che aveva preso la conversazione.

«Mio padre è morto in guerra, lo sapevi?»

«No» risposi, sinceramente sorpresa.

«Venne fucilato in Francia. È successo quando ero molto piccola, ma non l'ho mai dimenticato e mi ha segnata molto, proprio come la morte di tuo padre ha segnato te. Poi, col passare degli anni, ho capito come prendere la vita. Quando sono arrivata a Oxford – un'impresa niente male per una ragazza dell'epoca – ho incontrato Richard. Era tremendamente bello ed elegante, e mi è bastato toccarlo una volta per capire che ero pazzamente innamorata di lui. Ci siamo sposati dopo sei mesi. Anche tra te e il signor Prince è stato così. Ti ho guardata durante la presentazione e ho notato quanto sei cambiata, e non solo fisicamente.»

Continuai a tormentarmi le mani e Suzy si calmò con un bel respiro. «Nel corso della vita ho perso cinque bambini, Molly.»

Restai senza fiato e mi coprii la bocca con un palmo. Lei si chinò su di me e mi diede una pacca sul ginocchio. «Niente lacrime. Ho la pellaccia dura.»

Le presi la mano e gliela strinsi per dimostrarle la mia solidarietà.

Suzy osservò le nostre mani intrecciate senza realmente vederle. «Non ho mai portato a termine una gravidanza e, dopo il quinto aborto spontaneo, non sono più rimasta incinta. Alla fine, io e Richard abbiamo accettato il nostro destino e abbiamo vissuto una vita meravigliosa.»

«Suzy, non…»

«Shh, bambina mia. Non te lo sto raccontando perché tu mi compatisca. Anzi, tutto il contrario, in realtà. Hai dovuto superare tante avversità nella tua giovane vita, ma queste ti hanno reso la persona che sei, ti mantengono forte, e ti porteranno a compiere il tuo destino. Non potrai scappare per sempre.»

Mi asciugai gli occhi, sfregai via le lacrime. «Vorrei solo avere un posto da poter finalmente chiamare casa. Ovunque vada, mi sembra di trovare solo altra tristezza.»

«Molly, casa non è un luogo. Non è né un Paese né una città, e nemmeno un palazzo o una proprietà. Casa è dove si trova l'altra metà della tua anima, la persona che condivide il tuo dolore e ti aiuta a superare il peso della perdita. Casa è dove si trova la persona che, attraverso le avversità, non ti abbandona mai e ti dona la felicità eterna. *Quella*, cara Molly, è la tua casa dolce casa, e sai bene quanto me che ti sei trovata un bel giovanotto che potrebbe essere proprio quella persona. Non ci rinunciare, Molly. Non ci rinunciare neanche quando le cose si mettono male.»

Balzai in piedi e l'abbracciai. Dopo diversi secondi, Suzy mi diede una pacca sulla schiena e si riscosse. «Su, su, mia cara ragazza, ora basta. Siamo inglesi – dobbiamo rimanere impassibili e via dicendo. Non scadiamo in inutili sentimentalismi.»

Ridacchiai e afferrai il bagaglio. Quando mi girai, Suzy aveva in mano le chiavi della macchina. «Andiamo, Molly, adesso ti mostro come una vecchia signora in età pensionabile può portarti all'aeroporto di Heathrow in tempo record.»

Mi accomodai nella sala partenze dell'aeroporto e presi ansiosamente il telefono dalla borsa. Fissai il rettangolo nero con un nodo alla gola. Sapevo che l'avrei trovato pieno zeppo di messaggi, messaggi carichi di dolore e sofferenza. Alla fine, accantonai la paura e lo accesi. Lo schermo fu subissato da una cascata di messaggi scritti e la segreteria telefonica era piena di quelli vocali.

Il primo mi provocò il pianto non appena la voce roca di Romeo e il suo accento dell'Alabama mi riempirono le orecchie:

«*Molly! Dove sei, piccola? Mi dispiace tantissimo per quello che ti ho detto e per averti lasciata in quel modo. L'infermiera mi ha appena raccontato di mia mamma. Dio mio, Mol, mi hanno spiegato che ti ha aggredita… di nuovo! Dimmi dove sei, ti prego… Sei uscita dall'ospedale senza dire niente a nessuno e non riesco a trovarti da nessuna parte. Chiamami, per favore.*»

Partì subito il secondo messaggio.

«*Mol.*»

Romeo aveva la voce rotta, gonfia di emozione.

«C'è un articolo sul giornale. Parla di noi… di come abbiamo perso il nostro angioletto. Cristo santo, Mol, c'è anche una tua foto. Mi si spezza il cuore e tu non ci sei. Mamma è stata arrestata per aggressione; papà è stato arrestato per riciclaggio di denaro sporco. Ti prego, chiamami. Dimmi dove ti trovi. Qui sta andando tutto a puttane. Senza di te mi sembra di impazzire. Ti amo. Ritorna da me.»

Le lacrime mi gocciolarono sulle ginocchia.

Lasciai partire il messaggio successivo.

«Molly, sono Ally. Oggi è Natale. Romeo è qui con me e i miei. Non sta bene. È totalmente sconsolato – o non dice una parola o si lascia prendere da scatti d'ira talmente violenti da costringerlo a uscire di casa. Ti scongiuro. Si ritiene colpevole di tutto. Chiamalo. Continua a dire che è solo colpa sua!»

Un altro messaggio.

«Molls, sono Cass. Ragazza mia, spero per te che tornerai per la finale di campionato, o verrò a cercarti e ti prenderò a calci in quel culetto rinsecchito che ti ritrovi! I tifosi hanno dato di matto dopo la notizia sui giornali, e agli allenamenti Romeo non riesce a realizzare un tiro decente. Adesso basta piangersi addosso! Sistema le cose, ragazza mia. Torna subito qui!»

Ridacchiai al tono spiccio che era tipico di Cass.

Passai l'ora successiva ad ascoltare i messaggi di Romeo – pieni di dolore, rabbia o totale disperazione – e dei miei amici che provavano a convincermi a tornare in Alabama. L'ultimo messaggio risaliva a quella mattina. Schiacciai il tasto per ascoltarlo.

«Ehi, piccola, sono io. Sono a Pasadena per la partita di domani e ho provato a telefonarti… di nuovo. Dato che non mi hai mai richiamato, immagino che tu non abbia intenzione di tornare a casa. So che sei a Oxford. La professoressa Ross mi ha mandato un'e-mail. Voglio solo dirti che ti amo e che questo non cambierà mai. Ho bisogno di te, piccola. Ho bisogno di averti qui con me. Sei la mia famiglia, la mia vita. Con te mi sento a casa.»

Casa. Ero la sua casa dolce casa.

Svuotai la segreteria telefonica e scrissi due messaggi.

Io: Ally, non dire niente a Romeo nel caso non arrivassi in tempo, ma sono in partenza per Pasadena. Mi devi procurare un pass per la partita. Ti chiamo quando arrivo... Mi dispiace per tutto, ora sto tornando per lui. Arriverò presto. Baci.

Il secondo era molto più essenziale.

Io: Romeo. Ti amo. Non mi sono arresa. Anche tu mi fai sentire a casa. Baci.

Spensi il telefono e mi avviai al gate. Per la prima volta in vita mia, anziché scappare da una situazione, mi ci stavo gettando a capofitto.

CAPITOLO 26

«Quanto manca al fischio d'inizio?»
«Venti minuti.»
«Arriveremo in tempo?»
«Dipende dal traffico.»
Mi afflosciai sul sedile posteriore del taxi e scrissi ad Ally.

> **Io:** Ci sono quasi. Traffico terribile. Lui come sta?
> **Ally:** Sbrigati, Molls. Tifosi e cameramen continuano a cercarti. Vengono costantemente a chiedere a me e Cass. Romeo non sta bene. La squadra si sta riscaldando e lui continua a cercarti con lo sguardo. A giudicare dalla sua faccia, credo sia convinto che non verrai.

Che palle, non si metteva bene.
«Quanto manca adesso?»
Il tassista strinse il volante fino a sbiancarsi le nocche per il fastidio. «Senta, signorina. Lo stadio è laggiù. Lo vede anche lei il traffico che c'è.»
Allungai il collo e intravidi l'imponente profilo della struttura sportiva in fondo al lungo viale congestionato dal traffico. Dovevo arrivare laggiù.
Potevo tentare con una corsa.
Lanciai i soldi al tassista, saltai fuori dal taxi e sfrecciai in direzione del Rose Bowl Stadium. Vedendomi passare con addosso un vestitino di pizzo bianco e gli stivali da cowboy di pelle marrone, molta gente mi fischiò e urlò dietro, tuttavia io la ignorai. Avevo

i capelli sciolti e fluenti ed ero persino riuscita a truccarmi. Avevo sfruttato al meglio il tempo passato in aereo.

Iniziai a sentire il brusio degli spettatori scalmanati e tirai fuori il telefono.

Io: Pochi secondi e ci sono. Esci a incontrarmi con il pass.
Ally: Arrivo. Manca pochissimo!

Raggiunsi l'entrata e salii le scale due gradini alla volta. Nell'istante in cui arrivai in cima, vidi sbucare Ally con indosso un paio di pantaloncini di jeans e una maglietta dei Tide. Venne a prendermi per mano e il suo sorriso sollevato minacciò di mandarmi al tappeto.

«Molls, dopo ti abbraccio, ora dobbiamo darci una mossa. Mettiti questi!»

Mi lanciò la maglietta dei Tide e il pass.

Si era portata dietro la mia maglietta portafortuna. Non aveva dubitato del mio arrivo. Non aveva dubitato di *me*.

Infilai la maglietta sopra il vestito, poi Ally mi trascinò dentro lo stadio sventolando i nostri pass sotto al naso dello steward che superammo di corsa. Passammo da un corridoio all'altro, su per le scale, oltre la calca di gente e, infine, risbucammo nel parterre e uscimmo dal tunnel e alla luce del sole, dove scorgemmo il campo completamente coperto da un'enorme bandiera americana. L'inno nazionale era giunto alle note finali e c'era una pop star che cantava a voce spiegata infiammando la folla, che ruggiva in preda all'entusiasmo e allo spirito patriottico. Incespicai nel ritrovarmi davanti alla cerimonia d'apertura, ma la presa salda di Ally si assicurò che continuassi a correre.

Intravidi la figura robusta di Cass seduta ai nostri posti, subito dietro i cartelloni pubblicitari, che fischiava e si sbracciava per indicarci la strada. A mano a mano che i tifosi dei Tide cominciavano ad accorgersi del mio arrivo, si levarono anche alcune grida di sollievo. Sapevo che, se avessi sollevato lo sguardo, mi sarei vista sui maxischermi; perciò, continuai a tenere la testa bassa.

Mentre li superavo, i tifosi mi porsero le loro condoglianze, si tolsero il cappello in un gesto di solidarietà, mi diedero pacche sulla schiena e mi dissero di essere forte.

Vacillai.

Ally si girò a guardarmi con espressione avvilita. «La notizia ha generato scalpore, tesoro, però sono tutti qui per augurarti ogni bene. Non c'è mica bisogno di vergognarsi. La gente è rimasta disgustata da quello che vi hanno fatto i miei zii. Vi vogliono bene.»

Deglutii a fatica, rossa in volto, e alzai una mano per ringraziare quei perfetti sconosciuti della loro gentilezza.

Ci precipitammo da Cass che, come al solito, sfoggiava il cappello da cowboy, jeans, la maglietta di Jimmy-Don e un paio di stivali. Mi sollevò da terra e mi schioccò un bacio sulla guancia prima di rimettermi giù. «Che meraviglia rivederti, ragazza mia. Stavolta, date le circostanze, chiuderò un occhio, ma prova a tagliare di nuovo la corda e diventerò una furia. In tutto il Texas non c'è nessuno più bravo di me a legare le bestie come salami; ho un talento innato e nessuna paura di usarlo!»

Le sfregai il braccio. «Lo terrò a mente, Cass.»

Lei ammiccò, gli occhi lucidi di lacrime. «Mi sei mancata, ragazza mia.»

«Anche tu mi sei mancata.» Cass mi diede una spintarella giocosa.

«Basta con la rimpatriata, ragazze. Eccoli che arrivano.»

Guardai i maxischermi che mostravano le squadre radunate nei rispettivi spogliatoi. In quanto campioni uscenti, i Tide, vestiti di bianco e bordeaux, uscirono per primi.

Il cuore mi martellava nel petto nel vedere i giocatori che scendevano in campo l'uno dietro l'altro. Sapevo che Romeo sarebbe comparso per ultimo e, quando lo scorsi, pensai di svenire. Mi bastò guardarlo in faccia perché i ricordi mi prendessero d'assalto – carezze, baci, lacrime, sorrisi, fare l'amore, scopare di santa ragione – e tutti a colori vividissimi.

Romeo *era* casa mia.

Lo seguii con lo sguardo mettere piede sul campo e notai subito la vaga fiacchezza dei suoi passi, la testa impercettibilmente chinata e il modo tutt'altro che euforico in cui sventolò il casco in direzione della folla. Mi pianse il cuore al pensiero di quello che gli avevo fatto passare. L'avevo abbandonato a sé stesso dopo che mi aveva implorato di non scappare.

I tifosi dei Tide cominciarono a cantare e Romeo si avviò a bordocampo, seguito per tutto il tempo dalle telecamere.

«*Bacio, bacio, bacio, bacio…*»

Il mio quarterback impallidì. Pensava che io non ci fossi. Pensava di aver deluso i tifosi. Pensava che la mia assenza l'avrebbe umiliato.

Cass e Ally si chinarono su di me per schioccarmi un bacio rassicurante sulla guancia, e io guardai Romeo che se ne stava da solo e in disparte, che si rifiutava persino di girarsi nella mia direzione.

«Non sa che ci sono» bisbigliai.

Ally e Cass si scambiarono uno sguardo, un'espressione preoccupata sul viso di entrambe. Cass sputò il tabacco che stava masticando, salì in piedi sul sedile e si sbracciò per incitare la folla a continuare.

I decibel raggiunsero un volume assordante, e diversi giocatori dei Tide si girarono a guardarci mentre i cameramen si focalizzavano su di me. Vidi Austin adocchiare il maxischermo e cominciare a correre a tutta velocità da Romeo, che rimaneva a testa china e ignorava il ruggito della folla.

Austin lo scrollò dal suo torpore e mi indicò. Il tempo sembrò fermarsi. Pareva ci stessimo muovendo al rallentatore. Mi avvicinai al limite degli spalti, mi sporsi davanti al resto del pubblico, e aspettai.

Alle parole di Austin, Romeo alzò il capo, si girò e i suoi occhi scuri saettarono subito sui miei. Mi fissò, immobile, e io gli restituii lo sguardo. La tensione salì e i tifosi piombarono in un silenzio surreale.

Scusami. Ti amo. Ho combinato un casino. Mi manchi. Cercai di dirgli quelle frasi con lo sguardo, lui però non tradì alcuna emozione.

Si incamminò lentamente verso di me e più si avvicinava, più mi sentivo agitata.

Divorai ogni centimetro del suo viso, la dolcezza degli occhi color cioccolato, le labbra piene e sensuali, i lunghi capelli biondi, il fisico muscoloso e abbronzato. Il mio corpo vibrò di trepidazione a mano a mano che riconosceva Romeo.

Era mio.

Mi graffiai le cosce nude, tanta era la forza con cui mi stavo schiacciando contro i pannelli di legno dei cartelloni pubblicitari; il mio corpo moriva dalla voglia di stare con lui, di essere stretto fra le sue braccia.

Romeo lasciò cadere il casco lungo la strada. Notai che entrambe le squadre ci fissavano. I Tide avevano assistito in prima persona alla perdita del nostro bambino e sapevano che avevo abbandonato Romeo. A giudicare dai loro sorrisi, il sollievo suscitato dal mio ritorno era a dir poco eccezionale.

Per prima cosa, sentii il suo odore, di menta e sapone, trasportato dal vento. Poi Romeo mi si parò davanti e alzò lo sguardo attraverso le lunghe ciglia nere come l'inchiostro, a individuare il punto degli spalti in cui mi trovavo.

Deglutì a fatica e disse con voce roca: «Ehi, Mol».

Mi succhiai il labbro inferiore per bloccarne il tremito. «Ehi, tu.»

«Me lo vuoi dare quel bacino dolce, sì o no?»

«Se proprio ci tieni.»

Romeo chiuse gli occhi per un istante prima di tornare a guardarmi. «Cazzo, eccome se ci tengo.» Si lanciò in avanti, mi prese sotto le ascelle e, con una forza impressionante, mi sollevò sopra i cartelloni pubblicitari e mi strinse fra le braccia, poi schiantò le labbra umide sulle mie. Gli circondai il collo con le braccia e i fianchi con le gambe, e ricambiai il bacio. La sua lingua scivolò sulla mia, sulla mia carne bollente, e lo sentii gemere nella mia bocca. Con un solo bacio stavamo condividendo un mondo intero – la nostra perdita e il nostro dolore.

Tantissimo amore.

Romeo si scostò e posò la fronte sulla mia. «Sei davvero qui?» domandò roco, un groppo alla gola.

«Mi dispiace da morire per essermene andata, amore. Non ce l'ho fatta, ma... ti amo. Ti amo da impazzire. Ti prego, perdonami. *Ti prego...*»

Romeo nascose il viso nell'incavo del mio collo e le gambe gli cedettero per il sollievo. Crollammo a terra, io seduta sulle sue ginocchia, e ci tenemmo stretti l'uno all'altra, la folla che assisteva in religioso silenzio a quel nostro momento di intimità in bella vista.

«Sei tornata per me? Per sempre?» mi bisbigliò contro il collo.

Gli lisciai i capelli sulla nuca. «Amore mio, per la prima volta in assoluto, sono scappata per *tornare* da qualcosa, da te... dal mio Romeo.»

Lui rialzò il capo e i suoi occhi gonfi trovarono i miei. Vi lessi perdono e amore incondizionato, rapidamente rimpiazzati dall'oscura bestia ingabbiata che c'era dentro di lui. L'avevo rassicurato; adesso aveva bisogno di riprendere il controllo.

«Non fuggirai mai più. Ci siamo capiti?»

«Ci siamo capiti.»

Serrò la presa sul mio viso. «Mi hai lasciato da solo per settimane, senza una parola, senza una spiegazione. Hai idea di quanto sia arrabbiato con te?»

«Lo so» bisbigliai rammaricata.

La passione gli invase lo sguardo e lui annunciò: «Vincerò questa partita. Poi ti marchierò a fuoco, porca troia, una volta per tutte. A quanto pare sono stato troppo indulgente con te, Shakespeare. Forse non avevi ben capito che sei *mia* e che, in quanto tale, non puoi lasciarmi, mai e poi mai – nemmeno se hai il cuore a pezzi. Perché se tu stai male, piccola, stai pur certa che sto male anch'io, cazzo».

Romeo si rimise in piedi senza lasciarmi andare. Tifosi e giocatori applaudirono e lui mi strinse il braccio. «Tu. Torna sugli spalti. Subito. Ho un titolo da portare a casa. Poi mi occuperò di te. Se proprio devo essere sincero, non so quale delle due cose mi renda più impaziente.»

Sentii una capriola allo stomaco e gli presi il viso fra le mani per scoccargli un rapido bacio sulle labbra. «Fagli patire le pene dell'inferno, tesoro.»

Lui mi strizzò l'occhio e mi rimise di peso al mio posto. Cass gridò con un pugno sollevato a mezz'aria e Ally si asciugò gli occhi.

Poi Romeo tornò a prendere posizione sul campo.

«Oh, merda, Molls. Quando vinceremo, ti eleggeranno regina dell'Alabama! Rome è carichissimo. Si può sapere che diavolo ti ha detto?»

Arrossii e chinai la testa. «Niente… di che.»

Ally e Cass risero del mio viso paonazzo, poi l'arbitro fischiò l'inizio della partita e ci alzammo tutti in piedi.

Era un testa a testa.

Erano più di tre ore che guardavamo i Crimson Tide segnare e i Notre Dame seguirli subito a ruota. Mancavano pochissimi secondi alla fine e l'attacco dell'Alabama era schierato sul campo. Potevamo vincere, purché Romeo completasse con successo l'ultima giocata.

Mi sforzai di non guardare i giocatori che tornavano in posizione, tuttavia non riuscii a impedirmi di sbirciare fra le dita che mi tappavano gli occhi.

La palla tornò a Romeo che mosse tre passi indietro alla ricerca di un compagno smarcato. Austin venne immediatamente placcato da due difensori; Chris Porter non riuscì a smarcarsi, preso d'assalto dall'estremo difensore dei Notre Dame.

Mi girai di scatto in direzione di Cass che urlava a squarciagola, mentre Ally si teneva una mano sulla bocca.

Romeo venne accerchiato da difensori grandi e grossi e io strillai. Riuscì a scartarli a sinistra, poi a destra; infine, intravedendo un varco libero, cominciò a correre a tutta velocità, spingendo le gambe al massimo.

«Forza, Bullet. FORZA!!!» gridò Cass a Romeo che sfrecciava sul campo. Il cuore mi palpitò nel petto e i tifosi dei Tide balzarono in piedi e lo incoraggiarono a suon di urla. Gli intercettatori dei Tide si adoperarono per assicurare a Romeo lo spazio che gli serviva per tagliare in mezzo ai Notre Dame, e noi ci prendemmo tutti per mano quando lo vedemmo superare il limite del campo e segnare un touchdown allo scadere del tempo di gioco.

Lo stadio esplose in un boato, i giocatori dei Tide e lo staff tecnico sciamarono su Romeo, che si sfilò il casco e si tirò giù il colletto della maglia, battendosi una mano sul petto prima di baciarla e alzarla verso il cielo in un atto di preghiera.

Mi paralizzai e guardai il replay sul maxischermo.

«Oh...» Scoppiai a piangere e crollai a sedere.

Ally se ne accorse e mi venne accanto, ad accarezzarmi la schiena. «Se le è tatuate quando te ne sei andata, perché il vostro bambino non venga mai dimenticato.»

Annuii, le lacrime che mi riempivano gli occhi. «Le ali di un angelo.»

«Per l'angioletto che avete perso.»

Grossi lacrimoni mi scorrevano sulle guance. «L'ho lasciato da solo. Stava malissimo, e io me ne sono andata lo stesso. Sono proprio una stronza.»

Ally continuò a sfregarmi la schiena. «Non essere troppo dura con te stessa, tesoro. Adesso sei qui, e poi anche tu stavi malissimo. Nessuno ti incolpa di niente.»

Cass mi prese per un braccio e mi tirò in piedi, gli occhi azzurri colmi di solidarietà. «Basta piangere, ragazza mia. Che cazzo, abbiamo appena vinto il campionato!»

Annuii, ripresi bruscamente fiato e applaudii insieme al resto del pubblico fino a non sentirmi più le mani. Piena d'orgoglio, guardai i giocatori salire sul palco per essere incoronati campioni nazionali.

Un presentatore assunse le redini della situazione e presentò l'allenatore al presidente della federazione, che gli consegnò la coppa di cristallo prima di spostarsi accanto a Romeo. Lo splendido viso del mio ragazzo comparve subito sul maxischermo. Aveva vinto il premio come miglior giocatore in campo.

Il presentatore alzò il microfono. «Bullet, come ci si sente a essere il migliore della finale di campionato?»

La folla ruggì e Romeo rispose con il solito sorrisetto mozzafiato. «È un sogno che si avvera. Sogno di giocare per i Tide fin da piccolo, e adesso non riesco a credere che abbiamo vinto un altro campionato nazionale.»

Chinò la testa, quasi intimidito da tutte quelle attenzioni.

Il presentatore assunse un'espressione più seria e gli posò una mano sulla spalla. Di riflesso, Romeo indurì i tratti del viso.

«Senti un po', Bullet, qui ti vogliamo tutti bene.» L'uomo indicò lo stadio con un gesto della mano e il pubblico cominciò a pestare i piedi per terra per incoraggiarlo. «E non è un segreto che, nelle ultime settimane, ci sono stati momenti davvero molto difficili nella tua vita privata.»

Ally e Cass mi presero per mano e, intorno a noi, diversi tifosi si allungarono per darmi una pacca sulla schiena. Fui costretta a respirare lentamente, a inspirare ed espirare, pur di resistere a quelle attenzioni non richieste.

Romeo incrociò le braccia sul petto e abbassò lo sguardo sul pavimento del palco. Sorrisi nel vedere Reece, Jimmy-Don e Austin che correvano ad affiancarlo per sostenerlo.

Il presentatore chiese alla folla di quietarsi. «Volevamo solo sapere come stai.»

Romeo si schiarì la gola. «Meglio, grazie.» Non scese nei dettagli.

«Le manifestazioni di solidarietà dei tifosi per te e la tua ragazza sono state straordinarie. C'è qualcosa che vorresti dire in risposta?»

Lanciai una rapida occhiata ad Ally. «È vero che sono state straordinarie?» domandai.

Lei mi strinse la mano. «Incredibili, tesoro.»

Annuii e cercai di tenere a bada le emozioni.

«Mi... mi...» Romeo si passò una mano sul viso senza riuscire a spiccicare parola, e Jimmy-Don gli passò un braccio intorno al collo per sussurrargli qualcosa all'orecchio.

«Bullet?» Il presentatore lo incalzò, la voce piena di compassione.

Romeo trasse un respiro profondo e rialzò la testa. «Non so proprio come ringraziarvi per l'appoggio che ci avete dimostrato. Sono davvero senza parole. L'Alabama ha i tifosi migliori del mondo.»

La folla ricominciò a inneggiare.

«Bullet, un'ultima cosa» aggiunse il presentatore. Romeo gli rivolse un rapido cenno d'assenso. Era evidente che essere intervistato davanti a tutti lo metteva a disagio.

«Sei davvero convinto che la fortuna abbia ricominciato a sorriderti dopo il primo – e adesso famosissimo – bacio della tua ragazza, e dopo quelli che sono venuti in seguito, in apertura delle partite giocate in casa?»

Cass mi diede un buffetto sul braccio e si girò verso di me fingendo di sbaciucchiarmi. Io arrossii e scoppiai a ridere.

Romeo sorrise, un sorriso ampio e bellissimo, e mi guardò. «Certo che sì. Quel bacio mi ha cambiato la vita. Nell'istante in cui l'ho vista, la mia vita non è stata più la stessa.»

Austin, Reece e Jimmy-Don si tuffarono su Romeo e scoppiarono a ridere, e il presentatore si girò verso la telecamera scuotendo la testa con aria divertita. «Signore e signori, un bell'applauso per i vostri campioni, gli Alabbammmaaaa Crriiimmmsooonnnn Tiiiidddddddeeeeeeee!!!!»

Ci fu un'esplosione di coriandoli dal tetto e le prime note di *Sweet Home Alabama* risuonarono per tutto lo stadio, i tifosi che ballavano e festeggiavano sugli spalti. I giocatori passavano dall'uno all'altro, abbracciandosi e ridendo, e orde di giornalisti si precipitarono subito su Romeo.

Mi sentii completamente sopraffatta dall'intera giornata e Cass, vedendomi seduta, mi passò la sua fischietta di liquore fatto in casa. «Prendine un goccetto, ragazza mia, lo sai che lo vuoi!»

Afferrai la fiaschetta alzando gli occhi al cielo e ne bevvi un piccolo sorso. E… Il secondo assaggio non era stato minimamente meglio del primo.

Lexi arrivò di corsa ai nostri posti con i pompon alla mano. «Molly, sei riuscita ad arrivare in tempo!» urlò. Io restituii la fiaschetta a Cass e mi sporsi oltre i cartelloni pubblicitari per abbracciare Lexi.

«Come stai, pasticcino?» mi domandò incerta.

«Meglio, grazie. Contenta di essere tornata a casa.»

I tifosi divennero improvvisamente più rumorosi e, appena sollevai lo sguardo, vidi Rome correre nella mia direzione con le telecamere che, come al solito, lo tallonavano a ogni passo.

Quando raggiunse i cartelloni pubblicitari, mi sollevò e mi strinse fra le braccia. «Piccola, abbiamo vinto!»

«Sono così fiera di te» mormorai prima di baciarlo teneramente sulle labbra.

«Ho bisogno di stare solo con te. E subito» annunciò in tono severo, in modo che potessi sentirlo soltanto io.

«Non dovresti rimanere con gli altri?» gli domandai seguendolo rapida nel tunnel da cui erano usciti i giocatori, ignorando chiunque si parasse sulla nostra strada.

Romeo si chinò su di me e bisbigliò: «Vuoi intrattenerli con uno spettacolo post-partita? Perché, ora come ora, l'unica cosa a cui riesco a pensare è a essere dentro di te, e succederà a prescindere da dove ci troveremo da qui a mezz'ora».

«Allora dobbiamo andarcene… e subito» convenni con lui.

«Cazzo, siamo finalmente d'accordo su qualcosa.»

CAPITOLO 27

Durante il tragitto fino all'albergo, Romeo non aprì mai bocca e io avevo disperatamente bisogno che dicesse qualcosa… qualsiasi cosa. Volevo che mi prendesse a male parole, che mi mostrasse rabbia, tristezza, e il silenzio che mi costringeva a sopportare era una tortura lenta e spietata.

Dopo una salita in ascensore incredibilmente tesa, entrammo in un'ampia e sontuosa camera matrimoniale dominata da un immenso letto a baldacchino ricoperto di lenzuola bianchissime.

Mi formicolava la testa.

Percepii la presenza di Romeo alle mie spalle, il sudore ancora incollato sulla pelle dopo la partita. Con il dito tracciò una linea che andava dalla curva in cima alla mia schiena fino alla base. Ce n'eravamo andati talmente in fretta e furia che non si era nemmeno preso la briga di togliersi la divisa, e il suo aspetto, così virile e selvaggio, acuiva la tensione che c'era fra di noi.

Mi scostò i capelli dalla spalla e leccò la distesa della mia pelle nuda.

Ci mancò poco che prendessi fuoco.

Mi slacciò il fiocco dietro al collo, e il vestitino bianco cadde sul pavimento, lasciandomi con il seno scoperto e indosso soltanto le culottes di pizzo.

Il suo respiro familiare alla menta mi accarezzò la pelle bollente quando gli posai la testa nell'incavo della spalla.

Romeo mi lasciò scorrere le dita sulle braccia fino a intrecciare le nostre mani, poi le sollevò lentamente perché gliele agganciassi dietro al collo.

Piegai la testa verso l'alto e lui tirò fuori la lingua per leccarmi i contorni del labbro superiore. Mi scappò un gemito e chiusi gli occhi.

Romeo dischiuse le labbra sulle mie e mi stuzzicò, pungolandomi delicatamente con la lingua. Le sue mani callose vagarono sul mio costato e mi afferrarono i seni strappandomi un sibilo.

«Non scapperai mai più da me, vero, Shakespeare?» Serrò con maggiore forza la presa sul mio petto. «Vero?!» sbraitò.

«No, mai più» uggiolai e incarcai la schiena contro di lui.

Romeo sostituì la tortura con un dolce massaggio e mi mordicchiò il lobo dell'orecchio. «Mi sei mancata. Non mi è piaciuto pensare che non saresti tornata indietro. Mi sono ripromesso che, se fossi rientrata nella mia vita, avrei fatto in modo che ci rimanessi per sempre.» Amavo la modalità con cui passava da perentorio a garbato in un battito di ciglia.

Abbassò la mano in direzione delle mie mutandine, la insinuò oltre l'elastico e puntò dritto al mio calore. Lo sentii trattenere bruscamente il respiro. «Cristo santo, piccola. Sei sempre pronta per me.»

La sensazione delle sue dita che sprofondavano nel mio sesso mi spinse a rovesciare la testa all'indietro e a gemere, aggrappandomi ai suoi capelli per tenermi dritta.

«Ti farò godere, Mol» affermò e mosse il pollice sul bottoncino delle mie terminazioni nervose.

«Cazzo!» Presi a oscillare i fianchi e a strusciargli i glutei sull'inguine.

Lui mi affondò i denti nella spalla e io mi persi nell'euforia delle mie sensazioni.

«Ti amo, piccola. Lo senti quanto ti amo?»

«Anch'io ti amo!»

Le dita di Romeo divennero intollerabili, spietate e implacabili. «Allora perché te ne sei andata?»

«Perché il… il dolore era insopportabile. Pensavo che saresti stato meglio senza di me.»

Romeo mi infilò dentro un terzo dito, guadagnandosi un urlo. «Non starò mai meglio senza di te. Pensavi davvero che sarei stato in grado di sostenere quello strazio? Pensavi che non mi sentissi morire ogni cazzo di volta che ti giravi dall'altra parte? Che ti chiudevi in te stessa?» Gli affondi delle sue dita divennero ancora più bruschi. «Davvero pensavi che non sarei stato da cani quando fossi arrivato in ospedale per scoprire che te n'eri andata? Senza un biglietto, una chiamata, niente di niente? Credevi che non stessi soffrendo quando lo scandalo sulla mia famiglia e le foto della mia ragazza ricoperta di sangue erano su tutti i cazzo di telegiornali?» Mi artigliai al suo avambraccio, il viso rigato di lacrime roventi. «Romeo, mi dispiace tantissimo.»

Lui mi morse ancora più forte e, con un ultimo affondo delle dita, bisbigliò: «Vieni ora, Mol».

Obbedii.

La vista mi si riempì di chiazze scure e mi affidai alla potenza del suo corpo per tenermi dritta. Romeo mi riportò dolcemente con i piedi per terra, senza smettere di baciarmi sul collo da dietro. Poi spostò le mani e, con un unico strattone, strappò in due le culottes e gettò il tessuto sottile sul pavimento.

Ero nuda, sazia, fiacca e talmente eccitata che mi pareva di essere distesa sui carboni ardenti.

«Girati.»

Obbedii e vidi le sue narici dilatarsi. Allungando una mano dietro la testa, Romeo si sfilò la maglietta e il suo torso abbronzato scintillò nel bagliore dei lampioni che si riversava dalla finestra.

La mia attenzione si focalizzò subito sulle grandi ali d'angelo, bianche e magnificamente dettagliate, che dominavano orgogliosamente il centro del suo petto. Le accarezzai con la punta delle dita, incerta, poi mi sporsi in avanti e le sfiorai con labbra tremanti, in adorazione di ciò che significavano.

Quando rialzai la testa, Romeo si stava leccando le labbra, gli occhi color cioccolato messi a nudo. «So che il nostro angioletto non è più qui con noi, ma volevo che vedesse quanto l'abbiamo amato anche da lassù... e che nonostante non l'avessimo cercato... lo volevamo... cazzo, lo volevamo da morire.»

Gli scoccai un sorriso umido e lui mi attirò alle sue labbra.

«Le amo. Sono perfette» gli bisbigliai sulla bocca.

Romeo mi sospinse leggermente all'indietro. «Non sono un tipo molto religioso, Mol» affermò. «Non vado in chiesa e Dio solo sa quanti peccati abbia commesso, però sono sinceramente convinto che qualcuno si stia prendendo cura del nostro angioletto in un posto migliore di questo... e che quel qualcuno siano i tuoi genitori. Ci credo con tutto il cuore.»

Mi scappò un singhiozzo e Romeo mi agganciò una mano dietro al collo per stringermi contro il proprio petto. Dopo diversi minuti, gli posai un bacio sul cuore e mi scostai. «Ti amo, Romeo.»

«E io amo te, piccola.»

Continuò a tenermi stretta per parecchi istanti, soltanto io e lui da soli, a riprendere fiato e rimetterci in sesto insieme.

Poi mi lasciò scivolare le mani ruvide lungo le braccia e mi staccò da sé. «Ora...» Indurì l'espressione. «Levameli.» Indicò i lacci che gli chiudevano i pantaloni.

Il suo ordine mi mandò il cuore in fibrillazione. Sciolsi il nodo e tirai delicatamente i lacci sfiorandogli l'erezione con le nocche.

Romeo seguì ogni mia mossa, la mascella scolpita che si contraeva a ogni carezza a malapena accennata. Gettai i lacci sul pavimento e aspettai l'ordine successivo.

«Tirali giù e mettiti in ginocchio.»

Afferrai il bordo dei pantaloni e glieli strattonai lungo le gambe muscolose. Il suo sesso saltò fuori accanto alla mia guancia, e io ci strusciai sopra il naso. Continuai ad arrotolargli i pantaloni fino a sfilarglieli dai piedi, poi li buttai sulla moquette. A quel punto, rialzai la testa e incrociai il suo sguardo mentre torreggiava su di me.

«Succhiamelo finché non ti dico di smettere.»

Mi venne l'acquolina in bocca e mi avvicinai per percorrergli lentamente la lunghezza con la lingua. Romeo sibilò in risposta.

Lo divorai con le labbra e scattai in avanti per lasciarmelo sprofondare in gola.

«Cazzo!» Mi afferrò i capelli e si spinse avanti e indietro, la sua carne che si gonfiava nella mia bocca.

Alzai gli occhi e mi sfuggì un gemito nel vederlo rovesciare la testa all'indietro e leccarsi il labbro inferiore. Incoraggiata, incrementai il ritmo, e presi a ruotare la lingua intorno alla punta. Serrai la presa sulle sue cosce per agevolarmi i movimenti e i fianchi di Rome cominciarono a oscillare più vigorosamente.

«Cazzo, Mol, adoro la tua bocca.» Poi ringhiò e mi scostò bruscamente. «Sali sul letto.»

Mi rialzai in piedi e mi arrampicai in mezzo al materasso prima che lui mi girasse di schiena in fretta e furia. Mi spalancò le gambe e mi piegò le ginocchia, poi la sua bocca fu su di me.

«Ah! Romeo...»

Mi lavorò furiosamente con le labbra, con la lingua che mi succhiava e mi riempiva. Sapevo che non sarei durata a lungo e mi aggrappai ai suoi capelli.

Lui rialzò di scatto la testa. «Reggiti alla spalliera del letto» comandò.

Io obbedii.

«Non ti muovere.»

Tornò a tuffarsi fra le mie gambe e io affondai le unghie nel legno massiccio, ormai senza fiato e scossa da urla silenziose a ogni morso e leccata.

«Romeo... Romeo... sto per venire!» Crollai a pezzi, immobilizzata alla spalliera del letto da legacci invisibili mentre Romeo mi beveva a grandi sorsi. Mi lasciò andare le gambe, che si afflosciarono sul materasso, e poi tornò a stringerle. Riaprii gli occhi nell'istante in cui affondò dentro di me con un'unica, brusca spinta.

«Aah!» strillai, ormai al limite. Era troppo da sopportare.

Stavo per staccare le mani dalla spalliera quando Romeo sbottò: «Ho detto di NO!».

Bloccai le braccia e Romeo sfruttò la morsa di ferro sulle mie cosce per ancorare le sue spinte. «Te ne andrai di nuovo?»

«No! No, no, no…»

«Perché no?»

«Perché ti amo.»

I suoi occhi eccitati si rabbuiarono e cominciò a spingersi dentro di me come una furia. «Risposta sbagliata.»

Arricciai le dita dei piedi fino a provare dolore e urlai. «Perché sono tua. Perché ti appartengo. Perché sei mio!»

Vidi i suoi occhi rovesciarsi all'indietro e poi Romeo ricadere in avanti, puntellandosi sulle braccia mentre mi devastava con la bocca. «Perché sei mia» bisbigliò. «Perché mi appartieni.»

Sentii l'orgasmo ormai imminente e una stretta impaziente allo stomaco.

«Cazzo, sei strettissima! Vengo anch'io. Mi stai stringendo fortissimo, piccola.»

Piegai la testa all'indietro e, con un ultimo affondo, gememmo insieme mentre io gli circondavo la schiena con le braccia e lui cavalcava le ultime onde del suo orgasmo.

Ci stringemmo l'uno all'altra, fradici di sudore. Mi beavo nei postumi del piacere, quando Romeo rialzò la testa. «Ti amo» disse, e mi accarezzò delicatamente il viso.

«Anch'io ti amo. Non mi perdonerò mai per essermene andata.»

Romeo mi scoccò un sorrisetto sollevato. «Ti credo, ma ormai è acqua passata. Sei tornata e non fuggirai mai più, anche a costo di legarti a questo cazzo di letto. Ora basta parlarne. Non ne posso più di pensare agli eventi brutti che ci sono successi. Ho bisogno di cose belle. Che vada tutto bene.» Mi scostò i capelli umidi dalla fronte. «Quando torniamo in Alabama, verrai a vivere con me.»

«Okay.»

Romeo inarcò le sopracciglia. «Okay? Pensavo di doverti convincere. Non proverai a dirmi che siamo ancora troppo giovani, che è troppo presto, o qualche altra stronzata del genere?»

«No, casa mia è dove sei tu. Adesso lo so. Finalmente l'ho capito.»

«Alla buon'ora, cazzo!» sospirò lui, prima di intrecciare le nostre dita insieme. «Mamma è stata scarcerata; ci è riuscita grazie a un aggancio in tribunale. Papà, invece, è stato rilasciato su cauzione, ma finirà dentro per un bel po' di tempo. Ho parlato con lui e il suo avvocato e abbiamo deciso di comune accordo di tagliare i ponti. Non c'è più alcun rapporto fra di noi. Non si può salvare qualcosa che non è mai esistito.»

«Rome, mi dispiace tantissimo.»

«Non dispiacerti. Ho insistito affinché mi garantissero che non avrebbero più provato ad avvicinarti. Hanno acconsentito. Desideravano che sposassi Shelly solo per mettere le mani sulla fortuna di suo padre. Quel treno è ufficialmente partito.»

Gli accarezzai il palmo della mano con il pollice e lui seguì le mie mosse con un sorriso soddisfatto. «È buffo, sai, però adesso mi sento finalmente libero.» Rotolò su un fianco e ci ritrovammo faccia a faccia a condividere lo stesso cuscino. «Siamo finalmente liberi di stare insieme, senza più ostacoli.»

«Niente Shelly?»

«Ci girerà alla larga. Cass se n'è personalmente assicurata» aggiunse con una risatina soffocata.

Mi accigliai. «Che vorrebbe dire?»

«Gliele ha suonate di santa ragione per impartirle una bella lezione. Le ha spaccato il naso, cazzo. Dovevi esserci!»

«No! Non ci credo.» La prossima volta che ci saremmo viste, dovevo stritolare Cass in un abbraccio degno di questo nome.

Non riuscii a impedirmi di ridacchiare e baciargli le dita. Lui tornò serio e mi posò una mano sulla pancia. «Non è che sono stato troppo brusco? Ti fa ancora male, piccola?»

Scossi la testa, afflitta. «No, non più. O quantomeno non fisicamente.»

I magnifici occhi scuri di Romeo mi osservarono pieni di solidarietà. Mi capiva. «Ti piacerebbe avere altri bambini?»

Ricacciai indietro il turbamento.

Era arrivato il momento di lasciare i traumi nel passato. Era il momento di voltare pagina. «Un giorno mi piacerebbe diventare mamma, però non adesso. Abbiamo entrambi i nostri sogni, siamo giovani e abbiamo tantissime aspirazioni. Avremo dei bambini, Romeo, solo quando decideremo che è il momento giusto.»

«Sono d'accordo. E poi ci sarà sempre il nostro angioletto in paradiso.»

Mi chinai in avanti e gli baciai delicatamente le grandi ali tatuate. «Insomma, caro il mio fenomeno… fra un paio di mesi verrai probabilmente selezionato per primo, soprattutto dopo aver segnato il touchdown che vi ha portato a vincere la partita, dico bene?»

Lui si arrotolò una ciocca dei miei capelli intorno al dito. «Sì, penso di sì.»

«Che c'è? Sputa il rospo.»

Romeo buttò fuori un lungo sospiro. «Sei obbligato a giocare per chiunque ti scelga. Non hai voce in capitolo riguardo alla tua destinazione.»

Il mio dottorato. Romeo era preoccupato per quello.

«Senti, al momento non ho nemmeno iniziato a compilare le domande, quindi non preoccupiamoci, okay? Non sappiamo che cosa porterà il domani. Prendiamoci un po' di tempo per stare insieme senza drammi.»

Lui annuì e sorrise.

«E poi, ho una nuova filosofia di vita. Credo che dovremmo adottarla entrambi.»

Romeo mi osservò in trepidante attesa.

Io mi schiarii la gola. «*Nella vita ci son fatti che ci fanno uscire matti. Altri ancora fan di tutto perché al fin tu sia distrutto. Ma chi affoga nella merda la pazienza mai non perda. Schiocca le dita, su! È la vita, e rose e fior vedrai che avrai… And… always look on the bright side of life…*»

Romeo mi fece da accompagnamento fischiettando e inarcò un sopracciglio prima di mettersi a ridere. «I Monty Python, Shakespeare? Sarebbe questa la tua nuova filosofia di vita?»

Mi strinsi nelle spalle. «Sono i Monty Python.»

Lui rise, una risata liberatoria e irrefrenabile, e ripeté: «Sono i Monty Python».

Guardai l'orologio. «È ancora presto. Vuoi uscire e andare incontro ai tuoi compagni di squadra? Cenare? Che ti va di fare?»

Romeo mi sculacciò bruscamente e io non riuscii a soffocare una risatina acuta.

«Desidero *te*. Non ho mica ancora finito, Shakespeare. Abbiamo settimane di sesso arretrato da recuperare.» La sua voce calò di un'ottava e Romeo seppellì ogni traccia di gentilezza. «Adesso mettiti in piedi accanto al letto, piegati fino a toccarti le caviglie e preparati a venire almeno altre tre volte.»

EPILOGO

Radio City Music Hall, New York
Draft della NFL

Il commissario della NFL salì sul palco e si fermò davanti al microfono.

Romeo mi prese per mano, si chinò in avanti e si portò le nostre mani alle labbra per baciare delicatamente le nostre dita intrecciate. Io mi avvicinai il più possibile e lo vidi chiudere gli occhi prima di posare la testa contro la mia.

C'era un silenzio asfissiante.

«Il primo giocatore a essere selezionato… per il prossimo campionato della NFL… per i Seahawks di Seattle… è… il quarterback… *Romeo Prince… degli… Alabama Crimson Tide*!!!»

Eravamo nella sala d'attesa dietro le quinte. Il tavolo a noi riservato, a cui sedevano tutti i nostri amici, traballò nell'istante in cui scattammo in piedi urlando e festeggiando a gran voce.

Romeo si chinò per prendermi in braccio e mi baciò appassionatamente. Quando mi scostai, capii dai suoi occhi che una piccola parte di lui non si era mai permessa di credere che questo giorno sarebbe realmente arrivato.

Gli tenni il viso fra le mani e avvicinai la testa per sussurrargli: «Ce l'hai fatta, amore».

Romeo non replicò. Non poteva. Era ancora sotto shock.

Uno steward venne subito a prenderlo per condurlo sul palco e io lo guardai dal televisore a parete mentre la telecamera lo seguiva lungo il corridoio. Rome era bellissimo con addosso un completo nero elegante e la camicia bianca. Io, per abbinarmi, mi ero messa un paio di pantaloni neri aderenti a vita alta e una canottiera di seta nera.

Quando Romeo arrivò in fondo al lungo corridoio, gli consegnarono un cappellino blu e verde lime dei Seahawks, che lui calcò immediatamente sui capelli biondi. Poi si incamminò sul palco, dove fu accolto da uno scroscio di applausi e dalle grida del pubblico presente.

Romeo strinse subito la mano del commissario con un sorrisetto sghembo sulle labbra. Trovavo divertente che sembrasse sempre freddo e distaccato agli occhi di tutti tranne che ai miei. Aveva l'immagine perfetta del cattivo ragazzo, *tenebroso e irraggiungibile*. Se c'era da fidarsi delle urla femminili, ero pronta a scommettere che avesse già un fan club in erba.

Romeo sollevò orgogliosamente la maglietta dei Seahawks sotto una pioggia di flash, a mettere in mostra il numero sette e la scritta *PRINCE* sul retro. Lo osservai e mi toccò asciugarmi più volte gli occhi pieni di lacrime di gioia; era sotto ai riflettori e aveva finalmente tutto ciò che si meritava.

Dopo una rapida intervista, scese dal palco per parlare con i giornalisti che l'aspettavano. Ally, Lexi e Cass vennero a sedersi accanto a me, inchiodandomi sul divanetto.

«Allora, Mol? Seattle?» domandò Ally con un misto di gioia e apprensione sul viso. In quegli ultimi mesi, tutte le nostre attenzioni erano state monopolizzate da Romeo e dal draft. I nostri amici erano al corrente che, alla fine dell'anno accademico, mi sarei dedicata al dottorato, però nessuno, nemmeno Romeo, sapeva dove fossi stata accettata.

Il primo a saperlo doveva essere lui.

«Sono al settimo cielo. È quello che ha sempre sognato» risposi, eludendo la domanda di proposito.

Cass alzò gli occhi al cielo. «Ora basta con le stronzate, Molls! Vai con lui, sì o no? Non ci hai detto un cazzo di quello che combinerai l'anno prossimo e noi vogliamo sapere!»

Lasciai scorrere lo sguardo sul tavolo e mi resi conto di avere sei paia d'occhi puntate su di me, ora che la sguaiata protesta di Cass aveva attirato l'attenzione di Austin, Reece e Jimmy-Don, che ci sedevano davanti.

Mi dimenai sul divanetto e cercai di sgusciare via. «Questa è la serata di Romeo, io non c'entro niente.»

Sei amici demoralizzati si afflosciarono ai loro posti in preda all'esasperazione.

Dovevo prima parlarne con lui.

Romeo ritornò in sala dopo circa mezz'ora, e io mi precipitai fra le sue braccia spalancate, per tempestargli il viso di baci e sussurrargli: «Ti amo, ti amo, ti amo».

Il nuovo quarterback dei Seahawks mi strinse in un abbraccio stritolante, poi mi scostò per osservarmi. Sembrava felice, anche se gli occhi ansiosi tradivano angoscia.

«Che c'è? Che è successo?» domandai impanicata.

Romeo accennò agli altri che avevamo bisogno di un momento di privacy e mi attirò in un angolino della sala che era in ombra, al riparo da occhi indiscreti. Mi accarezzò i capelli e io gli strattonai scherzosamente la visiera del cappellino blu dei Seahawks che indossava.

Lui mi bloccò la mano e si sfilò il berretto, dopodiché si passò le dita fra i capelli arruffati. «Sono felice, piccola, tuttavia senza di te non posso andare avanti. Seattle. Mi trasferirò a Seattle. E tu hai fatto domanda ad Harvard, Yale e Stanford, almeno per quanto ne so io. Non ti sei sbottonata per un cazzo, e io sto per uscire di testa. Per quel che ne so, potremmo finire ai capi opposti del Paese e io ho bisogno di averti al mio fianco. Non credo di potercela fare senza di te.»

«Rome...»

Lui mi zittì posandomi un dito sulle labbra. «Vorrei pretenderlo e basta perché so che molleresti tutto pur di rendermi felice. E invece, desidero che si avverino anche i tuoi sogni. Non so come riuscire ad avere *sia* te *sia* il football.»

Gli presi la mano e ne baciai ogni dito. «Romeo, ho passato tutta la vita a scappare dai miei problemi, senza mai guardarmi indietro, ma tu sei la prima persona da cui sia mai tornata. Questo per me significa moltissimo. Mi hai tirata fuori dall'oscurità.» Gli abbassai la mano e me la schiacciai sulla pancia. «E mi hai ridato la speranza. La speranza che un giorno potrò essere una brava madre, quando arriverà il momento giusto, e la consapevolezza che una famiglia *già* ce l'ho… sei tu.»

Le lacrime gli inumidirono gli occhi color cioccolato e io gli baciai delicatamente le ali d'angelo che si erano meritate un posto d'onore sopra al suo cuore. «Una volta mi hai detto che *un giorno* te ne saresti andato, che *un giorno* saresti stato libero di essere te stesso, che *un giorno* avresti ottenuto tutto ciò che desideravi.»

Romeo annuì lentamente. «Ma quello che voglio sei tu. Ciò che desidero è stare al tuo fianco. Sei *tu* il mio "un giorno".»

Mi infilai una mano in tasca e ne tirai fuori una lettera. Romeo mi guardò con aria confusa. «Quel *giorno* è finalmente arrivato» annunciai.

Lui mi sfilò la lettera di mano e l'aprì in fretta e furia. Io lo guardai assorbire le parole *accettata* e *Università di Washington, Seattle* che si stagliavano sul foglio.

Romeo rischiò quasi di strappare il foglio in due e sollevò gli occhi su di me, uno sguardo interrogativo che bruciava nel mio. «Sei… Quindi…? *Che?*»

Mi ripresi la lettera e me la rinfilai in tasca prima di posargli le mani sulle guance. «Ho fatto domanda anche a Seattle. Mesi fa, quando il dottor Adams ha detto che c'era la possibilità che finissi laggiù, ho condotto una ricerca per capire come funzionava il draft, ci ho ragionato sopra e ho deciso di scommettere su Seattle. Non ti volevo dire niente per paura che la cosa non andasse in porto. E invece è finito tutto bene. Vengo a Seattle con te, amore. Hai davanti agli occhi una nuovissima dottoranda in Filosofia. Ho mandato un'e-mail di conferma venticinque minuti fa.»

Romeo sorrise ampiamente, un sorriso vero e proprio, di quelli che avrebbero reso orgoglioso mio papà, e schiantò le labbra sulle mie.

Quando si scostò, la sua espressione intensa era divenuta completamente seria, e lui mi sospinse contro la parete. Conoscevo bene quell'espressione; il suo lato feroce e possessivo stava risalendo in superficie.

Mi fissò per diversi secondi, poi disse tutto d'un fiato: «Sposami».

Io barcollai sui tacchi a spillo, in preda allo shock. «C-come???»

Le mani di Romeo si aprirono sul mio viso, per possedermi, implorarmi, desiderarmi. «Sposami. Sposami domani, stasera, il prima possibile. Cazzo... sposami e basta, Shakespeare. Permettimi di renderti ufficialmente mia.»

«Ma... Ma...»

Spostò le braccia per intrappolarmi contro la parete. «Ti amo. Ti amo più di qualsiasi altra cosa. Non posso e non *voglio* più stare senza di te. Voglio tu abbia il mondo intero. Voglio renderti felice... Voglio darti dei figli, un giorno.» Chinò la testa per posarla sulla mia e bisbigliò: «Sposami. Resta con me. Passa l'eternità... *con me*».

Il bisogno disperato che gli traspariva dagli occhi mi mozzò il fiato e a quel punto mi tolsi ogni dubbio.

Romeo era l'amore della mia vita.

Romeo era per me ciò che mio padre era stato per mia madre. Romeo era l'anima che si era unita alla mia... Romeo Prince era la mia casa dolce casa.

«Sì!» esclamai, e lui dischiuse le labbra per il sollievo.

«Dillo di nuovo» reclamò.

«Sì. Certo che ti sposo!»

Romeo mi saltò addosso e le sue labbra morbide sancirono la promessa della nostra unione, e io mi sciolsi sotto le sue mani. Ci saremmo sposati e ci saremmo amati più di chiunque altro nella storia dell'umanità.

Amanti sfortunati. Non riuscii a trattenere la risatina che mi scappò di bocca al pensiero.

«E ora che cavolo hai da ridere, Shakespeare?» domandò Romeo, il sorriso smagliante che sprizzava pura felicità.

Gli posai una mano sul cuore e alzai lo sguardo sull'amore della mia vita. «Nella nostra storia, i due amanti sventurati hanno trovato un modo per stare insieme oltre ogni avversità, oltre ogni ostacolo, e hanno *finalmente* avuto il loro lieto fine.»

Romeo piegò la testa, l'espressione adorante, mi prese il viso fra le mani per attirarmi verso di sé e sussurrò: «*Perché mai vi fu storia più vera d'amore che trionfa sul dolore di questa di Molly Juliet e del suo Romeo*».

PLAYLIST

See You Again – Carrie Underwood
I Don't Want This Night To End – Luke Bryan
Joshua Radin – Tomorrow is Gonna Be Better
Bullet In The Gun – Planet Perfecto
Broken – Jake Bugg
Bruce's Philosophy Song – Monty Python
Beat This Heart – Tim Chaisson
Feels Like Home – Chantel Kreviazuk
Small Bump – Ed Sheeran
Angel – Sarah McLachlan
How Country Feels – Randy Houser
Sweet Home Alabama – Lynyrd Skynyrd
Dead In The Water – Ellie Goulding
Home – Edward Sharpe & The Magnetic Zeros
You've Got The Love – Florence & The Machine
Season of Love – Shiny Toy Guns

RINGRAZIAMENTI

Anche stavolta ho un sacco di persone da ringraziare.

Mamma e papà, grazie per avermi sostenuta incondizionatamente durante questa folle avventura, non ce l'avrei mai fatta senza di voi. Papà, grazie per avermi fatto conoscere il football americano. Nonostante vivessimo in un piccolo paesino nel Nord dell'Inghilterra, mi hai iniziato alle meraviglie del football e, ad anni di distanza, mi è tornato parecchio utile! Mamma, lo sai che apprezzo tutte le letture che dai a ciascuno dei miei manoscritti. Beh, continua così, perché ne arriveranno molti altri!

A mio marito, grazie per il tempo e la pazienza (e per avermi permesso di trascurarti) mentre scrivevo questo libro. Mi hai saggiamente consigliato di scrivere di argomenti che conosco bene e, da allora, i miei libri sono cambiati… in meglio!

Alle mie fantastiche beta readers: Lynn, Sam e Rebecca. Le vostre considerazioni sono state preziosissime.

Un ringraziamento speciale a Rachel e Kia, le sorelle geniali che mi hanno aiutato durante quest'impresa, dall'inizio alla fine. Ragazze, mi avete dedicato fin troppo del vostro tempo libero, non capirete mai quanto sia stato importante per me.

Grazie a Damon di Damonza per la bellissima copertina. Dà perfettamente l'idea che volevo, tant'è che mi ha quasi fatta piangere.

A Cassie, la mia editor. Grazie per avermi aiutata a correggere i miei anglicismi, per tutti i consigli che mi hai dato sul calendario del campionato di football universitario e, ovviamente, sullo slang dell'Alabama. Trovarti è stata una coincidenza davvero fortunatissima, tu che sei un'editor straordinaria, nata in Alabama e appassionata di football (anche se tifi per gli Auburn)! Ci vedremo senz'altro a una partita dei Tide!

A Lysa, la mia web designer. Grazie per lo splendido sito che hai realizzato per me e per la pazienza con cui mi sopporti se ti assillo quando sei già sommersa di lavoro! Fai un lavoro fantastico giorno dopo giorno, e sono sempre impaziente di leggere i nostri scambi di email perché mi fanno sempre ridere!

Vorrei ringraziare tutte le blogger che mettono gratuitamente a disposizione il loro tempo libero per promuovere e far girare la voce sulle nostre storie. Siete veramente la spina dorsale (e il cuore) del folle mondo della scrittura. Un ringraziamento grande come una casa a tutte le blogger che hanno partecipato al mio blog tour e/o hanno recensito Sweet Home in anteprima. Apprezzo molto che abbiate dedicato il vostro tempo a dare una possibilità al mio primo romanzo spicy new adult!

Ci sono alcune blogger che ci tengo a ringraziare in particolar modo. Prima di tutto Smitten's Book Blog per tutto l'amore che ha dimostrato a Eternally North e per avermi dato ottimi consigli.

Questo mi porta alla fantastica Kelly Moorhouse di Have Book Will Read Book Blog. Hai lavorato senza sosta per organizzare il mio blog tour e mi hai guidata in questa fantastica esperienza con tanto incoraggiamento e un sorriso sulle labbra! Ti meriti una medaglia, cara mia!

Grazie a Jenny e Gitte di Totally Booked Blog per aver sostenuto questa scrittrice nata in un piccolo paesino inglese e avermi aiutata a entrare nella classifica delle commedie romantiche più vendute di Amazon con la mia rom-com ambientata in Inghilterra, Eternally North. Spero che Sweet Home e Romeo Prince vi piacciano altrettanto!

Infine, un enorme GRAZIE alle mie lettrici. Tutte le volte che comprate uno dei miei libri, mi aiutate a realizzare i miei sogni.

Vi voglio bene!

Della stessa autrice

Dammi mille Baci

Un ragazzo. Una ragazza.
Un legame creato in un istante e custodito per un decennio.
Un amicizia che né il tempo né la distanza possono spezzare.
Un amore che durerà oltre il destino.

Poppy Litchfield ha solo nove anni quando si lancia nell'avventura più grande della sua vita, collezionare mille baci capaci di farle scoppiare il cuore. Il suo vicino di casa e migliore amico è il perfetto compagno per quest'avventura.

Poppy ha tutto quello che potrebbe desiderare: gioia, risate, baci da togliere il fiato, e il vero amore.

Ma crescere è difficile e l'amore può non essere in grado di superare tutti gli ostacoli...

Quando il diciassettenne Rune Kristiansen torna nella tranquilla cittadina della Georgia in cui ha abitato da bambino, ha in mente solo una cosa.

Scoprire il motivo che ha spinto la sua inseparabile amica d'infanzia a escluderlo dalla sua vita senza una parola di spiegazione.

Ma il suo cuore potrebbe rompersi di nuovo...

Un bacio dura un attimo.Ma mille baci possono durare un'eternità.

NELLA COLLANA
Always romance

Vicious. Senza pietà, *L.J. Shen*
Dammi mille baci, *Tillie Cole*
In due sotto un tetto, *Helena Hunting*
Élite. Ossessione e potere, *Laurelin Paige*
Affari d'amore, *Melanie Moreland*
Ruckus. Senza regole, *L.J. Shen*
Insieme, *Elle Kennedy e Sarina Bowen*
Sulle note di noi due, *Tillie Cole*
Brooklyn in Love, *Sarina Bowen*
Il principe di Park Avenue, *Louise Bay*
Come la prima volta, *Devney Perry*
Un diavolo arrogante, *R.S. Grey*
Scandalous. Senza inibizioni, *L.J. Shen*
Noi in un istante, *Jewel E. Ann*
Il ladro di baci, *L.J. Shen*
Al tuo ritorno, *Penelope Ward*
Il ragazzo ideale, *Elle Kennedy e Sarina Bowen*
Space. Lo spazio che ci unisce, *Penny Reid*
Cuori al tappeto, *Kristen Callihan e Samantha Young*
Jersey Six. La miglior vendetta è l'amore, *Jewel E. Ann*
In due sotto il sole, *Helena Hunting*
Kellan Kyle. Storia di un amore proibito, *S. C. Stephens*
Il ragazzo dei sogni, *Elle Kennedy e Sarina Bowen*
Fall, *Kristen Callihan*
Dear Ava, *Ilsa Madden Mills*
Come in ogni attimo, *Devney Perry*
Non dubitare mai del mio amore, *Emma Scott*
The wedding game, *Meghan Quinn*
Petali e spine, *Naike Ror*

L'amico del cuore, *Elle Maise*
Devious. Senza tregua, *L.J. Shen*
L'anti-fidanzato, *Penelope Ward*
Il Duca di Manhattan, *Louise Bay*
Per caso o per amore, *Rachel Van Dyken*
Pretty Enemy, *Kristen Callihan*
Prometti che resterai, *Corinne Michaels*
Cattive compagnie, *Meagan Brandy*
Per gioco o per destino, *Rachel Van Dyken*
L'ultimo giorno d'estate, *Penelope Ward*
Il diavolo veste nero, *L. J. Shen*
Sweet Enemy, *Kristen Callihan*
Imperfect match, *Corinne Michaels e Melanie Harlow*
Non sei il mio Romeo, *Ilsa Madden-Mills*
Non proprio un colpo di fulmine, *Meghan Quinn*
Inganno, *Laurelin Paige*
Devozione, *Laurelin Paige*
The fine print. Un accordo per due, *Lauren Asher*
Come per magia tu, *Devney Perry*
Pretty. Senza limite, *L.J. Shen*
Lacrime e stelle, *Naike Ror*
Flirt in kilt, *Meghan Quinn*
Tutta colpa dell'estate, *Tessa Bailey*
Styx. Per te solo io, *Tillie Cole*
Kyler. La tua salvezza sarò io, *Tillie Cole*
Non sei la mia anima gemella, *Ilsa Madden-Mills*
Perfetti come noi, *Tijan*
Come in un film, *Anna Nicoletto*
Quando l'anima brucia, *L.J. Shen*
Brooklyn Nights, *Sarina Bowen*
Bugia dopo bugia, *Helena Hunting*
Crowne of lies, *C.D.Reiss*
Sweet Home, *Tillie Cole*

MISTO
Carta da fonti gestite in maniera responsabile
FSC
www.fsc.org
FSC® C007287

Questo libro è stampato su carta FSC® amica delle foreste.
Il logo FSC® identifica prodotti che contengono carta proveniente
da foreste gestite secondo rigorosi standard ambientali, economici
e sociali definiti dal Forest Stewardship Council®
e altre fonti controllate.